DAMNÉ

Tome 3

L'Étoffe du Juste

DU MÊME AUTEUR

Série LE TALISMAN DE NERGAL

Tome 1, *L'Élu de Babylone*, Montréal, Hurtubise, 2008

Tome 2, *Le Trésor de Salomon*, Montréal, Hurtubise, 2008

Tome 3, *Le Secret de la Vierge*, Montréal, Hurtubise, 2008

Tome 4, *La Clé de Satan*, Montréal, Hurtubise, 2009

Tome 5, *La Cité d'Ishtar*, Montréal, Hurtubise, 2009

Tome 6, *La Révélation du Centre*, Montréal, Hurtubise, 2009

Série DAMNÉ

Tome 1, *L'Héritage des cathares*, Paris, Hugo roman, 2012

Tome 2, *Le Fardeau de Lucifer*, Paris, Hugo roman, 2013

Hervé Gagnon

DAMNÉ

Tome 3

L'Étoffe du Juste

Hugo Roman

Première édition :

www.editionshurtubise.com

Présente édition :
Illustration de la couverture : Éric Robillard (Kinos)
Ouvrage dirigé par Audrey Messiaen

38, rue La Condamine
75017 Paris
www.hugoetcie.fr

Dépôt légal : mai 2013
ISBN : 9782755611786
Imprimé en France (Darantiere) - N° d'impression : 13-0415

S'il n'y a pas de résurrection des morts, le Christ non plus n'est pas ressuscité. Mais si le Christ n'est pas ressuscité, vide alors est notre message, vide aussi votre foi.

1 Corinthiens 15,13-14.

GISORS AU XIIIe SIÈCLE

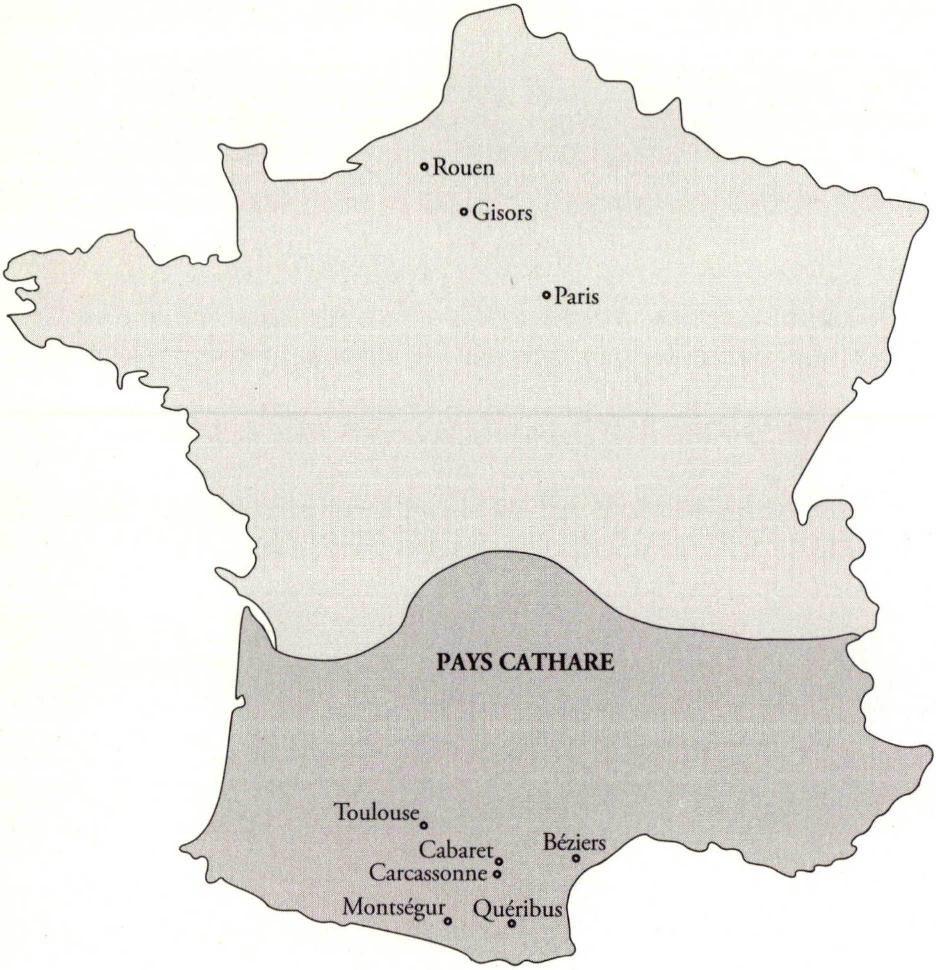

Les personnages historiques

Alain de Pierrepont (v.1172-1221) : Aussi connu sous le nom d'Alain de Roucy, il combat les Anglais de Richard Cœur de Lion aux côtés du roi de France, Philippe II, en Normandie. La légende veut que, lors de la défaite devant Gisors, il se soit fait passer pour le roi afin de permettre à celui-ci de fuir. Fait prisonnier, il revient au service de la France en 1202 et participe à la croisade contre les cathares auprès de Simon de Montfort.

Arnaud Amaury (?-1225) : Moine cistercien, abbé de Cîteaux (1200-1212), il est légat du pape Innocent III durant la croisade contre les cathares.

Esclarmonde de Foix (v. 1151-1215) : Une des cathares les plus célèbres, elle est la fille de Bernard 1er, comte de Foix, et Cécile Trencavel, et la sœur du comte Raymond Roger V de Foix. En plus de prêcher, elle finance la reconstruction de la forteresse de Montségur.

Guiburge de Montfort (v. 1180-?) : Sœur de Simon IV de Montfort, elle épouse, vers 1215, un lieutenant de son frère dans la croisade contre les cathares, le comte Guy de Lévis, seigneur de Mirepoix.

Guy de Montfort (?-1220) : Fils cadet de Simon IV de Montfort et comte de Bigorre à compter de 1216, il épouse Pétronille de

Comminges et participe à la croisade contre les cathares aux côtés de son père. Il trouve la mort à Castelnaudary.

Innocent III (1160-1216) : De 1198 à 1216, Giovanni Lotario est le pape le plus puissant du Moyen Âge. Il établit la suprématie du Saint-Siège sur les souverains et ordonne la quatrième croisade et celle contre les cathares.

Jehan de Gisors (1133-1220) : Seigneur normand de la forteresse de Gisors à compter de 1183, il sera successivement vassal du roi d'Angleterre et du roi de France.

Lambert de Thury (?-v. 1224) : Seigneur de Limoux et de Puichéric, il participe à la croisade contre les cathares en compagnie de Simon de Montfort.

Simon IV de Montfort (v. 1150-1218) : Comte de Montfort, il participe à la cinquième croisade en 1202 puis à celle contre les cathares à compter de 1209. Un des chefs militaires les plus craints, il devient vicomte de Béziers et de Carcassonne.

PREMIÈRE PARTIE

Vers le Nord

CHAPITRE I

Exil

Quitter Toulouse fut l'une des choses les plus difficiles que je fis de toute ma vile existence. Je devais laisser derrière moi le seul endroit où j'avais été un tant soit peu à ma place et abandonner plusieurs de ceux qui m'étaient devenus chers. J'avais le sentiment de m'exiler, pour autant qu'un damné destiné à errer seul parmi les hommes puisse prétendre s'enraciner quelque part. Sans que je m'en aperçoive, le Sud tout entier s'était insinué en moi. Mais je n'avais droit à rien de tout cela.

Je m'éloignais d'abord de la dépouille de Bertrand de Montbard, cet homme qui avait donné un sens à ma vie, allant jusqu'à sacrifier la sienne pour permettre la perpétuation de ma quête. Pour la première fois depuis mes quatorze ans, il ne serait plus présent à mes côtés. Son absence laisserait un vide profond. Je tournais aussi le dos aux vivants. Par leur courage et leur intégrité, le comte de Foix et son fils, Roger Bernard, avaient gagné à jamais mon estime et ma loyauté. J'espérais en mériter autant de leur part. J'avais conscience que, pour eux, la bataille approchait et qu'ils risquaient d'y laisser leur vie sans que je sois là pour leur porter secours.

Par-dessus tout, je devais renoncer à ma tendre Cécile, la seule femme pour laquelle je m'étais autorisé à éprouver des sentiments plus nobles que le bas désir charnel. En franchissant les murailles de la cité, je renonçais à un avenir auquel j'avais eu la folie de croire, l'espace d'un instant, mais qui m'était interdit. Que je le veuille ou non, ma vie ne m'était que prêtée et elle était ma prison. La seule chose qui restait à déterminer était de savoir si je passerais l'éternité en enfer ou au paradis. Dans un cas comme dans l'autre, le bonheur terrestre n'était pas pour moi.

Point n'est besoin d'ajouter que j'avais le cœur lourd en quittant Toulouse. Plus que jamais, je ressentais ma damnation.

Après que Cécile et Roger Bernard eurent quitté l'étable, je restai longtemps les bras ballants, incapable de la moindre initiative. J'avais cruellement conscience que ma seule chance d'être heureux venait de disparaître et je me sentais vide.

Une main se posa sur mon épaule.

— Tu n'es pas obligé de partir, tu sais, Gondemar, dit doucement Pernelle, qui était venue me retrouver. Tu l'aimes et elle t'aime tout autant. Elle te rend aussi heureux qu'un homme comme toi peut l'être. Je ne te blâmerai pas si tu décides de rester avec elle. Dieu ne donne pas d'ordres. Il offre des choix.

— Dans ton cas, peut-être, murmurai-je, mais pas dans le mien.

— Alors, ne reste pas là, mon pauvre ami. Sinon, ton cœur va devenir si lourd que tu ne pourras plus bouger.

Je hochai tristement la tête. Elle avait raison, évidemment. On ne m'avait pas rendu la vie pour que je me complaise dans mes tourments. Je me frottai énergiquement le visage et secouai la tête. Il était temps de passer à la suite des choses.

Nous utilisâmes l'heure suivante à compléter nos préparatifs de départ. Nos chevaux sellés, l'état de leurs fers vérifié et nos maigres bagages fixés, nous quittâmes l'étable en tirant nos montures. En plus de quelques provisions, Pernelle emportait son fidèle coffre. Sauvage piaffait d'impatience, comme il le faisait toujours quand il se rendait compte que nous partions ensemble. Je me dis qu'au moins l'un de nous était heureux de ce départ. Je lui caressai distraitement le museau et il s'ébroua joyeusement avant de me l'enfouir dans le creux de l'épaule, ce qui me chatouilla et me fit rire malgré moi.

Ugolin, Pernelle et moi nous mîmes en selle. Nous nous dirigions au trot vers la porte de la muraille la plus proche lorsque le Minervois me tira de mes sombres pensées.

— Regarde qui revient, dit-il.

Je suivis son regard, espérant contre toute attente apercevoir Cécile. Mais nos adieux étaient faits et, en cet instant même, elle devait être effondrée quelque part, à pleurer toutes les larmes de son corps. Je me dis que j'étais bien prétentieux, mais je ne réussis pas à m'en convaincre. Son amour était sincère et je savais son cœur aussi brisé que le mien.

Je vis plutôt Roger Bernard qui traversait la place dans notre direction. Deux hommes le suivaient, les bras chargés. Je mis pied à terre et attendis le jeune Foix. Lorsque nous fûmes face à face, il fit un signe à ceux qui le suivaient. Ils nous tendirent des cottes de mailles, des gants et deux heaumes.

— Vous ne pouvez pas partir dans cet état, déclara-t-il en désignant nos simples chemises. Même dans le Sud, on n'est plus en sécurité. Mieux vaut être outillé correctement.

— Tu as sans doute raison, dis-je en les acceptant.

Pendant qu'Ugolin rangeait le tout dans nos bagages, le jeune comte sortit ensuite un papier de sa chemise et me le tendit.

— De la part de mon père. C'est un sauf-conduit, expliqua-t-il. Il vous place sous sa protection et facilitera votre voyage tant que vous serez en terres cathares. Plus loin, évidemment, il vaudra mieux s'en débarrasser pour qu'il ne vous incrimine pas.

Je savais fort bien qu'une fois dans le Nord nous serions en danger et que nous ne pourrions compter que sur nous-mêmes. Je dépliai le document et le lus.

Le porteur de ce sauf-conduit et ceux qui l'accompagnent sont sous la protection de la Maison de Foix. Qu'on leur accorde le passage et toute l'aide dont ils auront besoin, sous peine d'en répondre au soussigné.

Raymond Roger, comte de Foix

Sous la signature était apposé un sceau de cire rouge représentant un château à trois tours que je devinai être celui du comté de Foix, et la devise *Toque y si gauses.*

— « Touche-moi, si tu l'oses », traduisit Roger Bernard d'un air entendu.

— Pour qui vous connaît, voilà une devise fort appropriée, ricanai-je.

Je rangeai le sauf-conduit dans l'une des poches de ma selle.

— C'est très généreux de la part de ton père. Remercie-le pour moi.

— C'est le moins que nous puissions faire, au vu des services que tu as rendus à Toulouse et du prix que tu as payé. Tu noteras que tu n'y es pas nommé. C'est plus prudent. La signature et le sceau de mon père suffisent amplement.

Il fit une grimace où se fondaient le malaise et l'amusement.

— Il y a autre chose…

Il regarda derrière lui et désigna quatre hommes à cheval qui encadraient une charrette tirée par deux bêtes.

— Justement, les voilà. Je ne peux pas t'accompagner, mais je peux quand même t'aider de loin, expliqua-t-il. En quittant l'étable, tantôt, il m'est venu une idée plutôt… tordue. Je crois que tu l'apprécieras.

La charrette s'arrêta à notre hauteur. Elle était à demi remplie de foin.

— Que veux-tu que je fasse avec ça ? m'enquis-je, ne comprenant pas où il voulait en venir. Nous irons beaucoup plus vite avec seulement nos trois chevaux.

— Patience, Gondemar. Elle n'est pas pour toi, mais pour Simon de Montfort.

— Montfort ?

D'un geste un peu théâtral, Roger Bernard écarta le foin à deux mains et dégagea une épaisse couverture de laine. Il en saisit le coin et le rabattit, découvrant un cadavre au visage tellement mutilé qu'il avait à peine forme humaine. Mon expression dut trahir ma surprise car le jeune comte s'empressa de m'expliquer.

— Il s'agit d'un de mes hommes. Il s'appelait Enric. Le pauvre s'en est retourné à la Lumière durant la nuit.

Sur l'entrefaite, Pernelle, qui était descendue de sa monture, s'approcha. Elle se pencha sur le corps et soupira tristement.

— Pauvre bougre. Je me souviens de lui. C'est moi qui l'ai traité, dit-elle. Il a été brûlé par l'huile bouillante lors de votre dernière sortie. Je n'en reviens pas encore qu'il ait résisté aussi longtemps. Il a souffert un terrible martyre avant que son âme soit enfin libérée. Jusqu'à la fin, il n'a jamais laissé échapper la moindre plainte.

Elle se retourna vers Roger Bernard, courroucée.

— Qu'est-ce qui est arrivé à son visage ? demanda-t-elle de ce ton sévère qui n'autorisait aucune tergiversation. Il était amoché, mais pas à ce point.

— Comme il était déjà mort, j'ai demandé à un de mes hommes de lui défaire la face afin qu'il ait l'air d'avoir été piétiné par un cheval. Je me suis dit qu'il ne s'en plaindrait pas trop.

— Profaner un cadavre ? explosa Pernelle, outrée. Avez-vous perdu la tête, jeune comte ?

Je toisai le jeune Foix, tout à fait perplexe.

— Tu veux que je parte avec ce macchabée, ou quoi ?

— Mais non ! J'essaie de faire en sorte que personne ne sache que tu es parti.

— Cesse tes paraboles et explique-toi, morbleu !

— Comme tu vois, Enric était aussi roux que toi, dit-il, et à peu près de ta carrure. Je me suis dit qu'avec un peu d'aide il pourrait passer pour toi.

— Je ne suis pas sûr de te suivre…

Il s'appuya négligemment sur le côté de la charrette, l'air débonnaire.

— C'est pourtant simple, ricana-t-il. On nous rapporte qu'en ce moment même Montfort a amorcé sa marche vers Toulouse. Il voudra probablement s'installer dans Castelnaudary pour ensuite attaquer la cité. Comme convenu, nous tenterons de l'intercepter. Si nous n'arrivons pas à l'arrêter, nous tâcherons au moins de nuire à son approvisionnement. Dans un cas comme dans l'autre, il y a quelques belles batailles en vue.

— Bon, je sais tout cela, mais pourquoi ce cadavre ? insistai-je, ma patience atteignant sa limite.

— C'est ici que ça devient intéressant. Lorsque les combats commenceront, je m'assurerai de traîner Enric avec moi. En temps opportun, je l'abandonnerai quelque part, bien en vue. Montfort tient toujours autant à s'emparer de toi et il a certainement donné ordre à ses hommes d'être aux aguets et de te capturer si l'occasion se présente. Avec un peu de chance, on trouvera ton cadavre et on lui rapportera ta mort.

— S'il me considérait comme une affaire classée, j'aurais la paix, dis-je, admiratif.

— Voilà !

— L'idée est macabre, certes, mais astucieuse, ricanai-je malgré moi. Par contre, je ne suis quand même pas le seul roux dans le Sud. S'il ne peut reconnaître mon visage…

— Soit. Mais le jeu en vaut la chandelle, tu ne crois pas ? Et je me disais que…

Il hésita en se mordillant les lèvres.

— Que ?

— Que… si tu acceptais de te défaire de ton épée… Elle est facilement reconnaissable et Montfort l'a peut-être même tenue en main. Si elle était trouvée avec Enric, elle confirmerait ton identité.

— Il n'en est pas question ! m'insurgeai-je. Je l'ai forgée moi-même et elle me lie à l'Ordre des Neuf. Je ne m'en séparerai que lorsqu'on l'arrachera de ma main raide et froide.

— Bon… je m'en doutais bien, mais il ne coûtait rien d'essayer.

Il jeta un coup d'œil au mort.

— Rien ne garantit que le stratagème fonctionnera, dit-il en haussant les épaules, mais qui ne risque rien n'a rien.

Il recouvrit le cadavre, replaça le foin dessus et fit signe à ses hommes de s'éloigner, ce qu'ils firent.

L'instant de nous quitter était arrivé, mais nous restâmes là, indécis, à nous dévisager sans savoir quoi dire. N'étant pas porté sur les effusions, j'hésitais entre lui tendre la main, lui faire une accolade ou me contenter d'un de ces grognements typiquement masculins dont il saurait saisir le sens. Ce fut lui qui résolut notre dilemme. Il m'empoigna par les épaules, m'attira contre lui et me gratifia d'une chaleureuse étreinte, que je lui rendis fraternellement.

— Fais attention à toi, espèce de bougre, dit-il, le feu dans les yeux, lorsqu'il me laissa. Si tu le peux, reviens parmi nous. Il y aura toujours une place pour toi à Toulouse.

— Je te le promets. Et toi, fais attention à ta sœur. Ne la laisse pas hors de ta vue. On ne sait jamais.

— Comptes-y. Elle t'attendra, elle aussi. Maintenant, va.

Tout était dit. J'acquiesçai de la tête et retournai vers Sauvage, Pernelle à mes côtés. Nous nous remîmes en selle. Ugolin, lui, était prudemment resté en retrait, la contemplation d'un cadavre mutilé n'ayant jamais constitué une de ses activités favorites. Il était néanmoins pâle comme un drap et des rigoles de sueur lui coulaient sur le visage.

— Tu ne vas pas tourner de l'œil et tomber de cheval, quand même ? le taquinai-je. Il ne saignait même pas.

Le géant de Minerve se contenta de m'adresser un regard contrarié, mais il se maintint en selle. J'enfonçai légèrement mes talons dans les côtes de Sauvage et nous nous mîmes en marche. Après quelques toises[1], je me retournai et saluai une dernière fois

1. Une toise vaut près de deux mètres.

Roger Bernard, qui nous regardait partir. Il donna l'ordre qu'on nous ouvre et nous franchîmes la muraille en regardant droit devant.

Je plaçai ma main sur Memento, qui reposait sur ma cuisse. *Memento Creatoris tui in diebus iuventutis tuæ, antequam veniat tempus afflictionis*[1]... Les mauvais jours se trouvaient à l'horizon, tels de sombres nuages présageant la tempête. Cela, je n'en doutais pas un seul instant.

Le voyage vers le Nord s'annonçait long. Je le savais, pour en avoir fait une partie en sens inverse dans un temps qui me semblait appartenir à un autre siècle. À cette époque, Bertrand de Montbard et Evrart de Nanteroi avaient été à mes côtés. Maintenant, les deux étaient morts; le premier pour moi, le second par ma main.

Gisors se trouvait à quelque deux cents lieues[2] de Toulouse, soit près du double de la distance parcourue entre Rossal et Béziers, quand je ne savais rien encore de la situation dans laquelle je me retrouverais. Si nous voyagions au trot du lever au coucher du soleil et que nous ne rencontrions aucun obstacle, il nous faudrait au moins trois semaines pour nous y rendre. Il n'y avait par contre que soixante-douze lieues de Toulouse à Limoges. Peu après, le Sud se terminait officiellement. Dans trois ou quatre jours, nous serions donc en territoire ennemi. Heureusement, notre trajet promettait d'être passablement tranquille. L'essentiel des conquêtes croisées, dont Béziers, Carcassonne, Minerve, Cabaret, Montréal, Termes, Castres, Pamiers et Puylaurens se trouvaient en effet plus à l'est. Il nous suffirait donc d'éviter

1. Souviens-toi de ton Créateur pendant les jours de ta jeunesse, avant que les jours mauvais arrivent et que les années s'approchent où tu diras: Je n'y prends point de plaisir. Ecclésiaste 12,1.

2. Une lieue terrestre vaut 4,5 km.

Lavaur, là où Montfort avait fait lapider la châtelaine et pendre quatre-vingts chevaliers, comme nous l'avait rapporté Albin de Hautpoul lors de son passage à Montségur. Mais nous devions tout de même faire vite, car si Toulouse tombait, les croisés remonteraient inévitablement vers le Nord et, dans cette éventualité, la route du retour nous serait coupée.

Guidés par Ugolin qui, décidément, connaissait ce pays comme le creux de sa main, nous évitâmes les chemins les plus fréquentés et décrivîmes un détour par l'ouest pour éviter les environs de Lavaur et demeurer le plus loin possible d'éventuels croisés. Le Minervois avait décrété que, par mesure de prudence, nous nous dirigerions d'abord vers le village de Mondenard, pour poursuivre ensuite vers Cahors, une ville qu'il considérait assez grande pour que nous y passions inaperçus. Je m'en remis entièrement à son jugement, qui avait maintes fois fait ses preuves.

Pour ma part, je faisais de mon mieux pour ne pas trop ruminer. Je me répétais sans cesse que, si j'avais perdu Cécile, je devais en revanche m'estimer heureux d'avoir à mes côtés Pernelle et Ugolin, qui m'accordaient une confiance telle qu'ils m'accompagnaient vers l'inconnu. Les deux avaient déjà beaucoup trop souffert pour moi, et pourtant ils étaient là.

Je me concentrais de mon mieux sur la tâche à venir, dont je savais finalement peu de choses, sinon que la seconde part de la Vérité se trouvait à Gisors. *Dans une chapelle qui n'a jamais vu la Lumière*, avait dit la mendiante. *Suis la lignée de l'Ordre des Neuf. 3, 5 et 7. Les Ténèbres et la Lumière. Gare au vitriol et comprends la marque d'infamie de Jésus.* Je n'avais aucune idée de ce que je devais déduire de son charabia, mais elle avait été le *Cancellarius Maximus*. Elle n'avait certes pas parlé au hasard alors que la mort l'enveloppait déjà.

Le moment venu, il remettra son sceau au MAGISTER de son choix, faisant de lui le LUCIFER, porteur de la Lumière divine, avaient annoncé les instructions qui m'avaient été dévoilées après mon élection. Périodiquement, je sortais de ma chemise le pendentif que la vieille m'avait remis avant que ne surgissent les hommes du comte de Toulouse, dans lequel se trouvait encastrée la croix cathare que Métatron avait brûlée dans la chair de mon épaule pour me lier à jamais à cette cause.

J'admirais le sceau finement ciselé dans l'or, avec lequel elle avait marqué tous ses messages. *Il te permettra d'accéder à ce que tu cherches.* C'est ce qu'elle m'avait dit. La mort l'avait-elle empêchée de m'en révéler davantage ? Pourquoi diable avait-elle pris la peine de me prévenir contre le vitriol ? Allait-on tenter de m'empoisonner ? Un piège séculaire imaginé par les Neuf ou par leurs ennemis me guettait-il une fois arrivé à Gisors ? J'étais un homme de guerre, pas un apothicaire ni un alchimiste. Si un poison m'était destiné, je ne saurais pas davantage le reconnaître que le roi de France sans sa couronne. Et de quelle marque d'infamie avait-elle voulu parler ? Que devais-je en conclure ? Tout cela n'était qu'une irritante parabole de plus et je rageais en pensant que la vieille aurait pu dépenser son dernier souffle avec un peu plus de clarté. Tous ces messages énigmatiques me donnaient envie de rugir.

J'avais cruellement conscience que le *Cancellarius Maximus* était la seule personne au monde à connaître l'emplacement des deux parts de la Vérité. Avec sa mort, plus personne sur cette terre ne pourrait m'aider. J'étais désormais livré à moi-même, et le poids de la responsabilité m'oppressait la poitrine.

Je m'encourageais en me répétant que, jusqu'à présent, on m'avait guidé vers la Vérité et qu'on continuerait à le faire, sans le moindre égard pour ma sécurité. Ces angoisses, je les gardais pour moi. Mais je me doutais bien qu'Ugolin et Pernelle les partageaient, eux qui en savaient encore moins que moi. Je chevauchais avec mes deux fidèles compagnons, conscient que je les utilisais à mes propres fins. C'était méprisable, mais nécessaire.

Le premier jour, nous parcourûmes une vingtaine de lieues dans les terres de Foix. Nous croisâmes deux patrouilles, mais chaque fois, après avoir été interceptés de façon passablement cavalière, la méfiance des soldats cathares s'évanouit sur simple présentation du sauf-conduit. Par précaution, je me gardai toutefois de divulguer notre véritable identité. Roger Bernard avait mis au point un stratagème pour le moins créatif qui, s'il fonctionnait, me procurerait une grande liberté. Je voulais éviter de le ruiner en faisant en sorte que mes pérégrinations sur les routes du Sud soient connues et se rendent aux oreilles de Simon de Montfort. Pour tous ceux que nous croiserions, je serais Ricard et Ugolin, Gustau – de simples soldats escortant dame Liurada, une Parfaite cathare, vers Cahors, où elle espérait arriver à temps pour donner le *consolamentum* à son frère agonisant. L'histoire était simple et nous ne risquions pas de nous y emmêler les pieds.

Nous passâmes une nuit sans histoires près d'un ruisselet, à quelques toises du chemin. Comme nous étions toujours en territoire relativement sûr, nous nous autorisâmes à faire un feu pour combattre la fraîcheur. Nous mangions un peu de pain et de fromage pendant que les chevaux broutaient, lorsque Pernelle, enveloppée dans une couverture, posa la question qui nous préoccupait tous.

— Une fois à Gisors, si nous retrouvons les autres parchemins, que comptes-tu faire ensuite ?

— Pour l'heure, je me contente de suivre les directives du *Cancellarius Maximus*, répondis-je. Si j'arrive à récupérer la seconde part, je verrai.

— La solution la plus logique serait de les ramener à Montségur, suggéra Ugolin.

— Les événements ont prouvé que le temple des Neuf n'est pas aussi sûr qu'on le croyait. Daufina a payé de sa vie pour que nous finissions par le comprendre, contrai-je en portant malgré moi la main sur Memento, qui avait décapité l'innocente. Mais je suppose que, dans l'immédiat, cela resterait la meilleure option.

— Et ensuite ? s'enquit Pernelle.

— Même si les parchemins finissent par être rassemblés à Montségur, ce ne peut être que provisoire, poursuivis-je. Le pape sait déjà que la première part y est gardée. Tôt ou tard, les croisés finiront par assiéger la citadelle. Il faudra déplacer la Vérité bien avant.

Comment pouvais-je lui dire que cette décision m'appartenait ? Non pas parce que j'étais *Magister* des Neuf, mais bien parce que Dieu avait placé la responsabilité de la Vérité sur mes seules épaules. Tôt ou tard, je devrais abandonner Pernelle et Ugolin pour partir seul avec les parchemins qu'ils m'aidaient en ce moment même à chercher au péril de leur vie. Mais où irais-je ? Cela, je l'ignorais.

— Le problème, c'est que, lorsque les croisés auront vaincu, la Vérité ne sera plus en sécurité nulle part, précisa Ugolin, comme s'il lisait dans mes pensées. Ni dans le Sud, ni dans le Nord. À cette heure, Amaury n'est certainement pas le seul prélat du pape à courir après Elle. Lorsque l'Église aura étendu ses tentacules partout, ce sera encore pire.

— Que faire, alors ? soupira Pernelle.

— Je ne sais pas, répondis-je, songeur.

— Peut-être vaudrait-il mieux la retourner en Terre sainte ? suggéra le Minervois. Ou trouver un pays qui n'est pas chrétien quelque part ? Ça doit bien exister, non ?

— Nous n'en sommes pas là, tranchai-je. Chaque chose en son temps. Il faut d'abord les retrouver, ces maudits documents, et on ne nous les remettra certes pas sur un plateau d'argent.

Nous finîmes de manger en silence puis bûmes un peu d'eau puisée à même le ruisselet.

— Pernelle ? demandai-je à brûle-pourpoint alors que nous allions nous enrouler dans nos couvertures pour la nuit. Que sais-tu du vitriol ?

— Tu penses à ce que t'a dit la mendiante avant de mourir ? *Gare au vitriol* ?

— Je ne pense qu'à ça…

— Je me suis demandé ce qu'elle voulait dire, moi aussi. Le *vitriolum* est une substance fabriquée avec du soufre. On l'appelle aussi « huile de verre » parce qu'il est sans couleur ni odeur. Je sais que c'est un acide très puissant qui s'attaque à tout, même au métal.

— Pour qui le souhaite, je suppose qu'il peut être utilisé comme arme.

— Absolument. À son contact, la peau brûle instantanément, plus gravement encore que par le feu. Et sans être un poison, il peut être dilué dans l'eau et ravager les entrailles jusqu'à ce qu'elles ne soient plus qu'une bouillie sanglante.

— Hmmm… fis-je, songeur, en me frottant la barbe. Voilà une perspective réjouissante.

— Si la seconde part de la Vérité est protégée par du vitriol, il vaut mieux en être averti.

— Tu saurais le reconnaître si tu en voyais ?

— Seulement par son effet.

— Et alors, il sera trop tard pour l'éviter.

— Tout dépend de ce qu'il brûle, j'imagine.

— Bon, nous verrons bien. Il faut d'abord la retrouver, cette Vérité.

Nous nous couchâmes et il ne fallut pas longtemps pour que les ronflements sonores d'Ugolin remplissent la nuit. Pour ma part, malgré la fatigue du voyage, je n'arrivais pas à fermer l'œil. J'avais beau savoir que j'avais pris la bonne décision en quittant Toulouse, une partie de moi avait l'impression qu'on m'avait arraché un membre depuis que j'avais quitté Cécile. Je réalisais soudain que le soir, instant privilégié où je la blottissais contre moi pour m'endormir, était le plus difficile de tous.

— Elle te manque à ce point ? demanda Pernelle, allongée entre le Minervois et moi.

— Cela paraît tant ?

— Comme si c'était écrit sur ton front, mon pauvre ami, dit-elle en me posant la main sur le bras.

— Je n'ai pas besoin de ta pitié, dis-je, plus brusquement que je l'aurais voulu.

— Et je ne t'en offre aucune, rétorqua-t-elle avec tendresse. Mais la compréhension et l'amitié n'ont jamais fait de mal à personne, Gondemar.

Elle s'assit, fouilla dans son corsage et en sortit un papier cacheté. Elle me le tendit.

— Elle m'a laissé ceci pour toi, dit-elle. Je ne devais te le remettre que si je voyais que tu devenais trop triste. Je crois bien que le temps est venu.

— Et sinon ?

— Cécile considérait que si sa présence ne te manquait pas, tu n'aurais nul besoin d'un souvenir d'elle.

Je tendis la main et m'approchai des braises encore rouges. Puis je fis sauter le sceau de cire et dépliai le papier. Sur la page, elle n'avait écrit que quelques mots.

Gondemar,

Nous nous reverrons. Je ne sais quand ni dans quelles circonstances, mais j'en ai la certitude. D'ici là, que cette partie de moi t'accompagne. Garde espoir.

Je t'aime

Cécile

Dans le pli du papier se trouvait un objet à nul autre pareil. Avec une mèche de ses cheveux, elle avait tressé un anneau. Je le retournai dans mes doigts, ému, comme s'il s'agissait du trésor le plus précieux. Les cheveux blonds de Cécile de Foix. J'avais pris tant de plaisir à y enfouir mon nez en m'éveillant, à les empoigner quand je la prenais pour la faire entièrement mienne, à les caresser tendrement lorsque sa tête reposait sur mon épaule. Je le passai à mon annulaire droit et fermai le poing.

— Merci, dis-je d'une voix étouffée.

— De rien. Dors bien, mon ami, répondit Pernelle.

À l'aube, nous reprenions la route.

Notre trajet vers Mondenard dura encore deux jours et se déroula sans encombre. Les quelques patrouilles que nous croisâmes continuèrent à respecter le sauf-conduit de Foix et nos progrès ne furent pas entravés. Je ne savais rien du village vers lequel nous nous dirigions, mais Ugolin, lui, était mieux renseigné, pour y être souvent passé jadis comme messager. Cette nouvelle m'étonna un peu.

— Tu as agi comme messager ? Toi ? demandai-je.

— Mais oui. Pourquoi crois-tu que je connais si bien les routes du Sud ? répondit-il, amusé. Lorsque tu m'as connu à Minerve, j'y étais revenu depuis quelques mois seulement, après une année entière sur la route. J'en avais assez de voyager. J'étais plus utile à combattre, pardieu ! Les Parfaits ont fini par le comprendre et m'ont intégré aux hommes de Landric.

— Et que sais-tu de Mondenard ?

Il grimaça, mal à l'aise, en se frottant la nuque.

— Euh… C'est un village cathare…

— Mais encore ?

— Eh bien…

Fort embarrassé, il m'apprit que, voilà quelques années, Arnaud de Durford, le seigneur de l'endroit, avait cédé tous ses droits sur les châteaux de la région à l'ineffable Raymond VI de Toulouse, que j'avais eu le grand déplaisir de fréquenter de près à Toulouse.

— Foutre de Dieu ! Tu veux dire que nous allons devoir remettre les pieds dans les terres de ce vieux filou ? éclatai-je.

— J'en ai bien peur, oui, fit le géant, un peu contrit, mais ne te ronge pas trop les sangs.

— Je rongerai ce que je veux, bougre d'abruti !

— C'est le chemin le plus court vers le Nord et il faut bien refaire nos provisions quelque part. Et puis, le comte, il est à Toulouse, pas à Mondenard. De là-bas, il ne nous embêtera pas.

J'inspirai pour me calmer, le bon Ugolin ne méritant pas une telle colère, lui qui n'avait à cœur que notre sécurité et qui m'avait souventes fois prouvé son bon jugement.

— Soit, dis-je, mais il aimerait sans doute encore mettre la main sur quelque chose à monnayer avec Montfort. Moi, par exemple. Si jamais il apprenait notre passage, il lancerait ses hommes à nos trousses et ne serait que trop heureux de nous livrer à lui, pieds et poings liés.

— Pour ce que nous en savons, Ricard et Gustau accompagnent dame Liurada vers Cahors, me rappela-t-il. Il nous suffit de rester discrets. De toute façon, nous ne ferons que passer. Dès demain matin, nous reprendrons la route.

Nous arrivâmes en vue de Mondenard alors que le soleil achevait sa course. Dans la lumière couchante, je pus entrevoir un modeste village perdu dans la nature, ses maisons pâles aux toitures de tuile rougeâtre tranchant sur le vert environnant. Dans les champs, tout autour, des troupeaux de moutons paissaient placidement. L'endroit, dépourvu de fortifications, était totalement vulnérable. Lorsque les croisés viendraient, il ne pourrait offrir aucune résistance. Il était condamné, comme tant d'autres villages déjà ravagés par Montfort et ses hommes. Intérieurement, je plaignis les habitants, sachant trop bien le sort qui les attendait.

Nous étions à moins d'une lieue lorsque je réalisai qu'il ne semblait y avoir aucune activité dans les rues ou dans les champs. Il semblait abandonné.

— Cet endroit a l'air bien tranquille, remarquai-je, suspicieux.

— Étrange, en effet, acquiesça Ugolin. Où est tout le monde ? Et comment se fait-il qu'on n'ait pas encore rentré les moutons ?

Bertrand de Montbard m'avait appris à me fier à mon instinct et les circonstances inédites de ma vie récente avaient confirmé la sagesse de son enseignement. Or, ce que je voyais me causait un picotement de méfiance le long de l'échine. Je portai la main sur Memento et la dégainai. Du coin de l'œil, je vis que le Minervois avait fait de même. Pernelle bien en sécurité entre nous deux, nous approchâmes, sur nos gardes.

Parvenus à l'orée du village, nous nous arrêtâmes près d'un bosquet et observâmes les rues, qui étaient décidément vides.

— On dirait que tout le monde est parti, constata Ugolin. Peut-être qu'on a eu vent d'une approche des croisés ? Ou qu'ils sont déjà passés ?

— Non, tu les connais comme moi. Il n'y aurait que des ruines, des cadavres et, sans doute, un bûcher.

— Et si les habitants s'étaient cachés à notre approche ? suggéra Pernelle.

— Pourquoi feraient-ils cela ? Ils n'ont aucune raison de se sentir menacés par une femme et deux hommes en chemise.

Sur ma gauche, le feuillage du bosquet frémit et un homme en émergea. Il s'avança vers nous en titubant et brandit une fourche dans notre direction.

— Passez votre chemin si vous tenez à la vie, dit-il d'une voix haletante en agitant son arme de fortune d'un geste menaçant.

Ugolin allait brandir son épée, mais je l'arrêtai en lui posant la main sur le bras. Il fallait être aveugle pour ne pas voir que cet homme était tout sauf dangereux. Son visage pâle comme la mort était couvert de sueur et son regard était vitreux. Son torse nu, maigre à faire peur, était émaillé d'étranges taches foncées et suppurantes. Ses mains tremblaient tant que sa fourche menaçait de lui échapper à tout moment. Même à plusieurs pas, il dégageait une puanteur épaisse qui provoqua chez moi un mouvement de recul.

Le cadavre ambulant fit quelques pas hésitants vers nous.

— Partez, râla-t-il, si vous ne voulez pas…

Incapable de compléter sa phrase, il ouvrit grand la bouche et, pris d'un violent spasme, vomit un flot de sang épais qui lui macula le menton et la poitrine. Puis il vacilla et s'écroula lourdement sur le côté. Sous mon regard incrédule, la chair de son bras se détacha en râpant le sol, libérant un pus jaunâtre et nauséabond, et découvrant l'os. Ma première réaction fut de scruter l'horizon, à la recherche de l'archer qui l'avait atteint. Puis je réalisai que son dos était exempt de flèche.

— Par le croupion de la Vierge… balbutiai-je. Mais… cet homme est malade.

Pris d'une crainte viscérale, je fis reculer Sauvage de quelques pas. À mes côtés, Ugolin en fit autant. Pernelle, évidemment, fit l'inverse. Elle sauta de sa selle et s'empressa vers le malheureux. Elle remonta sa jupe pour s'en recouvrir les mains, s'agenouilla près de lui et le retourna sur le dos. Plaçant deux doigts sous le menton de l'homme, elle se concentra.

— Plus maintenant. Il est mort, décréta-t-elle en les retirant.

En se gardant soigneusement d'entrer en contact direct avec le cadavre, elle examina son étrange blessure au bras, les sourcils froncés. Puis elle s'attarda au torse, allant même jusqu'à sentir les taches noires qui le parsemaient. Elle retroussa ensuite les braies du mort et dévoila des marques semblables sur les mollets et les cuisses.

Elle resta longtemps songeuse, vérifiant ceci et cela, marmonnant pour elle-même, puis se redressa brusquement, le visage livide.

— Mon Dieu, protégez-nous, murmura-t-elle distinctement.

Elle se releva d'un trait et recula de quelques pas, les yeux exorbités.

— Qu'est-ce qu'il avait ? m'enquis-je, inquiet de voir mon amie ainsi alarmée, elle qui était habituellement si calme en présence de la maladie.

— *Ignis sacer*[1], dit-elle d'une voix à peine audible. J'en avais entendu parler, mais c'est la première fois que je le vois de mes propres yeux.

Elle essuya nerveusement ses mains sur sa blouse, même si elles n'étaient pas entrées en contact avec le mort. Pernelle avait toujours été pâle, mais jamais autant qu'à ce moment précis. Ses lèvres n'étaient plus qu'une mince ligne exsangue et elle semblait sur le point de défaillir.

— À part la peste, c'est la pire maladie que je connaisse, dit-elle, un trémolo de peur dans la voix. Elle corrompt les membres de l'intérieur jusqu'à ce que la chair s'en détache, puis elle gagne les entrailles. Tout se passe en quelques jours à peine et les malades expirent dans d'atroces souffrances. Elle peut raser la population d'un village entier en un rien de temps.

— Fichons le camp d'ici, alors, dit Ugolin, apeuré.

Pernelle fit un effort pour arracher son regard du cadavre, puis se retourna vivement vers moi avec cet air déterminé que je lui connaissais trop bien.

— Oh non… dis-je, en anticipant ce qu'elle allait me dire.

— Oh si, rétorqua-t-elle, avec détermination.

— N'y songe même pas. Nous devons nous rendre à Gisors sans attendre. Nous n'allons pas nous arrêter ici pour tenter de sauver des gens que nous ne connaissons même pas.

— Réfléchis, pour une fois. Le feu sacré pourrait être le meilleur allié des croisés. S'il se répand dans le Sud, il fera le travail à leur place et ils n'auront qu'à se terrer quelque part pour attendre tranquillement que les nôtres trépassent. Ils auront conquis sans combattre. C'est vraiment ce que tu veux ?

La question était pertinente. Mes sympathies étaient définitivement du côté des hérétiques et ce que je savais maintenant des origines de l'Église chrétienne me la faisait haïr encore davantage, ainsi que ses soldats. Au-delà de cela, toutefois, je demeurais le seul responsable de la Vérité, désigné par Dieu

1. Le feu sacré.

lui-même, et le sort des terres du Sud et de leurs habitants ne devait pas interférer avec ma mission.

— Laissons mourir les villageois encore vivants et cela suffira bien à empêcher la contagion, dis-je pour tenter de la dissuader, tout en sachant que cela était voué à l'échec.

— Tu crois ? Et si quelqu'un se présentait, contractait le mal et repartait pour le répandre ? Nous sommes bien venus, nous. N'importe qui peut en faire autant.

Comment pouvais-je avouer à Pernelle, dont toute la vie était fondée sur le service aux autres, qui s'était elle-même sauvée en s'oubliant, que je ne devais pas me laisser ralentir par ce genre de considérations ? Que je le veuille ou non, les cathares pouvaient tous mourir et cela devait m'être égal. La mission dont j'étais investi transcendait tout cela. Mais j'étais incapable de m'en convaincre moi-même. Tous ces gens avaient fini par m'importer, n'en déplaise à Métatron. Ne m'avait-il pas prévenu que ma conscience serait désormais mon plus lourd fardeau ? L'archange devrait donc s'accommoder de sa présence.

— Nous devons nous assurer que la maladie reste circonscrite dans ce village, insista mon amie. Tu comprends ?

Je baissai la tête, m'avouant vaincu. Je n'avais pas souvenance d'avoir jamais remporté un raisonnement avec Pernelle et celui-ci avait subi le même sort. Même si la Vérité m'appelait à Gisors, elle avait raison : si cette maladie était vraiment aussi contagieuse et virulente qu'elle le disait, le Sud tout entier était menacé. Et s'il tombait aux mains des croisés plus rapidement qu'envisagé, la Vérité elle-même ne serait plus en sécurité. Et puis, dans le Sud, j'étais devenu quelque chose qui s'approchait enfin de l'humain. Je lui devais assistance.

— Que proposes-tu ? soupirai-je avec lassitude.

— Je dois m'assurer que les malades soient isolés des autres pour que le mal ne se répande pas. Ceux qui survivront après y avoir été exposés ne l'attraperont plus.

— Mais pour ça, il faudrait… entrer, dit Ugolin.

— Cela va de soi.

Elle revint vers sa monture et prit son coffre. Je la regardai, impressionné par le fait que ce petit bout de femme infirme entendait vraiment pénétrer dans ce qui ne pouvait être qu'un mouroir et lutter à mains nues contre la maladie. Avec détermination, elle claudiqua vers le village et s'adressa à nous sans se retourner.

— Restez à l'extérieur. Assurez-vous que personne n'entre ou ne sorte.

Ses paroles secouèrent mon apathie. Il était hors de question que je laisse ma pauvre Pernelle s'aventurer seule dans de telles conditions. Quoi qu'il advienne, elle ne souffrirait plus, fût-ce au prix de ma propre vie. D'autre part, depuis ma résurrection, j'avais amplement eu l'occasion de vérifier que, dans l'immédiat, Dieu avait d'autres plans pour moi que la mort. Après tout, j'avais été décapité, j'avais reçu un carreau d'arbalète en plein front, j'avais été blessé maintes fois, et j'étais toujours là pour en parler. Pour l'instant, je n'étais pas autorisé à mourir et, quelle que soit la menace à laquelle je m'exposerais, la vie s'imposerait à moi. Je pouvais souffrir, certes, et Dieu ne s'était pas privé de me le rappeler, mais j'avais la certitude que je resterais là tant que je n'aurais pas retrouvé l'entière Vérité – ou que j'aurais échoué.

Je descendis prestement de Sauvage et m'en fus la rejoindre.

— Je t'accompagne, décrétai-je en empoignant son coffre.

— Ne dis pas de bêtises et reste ici, rétorqua-t-elle en tirant dessus pour me le reprendre.

— J'ai vu cette maladie à Rossal après ton départ, mentis-je, et je ne l'ai pas attrapée. Tu viens de dire toi-même que ceux qui y survivent sont protégés.

Elle me toisa un instant.

— À Rossal ? Comment peux-tu être sûr que c'était bien le feu sacré ? demanda-t-elle, le regard inquisiteur.

— C'est ce qu'a dit la vieille Ylaire.

— Une sage-femme..., dit-elle, sceptique.

— Et une guérisseuse, aussi. Comme toi.

Elle serra les dents et émit un grognement contrarié.

— Elle était fort savante, en effet. Bon, très bien, alors. Tu viens avec moi.

— Mais toi ? m'enquis-je. Ne vas-tu pas attraper la mort ?

— Je sais me protéger.

— Es-tu absolument certaine que tu seras épargnée ?

— Non. Mais chacun sa mission dans la vie. Soigner est la mienne.

Elle m'arracha son coffre, le posa sur le sol, l'ouvrit et en tira un mouchoir qu'elle noua sur sa nuque. Elle m'en tendit un autre en m'ordonnant de faire de même. Lorsque ce fut fait, je me retournai vers Ugolin.

— Tu as entendu dame Pernelle. Reste ici et empêche quiconque d'entrer ou de sortir. Je viendrai te rendre compte tous les soirs au soleil couchant. Si tu manques de quoi que ce soit, je te l'apporterai.

— Entendu, répondit le colosse, blanc comme un linge, qui n'avait visiblement aucune envie de nous suivre.

— Creuse une fosse pour lui, ajouta Pernelle en désignant le mort de la tête. Elle doit être aussi profonde que possible. Surtout, ne le touche pas avec tes mains. Compris ?

— Je ne le toucherais pas pour tout l'or du pape, dame Pernelle. Mais avec quoi dois-je creuser ?

— Utilise sa fourche pour ramollir la terre puis enlève-la avec tes mains. Pousse le corps avec ton pied pour le faire rouler dans la fosse et recouvre-le bien. Empile des pierres dessus si tu le peux, pour que les bêtes ne le déterrent pas. Il doit absolument rester là et pourrir tranquille.

— Bon... Ce n'est pas comme si j'avais autre chose à faire, je suppose, grommela Ugolin.

Sans attendre, il empoigna la fourche abandonnée par le mort et se mit à remuer la terre, empilant les roches pour les réutiliser.

Le laissant à sa tâche, mon amie me rendit son coffre et, sans rien ajouter, nous entrâmes dans le village.

Si je traînais en moi une part d'enfer, j'étais en passe d'en découvrir une autre, sur Terre, encore plus terrible puisqu'elle frappait des innocents.

CHAPITRE 2

Mouroir

La scène qui s'offrait à nous était plus terrible encore que celle que les croisés avaient créée dans les rues de Béziers. Non pas parce que la mort y était plus présente, mais parce que l'homme n'y était pas en cause. Cette fois, l'horreur émanait de Dieu en personne.

Les rues étaient loin d'être désertes, comme nous l'avions d'abord cru. Bien au contraire, elles étaient un véritable charnier à ciel ouvert qui ne nous était pas apparu de loin. Çà et là, nous pouvions voir les habitants de Mondenard. Certains étaient allongés par terre, morts et dans des états divers de décomposition. D'autres étaient affalés contre les maisons, l'air hagard, grimaçants et respirant avec difficulté. Les hommes, les femmes, les enfants et les vieillards s'entremêlaient, la maladie n'ayant fait aucune distinction entre ses victimes.

Au centre du village, j'aperçus une jeune femme, adossée au puits communal. Le bas du visage et le devant de sa robe ensanglantés, la chair flasque et couverte de taches, le regard fixe, elle tenait dans ses bras déjà froids et rigides un nourrisson qui gigotait en pleurnichant faiblement. Pendant un fugitif instant, je fus transporté dans ma propre enfance. Je me tenais dans l'église que j'allais incendier, plusieurs années plus tard. Je revoyais le père Prelou, en train de célébrer la messe. Dans un coin, posée sur une corniche, se trouvait une petite statue de la Vierge Marie, à la peinture écaillée, qui tenait l'Enfant Jésus dans ses bras. Je revis l'air de contentement qui marquait son visage, dont les yeux levés vers le ciel semblaient implorer Dieu le Père d'épargner ce fils auquel elle tenait. Cette femme figée dans la mort avait le même air. Mais Dieu ne l'avait pas entendue.

Pernelle remarqua ma macabre fascination et me tira par le bras.

— Viens, il est trop tard pour lui. Sa mère l'a déjà contaminé. Regarde son bras.

Je suivis son regard et discernai une tache noire qui souillait la chair potelée. Je dus me faire violence pour arracher mon regard de l'enfançon qui vagissait désespérément, comme s'il venait de comprendre que nous l'abandonnions et qu'il nous appelait à l'aide.

Plus loin, nous croisâmes un vieux édenté, allongé par terre, qui leva piteusement la tête à notre approche et tendit vers nous une main suppliante dont la peau se détachait par lambeaux. Partout, les cadavres et les agonisants traînaient au hasard, tombés de faiblesse là où ils se trouvaient. Les râles et les gémissements étaient les seuls sons que nous pouvions entendre. Les oiseaux et les insectes semblaient avoir abandonné cet endroit maudit. Ce silence de mauvais augure me donna froid dans le dos.

Pernelle me surprit en passant devant les malades que nous croisions sans leur accorder la moindre attention, elle que je n'avais jamais vue hésiter à se dévouer pour les autres.

— Tu ne les soignes pas ? m'enquis-je, presque scandalisé.

— Je ne peux rien pour eux, répondit-elle avec une froideur et un détachement que je ne lui connaissais pas. Ils respirent encore, mais ils sont déjà morts. Il nous faut plutôt trouver quelqu'un qui pourra répondre à mes questions.

Nous arpentâmes les quelques rues qui composaient le village, à la recherche d'un interlocuteur qui ne semblait pas exister. En désespoir de cause, nous nous séparâmes pour inspecter les maisons, ouvrant les portes au hasard pour jeter un regard à l'intérieur. Nous n'y trouvâmes que des morts effondrés à table, endormis pour toujours sur leur paillasse ou gisant sur le sol, et quelques malades qui ne valaient guère mieux. Nous les laissâmes tous là où ils étaient, malgré les cris désespérés que certains nous lançaient.

Je commençais à me lasser de cette macabre ronde lorsque, en ouvrant une nouvelle porte, je fus frappé de plein fouet par la réalité. Adossés au mur du fond gisaient deux cadavres dont l'épaule était ornée de la croix rouge.

— Foutre de Dieu ! m'exclamai-je en refermant.

Sur le coup, j'éprouvai une puissante envie d'étouffer Pernelle, à cause de laquelle nous venions de tomber sur nos ennemis. Je m'en fus la rejoindre et me calmai de mon mieux.

— Il y a deux croisés morts là-dedans, l'informai-je en désignant la maison du chef.

— Tu en es certain ?

— Mais non, j'ai des hallucinations ! rétorquai-je sèchement.

— Morts, ils ne sont pas bien dangereux.

— Mais qui nous dit qu'il ne s'en trouve pas d'autres, bien vivants ?

— S'ils sont vivants, alors ils seront dans le même état que les autres.

— Que tu dis, maugréai-je.

Désormais sur mes gardes, je fis passer le coffre de Pernelle sur ma hanche gauche et dégainai Memento. J'aurais voulu retourner avertir Ugolin, craignant qu'il n'ait été pris par surprise et occis, mais je me raisonnai. Le Minervois savait se défendre. Et puis, de là où nous nous trouvions, le bruit des armes nous serait parvenu.

Une voix nous fit sursauter.

— Partez d'ici pendant qu'il est encore temps !

Pernelle et moi nous retournâmes à l'unisson pendant que je brandissais mon arme, prêt à occire le nouveau venu. Ma précaution ne fut pas nécessaire car, de l'autre côté de la rue, devant une maison à la porte ouverte, se tenait un tout jeune homme qui fixait sur nous de grands yeux bleus apeurés.

— Fous ! Ne voyez-vous pas que la mort est partout ? Allez-vous-en si vous ne voulez pas trépasser, vous aussi ! renchérit-il en indiquant de l'index la direction d'où nous étions venus.

Il avait à peine seize ou dix-sept ans et, malgré l'effort visible qu'il faisait pour se donner des airs d'autorité, ses grands yeux éperdus trahissaient à quel point il était terrifié. Rassuré par son tourment évident, je remis mon arme au fourreau. Pernelle, elle, parut ravie de le voir. Elle se dirigea calmement vers lui et je lui emboîtai le pas. Elle s'arrêta à quelques pas de lui et l'évalua d'un œil sévère.

— Je suis dame… commença-t-elle.

Sentant que, par mégarde, elle allait révéler sa véritable identité, je lui posai discrètement la main dans le bas du dos et la pinçai pour l'interrompre. À son honneur, elle contrôla son sursaut et, comprenant mon message, se reprit.

— … euh, dame Liurada, compléta-t-elle d'une voix un peu plus haut perchée que de coutume. Je suis en route vers Cahors, où mon frère à l'agonie attend le *consolamentum*. Et voici le sieur Ricard, qui m'accompagne. Le sieur Gustau, qui complète ma suite, est demeuré à l'entrée du village où il enterre un des vôtres, qui est mort sous nos yeux. D'ailleurs, il faudrait faire la même chose ici, et sans tarder.

L'autre observa Pernelle des pieds à la tête, l'air suspicieux. Celle-ci suivit son regard, qui glissait sur ses vêtements, et saisit la source de sa confusion.

— Ne crains rien, je suis une Parfaite. Dans les circonstances, tu comprendras que j'aie jugé plus prudent de ne pas voyager en habit noir, expliqua-t-elle. Les routes ne sont pas sûres et les croisés n'aiment rien mieux que de mettre la main sur l'un d'entre nous pour le faire rôtir au bûcher.

Le jeune homme parut soulagé. Je vis ses épaules se détendre à mesure que la tension les quittait, et son visage abandonner le masque de courage qu'il y avait maintenu de force. Il se jeta à genoux, la tête inclinée.

— Alors, bonne dame, dit-il avec une ferveur mêlée de désespoir, donne-moi ta bénédiction et celle de Dieu, car j'en ai grand besoin.

— Tiens-la de Dieu et de moi, répondit calmement mon amie, dont je notai qu'elle évitait de poser ses mains sur la tête du garçon, comme elle l'aurait fait d'habitude.

Dès que Pernelle prononça ces paroles, la douleur que j'avais presque oubliée me traversa le gosier, fulgurante, me rappelant que j'étais damné et que, tant que je vivrais, toute parole sacrée serait une torture à ma chair. Je fermai les yeux et tentai de dominer la crispation de mon visage. Il me fallut toute ma volonté pour ne pas porter la main à la cicatrice qui m'encerclait le cou. Je ne respirais qu'à grand-peine, m'accrochant au fait que cette prière était de courte durée.

— Je le prie de te faire bon chrétien et de te conduire à bonne fin, conclut Pernelle, à mon infini soulagement.

Dès qu'elle eut achevé son invocation, la douleur commença à se dissiper et je sentis l'air circuler à nouveau dans mon gosier brûlant et écorché. Pendant que je me reprenais, le garçon se releva.

— Comment t'appelles-tu, mon garçon ? s'enquit doucement Pernelle.

— Estève, bonne dame. Je suis le fils de Vidau, le maire du village, répondit-il, trahissant l'habitude qu'il avait de faire valoir son statut.

— Je dois parler à ton père sans tarder.

— Il est mort, dit le jeune homme en ravalant un sanglot.

— Y a-t-il un Parfait dans ce village ?

— Il y en avait un. Jusqu'à hier.

— Raconte-moi ce qui s'est passé.

— Ne restons pas ici, dit Estève en laissant son regard errer sur les cadavres qui traînaient non loin de là. Nous serons plus… confortables à l'intérieur.

Il nous entraîna vers la maison d'où il était sorti. Nous le suivîmes et entrâmes. À ma surprise, la demeure était propre et surtout dénuée de cadavres.

— C'est la demeure de la vieille Desirada, expliqua-t-il. Elle vivait seule depuis la mort de son mari, voilà quelques années. Elle est morte dans la rue, il y a quelques jours. C'est la seule que j'aie trouvé qui soit… propre.

D'un geste, il nous invita à nous asseoir à la table.

— Vous avez faim ?

— Plus tard, répondit Pernelle avec une pointe d'impatience.

La vue de tous ces cadavres et la présence de croisés m'avaient coupé l'appétit. Je refusai aussi son offre d'un geste de la main. Estève prit une cruche d'eau-de-vie et trois gobelets et les y posa avant de s'asseoir à son tour. Il versa une rasade à chacun.

— Vous boirez bien quelque chose, alors. Desirada ne dédaignait pas la dive bouteille, expliqua-t-il en forçant un sourire.

Je pris une gorgée et appréciai la chaleur qui descendit lentement dans mon gosier pour se poser au fond de mon estomac. Je sentis la tension quitter mes nerfs et j'eus l'impression de pouvoir penser un peu plus calmement. Pernelle, elle, posa le gobelet sur la table sans y tremper les lèvres.

— Dis-moi tout ce que tu sais, insista-t-elle.

Le jeune homme but une gorgée à son tour et parut rassembler ses idées.

— Tout a commencé voilà une dizaine de jours. Un matin, alors que je me rendais chez le sellier pour lui faire réparer un attelage, j'ai entendu un petit cri de surprise. Je suis allé voir de quoi il retournait. J'ai trouvé Isangarda, la fille du tonnelier, près du puits. Elle venait de trouver un oiseau mort dans le seau qu'elle avait remonté. Je l'ai taquinée d'être si peureuse et, pour me prouver le contraire, elle l'a pris et me l'a lancé. Nous avons bien ri. Puis elle a vidé l'eau et en a puisé à nouveau avant de repartir chez elle. Moi, j'ai repris ma route.

Pour se donner une contenance, il avala une nouvelle gorgée et grimaça alors que l'eau-de-vie lui brûlait la gorge.

— Je n'ai plus repensé à cet incident jusqu'à ce que je revoie Isangarda, deux jours plus tard. Elle errait dans le village et ne semblait plus savoir ce qu'elle faisait. Elle suait comme une esclave et avait les yeux hagards. Son visage était couvert de taches sombres et ses bras… Mon Dieu, ses bras…

— La maladie se développe très vite, remarqua Pernelle. Personne d'autre n'avait touché cet oiseau ?

— Pas que je sache. Pourquoi ?

— Il était sans doute porteur de la maladie et cette jeune femme a été la première à l'attraper. Continue, Estève.

Troublé, le jeune homme fit une pause et se frotta le visage avant de poursuivre son macabre récit.

— Ses bras… reprit-il. La chair s'en détachait. La peau de sa main droite pendait comme un gant devenu trop grand. C'était tellement… répugnant. J'ai couru avertir mon père, qui a aussitôt fait mander Faure, le Parfait du village. Dès qu'il l'a vue, celui-ci a ramené Isangarda chez elle et l'a examinée. Puis il est revenu rendre compte à mon père. Il disait n'avoir jamais rien vu de tel et ne savait pas quoi faire. Il a ordonné qu'elle soit tenue à l'écart des autres et s'en est occupé seul. La pauvre est morte le lendemain. Quelques jours plus tard, Faure était malade à son tour. Ensuite, tout s'est passé si vite… Le mal s'est répandu comme des flammes dans un bois sec et les villageois se sont mis à tomber comme des mouches. En une semaine, il ne restait presque personne. Mon père, ma mère, ma sœur… J'ai perdu toute ma famille.

Il ravala un sanglot et, l'espace d'un instant, il eut l'air de l'enfant qu'il avait à peine cessé d'être.

— À part toi, il y a d'autres survivants ? demanda Pernelle, d'une voix où je perçus distinctement de l'espoir.

— Quelques-uns, répondit Estève en reniflant bruyamment. Heureusement, car je crois que j'en aurais perdu la raison. Il reste peut-être une quarantaine d'habitants, dont plusieurs malades. Voilà deux semaines, nous étions plus de cent, mais le mal s'est répandu vite.

— Où sont-ils, alors ? m'informai-je. Nous n'avons vu que des morts et des agonisants.

— Ceux qui restaient ont pris peur et ont fui. Ils croyaient échapper au mal.

— Sont-ils partis pour d'autres villages ? se préoccupa Pernelle, d'une voix où perçait l'inquiétude.

— Non. Ils se terrent dans les bois, non loin d'ici, répondit Estève, au soulagement évident de mon amie.

— Et les croisés ? fis-je enfin.

D'une main tremblante, le jeune homme saisit son gobelet, le vida d'un trait et s'en versa un second.

— Ils sont arrivés voilà deux jours à peine. Ils ne savaient pas dans quel guêpier ils mettaient les pieds !

— Combien étaient-ils ?

— Seulement quatre. Ils semblaient égarés.

— Personne ne les a suivis ?

— Pas que je le sache, non. M'est avis qu'ils s'étaient détachés des autres dans l'espoir de piller tranquilles. Mal leur en a pris.

— J'en ai trouvé deux morts dans une maison. Qu'est-il advenu des deux autres ?

— Je l'ignore. Je ne les ai pas vus depuis hier. C'est pour cette raison que j'ai osé descendre au village pour y chercher quelques provisions. Ils ont dû repartir dès qu'ils ont réalisé où ils avaient mis les pieds.

— Auquel cas, ils sont déjà en train de répandre la maladie, dit Pernelle, rageuse. Espérons qu'ils sont morts avant de rencontrer quelqu'un.

Puis elle considéra Estève.

— Et toi, tu te sens bien ? demanda-t-elle en s'avançant au-dessus de la table pour le voir de plus près. Tu as eu de la fièvre ? Des douleurs ? Des coups de suette ? Des taches sur les membres ou sur le torse ?

— Non, rien de tout cela. Pas même un étourdissement. J'ignore pourquoi, mais la maladie ne m'a pas atteint, répondit le jeune homme, presque honteux.

Il se leva et se mit à arpenter la pièce de long en large, fébrile.

— Je devrais être mort depuis longtemps, et pourtant je suis là, déclara-t-il en gesticulant nerveusement. C'est à croire que Dieu veut me punir de je ne sais quel péché en me forçant à voir tout le monde tomber et pourrir autour de moi.

Cette fois, ses yeux se remplirent de larmes et il ne put retenir ses pleurs.

— Tu n'as pas à te sentir coupable, dit Pernelle, en lui adressant un regard rempli de compassion. Certains résistent aux pires maladies, sans qu'on sache pourquoi. Tu fais partie de ceux-là. Vois-y une bénédiction.

— C'est plutôt un calvaire. Bonne dame, implora Estève entre deux sanglots, peux-tu aider ceux qui vivent encore ?

— La plupart de ceux qui sont déjà atteints mourront. Pour les autres, peut-être.

Mon amie jeta un coup d'œil par la fenêtre. Dehors, le soleil se couchait.

— Demain, à la première heure, je me rendrai auprès des survivants et je verrai ce qui peut être fait, annonça-t-elle.

— Dieu te bénisse et te mène à bonne fin, dame Liurada, rétorqua Estève d'une voix remplie d'un naïf espoir.

— Ne te fais pas d'illusions, mon pauvre ami. Quoi qu'il arrive la plupart mourront.

Visiblement ragaillardi malgré le sombre prononcement de mon amie, le jeune homme insista pour nous servir un pain rassis qu'il agrémenta des fruits de la récolte, qui avait été faite juste avant l'éclosion de la maladie. Nous eûmes droit en plus à des légumes frais et à du fromage, le tout arrosé de vin.

— Vous dormirez ici cette nuit, déclara le jeune homme. Partout ailleurs, il y a des cadavres.

Nous acceptâmes avec joie. Lorsque le repas fut terminé, je ramassai une bonne portion de tout et me levai.

— Je vais aller nourrir sire Gustau avant que la nuit ne soit tombée, dis-je.

— Qui ? demanda Pernelle, interdite.

— Gustau, insistai-je avec un air entendu.

— Ah, oui, bien entendu. Gustau. Il doit avoir faim, le pauvre.

Je sortis et parcourus le chemin en sens inverse à travers les rues empuanties par les cadavres. Dans la pénombre, elles étaient encore plus sinistres et, autant que faire se pouvait, je m'assurai de regarder droit devant moi. Je devais réfréner mon imagination pour qu'elle ne me joue pas de tours. Arrivé près du puits, je notai avec tristesse que le nourrisson ne bougeait plus. Intérieurement, je lui souhaitai d'avoir retrouvé la Lumière divine que la foi de sa mère lui promettait.

Je pressai le pas et aperçus bientôt Ugolin, là où nous l'avions laissé. Assis près du buisson d'où le mourant avait émergé quelques heures auparavant, il mâchonnait placidement un brin d'herbe en regardant au loin. Je notai avec satisfaction que le corps avait été dûment enterré, comme me le prouvait le rectangle de terre fraîchement remuée sur lequel plusieurs pierres avaient été empilées. Lorsqu'il m'entendit arriver, il bondit sur ses pieds et tira son épée.

— Qui va là ? demanda-t-il.

— Du calme, ce n'est que moi.

— Ah, il était temps ! s'exclama-t-il en rengainant son arme. Je crève de faim, moi !

— Tu sais bien que je ne te laisserais pas mourir, pauvre petit, le taquinai je.

Nous nous assîmes côte à côte et je lui décrivis la situation pendant qu'il s'empiffrait rondement.

— Quatre croisés sont passés par ici deux jours avant nous. J'en ai trouvé deux déjà morts.

— Et les deux autres ? s'enquit-il.

— Le petit n'en sait rien.

— Mieux vaut être sur nos gardes, alors.

— Comme tu dis. Évite de faire un feu et s'il se passe quoi que ce soit, monte sur ton cheval et fuis. Compris ? Ne viens pas nous avertir. Tu attraperais la mort. Nous te retrouverons en temps et lieu.

— Si vous êtes en état de le faire…

— Évidemment.

— Et les habitants ?

— Pernelle croit que la plupart n'en réchapperont pas.

Ugolin laissa son regard errer en direction du village, puis vers le chemin.

— Dieu me pardonne, mais tant mieux, fit-il entre deux bouchées. J'espère qu'ils seront tous morts d'ici quelques jours. Lorsque la brise vient dans ma direction, je peux sentir l'odeur des cadavres qui pourrissent. Cet endroit me donne des frissons. Je ne serai pas fâché de le laisser derrière moi.

— Si Pernelle t'entendait…

Le géant de Minerve éclata d'un rire sonore.

— Elle me tancerait, je le sais. Mais elle n'est pas là.

Nous restâmes silencieux plusieurs minutes, Ugolin mangeant tranquillement.

— J'espère seulement que vous n'attraperez pas la mort, tous les deux, dit-il, redevenu sérieux.

— Elle semble savoir ce qu'elle fait.

— Mais toi ? Je ne crois pas un mot de ton histoire, tu sais. Si tu as été exposé à ce mal, alors je suis le pape en personne et tu peux baiser mes grosses bagues serties de joyaux.

— Je te vois mal assis sur le trône de saint Pierre, ricanai-je. J'ai menti, c'est vrai.

— Tu risques gros pour accompagner Pernelle.

— Fais-moi confiance, je n'attraperai rien.

Ugolin n'était pas homme à réfléchir longtemps.

— Si tu le dis, fit-il en haussant les épaules avant de mordre dans son fromage.

— Et de ton côté ? l'interrogeai-je. Il s'est passé quelque chose aux alentours ?

— Pas le moindre croisé en vue. Mais sachant ce que je sais maintenant, je serai plus tranquille quand nous nous remettrons en marche.

— Je parlerai à Pernelle, lui dis-je en me levant. Moi aussi, j'aimerais mieux ne pas traîner.

— Comme si elle allait faire autrement qu'à sa tête.

— Je sais…

Je m'assurai de repartir avant que la nuit ne soit entièrement tombée. La dernière chose que je voulais était d'arpenter les rues de Mondenard dans le noir.

Avant même que le soleil se lève, nous étions debout et nous avions mangé. Pernelle avait vérifié le contenu de son coffre et avait donné un mouchoir à Estève en insistant pour qu'il le porte le moment venu, même s'il semblait immunisé contre le mal. Puis, constatant qu'elle était à court de camphre, elle lui avait demandé s'il en avait. Le jeune homme partit aussitôt vers la demeure du Parfait, où il croyait pouvoir en trouver.

— Que prévois-tu faire? demandai-je à mon amie lorsque nous fûmes seuls.

— Pas grand-chose, soupira-t-elle. Je vais examiner tout le monde, isoler ceux qui me semblent atteints et garder à l'œil ceux qui ne le sont pas. Personne ne sait vraiment comment les animalcules voyagent, mais il est prouvé qu'il vaut mieux ne pas respirer le même air que les malades. Pour le reste, seul Dieu décide quand le temps de chacun est arrivé.

Sur l'entrefaite, Estève surgit en brandissant fièrement un morceau de camphre qu'il remit à Pernelle. Celle-ci m'emprunta ma dague pour y trancher des lamelles à l'odeur puissante qu'elle nous remit en nous ordonnant de les enrouler dans notre mouchoir pour éloigner les miasmes.

— Tu as des gants? lui demanda-t-elle ensuite.

— Euh… il y en aura sans doute dans la boutique du forgeron.

— Bien, nous les prendrons en passant. Et du vinaigre?

— Euh… Desirada devait bien en avoir quelque part.

Estève fouilla la pièce et repéra une cruche sur le petit comptoir de bois. Il l'ouvrit, en sentit le contenu et plissa le nez.

— J'ai le vinaigre, annonça-t-il.

— Bien, dit Pernelle.

Elle saisit le récipient, puis m'informa que j'étais en charge de son coffre. Estève remplit de victuailles un grand sac de toile et nous quittâmes la demeure. En chemin, il trouva des gants de cuir épais qu'utilisait le forgeron pour ne pas avoir les mains brûlées par les étincelles et fit mine de les donner à Pernelle, qui secoua aussitôt la tête.

— Dépose-les par terre, ordonna-t-elle.

Interloqué, le jeune homme obéit. Mon amie ouvrit la cruche de vinaigre et déversa une partie de son contenu sur les gants du forgeron, qui en furent bientôt trempés.

— À quoi joues-tu ? m'enquis-je.

— Le vinaigre éloigne les animalcules, répondit-elle. Le forgeron est peut-être atteint du feu sacré. Je n'ai aucune envie d'enfiler des gants qu'il a portés sans prendre mes précautions, ni de toucher des malades à mains nues.

Elle mit ce qu'il restait de vinaigre dans son coffre, ramassa les gants, et nous reprîmes notre chemin. Une fois sortis du village, nous nous engageâmes dans la forêt. Nous marchâmes pendant près d'une heure en suivant un étroit sentier, avant qu'Estève fasse une pause.

— Nous sommes tout près, nous dit-il.

— Mettez vos mouchoirs, ordonna Pernelle. Et gardez la bouche bien fermée. Parlez le moins possible.

Nous obtempérâmes. L'odeur de camphre me fit aussitôt monter les larmes aux yeux et tousser comme un pestiféré, mais je finis par m'y faire. Je me gardai toutefois de m'en plaindre, faisant confiance à Pernelle.

Nous débouchâmes dans une petite clairière éclairée par les premiers rayons du soleil. Malgré nous, nous ralentîmes le pas devant la scène étrange qui se déployait sous nos yeux. La brume matinale créait une ambiance presque irréelle.

La maladie engendre la peur et désagrège toutes les fidélités, et ce qu'il restait de la population de Mondenard ne faisait pas exception à cette règle. Une quarantaine de villageois étaient répartis en deux groupes aussi éloignés l'un de l'autre qu'il était possible. D'un côté se trouvaient une douzaine d'individus étendus dans l'herbe humide et enroulés dans des couvertures. Il fallait être aveugle pour ne pas voir, même de loin, qu'ils étaient atteints de la maladie. Tous luisaient de sueur et plusieurs déliraient dans leur sommeil. Quelques-uns présentaient les taches sombres qui indiquaient que le mal était avancé. À l'autre extrémité de la clairière, les villageois encore sains étaient blottis, apeurés, les uns contre les autres et semblaient se méfier des premiers, parmi lesquels se trouvaient sans doute des parents et des amis qu'ils n'auraient pas touché pour tout l'or du monde. Entre les deux, des feux de camp formaient une ligne qui isolait les malades des autres.

Pernelle enfila les gants encore mouillés de vinaigre et se remit en marche. Elle ignora complètement les malades et se dirigea d'un pas déterminé vers les villageois qui paraissaient sains. Son coffre dans les bras, je la suivis. Estève, lui, nous précéda pour expliquer qui nous étions et je pus voir l'espoir renaître dans les yeux des hommes, des femmes et des enfants qui, jusque-là, s'étaient sentis abandonnés. Pendant qu'ils se nourrissaient des vivres qui leur avaient été apportés, mon amie les examina un à un. En quelques minutes, elle identifia trois personnes présentant des symptômes et, d'un ton sans réplique, ordonna qu'ils aillent rejoindre les autres malades. Parmi eux se trouvait une mère qui hurla tant de devoir abandonner ses enfants qu'elle dut être tirée de force par le pauvre Estève jusque de l'autre côté, où elle fut maîtrisée autant que consolée par ceux qui en étaient encore capables. Jamais je n'avais vu mon amie aussi insensible et dure, mais je la connaissais assez pour savoir que son attitude n'avait d'autre motif que de sauver le plus de vies possible. Pour elle, il n'en allait pas de Mondenard, mais du Sud tout entier.

Lorsqu'elle fut satisfaite, elle se releva en ôtant ses gants, et revint vers moi. Estève se trouvait parmi les malades, auxquels il distribuait encore des vivres. Il prenait le temps de dire un bon mot à chacun et de s'enquérir des besoins de tous. Lorsqu'il eut terminé, il vint nous rejoindre.

— Alors ? s'informa-t-il.

— Les villageois sains resteront ici, loin des miasmes, décréta Pernelle. Les autres doivent être ramenés au village séance tenante.

— Et y côtoyer les morts ? Mais…

— Estève, l'interrompit-elle avec un mélange de compassion et d'autorité, tu dois comprendre que, quoi que nous fassions, ils mourront, à moins que leur corps ne résiste à la maladie. Certains ne se rendront même pas à la nuit. Ils doivent être éloignés des autres avant de les contaminer.

— Je… je comprends, dit le jeune homme en baissant les yeux.

— Que ceux qui peuvent marcher portent les autres. Une fois sur place, tu leur demanderas de t'aider à engranger tous les morts dans une seule maison dont tu marqueras la porte d'une grande croix à la craie. C'est très important. Tu as bien compris ?

— Oui, dame Liurada.

— Lorsque ce sera fait, reviens sans tarder. J'aurai besoin de ton aide.

Il retourna auprès des pauvres malades et leur expliqua longuement ce qu'il en était. La plupart semblèrent accepter leur sort avec cette résignation propre aux cathares, pour qui la chair n'était qu'une prison dont il fallait s'échapper à la première occasion. Quelques-uns furent plus difficiles à raisonner, mais bientôt le pitoyable convoi s'ébranla, ceux qui étaient capables supportant ou transportant les impotents. Menés par Estève, ils disparurent bientôt dans la forêt, en direction du village où la mort les attendait.

— Quant à toi, dit Pernelle en me prenant le bras, dès qu'Estève sera de retour, tu descendras au village, tu repéreras la maison qu'il aura marquée et tu y mettras le feu.

Je la regardai, bouche bée. Des images de l'église de Rossal se mirent à se bousculer dans ma tête. Le crépitement du feu dans le bois sec. L'odeur de la fumée et de la chair brûlée. Les hurlements des innocents qui agonisaient dans les pires souffrances. Le père Prelou, adossé contre le mur que les flammes consumaient.

— Non… je… je ne peux pas, dis-je, des sueurs froides me coulant dans le cou. Pas ça…

— Allons, je ne te demande pas de les brûler vivants ! dit-elle, comme si elle avait lu dans mes pensées. Nous ne viendrons jamais à bout de la contagion si nous laissons les corps se corrompre à l'air libre.

— Je… je le ferai.

Nous passâmes le reste de la journée à organiser le camp dans l'espoir qu'il soit plus confortable pour les bien-portants. Car il était hors de question qu'ils retournent dans leurs maisons avant plusieurs jours encore, le temps que Pernelle soit certaine qu'aucun d'eux ne développait la maladie. À regret, j'utilisai Memento pour couper des branches dont nous confectionnâmes des matelas de fortune. Nous organisâmes les tâches avec efficacité, les femmes et les enfants étant chargés de ramasser du bois sec pour les feux tandis que les hommes tendaient des collets pour attraper du gibier.

Lorsque je vis Estève revenir en fin d'après-midi, j'attendis que Pernelle l'occupe à d'autres tâches pour ramasser une grosse branche enflammée dans un des feux de camp. Ainsi équipé, je partis affronter mon passé.

Lorsque j'arrivai dans le village, je le trouvai désert et me dis que les malades encore vivants devaient agoniser dans leurs demeures. Je repérai, à ma droite, un peu en retrait, celle dont Estève avait marqué la porte d'une grande croix de craie blanche. Je me mis en marche d'un pas lourd, mes jambes semblant se mouvoir de leur propre chef. En chemin, je ramassai quelques-uns des fagots que les habitants empilaient devant leurs maisons pour se chauffer et les emportai avec moi pour les entasser le long des murs de la demeure. Puis je restai planté là, ma torche dans la main, incapable de remplir l'office que mon amie avait posé sur mes épaules. Non pas que le fait de brûler des cadavres me répugnait. Tous ces gens avaient déjà quitté ce monde depuis longtemps et n'avaient plus mal aux os. Je comprenais aussi qu'il était nécessaire de les éliminer avant qu'ils ne pourrissent et que la maladie ne se répande. Mais, malgré mes efforts, une part de moi était de retour à Rossal.

Je finis par me secouer et avancer de quelques pas hésitants vers la porte, avec l'impression de lutter contre de lourdes chaînes qui me tiraient vers l'arrière. Je devais m'assurer que j'allais brûler la bonne maison. Dans un état second, j'y pénétrai. L'odeur qui m'accueillit était celle d'un charnier. Dans l'unique pièce, Estève et les autres avaient empilé des dizaines de corps les uns par-dessus les autres. Il devait y en avoir une cinquantaine au moins, pêle-mêle ; des hommes, des femmes, des enfants, des vieillards. Je pouvais même apercevoir le bras potelé d'un nourrisson qui émergeait de la montagne de chair sans vie.

À la vue du petit membre, je fus pris d'un haut-le-cœur et je vomis abondamment sur le pas de la porte. J'ignore si je me purgeai ainsi de mon malaise, mais je me sentis un peu mieux par la suite. Je ramassai les paillasses et les empilai le long du mur puis, à l'aide de Memento, je les éventrai. J'y plongeai ma torche. La paille sèche s'embrasa facilement et un souffle d'air chaud me caressa le visage. Lorsque j'eus la certitude que le feu était bien pris, je sortis à reculons, refermai la porte et allumai à l'extérieur. Puis je pris mes distances et regardai flamber la maison.

Soudain, mon regard fut attiré par un mouvement. Je repérai deux hommes qui sortaient d'une autre maison, tout près. L'un d'eux portait sur son épaule une poche bien remplie. Des pillards. Je n'eus même pas à apercevoir la croix rouge à la hauteur de leur épaule pour savoir qu'il s'agissait des deux croisés qui s'étaient évanouis dans la nature. Ils s'étaient sans doute cachés dans une des maisons désertes, attendant leur heure pour dépouiller le village. De toute évidence, l'incendie les avait interrompus. Étonnés, ils regardaient la maison en flammes. Je tirai Memento et me dirigeai vers eux. Je me fichais du fait qu'ils détroussaient des morts comme de ma première paire de bottes, mais je n'avais aucune assurance qu'ils ne pouvaient pas m'identifier. Je ne devais pas les laisser partir.

L'un d'eux m'aperçut et, d'un coup de coude, attira l'attention de son comparse, qui lâcha son sac. Les deux dégainèrent leur arme et m'attendirent.

— Tiens, en voilà un encore vivant, dit l'un d'eux.

— Fiche le camp, ordonna l'autre.

Je ne répondis rien. En m'approchant, je fis tournoyer Memento devant moi. La lame que j'avais forgée sifflait de façon menaçante et je vis leur visage se crisper lorsqu'ils constatèrent qu'ils n'avaient pas affaire au premier venu. Puis ils commirent l'erreur de foncer sur moi.

Je fis un tour complet sur moi-même et accueillis le premier d'un coup qui lui trancha net la jambe au-dessus du genou. Il ne s'était pas encore tout à fait écroulé, hurlant comme un veau fraîchement égorgé, que je plantais mon poing gauche dans le visage du second. L'homme était solide, mais recula d'un pas, sonné. J'en profitai pour faire un pas vers l'avant. L'instant d'après, Memento émergeait dans son dos, à la hauteur des reins. Il resta debout, l'air hébété, n'étant soutenu que par la force de mon bras. D'un coup sec, je retirai mon arme et il s'écroula, agonisant. Je lui souris en essuyant ma lame sur la croix qui l'identifiait. Cet emblème faisait couler le sang depuis presque trois ans et il était juste qu'il en soit couvert à son tour.

— Deux filous de moins, murmurai-je, satisfait.

Ces deux empotés ne méritaient même pas le titre de soldats. Au mieux, il s'agissait de brigands qui n'avaient pas coutume d'affronter autre chose que des femmes sans défense.

Le son d'un galop me tira de mes pensées. Voilà longtemps, Bertrand de Montbard m'avait enseigné comment les Templiers, souvent à pied, survivaient à une charge de cavalerie en visant les pattes des montures, abattant en même temps leurs cavaliers qui se retrouvaient écrasés sous le poids de la bête mutilée. Comme toutes les autres, la leçon était gravée de manière indélébile dans ma mémoire et mon arme était portée à l'horizontale, prête à frapper. Ce croisé prendrait le même chemin que ses congénères.

À la vue du cavalier, je me détendis. Sans doute alarmé par l'épaisse colonne de fumée noire qui obscurcissait le ciel au-dessus de Mondenard, Ugolin s'amenait à toute vitesse. Je rengainai Memento et l'attendis, hésitant entre l'envie de le tancer pour avoir désobéi à mon ordre en entrant dans la bourgade, et l'admiration que je ressentais en constatant qu'il était assez consciencieux pour le faire lorsqu'il croyait ses amis en danger.

Je posai les poings sur mes hanches et souris. Puis je fronçai les sourcils. Ugolin ne semblait pas vouloir ralentir. Au contraire, il fonçait vers moi à bride abattue. Les rênes de son cheval pendaient dans le vide et il semblait s'accrocher de peine et de misère au cou de la bête qui le secouait comme un pantin.

— Ugolin ! Cesse tes petits jeux, gros balourd ! criai-je.

Mon avertissement demeura sans effet. Je dus me lancer sur le côté pour éviter d'être piétiné. Sous mon regard ahuri, le cheval freina de son propre chef pour ne pas foncer dans les flammes et se cabra. Le Minervois fut projeté vers l'arrière et atterrit lourdement sur le sol. Sonné, il resta étendu un moment puis se rassit avec difficulté. Il tenta de se mettre debout en grommelant, mais vacilla et retomba à genoux. Puis il s'immobilisa, pantelant.

Alarmé, je me relevai et accourus auprès de lui. Était-il blessé ? Les croisés étaient-ils aux portes de Mondenard ? Je m'agenouillai et le saisis par les épaules.

— Par le cul de Satan, pesta-t-il. Je ne me sens pas bien.

Son visage était luisant de sueur. Les yeux vitreux, il semblait confus. Il tourna la tête et je sentis mon cœur se serrer.

Sur son cou, j'aperçus une tache noire.

CHAPITRE 3

Agonie

J'eus l'impression que la Création entière s'effondrait autour de moi. Je ne voyais plus que la marque sur le bras de mon compagnon.

— Foutre de Dieu, crachai-je, terrifié. Non…

Au son de ma voix, les yeux d'Ugolin focalisèrent. Il se redressa difficilement sur un coude et me regarda.

— J'ai vu… de la fumée, haleta-t-il en secouant la tête, avant de se mettre à tousser si fort que ses yeux se mouillèrent.

Des glaires jaunâtres et puantes coulèrent de sa bouche et il lui fallut du temps pour retrouver un semblant de souffle. Je le regardai sans savoir quoi dire. Mon ami avait attrapé le feu sacré, cela était aussi clair que l'eau d'une source. Il était probablement condamné. La prudence aurait exigé que je le laisse là pour courir alerter Pernelle. Mais je ne pouvais me résoudre à l'abandonner, seul. Cet homme était devenu mon ami et m'avait moult fois prouvé sa valeur et sa loyauté. Je lui en devais autant. À cause de cette maudite Vérité, que j'aurais préféré ne jamais apprendre, j'avais déjà perdu Bertrand de Montbard, dont je ressentais encore cruellement l'absence. Je ne ferais pas mes adieux à Ugolin sans lutter, fût-ce au prix de ma propre vie, qui ne valait rien de toute façon.

— Tu peux marcher ? m'enquis-je.

— Je… je crois. Il devait y avoir… quelque chose de… faisandé… dans les provisions… que tu m'as apportées… hier.

— C'est sans doute ça, oui, répondis-je, la gorge serrée. Ou encore, tu as attrapé un mauvais rhume. Allez, debout, grosse femmelette.

Le Minervois s'appuya sur le sol, puis se mit à quatre pattes. Ses bras et ses jambes tremblèrent sous l'effort, mais, avec mon aide, il parvint à se lever.

— Viens, lui intimai-je.

Je passai son bras autour de mes épaules pour le supporter et nous nous éloignâmes de l'incendie qui faisait rage. En chemin, il remarqua les corps des deux croisés sur le sol, le fruit de leur pillage répandu entre eux.

— Ils… étaient là ? fit-il faiblement.

— Comme tu vois.

— Tu… aurais pu m'en… garder un, égoïste, trouva-t-il la force de blaguer.

— Ne crains rien, il y en aura d'autres. Bougre d'animal, ce que tu peux être lourd.

Je le conduisis vers la maison dans laquelle Estève nous avait reçus, Pernelle et moi. Le colosse marchait difficilement, d'un pas incertain, et je devais le soutenir pour ne pas qu'il s'effondre. Je songeai passagèrement qu'en le touchant, je m'exposais à la contagion, mais Ugolin avait besoin de moi et je lui viendrais en aide, comme il l'avait lui-même fait sans jamais hésiter. Et puis, ma damnation me condamnait à vivre.

Lorsque nous atteignîmes la maison, j'ouvris et je le fis entrer.

— Allonge-toi là, dis-je en désignant la paillasse qui se trouvait dans un coin de la pièce. Je vais aller chercher dame Pernelle. Elle prendra bien soin de toi.

— J'ai… attrapé la… maladie… Tu crois ? demanda-t-il, inquiet.

— Je ne suis pas guérisseur, rétorquai-je. Allez, repose-toi.

— Tu… as raison. Un petit somme… me fera du… bien, dit-il en se laissant choir de tout son poids.

— Ne bouge pas d'ici.

J'attendis une réponse, mais aucune ne vint. Il dormait déjà comme un sonneur. Ou peut-être s'était-il évanoui, je n'aurais su le dire. Je m'approchai et, imitant Pernelle, que j'avais souvent vue faire, posai deux doigts contre son cou, cherchant les battements de son cœur. Lorsque je les sentis, faibles et irréguliers, je fus soulagé. Il était vivant. Pour le moment en tout cas.

Je sortis en trombe et, prenant mes jambes à mon cou, je quittai le village enfumé. Je courus de toutes mes forces sans m'arrêter, reprenant le chemin en sens inverse aussi vite que j'en étais capable. Je finis par surgir dans le camp, à bout de souffle, et repérai Pernelle. En compagnie d'Estève, elle brassait patiemment le contenu d'un chaudron installé au-dessus du feu. Je m'approchai et elle releva la tête en m'apercevant. Les cernes sombres sous ses yeux trahissaient sa fatigue.

— Bonne nouvelle, m'annonça-t-elle avec ce sourire radieux qui la rendait presque belle. Le saule semble contrôler la fièvre des malades. J'ai espoir de pouvoir aider ceux qui n'en sont encore qu'au début du mal.

— Je suis heureux de l'entendre, car tu as un nouveau patient et, celui-là, tu ferais mieux de le sauver.

— Que se passe-t-il ? s'inquiéta-t-elle.

— C'est Ugolin. Je crois qu'il a attrapé le mal.

— Non… fit-elle en portant une main inquiète à sa bouche.

À mesure que j'énumérais les symptômes, son visage se renfrogna. Elle hocha la tête dépitée.

— Le gros bêta ! Il a dû toucher le cadavre en l'enterrant, soupira-t-elle avec frustration. Je l'avais pourtant averti.

Elle se leva d'un trait, l'air décidé, appela Estève d'un geste et lui désigna le contenu du chaudron.

— Toutes les heures, donnes-en une bonne rasade à tous les nouveaux malades, lui intima-t-elle. Assure-toi qu'ils boivent tout. Et fais-les suer le plus possible. Enveloppe-les dans toutes les couvertures que tu trouveras et garde-les près du feu.

— Oui, dame Liurada.

Elle ramassa la cruche qui avait contenu le vinaigre, la remplit de la décoction de saule qui bouillonnait et la boucha. Puis elle se tourna vers moi.

— Allons voir Ugolin. Peut-être s'agit-il d'autre chose, dit-elle l'air de ne pas trop y croire.

Nous quittâmes le camp de fortune et, sans prononcer la moindre parole, nous redescendîmes, anxieux, aussi vite que la jambe infirme de Pernelle nous le permettait. Je songeai à la soutenir, mais je savais fort bien que, par fierté, elle refuserait mon aide. Elle l'avait toujours fait. Comme chaque fois que je la voyais boiter ainsi, je repensais au fait que sa jambe avait été brisée par son propre père dans un accès de colère, alors qu'elle se débattait pour lui interdire l'accès à son féminage. J'éprouvais une admiration infinie pour cette pauvresse qui, dès l'enfance, n'avait connu que la souffrance et avait quand même surmonté ses misères pour devenir ce qu'elle était aujourd'hui : une femme sûre d'elle, de sa foi et de sa mission, qui se dévouait sans compter pour autrui.

Dès que nous fûmes dans le village, je la menai à la maison où reposait Ugolin. Au passage, elle remarqua la maison incendiée, dont il ne restait que des ruines fumantes, et hocha la tête avec approbation.

— Il faudra continuer à brûler les morts à mesure qu'ils s'accumulent, remarqua-t-elle.

Je hochai la tête sans rien dire. Elle remonta son mouchoir camphré sur son visage et j'en fis autant.

— Tu restes ici, déclara-t-elle sèchement en me mettant une main sur le bras.

— Je l'ai touché. Si j'avais à attraper la mort, c'est déjà fait.

— Tu es trop têtu pour ton propre bien ! s'insurgea-t-elle. Sottard !

Elle me tendit sèchement la cruche, enfila ses gants et entra. Je la suivis. Ugolin n'avait pas bougé d'un poil depuis que je l'avais quitté. Il était toujours couché sur le ventre, en travers de la paillasse. Pernelle s'agenouilla près de lui, le saisit par l'épaule pour le retourner sur le dos et posa sa main gantée sur la poitrine massive.

— Il respire, constata-t-elle. C'est toujours ça de pris.

D'un geste, elle déchira la chemise du Minervois pour mettre son torse à nu, puis l'examina attentivement.

— Sur le cou, du côté gauche, lui indiquai-je pour la guider. Il a une tache. Et il tousse à se cracher les viscères.

Elle saisit Ugolin par le menton et fit basculer sa tête vers la droite. Puis elle fonça les sourcils.

— Mrrrmphhhh… grogna-t-elle.

— C'est ça ?

— J'en ai peur, oui.

— Tu peux le sauver ?

Elle se retourna vers moi et me regarda en louchant. Ses yeux étaient luisants de larmes.

— Il n'en est qu'aux premiers symptômes. Je peux réduire sa fièvre. Ça l'aidera à combattre le mal. Pour le reste, Dieu seul sauve les siens, Gondemar. Je ne suis que son instrument.

La grosse main du Minervois lui saisit l'avant-bras, la faisant sursauter.

— Bonne dame…, dit-il d'une voix faible en posa sur elle un regard brillant de fièvre. Je préférerais… ne pas mourir tout… de suite… si c'est possible. La… Lumière divine peut… bien attendre… un peu… non ?

— Je ferai de mon mieux, gros bêta, répondit mon amie, forçant un sourire qui n'atteignait pas ses yeux. Toi, aide-moi en te taisant et en te reposant.

Ugolin hocha la tête en souriant faiblement, ferma les yeux et retomba aussitôt dans un sommeil profond. Un sommeil proche de la mort. Pernelle se releva et boitilla jusqu'à moi, l'air accablé.

— Il doit rester ici, déclara-t-elle.

— Je sais. Je demeurerai auprès de lui et je le soignerai. Tu n'as qu'à me dire comment.

Elle désigna la cruche que je tenais toujours.

— Il n'y a pas grand-chose à faire. Il doit boire trois ou quatre grandes gorgées de saule toutes les heures pour faire diminuer un peu sa fièvre. Allume un feu et enveloppe-le dans des couvertures pour qu'il sue son mal. Il est jeune et fort comme un bœuf. Peut-être sera-t-il de ceux qui survivent…

— Rien d'autre ?

— Il est déjà trop tard pour te dire de ne pas le toucher. Je viendrai le voir aussi souvent que je pourrai. Surveille-le bien. Si la tache ne grandit pas et qu'aucune autre n'apparaît, nous saurons qu'il a une chance. Sinon, sa peau se corrompra et commencera à se détacher d'ici deux ou trois jours. Dans ce cas…

Elle hésita avant de désigner Memento de la tête.

— Ugolin est ton ami. Je comprendrais si tu décidais d'abréger ses souffrances, souffla-t-elle en grimaçant comme si ses paroles avaient un goût amer. Il ne sert à rien de le laisser se consumer de l'intérieur.

Puis elle sortit, me laissant seul avec mon patient. Moi qui n'avais fait que tuer, voilà que je me retrouvais en charge d'une vie. Je haussai les épaules et me rendis auprès d'Ugolin pour lui faire boire sa première lampée de saule.

La semaine qui suivit se déroula dans un état de constante vigilance, le jour et la nuit se confondant en une succession indistincte d'heures entièrement consacrées au soin de mon ami. Je dormis à peine, luttant contre l'épuisement. Pernelle descendait l'examiner plusieurs fois par jour et, sans me rassurer, le bilan qu'elle dressait me donnait quelque espoir.

— Il n'est pas pire qu'hier, consentit-elle à dire, le troisième jour, après que je l'eus interrogée avec insistance.

— Mais pas mieux non plus, ajoutai-je en serrant les mâchoires pour retenir un bâillement.

— Non, il lutte de toutes ses forces.

Elle me toisa d'un œil critique.

— Quant à toi, tu dois trouver le moyen de dormir un peu, sinon tu vas tomber à ton tour.

— Je dormirai lorsqu'il ira mieux, rétorquai-je un peu plus sèchement que je l'aurais voulu.

— Comme tu veux.

La situation n'évolua pas davantage pendant les jours qui suivirent, la robuste constitution d'Ugolin résistant férocement à la maladie qui serait déjà venue à bout de moins fort que lui. Il s'accrochait, le plus souvent inconscient et délirant, mais retrouvait parfois assez de lucidité pour tenir de brèves conversations. Il faisait un effort pour parler de tout et de rien, niant l'état précaire dans lequel il se trouvait, trouvant même le courage de faire quelques blagues. C'est au cours d'un de ces épisodes que Pernelle se présenta pour son examen quotidien et qu'il formula la demande que je craignais d'entendre.

— Dame Pernelle... murmura-t-il, les yeux brillants de fièvre, mais tout à fait clairs. Donne-moi le *consolamentum*.

Mon amie ne parut pas surprise, quoique profondément attristée. Elle baissa les yeux et soupira.

— Bien sûr, puisque tu le souhaites.

Elle avait visiblement prévu ce moment, car elle fouilla dans les poches de sa jupe et en sortit une petite bible écornée. Elle l'ouvrit, la feuilleta jusqu'à ce qu'elle ait trouvé la page qu'elle cherchait, puis d'un signe de la tête elle m'invita à me joindre à la prière. Je fis non et reculai de quelques pas, anticipant ce qui m'attendait. Des yeux, Pernelle m'adressa un reproche puis haussa les épaules, résignée, et se concentra sur son ministère. Elle lut d'abord quelques passages de l'Évangile de Jean. Dès qu'elle entama le *Benedicite*, la cicatrice autour de mon cou s'enflamma, le feu de la damnation me brûlant la gorge et me privant de mon souffle. Vacillant, je reculai encore, mais les trois *Adoremus* et les sept *Pater* eurent le même effet.

— *Gratia Domini nostri Jesu Christi sit cum omnibus vobis. Benedicite, parcite nobis. Fiat secundum verbum tuum*[1], dit ensuite

1. Que la grâce de Notre-Seigneur Jésus-Christ soit avec vous tous. Bénis et épargne-nous. Qu'il en soit fait selon ta parole.

Pernelle d'une voix sereine, en se gardant toutefois de poser la main sur la tête d'Ugolin. Que le Père saint, juste, véridique et miséricordieux, qui a le pouvoir dans le ciel et sur la terre, te remette et te pardonne tous tes péchés en ce monde et te fasse miséricorde dans le monde futur. Que le Seigneur Dieu te pardonne et te conduise à bonne fin.

— *Amen*, répondit faiblement le Minervois, dont le visage me sembla briller d'une sérénité nouvelle. Qu'il en soit fait, Seigneur, selon ta parole.

— *Gratia Domini nostri Jesu Christi sit cum omnibus nobis*[1].

Pernelle lui tendit la bible, qu'il baisa trois fois.

— Voilà, fit mon ami. Si je dois mourir, ce sera en paix.

— Il n'en est pas question, grosse bourrique têtue, dis-je en m'approchant avec une voix encore éraillée. Tu vas guérir et, bientôt, la seule chose qui te fera tourner de l'œil sera la vue du sang !

— Ne crains rien, je n'ai pas l'intention de passer l'arme à gauche, répondit le Minervois en forçant un sourire. Mais cette décision est celle de Dieu, pas la mienne.

Puis il s'endormit. Il me sembla que son repos était plus paisible qu'avant et je lui enviai le privilège de la paix de l'esprit que lui apportait sa foi.

La nuit suivante, la voix d'Ugolin me réveilla. J'ouvris les yeux et, en l'apercevant dans la lueur des braises, je réalisai que j'avais cédé au sommeil et que j'avais négligé le feu. Mes regrets se muèrent toutefois en joie dès que je le vis. Il était appuyé sur un coude et souriait.

— J'ai une soif de tous les diables, dit-il. Tu crois que je pourrais boire autre chose que le jus infect que tu me fourres dans le gosier depuis des jours ?

Puis il m'adressa un sourire franc et enjoué. Heureux comme un enfant, je saisis une outre d'eau fraîche que Pernelle avait laissée dans la journée et me levai pour la lui porter. Je n'avais

---

1. Que la grâce de Notre-Seigneur Jésus-Christ soit avec nous tous.

fait qu'un pas lorsqu'un vertige s'empara de moi. Je tentai en vain de rester debout, mais le sol se mit à osciller, et bientôt le monde fut enveloppé dans la pénombre. Lorsque je m'affalai, je sentis à peine le bois du plancher qui me râpait la joue.

J'étais dans un état second, quelque part à mi-chemin entre la vie et la mort. Autour de moi, il faisait noir et j'avais la curieuse sensation de flotter dans le vide. Il n'y avait ni dessous, ni dessus, ni dextre, ni senestre. J'existais, sans plus, affligé tour à tour par une étouffante chaleur et par un froid glacial. Seule l'odeur de la putréfaction et de la sueur qui parvenait à mes narines me confirmait que j'avais encore un vague contact avec la chair.

Pendant longtemps, je fus désespérément seul, perdu dans ces limbes étranges et inhospitalières. Puis, autour de moi, des voix lointaines résonnèrent, inintelligibles. Cette vague présence me rassura un peu. Ensuite vint la douleur, si vive, si profonde, qu'elle semblait remplir tout mon être et me pétrifiait. J'avais mal comme jamais dans ma vie. Chaque mouvement m'arrachait un cri d'animal blessé qui me restait pris dans la gorge. Mon corps tout entier, si tant était que j'en avais encore un, me donnait l'impression d'être en feu, comme rongé de l'intérieur.

Dans l'état d'hébétude où je me trouvais, j'essayai de me convaincre, sans y parvenir tout à fait, que, puisque j'avais mal, j'étais forcément vivant. Mais je savais aussi, pour avoir visité l'enfer et en avoir expérimenté les tourments, que les morts n'étaient pas exempts de souffrances. Peut-être Métatron m'apparaîtrait-il bientôt pour m'annoncer ma sentence ? Pourtant, je ne voyais pas ce que j'avais pu faire pour me retrouver en sa présence. Ne lui avais-je pas obéi ? N'avais-je pas déjà retrouvé la moitié de la Vérité, comme il me l'avait ordonné ? N'était-elle pas maintenant en sécurité derrière la muraille de Montségur, sous la garde des Neuf ? N'étais-je pas, en ce moment même, sur la piste de sa seconde part ? Quoi qu'en dise l'archange, je n'avais pas échoué. Pas encore, en tout cas.

Je ne saurais dire combien de temps cette affliction dura, car là où je me trouvais, le temps n'existait pas. Dieu était cruel et vengeur, et il voulait que je souffre pour me rappeler ce que j'étais. Sa loi était immuable. La réparation était le lot de toutes ses créatures. Il ne m'avait doté d'une conscience que pour mieux me tourmenter.

Au loin, j'aperçus quelqu'un. Une forme enveloppée d'une capeline noire, assise sur le sol. Elle me tournait le dos. Je m'approchai. Lorsque je fus plus proche, je sus qu'il s'agissait d'une femme. Elle pleurait à chaudes larmes. Pris d'une soudaine compassion, je lui posai la main sur l'épaule. Elle se retourna et abaissa son capuchon, découvrant des cheveux blonds comme les blés mûrs. Cécile. Ses beaux yeux bleu pâle étaient bouffis par les larmes, mais elle était plus belle encore que lorsque je l'avais vue pour la première fois, quand elle s'était insinuée dans mon cœur. Elle était rayonnante. Je lui souris et elle me le rendit piteusement. Puis les lèvres que j'avais embrassées si souvent, parfois avec tendresse, parfois avec fougue, se mirent à trembler et les sanglots la reprirent. Je m'accroupis et fis mine de la prendre dans mes bras, mais elle m'arrêta.

— Ne me touche pas, dit-elle tristement.

— Cécile, laisse-moi te consoler.

— Il est trop tard pour cela. Tu n'avais qu'à rester à Toulouse, auprès de moi.

Elle se leva et tendit vers moi une main sur laquelle j'aperçus la bague en argent que lui avait remise sa tante Esclarmonde lorsqu'elle n'était encore qu'une fillette. Elle portait la croix cathare, la croix templière et les lettres C et M. Le sceau du CANCELLARIUS MAXIMUS *qui, en nous liant au sort de la Vérité, nous avait privés du bonheur. Elle écarta ma chemise et laissa courir ses doigts sur la marque que Métatron avait brûlée dans ma chair. Puis elle remarqua que je portais à l'annulaire de ma main droite l'anneau qu'elle avait confectionné avec ses cheveux. Elle sourit.*

— Pourquoi nous ? demanda-t-elle, nostalgique. Nous aurions pu être si heureux.

— Peut-être le serons-nous encore, douce amie, dis-je. Lorsque ma mission sera accomplie…

— Tu mourras. Tu le sais comme moi. Et je resterai seule, quoi qu'il advienne. Si j'avais su, jamais je ne t'aurais aimé.

— Cécile, nous servons la même cause. Tu y étais engagée, toi aussi.

— Je sais, c'était inévitable. Dieu l'a voulu ainsi. Et ce n'est pas fini. Nous souffrirons encore.

— Que veux-tu dire ? demandai-je.

Elle ne répondit pas. Sa silhouette devint translucide. Lorsqu'elle reprit forme, le père Prelou se tenait devant moi, dans l'état où je l'avais connu, quand j'étais encore enfant. Les longs cheveux blancs qui encerclaient son crâne chauve et luisant, qui m'avaient toujours fait penser à la couronne d'épines du Christ, flottaient dans un vent qui semblait n'affecter que lui. Les mains enfouies dans les manches de sa bure, il resta là à me dévisager, l'air pensif, sans rien dire, un reproche dans le regard. Ce silence était pour moi une torture pire que n'importe quelle parole.

— Tu étais si doué et plein de promesses, soupira-t-il enfin en secouant la tête, la voix chargée d'amers regrets. Tu avais un si bel esprit. Tu étais curieux, avide d'apprendre, de connaître. Je souhaitais plus que tout te remplir comme on le fait d'une cruche avec de l'eau pure. Je croyais sincèrement que mon enseignement et ma supervision arriveraient à te guider, à contrer ta nature. Quel fou j'ai été.

Il cracha sur le sol.

— Te voilà maintenant parmi les hérétiques, en passe de jeter à terre le divin édifice de la sainte Église ! Toi que j'ai élevé dans la foi. Qui es-tu donc pour croire que tu peux détruire impunément la révélation ? Te crois-tu donc plus grand que Dieu lui-même ?

— Je... je ne l'ai jamais demandé, mon père, balbutiai-je, redevenu l'enfant de jadis. Mon sort m'a été imposé, vous le savez bien. Dès ma naissance, j'étais condamné à le faire. Rappelez-vous du voile que je portais. Ne me blâmez pas, je vous en prie.

Il sortit la main de sa manche et brandit vers moi un index accusateur.

— Ah ! J'aurais tant dû t'étouffer quand j'en avais la chance, au lieu de te bénir ! Avant que tu ne fasses tout ce mal ! Traître ! Sacrilège ! Impie ! Apostat !

Il fit un pas et, d'un geste vif, m'empoigna le poignet gauche.

— Cette main a allumé le bûcher de pauvres innocents ! Dieu punit les pécheurs par là où ils ont péché !

Terrorisé, je tentai de me dégager, sans succès. Le père Prelou m'agrippait avec une force surnaturelle. Sa main devint brûlante, m'arrachant un hurlement de douleur. Puis des flammes en montèrent, brûlant ma peau, qui dégageait une odeur de cochon rôti.

— Ressens dans ta chair la torture que tu as infligée à tes serfs ! cria le prêtre, le regard fou. Souffre du feu qui les a rongés !

Son visage se mit à changer. Ses cheveux se consumèrent. Sa peau commença à fondre comme de la cire chaude et à couler sur ses os, révélant son crâne. De la fumée épaisse et âcre monta de sa bure, et son corps se flétrit. Il brûlait sous mes yeux, comme il l'avait fait jadis, adossé à l'église en flammes de Rossal. La chaleur se répandait dans mon avant-bras, puis jusqu'à l'épaule, et je me débattis pour me libérer, sans plus y parvenir. Je criai.

Il me lâcha aussi subitement qu'il m'avait saisi et recula lentement sans me quitter du regard, malgré ses yeux qui avaient éclaté dans leurs orbites.

— Tu es maudit ! hurla-t-il en se fondant dans la pénombre. Au jour du jugement dernier, tu pourriras en enfer et je serai là pour m'en réjouir, assis dans la béatitude à la droite de Dieu !

Le père Prelou disparut, me laissant haletant et ébranlé, mon membre blessé et douloureux blotti contre ma poitrine. Il avait raison, à une nuance près. J'étais maudit, mais je risquais de me retrouver en enfer bien avant le jugement dernier. Ma cause était déjà entendue.

Je ne sais combien de temps je passai à souffrir. Sur ma main gauche, la chair se détachait par lambeaux dans une douleur extrême. Un feu perpétuel semblait y être logé, la consumant de l'intérieur. Je me recroquevillai sur le sol, mon bras mutilé serré contre moi.

La mendiante de Toulouse me tira de ma prostration. Le CANCELLARIUS MAXIMUS *que j'avais tant cherché, que j'avais imaginé être un homme sévère et sage, enveloppé de pouvoir et de gloire, et que j'avais plutôt trouvé vêtu de modestes hardes, dans une ruelle crasseuse. Elle se tenait devant moi, jeune et resplendissante de santé. Ses cheveux étaient noirs et son visage dénué de plaies, et je la reconnus sans peine. Elle ouvrit les mains en signe de paix, s'approcha et s'agenouilla pour me faire face.*

— La seconde part de la Vérité se trouve à Gisors, MAGISTER *des Neuf, me redit-elle. Dans une chapelle qui n'a jamais vu la Lumière.*

— Tu me l'as déjà dit, mais je ne pourrai pas la récupérer. Je… je suis mort, je crois, dis-je bêtement.

— Tu es le LUCIFER *et tu as une mission à accomplir. Tu ne mourras pas tant que Dieu ne l'aura pas décidé et tu le sais fort bien. Rends-toi à Gisors, comme je t'en ai intimé l'ordre. Une fois là, tu trouveras.*

— Quel piège m'a-t-on tendu ? Dis-le moi, grand-mère, si tu tiens vraiment à m'aider.

— Le vitriol a maintes formes, mon enfant. Il peut tout autant apporter la vie et la lumière que la mort et les ténèbres.

— Et cette marque d'infamie… De quoi s'agit-il ?

— Tu as lu la première part de la Vérité. Souviens-toi de l'ultime humiliation qu'on a infligée à Jésus : Iesus Nazarenus, Rex Iudaeorum[1].

Je repensai au document que j'avais tenu entre mes mains tremblantes, dans le temple des Neuf, dans lequel Pilatius Pontius lui-même racontait le supplice de Ieschoua sur une croix surmontée d'un écriteau.

— Jésus le Nazaréen, roi des Juifs. Et alors ? C'était bien ce qu'il prétendait être et il en a été puni par Rome.

— Ton bras n'est pas ta seule arme, mon fils. Ta cervelle aussi doit servir à quelque chose. N'est-ce pas là ce que t'aurait dit Bertrand de Montbard ?

1. Jésus le Nazaréen, roi des Juifs.

— Et le reste ? demandai-je. Le trois, le cinq et le sept ? Que voulais-tu dire ?

Elle me dévisagea d'un air entendu.

— Ce sont les clés.

Je lui retournai son regard, préférant attendre la suite. Sous mes yeux, elle redevint la vieille édentée et rabougrie que j'avais connue dans la ruelle.

— LUCIFER, soupira-t-elle, j'ignore où se trouve exactement la seconde part, à Gisors. Je t'ai livré le message qu'on m'a confié en 1187. Je ne peux pas t'aider davantage.

— Tu veux dire que ?...

— Que personne ne connaît précisément l'emplacement exact des deux parts, compléta-t-elle pour moi. La seule mission du CANCELLARIUS MAXIMUS est de mettre le LUCIFER sur la piste de la part qu'il ne détient pas déjà. Rien de plus.

— Par de maudites paraboles... grommelai-je, contrarié.

— En lui transmettant des paroles que lui seul peut comprendre, corrigea-t-elle avec patience. Maintenant, agis, mon garçon. Le temps presse.

Une voix puissante et ténébreuse retentit. Je tournai la tête et aperçus, un peu en retrait derrière la mendiante, Métatron, enveloppé dans une glorieuse lumière, qui m'adressait un regard noir de colère. Ni homme ni femme, il se tenait à quelques pas, un vent faisait virevolter ses longs cheveux lisses et sans couleur, et battre contre ses jambes sa robe immaculée cintrée d'or. L'archange s'avança vers moi et brandit la crosse dorée avec laquelle il m'avait marqué comme une vulgaire bête de somme.

— La vieille a raison, fulmina-t-il de cette voix que j'avais appris à craindre plus que tout.

Malgré moi, je me mis à trembler comme une feuille au vent d'automne.

— Qu'attends-tu pour te lever et te remettre en marche, damné ? En ce moment même, continua-t-il, la seconde part de la Vérité est en danger, au milieu de ses ennemis ! Crois-tu qu'ils ne la cherchent pas ? C'est à Gisors qu'elle se trouve, et toi, tu restes là, à te complaire

dans tes malheurs. Tu mériterais que je te ramène dès maintenant en enfer !

Je me recroquevillai et ramenai mes genoux sous mon menton, tel un enfant apeuré.

— Non… gémis-je. Pas l'enfer…

La vieille secoua la tête avec désapprobation et soupira d'impatience. Elle se retourna et lui adressa un regard de feu.

— Laisse-le donc tranquille, vilain ! gronda-t-elle. Il n'arrivera à rien s'il crève de peur ! Retourne d'où tu viens et fiche-lui la paix, oiseau de malheur !

— Je suis Métatron ! tonna l'archange avec colère. Je porte la voix de Dieu et j'annonce sa volonté aux hommes ! Je gouverne la mort et le pardon ! Traite-moi avec le respect qui m'est dû ou encours ma colère !

— Tu ne peux rien contre moi, riposta la mendiante sur le même ton. Mon jugement a déjà été prononcé par Dieu. Va-t'en !

Sans paraître craindre l'archange de quelque façon, auquel elle n'accorda plus d'attention, elle sourit et me caressa les cheveux avec une affection qui me rendit un peu de paix.

— Ne fais pas attention à lui, Gondemar, dit-elle. Il n'est qu'un paon gonflé de son propre orgueil. Il aime exhiber ses couleurs et se donner des airs, mais il n'est qu'un simple messager. Il ne peut rien sans l'autorisation de Dieu. Cesse d'avoir peur.

Elle prit ma main blessée dans les siennes et la serra affectueusement en m'adressant un sourire compatissant.

— Pauvre enfant… soupira-t-elle. Personne ne mérite de souffrir autant.

À son toucher, je sentis une fraîcheur bienfaisante pénétrer ma chair meurtrie. La douleur s'atténua, puis disparut tout à fait.

— Voilà, murmura-t-elle. Ça va mieux ?

— Oui. Merci, grand-mère.

Elle vrilla dans les miens des yeux d'un bleu de ciel qui voyaient à nouveau.

— Tu sais, Gondemar, Dieu châtie ceux qu'il aime.

— Ou ceux qu'il hait, rétorquai-je avec amertume.

— Y a-t-il vraiment une différence ? Dans un cas comme dans l'autre, il les éprouve. Ton âme a sans doute grand besoin de purification et il te donne l'occasion de te rapprocher de Sa Lumière. À toi de la saisir, même si la tâche est lourde.

— Je… je ne sais pas si j'en aurai la force, dis-je, des larmes s'échappant de mes yeux jusqu'à mouiller mes joues. J'ai fait tant de mal et je devrai en faire encore. Je suis si las.

— Un jour, tu auras l'étoffe du Juste, je te le promets.

— J'en doute, grand-mère…

— La Vérité est tissée de manière beaucoup plus subtile que tu ne l'imagines, MAGISTER.

— À cause d'elle, Bertrand de Montbard est mort. Pernelle a souffert des martyres. J'ai perdu Cécile. J'en ai assez. L'enfer serait mieux que ma vie. Qu'on me permette enfin de mourir.

Elle me prit la tête et la blottit contre sa poitrine pour me bercer comme un enfant. Je pleurai toutes les larmes de mon corps.

— Allons, allons… Dieu ne nous impose jamais que les épreuves que nous avons la force de traverser. Chuuuuut… chuuuuut, ne perds pas courage, LUCIFER. Ne dis pas de bêtises. Tu vas mieux maintenant. Allez, réveille-toi.

La toux creuse qui me fit étouffer fut le premier indice que je n'étais pas mort.

— Ne dis pas de bêtises, dit une voix pleine de tendresse qui me semblait descendre tout droit du paradis et que je crus reconnaître. Tu vas mieux maintenant. Allez, réveille-toi.

CHAPITRE 4

Adaptation

Je constatai d'abord que je respirais, puis qu'on me caressait les cheveux et qu'on me berçait. Dès que je compris que j'étais vivant, j'éprouvai un profond découragement. L'espace d'un moment, l'espoir de mourir et d'en finir, quitte à passer l'éternité en enfer, avait été bien tangible. Mais cela n'avait été qu'un rêve. La réalité me retenait prisonnier.

J'ouvris les yeux, convaincu de trouver la mendiante auprès de moi, mais la lumière m'éblouit et me força à les refermer. Lorsque je les rouvris, je vis en fait Pernelle. Un large sourire transfigura le faciès que la nature n'avait guère avantagé et elle laissa échapper ce petit rire que j'avais si souvent entendu lorsqu'elle était encore fillette, et dans lequel perçait un immense soulagement.

— Te voilà enfin de retour, dit-elle en écartant avec tendresse une mèche de cheveux qui me pendait sur l'œil. Et qu'est-ce que c'est que cette histoire de vouloir mourir ? Il n'en est pas question !

Je tentai de parler, mais les mots restèrent coincés dans ma gorge, aussi sèche que du parchemin. Elle reposa ma tête sur quelque chose de moelleux, se leva et sortit de mon champ de vision. J'en profitai pour noter que j'étais toujours dans la même maison. Mais c'était maintenant moi qui étais allongé sur la paillasse d'Ugolin. Lorsque Pernelle revint, elle tenait un gobelet rempli à ras bord. Elle me saisit la nuque pour me relever la tête et le porta à mes lèvres.

— Doucement, dit-elle en me laissant avaler quelques gorgées. Voilà…

Lorsque le gobelet fut vide, elle me sourit encore, de ce sourire qui m'avait apporté la sérénité, jadis, quand nous étions enfants.

— Tout ira bien, maintenant, mon pauvre ami. Tu t'en es sorti. Tu as la constitution d'un cheval. J'ai bien cru te perdre.

Je remarquai à quel point elle avait l'air épuisée. Ses beaux yeux d'un vert de forêt, enfoncés dans leurs orbites, étaient soulignés par de larges cernes sombres. Ses joues étaient creuses et son visage était blême. Ses cheveux blonds étaient sales et plaqués sur son crâne.

Peu à peu, les souvenirs s'ordonnaient dans ma cervelle. Notre départ de Toulouse. Mondenard et la maladie qui avait décimé sa population. Ugolin qui en avait été affecté. La décoction de saule que je lui avais administrée. L'eau que j'avais tenté de lui apporter. Mon évanouissement. Cécile qui pleurait. Le père Prelou qui me martyrisait. Métatron qui me maudissait. La mendiante qui me protégeait, me consolait et soulageait ma douleur. Mon regard se porta sur ma main droite. L'anneau de Cécile se trouvait toujours à mon annulaire.

— Putain de Dieu… grognai-je. Mais que s'est-il passé ? Qu'est-ce que j'ai ?

— Ce que tu as ? fit une voix que je connaissais bien. Beaucoup de chance, assurément. Comme moi.

Sans que j'en aie eu connaissance, Ugolin était entré dans la maison et refermait la porte. Il s'approcha de ma couche. Les traits tirés, il était amaigri, mais semblait bien portant et souriait à pleines dents. Le fait de voir mon fidèle compagnon sur deux pattes me remplit de joie et me redonna un peu de force. Au sourire que je lui retournai, il comprit mon sentiment sans que j'aie à l'exprimer. Pernelle lui tendit le gobelet et il se rendit à la table pour le remplir à même la cruche.

— Tu as attrapé le feu sacré, m'expliqua Pernelle. Comme de juste, puisque tu avais touché Ugolin et que tu as insisté pour demeurer auprès de lui. Je t'ai trouvé allongé sur cette paillasse, où notre bon gros avait réussi à te porter. Malgré sa propre faiblesse, il t'avait fait boire du saule toute la journée. Sans son courage, tu ne serais plus des nôtres. Il t'a sauvé la vie.

Ugolin me tendit l'eau et je bus quelques gorgées.

— Combien de temps ? m'informai-je en pensant aux conséquences du retard que j'avais provoqué.

— Tu es resté inconscient pendant une dizaine de jours et nous avons souvent craint de te perdre. Quand j'ai tenté de te donner le *consolamentum*, tu as même perdu le souffle. Tu es devenu tout bleu. Mais te revoilà.

Elle me caressa de nouveau les cheveux, son geste trahissant l'amour profond qu'elle me portait.

— D'abord ta blessure au cou, puis un carreau d'arbalète au front, et maintenant le feu sacré. Tu sais, mon ami, je crois que tu es béni de Dieu, dit-elle avec tendresse.

« Plutôt maudit », songeai-je. Elle se tourna vers le Minervois.

— Apporte-lui à manger, tu veux ?

Ugolin se dirigea vers un chaudron suspendu au-dessus du feu, dans l'âtre et, à l'aide d'une louche en fer, y puisa de la bouillie de blé dont il remplit un bol de bois. Il revint vers moi, s'assit par terre et me tendit une cuillère pleine. Étonné, j'ouvris la bouche et avalai.

— Ventredieu ! Tu ne vas quand même pas me nourrir comme un enfant, grondai-je. Je ne suis pas mort, que je sache. Donne-moi ce bol.

J'étirai le bras gauche pour le saisir, mais ma main refusa de s'ouvrir et s'y frappa, faisant choir le contenu du bol sur le sol et sur les cuisses d'Ugolin. Indifférent aux miaulements de mon ami, qui balayait frénétiquement ses membres ébouillantés, je restai là, pétrifié. À l'extrémité de mon bras se trouvait une chose que je n'avais jamais vue. Jusqu'au poignet, la peau de ma senestre était flétrie, rougeâtre et raide comme du cuir séché. Les doigts crochus lui donnaient l'apparence d'une serre d'aigle et elle me faisait penser aux pattes de ces démons qu'on voyait souvent, sculptés dans la pierre des églises. À l'extrémité de mon index et de mon majeur, je pouvais voir les os qui perçaient la chair. Incrédule, je tentai de faire former un poing à la chose immonde pour me convaincre qu'il s'agissait bien de ma main. J'en fus quitte pour une douleur aiguë lorsque la peau se fendit sur les jointures, laissant aussitôt suinter un liquide clair mêlé de sang.

Catastrophé, je tournai la tête vers Pernelle.

— Mordiable ! m'écriai-je, au bord des larmes. Qu'est-ce que c'est que cette chose ?

Incapable de soutenir mon regard, mon amie baissa les yeux, contrite.

— *Ignis sacer* est un mal terrible, Gondemar, dit-elle, hésitante. Tu y as survécu, ce qui est déjà rare. Sois-en reconnaissant. Ta main est le prix que tu as payé.

Pernelle releva vers moi des yeux remplis de larmes.

— Ton cas était plus grave que celui d'Ugolin. Je ne sais pas pourquoi, la maladie frappe selon son bon plaisir. Ta chair avait commencé à se détacher et ta main n'était plus que viande crue. À coups d'onguents et de compresses, j'ai fait tout ce que j'ai pu pour limiter la progression du mal. Je songeais même à l'amputer. Puis, ce matin, quand je suis arrivée, je l'ai trouvée dans cet état. La chair s'y était refaite et la corruption s'en était allée. Je n'y comprends rien. Pas plus que la façon dont tu t'es remis d'un carreau d'arbalète dans la cervelle. Elle n'est guère alléchante, j'en conviens, mais elle est… vivante.

Moi, je ne comprenais que trop bien. J'avais encore frais en mémoire le père Prelou qui me serrait le poignet, le feu se transmettant de sa main à la mienne. *Cette main a allumé le bûcher de pauvres innocents ! Mais Dieu punit les pécheurs par là où ils ont péché !* D'outre-tombe, le prêtre m'avait maudit et avait appelé le feu sacré dans ma senestre. Puis la mendiante m'avait soulagé et la peau s'était refaite. Une fois encore, le rêve et la réalité s'étaient entremêlés.

Pernelle prit doucement ma répugnante senestre entre ses mains et épongea le liquide qui en suppurait avec un linge. Puis elle fit jouer les doigts et le poignet sans que j'en ressente trop de douleur.

— Un onguent à base d'huiles appliqué régulièrement permettra à la peau de retrouver de sa flexibilité. Avec le temps, elle bougera mieux, mais aussi bien te le dire tout de suite : elle ne sera plus jamais la même.

— Au moins, ce n'est pas ta dextre, dit Ugolin pour m'encourager. Tu pourras toujours manier l'épée. Même à une main, tu seras encore le guerrier le plus redoutable que je connaisse.

À bout de forces, je me laissai retomber sur la paillasse.

— Laissez-moi.

— Gondemar, insista le Minervois. Allons, il n'y a pas lieu de se réjouir, mais ce n'est pas la fin du monde non plus. Pense à ce qu'a fait Montbard après avoir perdu sa jambe. Il était déjà vieux et il a réussi à remarcher, et même à combattre. Toi, tu es jeune et en santé. Et tu as entendu ce qu'a dit dame Pernelle : elle finira par bouger pas trop mal.

— Laissez-moi ! répétai-je.

— Bon. Comme tu veux.

Ugolin me tapota amicalement l'épaule. Pernelle m'adressa un regard rempli de tendresse et de compassion. Elle soupira profondément puis, de la tête, fit signe à Ugolin de la suivre. Ensemble, ils sortirent, me laissant seul avec ce que je ne pouvais voir que comme l'acharnement du mauvais sort.

Une main infirme m'apparaissait comme une iniquité de plus. Je ne saurais dire combien de fois je maudis Dieu de rendre encore plus difficile la tâche déjà ingrate qu'il m'avait imposée et, n'eût été que je l'avais déjà renié, je l'aurais fait sans le moindre remords. Il ne semblait pas se lasser de me tourmenter. En me privant d'une de mes mains, ne réduisait-il pas mes chances de protéger la Vérité ? Son esprit vengeur n'allait-il pas à l'encontre de ses propres intérêts ? Ou se fichait-il tout simplement du résultat ?

Je songeais aussi beaucoup à Cécile, que j'avais revue en rêve et qui me manquait encore plus cruellement. Moult fois, je fus tenté de tout abandonner et de courir vers elle. Mais je n'en avais pas le droit. La distance qui nous séparait garantissait sa sécurité. Je l'aimais et je ne voulais que son bien. Seul mon sacrifice l'assurerait.

Plusieurs jours s'écoulèrent avant que je puisse me tenir debout. À mesure que les forces me revenaient, je me trouvai dans des dispositions qui, sans pouvoir être qualifiées de sereines et amicales, étaient un peu plus amènes. Je finis par accepter le fait que rien n'était perdu. D'une part, j'étais droitier. D'autre part, j'avais conçu Memento pour qu'elle soit légère. Enfin, Bertrand de Montbard m'avait enseigné à combattre aussi bien à une main qu'à deux. Même privé de la double prise, je pourrais encore être redoutable. Mais je n'en serais pas moins diminué et je savais très bien qu'un guerrier devait pouvoir compter sur tous ses membres et tous ses organes. Je n'avais pas oublié que même mon maître, malgré tout son talent et son expérience, avait été rendu vulnérable par le fait qu'il était borgne. J'en avais moi-même tiré parti alors que je n'étais pas encore un homme. Et comment ne pas me rappeler ses valeureux efforts pour compenser la perte de sa jambe ? Les résultats avaient été louables, certes, mais néanmoins limités, et il n'avait plus jamais été le même homme par la suite. Je me retrouvais désormais dans une position similaire à la sienne.

Trois fois par jour, Pernelle, qui semblait avoir abandonné les malades dans la forêt pour ne se consacrer qu'à moi, m'apportait à manger et me tenait compagnie. Elle faisait la conversation et s'efforçait d'être enjouée, ce dont je lui étais reconnaissant. Chaque matin, elle inspectait ma main avant d'y étendre un onguent épais et onctueux puis de l'envelopper dans un bandage propre. Ce traitement se révéla fort efficace et ma peau reprit graduellement un peu de souplesse, de sorte que j'arrivai bientôt à plier un peu mieux les doigts.

— Tu vois ? fit-elle après une semaine. Je te l'avais dit ! Elle commence à bouger.

— Pas l'index et le majeur. Ils se meuvent à peine.

— Je crois bien qu'il vaut mieux les oublier. Tu n'obtiendras pas mieux. Les nerfs et la viande à l'intérieur sont flétris.

— Je retrouverai un peu de force ?

— Sans doute. Mais la peau est tellement cicatrisée qu'elle sera toujours fragile.

Pendant qu'elle palpait et pliait, elle me relata les événements survenus pendant ma maladie. J'appris que l'épidémie avait fini par se résorber. Les morts additionnels avaient été brûlés et, peu à peu, Mondenard reprenait vie avec une population réduite des deux tiers, certes, mais d'autant plus effervescente qu'elle avait conscience d'avoir trompé la mort. Pernelle s'en réjouissait fort, elle qui avait joué un rôle non négligeable dans ce dénouement.

— Je crois bien que le Sud est hors de danger, conclut-elle. Pour ce qui est du *Ignis sacer*, en tout cas.

— Et les croisés ? m'enquis-je.

Ugolin, qui avait lui aussi retrouvé ses couleurs et semblait se porter à merveille, prit le relais.

— Il n'en est pas venu d'autres. La rumeur a dû circuler qu'il valait mieux se tenir loin de Mondenard.

— Quel jour sommes-nous ?

— Le quatorzième d'octobre.

— Déjà ? m'étonnai-je. Bougre de Dieu... Comme si j'avais le loisir de gaspiller deux semaines de ma vie.

Je me frottai le visage de ma main valide et réalisai à quel point j'avais besoin de me raser. Et de me laver, aussi. J'empestais tant que je me sentais moi-même.

— À cette heure, repris-je, les Foix et le vieux bougre ont certainement livré bataille à Montfort. Je me demande s'ils ont réussi.

— Nous l'apprendrons tôt ou tard.

Pernelle laissa aller ma main.

— Déshabille-toi.

— Quoi ?

— Tu m'as bien entendue.

J'étais trop accoutumé à l'autorité médicale de mon amie pour me rebiffer. J'obtempérai et me retrouvai *in naturalibus*[1] devant elle. Sans aucun malaise, elle inspecta le moindre recoin de ma personne à la recherche de signes du retour éventuel du feu sacré.

— Rhabille-toi, ordonna-t-elle lorsqu'elle fut satisfaite.

— Alors ?

— Toutes les taches ont disparu. Tu es guéri, Gondemar.

— Hormis ce souvenir, dis-je en brandissant ma main infirme.

Je me mis à arpenter la pièce de long en large.

— Nous avons traîné beaucoup trop longtemps ici. Nous devrions déjà être dans le Nord. Si les Foix ont échoué, Montfort et ses hommes continueront leur marche et arriveront bientôt. S'ils ont vaincu, nous courrons toujours le risque que le comte de Toulouse surgisse sans prévenir. Les deux aimeraient bien me mettre la main au collet.

— Alors espérons que Roger Bernard s'est arrangé pour que le cadavre soit retrouvé.

— Dès que tu iras mieux, nous pourrons reprendre la route vers Gisors, dit Pernelle.

— Nous partirons dès demain, décrétai-je.

Mon amie me regarda de travers et ouvrit la bouche pour protester, mais, pour une fois, le regard sombre que je lui adressai la fit taire. Elle scella ses lèvres en grondant, contrariée. Je donnai quelques instructions, sachant que je pouvais compter sur Ugolin pour bien faire les choses.

— Il reste un forgeron et un cordonnier à Mondenard ? demandai-je.

Je n'avais d'autre choix que de poursuivre en faisant de mon mieux. Tôt ou tard, je serais libéré de la *via dolorosa*[2], mais pour l'heure j'étais condamné à vivre. Aussi bien le faire efficacement.

1. Au naturel. Complètement nu.
2. Chemin de souffrance.

Le lendemain matin, dès l'aube, j'étais prêt. Il était hors de question que nous reportions notre départ, même d'une journée. Nous avions déjà beaucoup trop tardé et chaque minute comptait. En ce moment même, Montfort ou le comte de Toulouse étaient peut-être en direction de Mondenard.

Je me sentais encore faible et j'essayais de ne pas tenir compte des vertiges qui m'affectaient de temps à autre quand je bougeais trop vite, ni des toussotements qui me prenaient après un effort. Il faut dire que je n'avais pas dormi ces derniers jours et que j'étais vanné.

La veille au soir, après le départ de Pernelle et d'Ugolin, je m'étais rendu auprès du forgeron et l'avais tiré de son sommeil. Une fois dans sa boutique, je lui expliquai ce que j'avais en tête. Après s'être déclaré capable de le réaliser, il s'était mis au travail. Je le guidai de mon mieux et, quelques heures plus tard, j'eus ce que je souhaitais : une arme à nulle autre pareille. La chose était fort simple : deux fines lames pointues et acérées d'un pouce[1] de long, logées dans le creux de mon index et de mon majeur devenus inutiles. Elles étaient reliées à un mécanisme qui traversait la paume pour se fixer à mon poignet. Il me suffisait de secouer la main vers le bas pour actionner un loquet dans une glissière et les deux lames surgissaient au bout de mes doigts. D'inutile, ma main se transformait en une arme redoutable, particulièrement dans un corps à corps. N'en déplaise à Dieu, elle servirait encore.

Après avoir testé le tout à quelques reprises, je remerciai le forgeron et lui dis que je trouverais le moyen de le payer, mais il refusa net, affirmant que Mondenard devait bien plus que cela à mon amie, dame Liurada.

---

1. Un pouce vaut 2,7 cm.

J'étais passé ensuite chez le cordonnier. Je frappai jusqu'à ce que sa femme m'ouvre, à demi endormie. Lorsque je demandai à voir son mari, elle m'apprit qu'il n'avait pas survécu au feu sacré. Je lui exposai le but de ma visite et, confus, m'excusai de l'avoir dérangée. J'allais partir lorsqu'elle me retint et m'expliqua que son jeune fils avait été l'apprenti de son père et qu'il saurait sans doute répondre à mes besoins. Elle me laissa à la porte et revint peu après en compagnie d'un garçon de quatorze ans tout au plus qui, avec une gravité un peu surfaite, m'entraîna dans la boutique.

Suivant mes directives, il me confectionna un gant dans un cuir mince mais résistant, dont la couleur s'apparentait suffisamment à celle de ma peau pour passer inaperçue de loin. Il découpa les formes et les cousit ensemble pour confectionner un gant très ajusté. Puis il pratiqua de minces fentes au bout de l'index et du majeur pour laisser passage aux lames. Lorsque j'actionnai le mécanisme, les deux griffes surgirent, menaçantes et étincelantes.

— Ton père t'a bien enseigné ton métier, le complimentai-je.

— Il était un bon cordonnier, sire, répondit-il en tentant de cacher sa tristesse.

— Je voudrais pouvoir te payer mais…

— Ma mère et moi sommes vivants grâce à dame Liurada, coupa-t-il. Nous lui devons bien plus que quelques bouts de cuir.

Puis je revins attendre le matin, fort aise à l'idée que, pour une fois, j'avais été plus fin que mon Créateur. Après m'être lavé pour chasser l'odeur de la sueur et de la maladie, je passai le reste de la nuit à méditer sur Memento qui, avec la croix cathare que je portais dans ma chair, me rappelait chaque jour ma destinée. Les paroles de sire Ravier, lors de mon initiation, étaient à jamais gravées en moi : *L'épée est l'instrument par lequel le mensonge et le Mal seront détruits. Tirée des Ténèbres de son fourreau, elle est la Lumière qui émane du Dieu du Bien et qui défend la Vérité. Tu la chériras désormais non pas comme un instrument de mort, mais de justice, une compagne fidèle et obéissante avec laquelle tu n'hésiteras pas à te lancer dans le trépas pour la Cause.* Dans le contexte qui était le mien, ces mots avaient encore plus de sens. Chaque fois qu'elle avait tranché, elle m'avait ouvert un peu plus le chemin de la Vérité, même lorsque je m'étais trompé. *Tu l'as forgée à la sueur de ton front et elle fait maintenant partie de toi. Souviens-toi de ce qu'elle signifie pour nous : tirée du feu, elle est la Lumière et défend la Vérité. Uses-en à bon escient. Comment l'appelleras-tu ?* Je l'avais baptisée Memento. Souviens-toi... Car je ne devais jamais oublier. Le mal que j'avais fait. La damnation qui s'en était suivie. L'importance de la Vérité. La mission de l'Ordre des Neuf, dont j'étais le *Magister*. Et la chance, si infime soit-elle, de sauver mon âme. La perte de ma senestre n'était rien en comparaison de tout cela. Les bons chrétiens avaient raison : la chair était sans importance.

Mon arme reposant de façon réconfortante sur ma hanche, enveloppé dans une capeline de laine qu'on m'avait fournie, flottant un peu dans mes vêtements tant j'avais maigri durant ma maladie, j'eus l'impression de sortir de prison en quittant la maison où j'avais une fois de plus frôlé la mort. Je constatai qu'octobre avait bel et bien succédé à septembre. Les couleurs de l'automne s'annonçaient déjà autour du village et le fond de l'air était agréablement frais. Ayant fermenté depuis trop longtemps dans les miasmes de la maladie, je fermai les yeux et en inspirai profondément quelques goulées qui me revigorèrent.

Ce qu'il restait d'habitants à Mondenard avait recommencé à s'activer, essayant sans doute d'oublier l'épidémie en se lançant à corps perdu dans l'activité quotidienne pour se reconstruire une vie. Des femmes puisaient de l'eau. Le marteau du forgeron émettait ses premiers tintements de la journée. Au loin, on menait les moutons aux champs. Je constatai que la maladie avait continué à faire des ravages durant mon isolement, car, en plus de la maison que j'avais moi-même incendiée, il s'en trouvait maintenant deux autres, réduites à l'état de ruines calcinées.

Je me rendis au centre du village et j'y trouvai Ugolin, qui avait déjà tout préparé. Nos trois montures étaient sellées et chargées de provisions. Sauvage m'aperçut le premier et, comme à son habitude, s'ébroua joyeusement en m'apercevant. Je m'avançai et lui caressai le museau de ma main valide tout en conversant avec le Minervois.

— Tout est prêt ? lui demandai-je.

— Nous pourrons partir dès que dame Pernelle sera arrivée. Elle a insisté pour examiner une dernière fois tous les habitants avant notre départ.

— Tous ?

— Tu la connais… dit-il en haussant les épaules, impuissant.

Lorsque mon amie parut enfin, son coffre sur les bras, elle avait le pas encore plus traînant qu'à l'habitude et il me suffit d'un regard pour comprendre qu'elle n'avait pas dormi de la nuit, elle non plus. Elle se planta devant moi et m'inspecta de la tête aux pieds, une moue critique sur les lèvres. Son regard s'attarda sur ma senestre gantée, mais elle ne dit rien.

— Tu es bien pâle, décréta-t-elle.

— Pas plus que toi, contrai-je.

— Hrmmmmph… ronchonna-t-elle, à court de réplique.

— Alors, tu es prête ?

— Dès que mon coffre sera chargé.

Ugolin se précipita pour lui retirer l'objet des bras et se mit en frais de l'attacher à la selle. Il saisit une sangle de cuir, la passa dans une des poignées du coffre, puis dans un anneau de métal fixé à la selle. Une fois le nœud bien solide, il tenta d'en faire autant avec l'autre poignée, mais la courroie s'avéra trop courte.

— Tudieu, pesta-t-il, je l'ai attachée trop près du centre.

Il s'apprêtait à la détacher lorsque je m'approchai.

— Tends-la bien.

— Pourquoi ?

— Fais ce que je te dis.

Perplexe, le géant obtempéra. Il saisit l'extrémité de la courroie et la tira.

— Recule-toi.

Je secouai sèchement la main vers le bas et, sous le regard ébahi d'Ugolin, les deux lames émergèrent du gant. D'un geste vif, je tranchai la sangle, dont une bonne longueur lui resta dans les mains.

— Putain de Dieu, murmura-t-il, les yeux écarquillés par la stupéfaction et l'envie. Que voilà un beau jouet…

— Je l'ai fait fabriquer cette nuit. Dans les circonstances qui sont les nôtres, ça peut toujours être utile.

— Plutôt deux fois qu'une, oui ! Tu me donnes envie de perdre l'usage d'une main !

— C'est presque aussi brillant que la jambe que tu as fabriqué pour Montbard, non ? le taquinai-je.

— C'est mille fois mieux !

Je me retournai vers Pernelle, qui avait observé la scène.

— Qu'en penses-tu ?

— C'est… créatif, se contenta-t-elle de dire, elle que les armes dégoûtaient toujours autant. Une façon de plus d'occire ton prochain…

Ugolin utilisa le bout de courroie que j'avais coupé pour finir d'attacher le coffre, et nous nous mîmes en chemin. Nous étions arrivés à l'orée du village, là où nous avions été accueillis par le mourant qu'Ugolin avait enseveli au risque de sa vie, et allions quitter Mondenard lorsqu'un cri nous arrêta.

— Attendez !

J'aperçus Estève qui accourait dans notre direction. Il s'arrêta près de nous, essoufflé.

— Vous nous quittez… dit-il avec un regret évident en fixant Pernelle.

Je savais qu'il s'était attaché à Pernelle. Il l'avait accompagnée depuis le début dans son service auprès des malades, et il avait conçu pour elle une admiration sans bornes.

— Comme tu vois, répondis-je.

— Il y a de la place à Mondenard. Si vous cherchez un endroit où vivre. Et nous n'avons plus de Parfait.

Pour la forme, je consultai Pernelle et Ugolin du regard. Ils avaient beaucoup donné pour moi et je ne pouvais pas leur refuser le droit de rester s'ils le souhaitaient. Mais, sans hésitation, les deux firent non de la tête.

— Nous devons partir, déclara mon amie.

— Je comprends, répondit-il, visiblement déçu. Alors je vous remercie pour tout. Sans vous, dame Liurada, Mondenard serait en bien pire état. Et vous deux, messires, vous avez presque payé de votre vie pour l'aide que vous nous avez apportée. Je prie Dieu qu'il vous le rende. Mais d'ici là…

Il détacha une petite bourse de sa ceinture et me la lança. Je l'attrapai de la main droite et reconnus sans mal le tintement d'espèces sonnantes et trébuchantes.

— Les Parfaits ne soignent pas pour l'argent, le gronda Pernelle. Tu le sais très bien, Estève.

— J'en suis conscient. Mais mon père était riche et il était responsable de Mondenard. Il aurait souhaité vous remercier de votre aide. Acceptez cette petite somme en mémoire de lui.

— Bon, puisque tu insistes, dis-je en me rappelant que quelques pièces nous seraient sans doute utiles.

Je glissai la bourse dans ma chemise et le saluai de la tête.

— Que Dieu vous mène à bonne fin, dit-il.

— Et toi de même, Estève, répondit Pernelle, la gorge serrée.

Nous fîmes demi-tour et quittâmes Mondenard.

CHAPITRE 5

Cahors

Cahors se trouvait à une douzaine de lieues à peine de Mondenard, mais j'avais grand besoin de repos lorsque, au crépuscule, nous arrivâmes en vue de la cité. Elle était bâtie sur une presqu'île formée par une boucle dans le cours du Lot. Les eaux l'entouraient à l'est et au sud, alors qu'un rempart la fermait à l'ouest. Des ponts franchissant le fleuve menaient aux portes de la ville, qui se révélait fort bien protégée. Nous restâmes là, à l'observer longuement.

— Je souhaite bonne chance à celui qui se mettra en tête d'assiéger cet endroit, remarqua Ugolin.

— Et si la maladie s'y était rendue ? dis-je en consultant Pernelle du regard.

Elle plissa les yeux et scruta longuement la cité.

— Il y a du mouvement dans les rues. C'est bon signe. Maintenant que je sais que les croisés ne sont jamais repartis de Mondenard, j'ai bon espoir que le mal y ait été contenu.

— Alors on s'arrête ou on continue ? demanda Ugolin en se tournant vers moi.

— On continue. Trouvons un endroit où passer la nuit, et demain nous reprendrons notre route, répondis-je. Tu connais la ville ?

— Non, je n'y suis jamais entré.

— Il serait prudent de ne pas divulguer notre identité. Jusqu'à ce que nous sachions si le stratagème de Roger Bernard a fonctionné, mieux vaut présumer que je suis recherché.

Ce furent donc à nouveau dame Liurada, accompagnée de messires Ricard et Gustau, qui franchirent un des ponts et se présentèrent à la porte de la cité. La présentation du sauf-conduit des Foix eut l'effet escompté et un garde nous donna un accès aussi obséquieux qu'immédiat à l'intérieur.

Cahors était fort différente de toutes les cités que je connaissais. Elle était traversée du nord au sud par une large rue coupée par de nombreuses avenues transversales et bordée de maisons d'un genre que je n'avais jamais vu, en brique et en pierre, à deux étages et ornées d'enseignes peintes. Le rez-de-chaussée de la plupart d'entre elles était occupé par des boutiques et des ateliers installés sous de hautes et gracieuses arcades de pierre, et dont la régularité et la symétrie donnaient à la rue des allures d'intérieur de cathédrale. À cette heure, plusieurs étaient vides, mais je pouvais aisément les imaginer en plein jour, fourmillant de clients et de négociants. Aux étages, les fenêtres étaient illuminées, trahissant la présence des habitants. J'observai que l'architecture de la ville avait été entièrement pensée pour le commerce.

Nous descendîmes la rue presque déserte, les sabots de nos montures résonnant dans le soir sur les pavés inégaux, ne croisant que quelques passants habitués à voir circuler des étrangers et indifférents à notre présence. J'en arrêtai un et lui demandai la direction de l'auberge la plus proche.

— Tout droit, après la cathédrale, répondit-il avant de poursuivre sa route.

Nous arrivâmes bientôt en vue de ladite cathédrale. Au cœur de la ville, elle avait l'allure lourde et austère, et tenait presque autant de la forteresse que du temple. Tout près se trouvait un cimetière. Puis la succession des maisons reprit et bientôt nous croisâmes, sur notre droite, une enseigne en bois ornée d'un quartier de lune et d'un gobelet.

— C'est là, dis-je.

Nous immobilisâmes nos montures, mîmes pied à terre et les attachâmes à un poteau planté là à cette fin, puis passâmes sous l'arche. Je détachai le coffre de Pernelle et le portai avec ma main valide. Au fond se trouvait une porte d'où provenait un grand brouhaha. Je saisis Ugolin par le bras.

— Nous ne savons pas à qui nous aurons affaire et tu es le seul à vraiment avoir l'accent du Sud. Tu parleras pour nous trois.

Je lui remis la bourse d'Estève, puis m'écartai pour laisser passer mes compagnons. Nous fûmes accueillis par un fumet de viande rôtie qui me fit gargouiller l'estomac. Une vingtaine de personnes étaient attablées devant des cruches de vin et des restes de repas, et les conversations, bruyantes à souhait, allaient bon train. Dès que nous entrâmes, le silence tomba et on nous dévisagea sans gêne, davantage par curiosité que par méfiance.

À l'autre bout de la pièce, derrière un comptoir, un homme énorme s'affairait à tirer le vin d'un tonneau pour en remplir d'autres cruches. Sa panse était si immense que je me demandai comment il était parvenu à se glisser entre le meuble et le mur, et s'il pourrait jamais s'extirper de sa position. Il leva dans notre direction de petits yeux calculateurs qui, enfouis dans le suif de son visage, avaient l'air de billes.

— Bienvenue à l'*Auberge du gobelet doré*, étrangers, lança-t-il d'une voix joviale et enrouée, les paroles faisant trembloter les trois bourrelets qui lui tenaient lieu de menton. Qu'est-ce que ce sera ?

— Trois repas et du vin, répondit Ugolin. De l'eau fraîche pour la dame. Et du foin et de l'eau pour nos chevaux dehors. Ensuite, un lit pour la nuit.

— Prenez place, dit l'aubergiste. Je suis à vous dans un instant.

Nous nous installâmes à une table libre près du comptoir. Aussitôt, les clients se désintéressèrent de nous et le brouhaha des discussions reprit de plus belle. Je notai, intrigué, qu'ils se grattaient tous de temps à autre, certains les cheveux, d'autres la nuque ou les aisselles. Sans porter plus d'attention au phénomène, je posai le coffre sur le sol et pris soin de couvrir ma senestre avec ma capeline pour ne pas attirer inutilement l'attention. Si je n'étais pas prudent, un jour, peut-être, ce membre estropié me ferait reconnaître.

En attendant d'être servi, j'observai l'endroit, qui avait un cachet particulier, comme toute cette ville. Le plancher était fait de carreaux de terre cuite rougeâtre qui créaient une atmosphère chaleureuse. L'éclairage provenait de chandelles disposées dans des petites niches aménagées à même les murs de brique couleur de terre. Dans un coin, un chaudron suspendu dans l'âtre d'une gigantesque cheminée dégageait les odeurs qui m'avaient mis l'eau à la bouche. L'aubergiste s'y rendit pour y puiser avec une louche et remplit à ras bord trois écuelles qu'il vint poser devant nous sur la table, chacune avec une cuillère en bois. Il s'éloigna vers le comptoir en se dandinant d'un pas étonnamment léger pour un homme de sa corpulence, coinça une miche de pain sous son bras, puis empoigna une cruche de vin dans une de ses pattes dodues et trois gobelets dans l'autre. Il nous rapporta le tout.

— Voilà, dit-il en grattant la panse qui se trouvait sous sa chemise sale.

Ugolin fouilla dans la bourse et en sortit une pièce d'argent.

— Ça suffira ?

— Amplement, répondit l'aubergiste en faisant disparaître la monnaie comme par magie. Alors, vous êtes à Cahors pour affaires ?

Dans le regard du gros homme brillait cette lumière toute particulière des gens très curieux, pour qui l'information pouvait toujours constituer une monnaie d'échange utile. L'air de rien, je m'attaquai à ce qui s'avéra être un savoureux ragoût de mouton, de lard et de légumes.

— Non, répondit Ugolin, saisissant habilement l'occasion. Nous descendons vers Toulouse depuis Périgueux.

— Toulouse ? Alors vous êtes bénis, mes amis ! Voilà deux semaines, vous seriez tombés en pleine bataille !

— Ah oui ? fit le Minervois en feignant l'ignorance.

— Aussi vrai que je suis là ! Encore la semaine dernière, il y avait ici même deux messagers qui en portaient les nouvelles ! Les comtes de Foix et de Toulouse ont tanné les fesses de Montfort, dit-on.

Pendant que nous mangions, l'aubergiste se lança dans le récit des événements récents, l'enthousiasme de ses gestes faisant frémir le suif qui lui enchâssait le visage et les bras. Surmontant leurs différends, les comtes de Foix et de Toulouse avaient bel et bien attaqué les forces de Simon de Montfort, et je ressentis un pincement au cœur à l'idée que je n'avais pas été à leurs côtés. La surprise avait forcé le chef des croisés à s'enfermer dans Castelnaudary, où il avait aussitôt été assiégé par les forces du Sud, beaucoup plus nombreuses. Tel que prévu, Raymond Roger et son fils s'étaient concentrés sur les convois d'approvisionnement de Montfort, le privant de vivres et lui rendant la vie fort difficile. Pendant quelques jours, on avait même cru qu'il serait forcé de se rendre. Mais c'était mal connaître le maudit *canis domini*[1]. Acculé au mur, il avait tenté une sortie désespérée et avait réussi à mettre les Foix en déroute au terme d'âpres combats. Profitant de l'occasion, il avait abandonné Castelnaudary peu de temps après pour retourner se terrer à Carcassonne et lever de nouvelles troupes. Toulouse disposait donc de quelque temps pour respirer. Mieux encore, les seigneurs du Sud, encouragés par ce résultat, avaient commencé à reprendre les châteaux qu'ils avaient abandonnés à l'envahisseur.

— En plus, il est étrange, ce Montfort, conclut l'aubergiste, d'un ton de conspirateur. On raconte qu'il a fait grand cas d'un cadavre ramassé sur le champ de bataille. Il paraît qu'il l'a même emporté en partant, comme un trophée. À ce qu'on entend de lui, je ne serais pas surpris qu'il l'ait mangé !

Je retins de peine et de misère le sourire de satisfaction qui cherchait à s'esquisser sur mon visage, me contentant d'adresser un regard entendu à Pernelle. Ces diables de Foix avaient réussi. Selon toute vraisemblance, Montfort me croyait mort. Il avait même emporté « mon » cadavre, sans doute pour le déposer aux pieds d'Amaury, tel un chien fidèle fier d'offrir à son maître sa plus récente prise.

1. Chien du Seigneur.

Je me levai pour signifier la fin de la conversation. Ugolin s'enquit de l'emplacement du lit que nous venions de payer. Notre interlocuteur, un peu surpris par notre brusquerie, désigna une porte au fond de la pièce.

— Elle donne sur la cour arrière. Une fois dehors, montez l'escalier. C'est la deuxième porte à droite.

Il nous remit un bougeoir et s'en alla servir des clients qui le réclamaient à une autre table. Ugolin empoigna la cruche de vin encore à demi pleine et deux gobelets, puis nous sortîmes. Nous nous retrouvâmes dans une petite cour, gravîmes l'escalier jusqu'à l'étage et entrâmes dans la chambre désignée. Une vilaine paillasse, déposée sur le sol, en constituait le seul ameublement. Dessus gisait une couverture de laine élimée. Une puissante odeur de moisi et de crasse remplissait la pièce et je vis Pernelle plisser le nez. Je posai le coffre à terre pendant que le Minervois nous versait un gobelet.

— Les nouvelles sont bonnes, déclara-t-il, enthousiasmé, après avoir avalé une gorgée. Grâce à Roger Bernard, les croisés te croient mort et nous ne nous trouvons plus sur les terres du comte de Toulouse. On dirait bien que notre voyage s'annonce plus tranquille que nous l'espérions.

— Mrmph…, grommelai-je, sceptique. Espérons-le.

Je n'étais pas dupe. L'expérience des deux dernières années m'avait prouvé que ma vie n'était jamais tranquille très longtemps. Au contraire du Minervois, les augures en apparence favorables me causaient une profonde inquiétude. Dieu ne me laissait aucune paix.

Nous passâmes une heure encore à discuter de la suite des choses. Lorsque la cruche fut vide, nous nous allongeâmes, Pernelle blottie entre nous deux, sur la paillasse.

Nous étions debout à l'aube, pressés de quitter la chambre qui s'était avérée une véritable salle de torture. Nous n'avions pratiquement pas dormi de la nuit. Dès que la chandelle avait été éteinte, une nuée de poux voraces s'étaient jetés sur nous, nous piquant jusqu'à nous faire frôler la folie. Nous eûmes beau nous relever, il était trop tard. Les bestioles s'étaient insinuées dans tous les endroits où nous avions le malheur d'avoir du poil, nous poussant à nous gratter jusqu'au sang en maudissant tous les saints du ciel et à nous donner à nous-mêmes de retentissantes claques qui étaient généralement sans effet, sinon d'écraser un de nos tortionnaires, aussitôt remplacé par une armée de ses congénères.

De fort mauvaise humeur, nous redescendîmes au rez-de-chaussée pour attraper un peu de pain et de fromage avant de partir, et joignîmes nos grattements énergiques à ceux des autres, dont je comprenais maintenant le tourment. Nous mangions en silence, pressés de fuir cet endroit, lorsque je notai un attroupement autour d'une table. Un groupe des clients de la veille, certains assis, d'autres debout, entourait un homme qui parlait à voix basse. De la tête, je désignai l'attroupement à Ugolin, intrigué. D'un commun accord, nous nous levâmes tous trois pour nous joindre au groupe.

L'objet de tout cet intérêt était un grand blond d'une trentaine d'années aux cheveux longs et sales qui pendaient librement, et à la barbe clairsemée. Il avait les yeux cernés et semblait ne pas avoir dormi depuis des jours. L'état poussiéreux de ses vêtements confirmait qu'il avait chevauché sans pause pendant longtemps. Mais il s'exprimait avec une intensité qui faisait briller son regard et il gesticulait fort, visiblement ravi par l'attention qu'il suscitait.

— Oh, mais depuis plusieurs jours déjà, répondit-il avec grandiloquence à une question qui lui avait été posée. Certains sont partis voilà plus d'une semaine. Ils passeront par ici très bientôt.

— Tudieu, dit un homme, en blanchissant visiblement. J'ai des étoffes à livrer à Toulouse, moi. Je ne peux me terrer ici jusqu'à ce qu'ils soient passés pendant que les autres font de bonnes affaires.

— Et mes épices, se plaignit un autre. Elles doivent être là avant la fin de la semaine, sinon je perdrai ma vente.

Tous ceux qui se tenaient autour de la table donnèrent leur assentiment, clairement contrariés par la nouvelle. Désirant savoir de quoi il retournait, je donnai un coup de pied discret sur le mollet d'Ugolin, qui sursauta un peu et comprit ce que je désirais.

— De quoi parles-tu donc, mon ami ? s'enquit-il.

— Des croisés, tiens, rétorqua l'autre, qui semblait se demander de quel cloître nous sortions. Les seigneurs du Nord et leurs hommes ont terminé leur quarantaine. En ce moment même, ils retournent dans leurs terres, les bras chargés de tout ce qu'ils ont pu voler. Le printemps prochain, ils feront le chemin inverse pour revenir se remplir les poches à nouveau, les brigands. Et, au nom de Dieu, ils feront rôtir quiconque aura la folie de se placer sur leur chemin.

— Ils sont en route, dis-tu ? Sont-ils nombreux ?

— Un bon millier d'hommes. Chaque seigneur du Nord voyage avec ses propres troupes. Comme d'habitude, les hommes de Montfort sont demeurés auprès de lui à Carcassonne pour l'hiver.

— Et tu crois qu'ils vont passer par ici ?

— Ils n'ont guère le choix. Je suis rentré de Toulouse cette nuit et je n'avais pas une journée d'avance sur eux. Je suis arrivé juste à temps pour que Cahors ferme ses murailles, au cas où l'envie prendrait aux croisés de s'offrir un pillage et un massacre au passage.

À cette nouvelle, je me crispai. Non seulement l'ennemi avançait, mais il était beaucoup plus près que je ne l'avais cru. Si je ne me pressais pas, il me barrerait la route vers Gisors.

Je n'avais pas oublié les paroles que Métatron avait prononcées pendant ma maladie : *En ce moment même, la seconde part de la Vérité est en danger, au milieu de ses ennemis ! Crois-tu qu'ils ne la cherchent pas ?* Depuis ma résurrection, mes rêves n'avaient jamais été anodins et je ne doutais pas que je devais considérer celui-ci comme prophétique. Inconsciemment, je portai la main à la croix cathare sur mon épaule gauche. Elle n'était là que pour me rappeler que je n'existais encore que par la volonté de Dieu, pour remplir la mission qu'il m'avait imposée.

Je fis un signe de la tête à Ugolin et nous nous éloignâmes sans que les autres, fascinés par le récit qui avait repris, n'accordent d'attention à notre départ. Je n'avais pas à m'expliquer. Pernelle et lui saisissaient aussi bien que moi le sérieux de notre situation. Je ramassai en vitesse ce qu'il nous restait de pain et de fromage sur la table et le Minervois y lança quelques piécettes pour payer notre repas. Puis nous sortîmes. Dès que nos bêtes furent nourries et abreuvées, et que le coffre de Pernelle fut sanglé, nous nous mîmes en selle. Ugolin se gratta furieusement la nuque, puis les cheveux à deux mains. Il jeta un regard mauvais à l'enseigne qui se balançait doucement dans la brise en grinçant sur ses ferrures.

— Il devrait plutôt y peindre des poux, grommela-t-il.

Sortir de Cahors fut plus compliqué que je ne l'avais anticipé, la cité étant déjà barricadée et les sentinelles ayant reçu ordre de ne laisser passer personne.

— Vous n'êtes pas au courant ? fit le garde, étonné, quand je lui demandai de nous ouvrir. Les croisés sont en route vers nous. Si vous sortez maintenant, vous courez tout droit à votre mort.

Désirant couper court aux tergiversations, je descendis de cheval et lui brandis sous le nez le sauf-conduit du comte de Foix.

— C'est notre affaire, dis-je sèchement.

Ugolin vint me rejoindre. Nous dominions l'autre d'une tête et notre air ne laissait aucune équivoque quant à notre humeur. Intimidé, l'homme zieuta le document et je réalisai qu'il ne savait pas lire. Il héla un officier, qui vint nous rejoindre.

— Que se passe-t-il ?

Le soldat lui tendit le sauf-conduit, dont il prit connaissance.

— Et après ? fit-il avec mépris.

Il releva la tête et planta ses yeux dans les miens.

— Comte de Foix ou pas, mes ordres sont de ne laisser passer personne. Tu devras attendre comme tout le monde. Allez, ouste !

— Je ne crois pas… dis-je.

Ugolin avait profité de la discussion pour se glisser derrière l'officier. Je lui fis signe de la tête et, avant que l'autre ne sache ce qui lui arrivait, il se retrouva le cou enserré par un des bras gigantesques du Minervois, le souffle coupé et le visage rougissant à vue d'œil. Le bombement exagéré de son ventre m'indiqua qu'il sentait bien la pointe d'une dague à la hauteur de ses reins. Le garde qui l'avait appelé porta une main à son épée, mais pressentant sans doute qu'il ne durerait pas longtemps, se figea dès que j'en fis autant. Je n'entendais pas à rire et cela était évident.

— Nous ne te voulons aucun mal, mon ami, mais nous n'avons pas de temps à perdre en balivernes. Nous souhaitons seulement sortir. Alors ouvre cette porte et tout ira bien, ordonnai-je avec un calme qui annonçait la tempête.

L'officier se raidit, déterminé à résister. Puis une grimace m'indiqua qu'Ugolin avait appuyé un peu plus fort pour le convaincre des mauvais fondements de son attitude.

Cinq ou six gardes supplémentaires, alertés par la scène, étaient descendus des murailles pour se regrouper autour de nous, n'attendant qu'un mot pour attaquer.

— Si tel est votre souhait, vous pouvez bien aller au diable, dit-il. Grand bien vous fasse. Mais ne repassez jamais par Cahors si vous tenez à la vie.

— Je n'en ai pas l'intention, rétorquai-je.

La mâchoire serrée, il donna l'ordre qu'on nous ouvre. Lorsque la porte fut béante, Ugolin le lâcha et le projeta au sol. Aussitôt, une dizaine d'épées furent mises au clair autour de nous, mais je pouvais voir dans leur attitude que, malgré leur nombre supérieur, ils n'avaient guère envie de se frotter à nous. L'officier leva la main pour les retenir. Le Minervois et moi tirâmes nos armes et reculâmes lentement vers nos montures sans quitter des yeux nos agresseurs potentiels.

Nous nous mîmes en selle sans être inquiétés et nous élançâmes au galop, laissant les gardes dans un nuage de poussière. Nous franchîmes la muraille, traversâmes le pont et filâmes vers le Nord, pareils à des brigands en fuite. En moins d'une heure, Cahors s'était effacée à l'horizon.

— J'aurais tout de même préféré partir plus discrètement, remarqua Ugolin. Ils vont nous croire de mèche avec les croisés et partir à nos trousses.

— Ne t'en fais pas trop. Tu as vu comme l'officier tenait à garder la muraille étanche, répondis-je. Et puis, un peu plus et les soldats mouillaient leurs braies. Ils ne sortiront pas de là avant que le dernier croisé ne soit passé et nous serons déjà loin.

L'important était de rester devant les croisés. Guidés par le colosse, nous chevauchâmes plein nord la journée entière, aussi vite qu'il était possible sans épuiser nos montures, mangeant à la sauvette pendant qu'elles s'abreuvaient.

Malgré de valeureux efforts, nous dûmes toutefois nous avouer vaincus devant des adversaires beaucoup plus petits, mais tout aussi féroces que les croisés. Après une journée entière à nous gratter, nous n'eûmes d'autre choix que de prendre un long bain dans l'eau glacée d'une rivière, comme l'exigeait Pernelle, et d'y laisser nos vêtements tremper toute la nuit. Quant à nos cheveux, mon amie, dont le coffre recelait des ressources aussi variées qu'inépuisables, en prit soin en faisant chauffer du vinaigre qu'elle répandit sur nos têtes avant de les envelopper dans un linge que nous dûmes porter plusieurs heures durant, au prix d'un profond sentiment de ridicule qu'elle envenima en riant de nous à gorge déployée, même si elle était pareillement équipée. Au matin, nous repartîmes, grelottant dans nos vêtements encore humides, mais exempts de vermine. L'épisode, bien que fort déplaisant, eut l'avantage de nous confirmer que nous n'étions pas suivis par les troupes de Cahors.

Il nous fallut une dizaine de jours pour franchir sans inquiétudes les quarante-trois lieues qui séparaient Cahors de Limoges. Nous jugeâmes plus prudent de dormir à la belle étoile, bien enroulés dans nos couvertures, mais sans feu. Ainsi, nous ne risquions pas de rencontrer l'ennemi, humain ou insecte. Nous évitâmes Souillac, Brive et Tulle, préférant suivre de petits sentiers écartés qu'Ugolin connaissait bien. Nous passâmes par de petites bourgades souvent anonymes où nous ne nous arrêtâmes que le temps de nous procurer quelques provisions et de glaner des informations. Si nous obtînmes aisément les premières, nous nous retrouvâmes plutôt à transmettre les secondes. Nous étions en effet en avance sur tous les messagers et les habitants se tournaient vers nous, avides de nouvelles. Je regrettais de leur causer des angoisses contre lesquelles ils ne pouvaient rien, la plupart des hameaux étant dénués de murailles et totalement vulnérables.

Au fil des jours, je sentis un changement graduel chez les gens que nous croisions. Depuis Cahors, l'influence des Bons Chrétiens et de leur religion me semblait s'amenuiser. Non point qu'il n'y avait que des bonshommes dans le Sud. À Béziers, chrétiens et hérétiques avaient été assassinés avec la même ferveur par les croisés. Dans toutes les villes, il s'était trouvé des tenants de la foi de l'Église, souvent plus nombreux que les cathares, mais ils avaient cohabité sans heurts jusqu'au début de la croisade. Je m'ouvris de mon impression à Ugolin, qui m'expliqua que nous nous approchions des limites du Nord et que, par conséquent, les chrétiens constituaient le plus souvent la majorité de la population, mais que les deux vivaient en paix.

Un midi, le Minervois immobilisa sa monture et désigna une cité à l'horizon.

— Limoges, annonça-t-il. Encore une quinzaine de lieues et nous serons chez les Français. Tu veux faire un arrêt ?

Mon cœur se serra à l'idée que, après plus de deux ans de folie, je serais bientôt de retour chez moi, dans le Nord. Je repensai à Rossal et à la ville dont j'avais fréquenté la foire. Au fond, c'était tout ce que je connaissais du royaume de Sa Majesté Philippe II Auguste. La fébrilité que j'éprouvais était contrebalancée par une profonde angoisse. J'allais devoir affronter une fois de plus ma destinée. Ma terre natale serait peut-être aussi le lieu de mon dernier repos.

— Non, répondis-je, contournons-la. Il est plus que temps de mettre le Sud derrière nous. Allez.

Nous nous remîmes en route. Je ne pouvais savoir alors que le Nord m'emporterait dans un tourbillon qui me ferait descendre dans les profondeurs de mon être.

Ce soir-là, je brûlai le sauf-conduit que m'avait donné Roger Bernard. Une fois dans le Nord, il ne serait plus qu'un stigmate qui risquait de nous conduire tout droit à la mort.

Je ne sais si j'avais anticipé que les cieux s'entrouvriraient pour jeter la Lumière divine sur moi, tel Moïse devant la Terre promise, ou que les trompettes des anges résonneraient pour souligner mon retour, mais la transition entre le Sud et le Nord s'avéra décevante. Elle se fit sans que rien de remarquable ne se produise. Une partie de moi fut néanmoins surprise que le retour dans le royaume du roi Philippe soit à ce point anodin. Rien dans le paysage ne démarquait le pays des hérétiques de la France chrétienne, fille aînée de l'Église. Aucune frontière visible ne fut franchie. Aucun poste de garde ne barra notre chemin. Aucune preuve d'admission ne fut requise. Nos montures firent simplement un pas de plus et nous fûmes dans le Nord.

Octobre tirait à sa fin. Le vent froid qui soufflait dès que nous quittions la protection des forêts, traversait les capelines dans lesquelles nous nous enveloppions. Ugolin, habitué au temps chaud du Sud, grelottait comme une vieillarde, ce qui en faisait l'objet de mille taquineries qu'il recevait, comme toujours, avec patience et humour. De temps à autre, une averse rendait les conditions encore plus exécrables, forçant nos chevaux à patauger dans la boue et détrempant nos vêtements. Nous progressions lentement. Ugolin et moi ne nous privions pas de maugréer, alors que Pernelle, elle, affichait toujours la même résignation tranquille.

Après quelques jours de ce régime, notre humeur déjà massacrante fut encore minée par le boitement soudain de Sauvage. Un examen de sa patte avant droite nous confirma qu'il avait perdu un fer, sans doute aspiré par la boue. Cette démarche banale me fit constater pour la première fois les limites que m'imposait ma main sans force. Ne pouvant à la fois tenir la patte de la bête et nettoyer le sabot avec ma dague, j'eus besoin de l'aide d'Ugolin, qui fit preuve de prévenance en me l'offrant avant que je la demande. Pourtant, je n'avais de cesse de fermer et d'ouvrir le poing pendant nos chevauchées, espérant redonner à ma senestre force et flexibilité. Visiblement, malgré quelques progrès, je serais estropié jusqu'à la fin de mes jours.

À l'évidence, nous ne pouvions pas continuer notre route avec une monture boiteuse. Sauvage devait être ferré sans tarder. C'est donc à pied, sous la pluie battante, dans un chemin boueux qui rendait chaque pas difficile, que nous continuâmes, à la recherche d'un forgeron. Après le temps perdu à Mondenard, j'étais fort contrarié de devoir encore m'arrêter, à plus forte raison puisque nous étions maintenant dans le Nord. J'avais conscience que tout arrêt augmentait le risque d'attirer l'attention. Bien sûr, au dire de l'aubergiste de Cahors, on me croyait mort. Mais je n'en avais pas l'absolue certitude et je préférais demeurer prudent. Ma chevelure rousse et ma taille me rendaient aisément reconnaissable et, après tout, pour les gens du Nord, j'étais le croisé qui avait trahi la cause de Dieu et qui avait lutté contre ses frères. Mon parcours et mes succès étaient bien connus. Quiconque me mettrait la main au collet serait trop heureux de me livrer à Montfort ou même de m'occire sans attendre. J'allais néanmoins devoir côtoyer des habitants qui pourraient m'identifier. Je n'avais guère le choix, si je ne voulais pas me rendre à Gisors en marchant.

Même soulagé du poids de son cavalier, Sauvage peinait et ses boitements étaient de plus en plus prononcés, ce qui m'inquiétait beaucoup. Après deux journées entières de ce régime de misère, aggravé par des nuits passées à la pluie battante sans même le réconfort d'un feu et par l'épuisement de nos provisions, un petit hameau se profila enfin à l'horizon. La pluie avait cessé, mais nous étions trempés et affamés. Nous nous immobilisâmes à bonne distance, à l'abri d'arbres, pour l'observer de loin, habitués que nous étions à ne pas nous lancer à l'aveuglette dans la gueule du loup. Il s'agissait d'une pauvre bourgade composée d'une vingtaine de maisons disposées en cercle autour d'une petite place. Dans le ciel matinal enfin dénué de nuages, des colonnes de fumée montaient de plusieurs cheminées et, çà et là, nous vîmes quelques individus qui vaquaient à leurs tâches. Mais nous ne remarquâmes rien qui, de prime abord, fût de nature à nous alarmer.

— M'est avis que ces gens se méfieront d'étrangers en provenance du Sud, remarqua Ugolin en se frottant la barbe.

— Alors mieux vaut être du Nord.

Je fouillai dans mes bagages et en sortis la cotte de mailles, les gants et le heaume fournis par Roger Bernard, et les revêtis.

— Ils feront sans doute davantage confiance à des soldats de retour de la croisade, dis-je.

— Ne sois pas naïf, fit le Minervois dans un rire cynique. Les gens du Nord ne sont pas regardants quand se présente une occasion de piller. Si j'étais un villageois sans défense, je ne serais pas plus tranquille.

— Nous ne sommes que deux hommes et une femme. Rien de bien menaçant face à un village entier, même aussi misérable que celui-ci. Il suffit d'agir de façon à ne pas éveiller les soupçons.

Pendant qu'il revêtait sa cotte, je désignai Pernelle de la tête.

— Entendons-nous sur notre histoire, dis-je. Nous escortons cette dame vers Gisors, sur l'ordre de Simon de Montfort. Le seul nom de ce mécréant devrait nous assurer d'être laissés tranquilles. Pour le reste, ils seront ravis de voir que nous payons le forgeron rubis sur l'ongle. Même chose pour les provisions. Par contre, c'est ton tour de ne pas dire un mot. Ton accent te ferait remarquer. À partir de maintenant, tu es muet de naissance.

— Et pourquoi pas simple d'esprit, aussi ? grommela le Minervois, un peu vexé. Ai-je l'air taré ou quoi ?

— Pas plus que moi à Mondenard. Mais le rôle t'irait à ravir, le taquinai-je.

Nous franchîmes la distance qui nous séparait du village. En chemin, trois femmes qui revenaient de la forêt environnante, les bras chargés de bois sec, nous dévisagèrent avec un air méfiant. Je leur adressai une salutation à laquelle elles ne daignèrent pas répondre. Nous continuâmes et fûmes bientôt au milieu des petites maisons aux murs enduits de torchis, presque dénués de fenêtres et aux toits pointus recouverts de chaume.

Notre arrivée interrompit les activités. Dès qu'elles nous aperçurent, les mères poussèrent nerveusement leurs enfants et s'engouffrèrent dans les maisons. Les hommes, eux, émergèrent de leurs ateliers ou abandonnèrent leurs travaux pour se regrouper et nous faire face. Visiblement, ces gens avaient eu, avec les soldats de passage, des expériences qu'ils ne souhaitaient pas répéter. Parmi eux, je repérai avec soulagement un forgeron, vêtu d'un tablier de cuir taché par les étincelles et de longues pinces à la main. Le visage dur, tous se tenaient derrière un homme âgé avec une circonspection sans équivoque, la plupart posant la main sur la dague qu'ils portaient à la ceinture.

Tirant Sauvage, qui se rebiffait de plus en plus ouvertement en secouant la tête et qui semblait avoir très mal à la patte, je me dirigeai vers le vieil homme. D'un geste, celui-ci ordonna aux autres villageois de rester en place et vint à ma rencontre. La chevelure et la barbe blanches comme neige, il était encore grand et costaud, et n'eut pas à lever la tête pour me faire face, ce qui était fort rare pour moi. Les yeux noirs qu'il opposa aux miens ne laissaient paraître aucune crainte sous les épais sourcils en broussaille. Les ans n'avaient pas voûté son dos. Les épaules larges, les bras solides, il avait dû être redoutable dans son jeune temps. À plus d'un égard, il l'était sans doute encore.

— Mon cheval a perdu un fer, expliquai-je en désignant Sauvage.

Il me toisa longuement sans réagir, au point où j'en vins à me demander s'il avait compris ce que je venais de lui dire ou s'il parlait une autre langue.

— J'ai besoin d'un forgeron, insistai-je. Je le paierai bien.

Une fois encore, il se contenta de me dévisager. Lorsqu'il se décida enfin à parler, ce fut pour lancer un avertissement qui me prit par surprise.

— Ne bougez plus si vous tenez à la vie.

CHAPITRE 6

Prophétie

Je me retournai pour apercevoir, derrière nous, six hommes disposés en demi-cercle. Chacun brandissait un arc bandé et les flèches étaient pointées dans notre direction. Je levai prudemment les mains, paumes vers le vieil homme. À mes côtés, Pernelle et Ugolin en firent autant.

Même dans les circonstances, l'accent de mon interlocuteur, que je n'avais pas entendu depuis mon exil forcé vers le Sud, plus de deux ans auparavant, fut une douce musique à mes oreilles. Il ne s'agissait pas tout à fait de celui de mon enfance, mais il faisait amplement l'affaire.

— Tout ceci n'est pas nécessaire, dis-je. Nous ne vous voulons aucun mal, je t'en donne ma parole.

— La parole qui sort de la bouche d'un homme de guerre ne vaut pas mieux que la merde qui tombe de ses fondements, répliqua-t-il sèchement.

— Fort bien. Je peux comprendre ton point de vue. Prévois-tu nous laisser comme ça encore longtemps ?

— Aussi longtemps qu'il le faudra.

De longues minutes s'écoulèrent sans que la tension ne diminue. Entre mes épaules, l'endroit que visaient les archers me chatouillait. Je savais pertinemment qu'Ugolin, sous ses airs indifférents, était prêt à bondir à la moindre occasion. Je le connaissais assez pour savoir que, comme moi, il avait déjà calculé la distance à franchir pour se saisir de notre interlocuteur et l'utiliser comme bouclier humain. Je savais aussi que contre six archers, cela serait insuffisant et que Pernelle, elle, resterait toujours vulnérable. Nous ne pouvions qu'attendre.

L'arrivée d'un jeune homme essoufflé mit fin au silence malaisé.

— Je n'ai vu personne d'autre, Viau, annonça-t-il. Ils semblent être seuls.

Le vieillard se détendit un peu.

— N'aie crainte, il n'y a que nous trois, lui confirmai-je. Nos intentions sont honorables.

— Bien, fit l'homme, en faisant signe à ses archers d'abaisser leurs armes.

Soulagé, je laissai échapper un soupir.

— L'arrivée de croisés n'annonce jamais rien de bon, expliqua-t-il. Et rares sont ceux qui voyagent à deux, en compagnie d'une dame.

— Je comprends.

Je lui tendis la main.

— Je suis… Gontier, dis-je en donnant le premier nom qui me passa par la tête. Et voici Huguet. Nous escortons dame Parise vers Gisors, à la demande expresse de sire Simon de Montfort, chef des forces croisées dans le Sud.

— Je vois…, répondit l'autre, toujours méfiant, sans accepter ma dextre. C'est bien loin, Gisors.

— Ce sont mes ordres. Si vous avez un forgeron, nous repartirons dès que mon cheval sera ferré. Et si vous avez quelques provisions, j'en serais bien aise. Je paierai pour tout.

— Vraiment ? Tu ne serais pas le premier à prétendre cela pour ensuite repartir avec tout ce que nous possédons. Avec quoi entends-tu payer ?

Je détachai la bourse d'Estève de ma ceinture, la posai dans ma main gantée, que j'arrivais maintenant à ouvrir sans trop de mal, l'ouvris avec l'autre et en tirai une pièce d'or.

— Voici un acompte. Tout excédent sera versé une fois la besogne terminée.

Les yeux du vieil homme s'allumèrent de convoitise et il saisit la monnaie de sa main calleuse.

— Nous avons un forgeron, confirma-t-il enfin, un peu amadoué.

Il se tourna vers l'homme au marteau et au tablier qui se tenait toujours un peu en retrait derrière lui.

— Goubert, vois ce que tu peux faire pour sa bête.

L'autre s'avança, saisit la bride de Sauvage et l'entraîna.

— Suis-moi, marmotta-t-il.

Je lui emboîtai le pas.

— De quoi avez-vous besoin ? entendis-je le vieillard s'enquérir derrière moi.

— Il ne peut pas parler. Il est muet, fit la voix de Pernelle. Et un peu simplet, aussi, ajouta-t-elle sur le ton de la confidence.

Je ne pus m'empêcher de sourire au son de cette espièglerie, imaginant le visage d'Ugolin devenir écarlate.

— Si tu as du pain, nous sommes preneurs, poursuivit-elle. Un peu de viande et du lard ne feraient pas de tort non plus. Et du fromage, des oignons… Sinon, nous nous contenterons de farine jusqu'au prochain village.

— Tu as les goûts bien riches, répondit Viau.

— Point. Mais tu as vu la taille de notre compagnon ? Il mange comme trois.

— Sans doute. Nous verrons ce que nous pouvons faire.

Je m'éloignai en sachant que mon amie était parfaitement capable de voir à notre approvisionnement. Goubert, le forgeron, me mena à sa boutique. La forge ronflante au centre et ses outils suspendus aux murs me rappelèrent celle de Montségur, où Memento était née de ma sueur et de mon labeur. L'endroit eut aussi l'avantage de me réchauffer et de sécher mes vêtements pour la première fois en trois jours, ce qui n'était pas superflu. Déjà, l'humidité montait en volutes de ma capeline.

— C'est la patte avant droite, l'informai-je.

— Tiens-le tranquille pendant que je regarde ça, commanda-t-il.

Quelques caresses sur le museau et des murmures affectueux suffirent à calmer Sauvage. Comme j'avais si souvent vu faire le forgeron de Rossal, Goubert se pencha et replia la patte blessée de façon à ce que le sabot lui arrive entre les jambes. Puis, à l'aide de sa dague, il en gratta la surface pour la libérer de la boue séchée, et l'examina.

— Il a perdu son fer, en effet, décréta-t-il, mais un caillou s'est logé dans un des trous laissés par les clous et son sabot s'est infecté.

— Tu en es certain ?

— Vois toi-même.

Hormis les monter avec talent, qualité que je devais à Bertrand de Montbard, je ne connaissais que peu de choses aux chevaux, mais pour sauver les apparences, je fis mine d'examiner le sabot. J'y aperçus sans difficulté un abcès gorgé de sang. Lorsque j'eus hoché gravement la tête pour signifier que j'avais compris, l'homme reposa doucement la patte par terre et tapota familièrement la croupe de Sauvage.

— C'est une brave bête. J'en ai connu qui m'auraient lancé une ruade pour bien moins.

— Tu peux le remettre en état ?

Le forgeron hocha la tête, sûr de lui.

— Ce n'est rien de grave. Il faut crever l'abcès pour évacuer le pus, puis y mettre un cataplasme. Si tout va bien, je pourrai le ferrer demain.

— Je n'ai pas ce loisir, fis-je, contrarié. Je dois poursuivre ma route.

— Alors tu peux continuer à pied. Lui ne fera pas une lieue de plus dans cet état.

— Soit, soupirai-je, résigné. Fais ce que tu dois.

Visiblement plus à l'aise avec moi, il désigna du menton ma senestre gantée.

— Qu'est-ce qui t'est arrivé ?

— Un coup d'épée me l'a fendue, mentis-je.

— Les joies de la vie de soldat, j'imagine. Moi, ce sont les brûlures de la forge qui me picotent la poitrine et les bras. Sans compter les côtes que des chevaux m'ont cassées trois ou quatre fois. Chacun ses blessures de guerre. Elle ne fonctionne plus du tout ?

— La peau est aussi sèche que l'entrecuisse d'une cloîtrée. Elle bouge de mieux en mieux, ajoutai-je en lui en faisant la démonstration, mais je crains qu'elle ne me serve plus à grand-chose.

— Embêtant, pour un homme de guerre. Mais quelque chose me dit que, même avec une seule main, il vaut mieux ne pas se frotter à toi si on n'aime pas être piqué, dit-il en riant. Tu m'as l'air d'un joyeux bretteur.

— On me l'a déjà laissé entendre, oui.

Je caressai la crinière de Sauvage, qui s'ébrouait et vint coller son museau dans mon cou.

— Prends-en bien soin. Je l'ai depuis mes seize ans et j'y suis très attaché.

— Je te comprends, répondit Goubert. C'est un superbe animal. Je te le rendrai en bon état et il te portera jusqu'à Gisors sans problème.

Il se rendit à l'un des murs et sélectionna un outil pointu dont il testa l'extrémité du doigt.

— Au fait, demanda-t-il, que va donc faire cette dame à Gisors ? Ce n'est quand même pas à côté.

— Je l'ignore, rétorquai-je. Montfort m'a ordonné de l'y escorter et c'est ce que je fais.

— Si la moitié de ce qu'on dit de lui est vrai, il vaut mieux lui obéir au doigt et à l'œil, à celui-là. Il est du genre à t'arracher un bras et à le manger saignant au moindre écart de conduite.

— Et ce ne serait que le premier service, confirmai-je. Il garderait le foie et le cœur comme plat principal !

Goubert s'esclaffa de bon cœur.

— Tu as besoin d'aide ? demandai-je en désignant la patte de Sauvage, désireux de changer de sujet avant de m'égarer dans mes propres mensonges.

— Non, ça ira. Il ne sentira rien.

— Bon, alors je vais rejoindre mes compagnons. Tiens-moi au courant.

— Ne t'inquiète pas. J'en prendrai soin comme des fesses roses d'une pucelle.

Je m'esclaffai à mon tour et sortis alors que Goubert s'approchait de la patte de Sauvage, son instrument à la main. Je devais annoncer cette nouvelle contrariété à Pernelle et à Ugolin. Je les trouvai en train de négocier ferme pour quelques pains rassis à l'allure douteuse auxquels une jeune femme semblait tenir comme à la prunelle de ses yeux maintenant qu'elle savait qu'ils valaient leur pesant d'or. Je m'approchai et posai la main sur l'épaule de mon amie, ce qui la fit sursauter.

— Pas la peine de marchander à la hâte. Nous sommes coincés ici jusqu'à demain.

Je lui expliquai la situation et fus amusé de voir le visage de la vendeuse se décomposer lorsqu'elle réalisa que ses espoirs d'empocher un profit éhonté venaient de s'envoler en fumée. Je terminais lorsque je vis Viau s'approcher d'un pas alerte qui jurait avec son âge.

— Goubert m'a mis au courant pour ton cheval, dit-il.

— Les nouvelles vont vite.

— Le village est petit.

— Pouvons-nous loger quelque part ?

— Chez Tyceline. Elle vit seule. Elle vous hébergera et vous nourrira. C'est déjà arrangé. En échange de quelques pièces, évidemment.

— Cela va de soi.

Il héla le jeune homme qui s'était assuré que nous étions seuls lors de notre arrivée et lui désigna les montures de Pernelle et d'Ugolin, qui étaient toujours sur la place.

— Bonnin ! Mène ces bêtes à l'étable.

L'interpellé acquiesça de la tête et s'empressa de se rendre auprès des bêtes, avec lesquelles il s'éloigna.

— Venez.

D'un pas leste, le vieil homme nous conduisit dans la direction opposée, à l'orée du village, jusqu'à une maison un peu délabrée. Puis il me posa une main sur le bras.

— C'est ici. Ne vous étonnez pas, dit-il en baissant un peu la voix, Tyceline n'a plus toute sa tête depuis que son mari et sa fillette sont morts des fièvres voilà deux ans. Mais la pauvresse est bien intentionnée. Il suffit de ne pas trop s'attarder aux apparences.

Il se tourna vers la demeure et mit ses mains en porte-voix.

— Tyceline ! Ils sont là !

Il fallut un moment avant que la porte s'ouvre et qu'une femme en émerge. Ma seconde vie avait été mouvementée et avait placé sur ma route toutes sortes de gens, mais jamais encore quelqu'un d'aussi étrange. Elle n'était ni jeune ni vieille. Ses cheveux noirs, prématurément striés de gris, étaient hirsutes et rayonnaient dans tous les sens, comme si elle ne les avait pas peignés depuis des années. Lorsqu'elle fut plus près, je pus y apercevoir, çà et là, des herbes et des bouts de feuilles. Ses yeux semblaient incapables de fixer un même point plus d'une seconde, comme si elle craignait d'être surprise par une chose terrifiante qui la guettait. Tant ses haillons que sa personne étaient sales à faire peur et l'odeur qui s'en dégageait était en proportion.

La souillon nous dévisagea en se dandinant sans cesse d'un pied sur l'autre tout en entortillant une mèche de cheveux autour de son index.

— Vous êtes malades ? demanda-t-elle sans ambages en se mordillant compulsivement la lèvre inférieure.

— Euh… non, répondis-je, interdit.

— Vous en êtes sûrs ? Parce que la maladie ne se voit pas toujours, mais elle est partout. Tout le temps. Ça, c'est sûr. Oh oui, aussi sûr que je suis là. Elle m'a pris mon Belin et ma petite Edelinne, la maladie. Elle les a mangés tout crus, les pauvres.

Elle fourra ses doigts dans sa bouche et se mit à ronger ses ongles noirs de crasse, le regard perdu quelque part, dans le lointain.

— Mon mari et ma petite ne sont plus là, marmonna-t-elle en crachant le fruit de ses efforts. Ils sont partis loin. C'est à cause de la maladie. Mais parfois, ils reviennent. Ils me parlent, vous savez…

Elle releva brusquement la tête.

— Vous n'êtes pas malades ?

— Il me semble que je viens tout juste de…

— Ils sont sains, Tyceline, coupa Viau avec une douceur qui m'étonna. Je te l'assure. Tu peux les recevoir sans danger.

— Bien, bien, si tu le dis.

— Ils vont dormir chez toi, cette nuit, comme c'était entendu, dit le vieil homme. Tu te souviens ? Nous en avons discuté tout à l'heure.

— Oui, oui. S'ils ne sont pas malades…

Tyceline nous examina une dernière fois.

— Venez alors.

Sans autre cérémonie, elle fit demi-tour et, d'un pas nerveux qui me rappelait étrangement celui d'un oiseau, elle retourna vers sa maison. Aussi abasourdis que moi, Ugolin et Pernelle lui emboîtèrent le pas. J'allais en faire autant lorsque Viau me retint par le bras.

— Tyceline est ma fille, dit-il, une grande tristesse brisant sa voix. Elle n'a jamais été la même après les fièvres. Mais elle n'est pas méchante. Vous êtes bien bons d'habiter chez elle. Dieu sait qu'elle a besoin de compagnie. Et d'argent, aussi.

— Elle sera bien payée, je te l'assure.

Le vieil homme hocha la tête en guise de remerciement et, cette fois, ce fut lui qui me tendit la main. Je la saisis et la serrai. Puis il s'en fut sans rien ajouter. Je me dirigeai vers la maison pour rejoindre les autres.

Lorsque j'entrai, je percutai presque Pernelle et Ugolin, qui étaient restés plantés sur le seuil. J'avais à peine passé la porte qu'un énorme chat tacheté se planta devant moi, fit le dos rond et cracha furieusement, comme si j'étais le diable en personne, avant de me passer entre les jambes pour s'enfuir. Dès que je fus à l'intérieur, je constatai que l'endroit était tout à fait à l'image de sa propriétaire.

L'air de la maison était enfumé et étouffant de chaleur en raison du feu qui ronflait dans l'âtre. Il régnait dans la pièce une épaisse odeur d'herbes, d'épices, de saleté et de pourriture. Des amulettes, semblables à celles qu'avait fabriquées Daufina, étaient accrochées au-dessus de la porte et de toutes les fenêtres. Une multitude de crucifix étaient disposés sur les murs et sur les meubles, certains portant un *corpus* de plâtre, d'autres confectionnés maladroitement avec des branches et de la ficelle. Des tablettes ployaient sous le poids de pots, de cruches et de boîtes remplies de ce qui me sembla être des onguents, des potions et des poudres de tout acabit. Un peu partout, d'étranges symboles qui m'étaient inconnus avaient été tracés à la craie ou maladroitement gravés dans le bois avec un couteau. Des boisseaux d'herbes sèches étaient suspendus aux poutres du plafond. Les coins et les angles de la pièce étaient couverts de toiles d'araignées épaisses accumulées depuis des années.

Je réalisai que les intérêts de notre hôtesse allaient au-delà de l'herboristerie lorsque je repérai des crapauds et des serpents séchés sur la table. Puis j'aperçus une série de crânes et d'ossements d'animaux alignés sur une tablette au fond de la pièce. Un peu partout, des mouches bourdonnaient. La seule chose normale était une vieille paillasse sur le plancher, près de la cheminée. Au fond, sur notre gauche, une porte donnait sur la seule autre pièce de la maison.

Ugolin, pâle comme un drap mortuaire, recula de quelques pas pour venir se tenir près de moi.

— Elle ne serait pas un peu sorcière, des fois ? murmura-t-il pour moi seul.

— Cela, ou alors elle est complètement folle, grommelai-je, pas tout à fait tranquille. Et souviens-toi que tu es muet, bougre.

Pernelle, elle, semblait parfaitement calme. Les mains sur les hanches, elle considérait tout ce capharnaüm d'un œil intéressé.

— Entrez, entrez, fit Tyceline en agitant frénétiquement la main. Ne faites pas attention à tout ça. C'est pour éloigner la maladie, vous comprenez ? C'est dangereux, la maladie. Très dangereux.

Son visage prit une expression inquiète et renfrognée.

— Vous n'êtes pas malades ?

— Non, la rassura patiemment Pernelle. Nous sommes en santé.

— Ah, c'est mieux. Parce que la maladie m'a pris mon Belin et ma petite Edelinne…

Avant qu'elle ne se remette à se ronger les ongles, Pernelle s'avança vers elle.

— Cela a dû te faire beaucoup souffrir. Tu es bien bonne de nous accueillir chez toi. Nous y serons très bien, j'en suis sûre.

— Putain de Dieu… grogna Ugolin entre ses dents.

Mon amie se tourna vers nous.

— Messieurs, pourquoi n'allez-vous pas faire une promenade ? suggéra-t-elle avec un air entendu.

— Une… promenade ? répétai-je, interloqué.

— Oui, une promenade. Tyceline et moi en profiterons pour faire plus ample connaissance. N'est-ce pas, Tyceline ?

Soudain radieuse de se faire traiter avec gentillesse, la simplette sourit béatement, découvrant une bouche ornée de chicots noirâtres.

— Bon, si c'est ce que tu veux.

— Allez, ouste, railla Pernelle.

Ugolin et moi ne nous fîmes pas prier davantage et sortîmes, trop heureux de quitter cet endroit oppressant.

— Tu crois que nous devrions laisser dame Pernelle seule avec cette énergumène ? s'inquiéta le Minervois, après avoir vérifié que personne ne le voyait parler. Par le saint nom de Dieu, elle va nous la maléficier et la transformer en crapaud.

— J'ai appris depuis longtemps à ne pas contredire cette petite furie, répondis-je en souriant. Quant à la transformer en quoi que ce soit, je doute qu'il existe un sorcier sur cette terre qui puisse venir à bout de son caractère. Elle n'aurait qu'à brandir l'index et à le tancer pour qu'il se recroqueville comme un enfançon tremblant.

Ugolin ricana malgré lui.

— Allons plutôt prendre soin de nos chevaux.

Il nous fut facile de trouver l'étable dans le minuscule village et nous passâmes l'après-midi à étriller nos montures qui, après toute cette route, en avaient bien besoin. Nous en profitâmes pour réparer la selle d'Ugolin, dont l'étrier usé menaçait de se détacher. Puis nous trouvâmes du foin que nous offrîmes aux chevaux.

— Nul doute qu'on nous le fera payer, remarquai-je.

— Au moins, ils mangent, eux. Mordieu, nous n'avons rien avalé depuis hier. Je crève de faim.

— J'imagine que Pernelle est en train de voir à cela.

— Je préfère jeûner jusqu'au prochain village que d'avaler quoi que ce soit chez cette écervelée. Dieu seul sait ce qu'elle met dans ses chaudrons.

— Peut-être que tu te découvriras un faible pour les crapauds.

Ma petite sornette ne le fit pas rire. Les bêtes achevaient leur repas lorsque Goubert entra. Ugolin reprit aussitôt son rôle de muet.

— Sire Gontier, je me doutais que je te trouverais ici, dit-il. Tu as demandé d'être tenu au courant.

— Oui ? demandai-je anxieusement.

— Ne crains rien. Il va bien. L'abcès est crevé et propre. Il était moins infecté que je le croyais. Je pourrai le ferrer demain matin, comme prévu. Puisque tu sembles pressé, j'ai pensé que tu serais content de l'apprendre.

Nous le raccompagnâmes jusqu'à sa boutique, où je constatai par moi-même que Sauvage se portait bien. Il fut à son tour étrillé et nourri. Cela constituant notre ultime prétexte et nos estomacs criant famine, nous dûmes nous résoudre à retourner à notre gîte.

Lorsque nous entrâmes, je crus d'abord m'être trompé de maison. En quelques heures, l'endroit avait changé du tout au tout. On aurait cru qu'une bonne fée était passée et qu'en quelques coups de baguette magique, elle avait tout nettoyé de fond en comble. La table avait été débarrassée de ses animaux séchés. La petite fenêtre ouverte laissait entrer l'air frais qui chassait un peu la puanteur, et les mouches semblaient en avoir profité pour s'enfuir. Les toiles d'araignée étaient parties. Le fatras sur les tablettes montrait un début d'ordre. Dans l'âtre, un chaudron dégageait un fumet invitant. Même le chat, qui sommeillait roulé en boule sur un banc, semblait approuver ces changements.

Souriante, Pernelle nous ouvrit les bras.

— Ah ! Vous voilà enfin ! Si ces messieurs veulent bien prendre place, dit-elle d'un ton taquin en désignant la table, le repas sera bientôt servi. Tyceline et moi l'avons préparé de nos propres mains.

— Et où elle est, la folle ? l'interrogea Ugolin en regardant partout, méfiant.

— Tu parles de Tyceline, je présume, gros malgracieux ?

Tu as vu une autre folle dans ce village ?

— Sache, espèce de malotru, qu'elle est fort bien intentionnée. En ce moment même, elle est partie vous chercher une surprise. Et elle n'est pas aussi pauvre d'esprit que tu le crois.

— Vraiment ? Et comment le sais-tu ? demandai-je.

— Parce que j'ai pris le temps de parler avec elle, tout simplement. Elle est blessée, la pauvresse. La fièvre l'a dépouillée de tout : son homme, son enfant et même une partie de sa raison. Peut-on la blâmer de chercher la protection dans la magie ? Mais elle ne ferait pas de mal à une mouche. Elle a seulement besoin d'être écoutée. Bon, elle est un peu… excentrique, je l'admets.

— Complètement, sotte et obsédée, oui… lâcha le Minervois. M'est avis qu'un petit exorcisme…

Sur l'entrefaite, Tyceline surgit dans la pièce, souriante, un petit baril dans les mains, et Ugolin se tut aussitôt.

— Mon père avait encore un peu de bière, déclara-t-elle, l'air ravi. C'est bon contre la maladie, la bière.

Elle déposa le contenant sur la table et Ugolin, soudain assoiffé, s'affaira à l'ouvrir pendant que Pernelle nous servait un potage aux légumes dans lequel flottaient de beaux morceaux de viande et de lard. Affamés, nous nous jetâmes dessus. Pendant le repas, nous discutâmes. Bien que Tyceline nous demandât à plusieurs reprises si nous étions malades et que son regard d'épervier dardât sans cesse dans tous les coins de la pièce, elle s'avéra, curieusement, de fort bonne compagnie. Elle me faisait face, de l'autre côté de la table et, à plusieurs reprises, je surpris ses yeux rivés sur moi, les sourcils froncés, comme si elle tentait de comprendre quelque chose. De ce ton saccadé qui lui était propre, elle nous parla de son enfance et de la vie au village avant l'arrivée de la fièvre qui avait emporté une partie de la population, dont sa famille. La maladie s'était déclarée après le passage d'un baron du Nord et de ses troupes, qui s'en allaient guerroyer contre les hérétiques. Depuis lors, on se méfiait des soldats.

— Et toute cette quincaille ? m'informai-je en désignant l'ensemble des objets qui s'entassaient partout.

— Tous ces objets protègent la maison contre la maladie, corrigea Pernelle en me faisant les gros yeux. Comme ça, elle n'y viendra plus jamais. N'est-ce pas, Tyceline ?

— Non, non, non ! Plus de maladie, répondit celle-ci en hochant énergiquement la tête. Plus jamais. La maladie, c'est dangereux. On ne la voit pas, mais elle peut se cacher n'importe où. Mais ici, il n'y en a pas. Ça, vous pouvez en être sûrs. Je l'ai chassée.

— Et tu as très bien réussi, dit Pernelle en lui tapotant affectueusement le bras, comme on le fait avec un enfant, ce qui fit sourire la pauvresse.

La bière aidant, le repas dura longtemps. Lorsque le tonnelet fut bien vide, il faisait nuit. Je me levai et constatai que j'avais la tête qui tournait et les jambes lourdes, sans doute autant à cause de l'alcool que de la fatigue. J'avisai avec envie la paillasse sur le sol. Je rêvais déjà de m'allonger près du feu et de passer enfin une nuit au chaud.

— Nous dormons là ?

— Oh non ! s'exclama Tyceline. Pas là ! Ça, c'est ma paillasse à moi. Parfois, Belin et Edelinne viennent m'y rejoindre la nuit. C'est que, là où ils sont maintenant, il fait froid, vous comprenez ? Le feu les réchauffe.

À ces mots, j'eus une vision de l'enfer, glacial et aride, où j'avais passé un moment entre mes deux vies. Mais un homme et une fillette innocents emportés par la fièvre n'avaient-ils pas gagné leur ciel ?

— Alors où ? m'enquis-je.

— Là, dit Pernelle en désignant la porte qui donnait sur l'autre pièce.

— Tu y as jeté un coup d'œil ?

— Euh… non.

— Par les couilles du vieux Joseph… soupirai-je.

Si Pernelle avait pris la peine de visiter l'autre pièce, jamais nous n'y aurions dormi. Elle était pire que la première. Tout ce que Tyceline n'avait pas suspendu aux murs ou entassé sur les tablettes y traînait pêle-mêle. Le long d'un des murs, le bois de chauffage était empilé jusqu'à sa mi-hauteur. L'espace était presque entièrement occupé par des roues de charrette cassées, de vieux outils endommagés, des tas de chaume moisi, des planches cassées, des fers à cheval usés, des vêtements, des sacs bourrés de plumes et même de cheveux, les peaux plus ou moins tannées de toutes sortes de bêtes et des dizaines de vieilles couvertures mangées par les souris. Elle semblait avoir conservé tout ce que le village avait jeté depuis deux ans. L'odeur de poussière épaisse fit éternuer Ugolin à plusieurs reprises. Mais au moins, il s'y trouvait trois paillasses dont l'état semblait acceptable.

Dès que nous entrâmes, des insectes effrayés par la lumière de la chandelle traversèrent le plancher pour se vautrer sous le joint des murs. Tout cela était dégoûtant, mais épuisés par le voyage et la maladie encore récente, nous nous couchâmes sans plus attendre. Je m'endormis sur le champ, si bien que je n'eus même pas le bonheur d'entendre les ronflements d'Ugolin ébranler les murs de la demeure.

J'avais l'impression d'avoir tout juste fermé les yeux lorsqu'un chatouillement me tira du sommeil. Je sentis une caresse, à peine plus lourde qu'un souffle, descendre le long de ma joue, suivre le tracé de mes lèvres, puis de mon menton, avant de remonter vers mes cheveux. Dans ma confusion, je crus qu'un des insectes s'amusait à visiter mon visage et tentai de le chasser de quelques claques. Après quelques instants, les caresses reprirent et je finis par ouvrir les yeux, bien décidé à me débarrasser des petits indésirables. Je fus surpris de trouver Tyceline, éclairée par la flamme d'un bougeoir qu'elle avait posé sur le sol. Les yeux qu'elle portait sur moi étaient plus calmes que je ne les avais jamais vus. Elle me caressa de nouveau la joue.

— La mort… Elle te suit, toi aussi, chuchota-t-elle, le regard absent. Pas la maladie, comme moi. Non, non, non. Pire. Oh, bien pire. Une ombre, qui plane au-dessus de toi. Une malédiction.

Curieux, je l'écoutai sans rien dire.

— La colère de Dieu, poursuivit-elle sur un ton de commisération. Je la sens. Elle est sombre… Il y a un homme aussi. Non, une femme. Je ne sais pas… Quelqu'un de blond, à l'air sévère, qui ne t'aime pas. Non, non, non. Il ne t'aime pas du tout. Il te méprise. Il te hait. Il aurait préféré que tu meures. Parfois, il t'aide, mais seulement parce qu'il y est contraint par plus puissant que lui. S'il n'écoutait que lui-même, il te ramènerait… quelque part de froid. Tu y serais seul.

Elle m'empoigna le visage à deux mains et l'approcha du sien.

— Un voile sur ton visage, dit-elle d'un ton monocorde. Ta naissance était une chose mauvaise. Tu n'aurais pas dû vivre. Tu apportes le malheur partout où tu passes. Tu dois partir. C'est important. Tu as quelque chose à retrouver. Quelque chose de précieux. C'est pour ça que tu es vivant. Sinon, tu serais mort. Froid. Pourri. Comme Belin et Edelinne.

Tyceline cligna des yeux à plusieurs reprises et secoua la tête en grimaçant. Puis elle grelotta et s'enveloppa de ses bras.

— Une chapelle… Très noire… La Lumière se trouve dans les Ténèbres, prête à jaillir si tu sais la trouver. Un endroit empoisonné ; craint et détesté des prêtres… Un mort t'attend dans son linceul. Un homme humilié et marqué d'infamie.

Elle grimaça, comme si elle ressentait soudain une atroce douleur.

— Le poison. Oh ! Le poison. Il me brûle !!! gémit-elle en se balayant frénétiquement les bras.

Des larmes roulèrent sur ses joues.

— Douze hommes armés… Ils ne veulent pas te laisser passer… Ils protègent leur seigneur et son trésor… C'est cela que tu désires. Mais tu ne l'obtiendras que si tu prouves ta valeur.

Elle émit un petit cri de bête blessée et tourna brusquement la tête en arrière.

— Ils guettent. Ils attendent. Depuis longtemps. Ils sont patients.

Tyceline reporta son regard au-dessus de ma tête. Ses yeux s'écarquillèrent de terreur et elle porta la main à sa bouche. Elle se signa à répétition.

— Un crucifix ! Il est à l'envers ! Le signe du diable !

Elle ramassa le bougeoir qu'elle avait posé sur le plancher près de moi, se leva brusquement et sortit sans se retourner. Je restai là, bouche bée. À sa manière, Tyceline, la pauvre d'esprit, venait de me résumer l'ensemble de ma vie et les paroles de la mendiante.

Je glissai la main dans le col de ma chemise et la fermai sur le sceau du *Cancellarius Maximus*, qui représentait mon espoir de retrouver la seconde part de la Vérité et de sauver mon âme. Cela me procura un certain réconfort. Mais pas beaucoup.

DEUXIÈME PARTIE

Imposture

CHAPITRE 7

Incognito

Des voix inquiètes me tirèrent d'un sommeil trop court et confirmèrent mes pires craintes. Je m'assis et fourrai une claque à Ugolin qui dormait comme une souche. Il s'éveilla en sursaut.

— Qu'est-ce qu'il y a ? demanda-t-il en se grattant les cheveux. Un de ces jours, je vais te les rendre, tes claques…

— Il se passe quelque chose. Les villageois semblent agités. Écoute.

Pernelle s'éveilla à son tour. En moins de deux, nous fûmes debout, nos ceinturons attachés, nos armes à la hanche, nos bottes chaussées. J'ouvris la porte qui séparait notre chambre de fortune de l'autre pièce et j'entrai presque en collision avec Tyceline. En proie à un énervement palpable, elle tournait en rond en se signant compulsivement d'une main, pendant qu'elle aspergeait la pièce avec ce que je devinai être de l'eau bénite contenue dans une petite fiole. Elle regardait nerveusement de tous les côtés, comme si elle craignait un danger qui risquait à tout instant de se manifester.

— Gnnnnn… Gnnnnn… Gnnnnnn… faisait-elle en se mordillant les lèvres.

— Quoi ? Que se passe-t-il ? s'alarma Pernelle en s'empressant auprès d'elle.

Malgré les efforts attentionnés de mon amie, Tyceline ne donna aucun signe d'avoir même ouï sa question. Me doutant bien que, dans cet état, lui faire entendre raison était peine perdue, je la contournai et sortis avec Ugolin et Pernelle. Le jour se levait à peine, mais le village était en effervescence. Les hommes étaient réunis en conciliabules animés par des discussions inquiètes. Je repérai Viau et me dirigeai vers lui.

— Que se passe-t-il ?

— Des croisés qui remontent vers le Nord. Leur quarantaine est terminée.

— Ils sont près d'ici ?

— À quelques minutes tout au plus, Bonnin les a vus en menant ses moutons en pâture.

— Putain de Dieu ! grondai-je.

L'avertissement colérique de Métatron, formulé durant ma maladie, résonna dans ma tête, aussi puissant que le bourdon d'un clocher. *Qu'attends-tu pour te lever et te remettre en marche, damné ? En ce moment même, la seconde part de la Vérité est en danger, au milieu de ses ennemis ! Crois-tu qu'ils ne la cherchent pas ?* Ils la cherchaient, évidemment, et depuis longtemps. Et chacun de mes retards leur donnait encore plus de temps. Si les croisés nous devançaient, nous serions encore ralentis. Nous devions partir sans tarder.

Je n'eus pas besoin de dire quoi que ce soit à Ugolin. Il empoigna Pernelle et l'entraîna précipitamment vers l'étable pendant que je m'empressais vers la boutique du forgeron. Goubert n'y était pas, mais Sauvage, oui, et fraîchement ferré, tel que promis. Je tirai deux pièces de ma bourse, dont le volume diminuait distinctement, et les posai près de l'enclume, où le brave homme les trouverait assurément. Puis je sellai ma monture à la hâte en maugréant contre ma senestre malhabile. Dès que j'y fus parvenu, j'empoignai les rênes et retournai sur la place, où le Minervois et mon amie m'attendaient, déjà en selle et prêts à partir. Je constatai que Pernelle avait même eu le temps de négocier quelques provisions, qu'elle avait attachées dans un sac de toile au pommeau de sa selle. Je sortis trois autres pièces et les remis à Viau.

— Ça suffira ?

— Amplement, dit-il en les regardant.

— Nous devons partir. Merci pour tout.

— Vous êtes empressés de rejoindre les vôtres, je suppose.

— Oui, c'est ça. Le reste du voyage sera plus sûr ainsi.

Je montai en selle.

— Je te le souhaite.

Nous nous élançâmes au galop sans regarder derrière. Dès que nous fûmes en vue de la route, au loin, nous freinâmes tant que nos montures se cabrèrent. Une procession formée de quelques centaines de croisés et de leur suite se déployait devant nous et remplissait la route que nous devions prendre. Il était trop tard.

Nous ne pouvions plus les devancer. Soit nous attendions qu'ils passent leur chemin et nous leur donnions une avance suffisante pour ne pas les rattraper, ce qui nous causerait un retard considérable, soit nous nous joignions à eux.

Les croisés se chargèrent de mettre eux-mêmes un terme à mes hésitations. Pendant que défilait la masse des troupes, un groupe s'en détacha subitement et fonça vers le village. L'épée au clair, ils affichaient clairement leurs intentions.

— Ils viennent piller le village, déclara sombrement Ugolin.

Je regardai tout autour, à la recherche d'un endroit où nous cacher. La forêt était proche. En nous hâtant, nous y arriverions avant qu'on nous remarque.

— Suivez-moi ! ordonnai-je.

— Quoi ? s'écria Pernelle. Nous devons prévenir les habitants !

— Pour quoi faire ? Un avertissement ne les sauvera pas. Ils ne pourront jamais résister à une quarantaine de soldats bien armés.

— Ils auront au moins une chance de s'enfuir ! protesta mon amie de ce ton indigné que je connaissais bien.

— Ce que les gens du Nord se font entre eux ne regarde qu'eux, dame Pernelle, renchérit Ugolin. N'oublie pas la mission de l'Ordre des Neuf. La Vérité a priorité sur tout et nous lui devons fidélité.

Nous fîmes mine de nous mettre en marche vers la forêt, mais Pernelle, entêtée, resta résolument en place.

— Je m'en fiche, de la Vérité ! Ces pauvres villageois sont aussi innocents que tous les pauvres hères qui ont été passés par l'épée dans le Sud ! Que cela vous plaise ou non, je ne laisserai pas un massacre se commettre si je peux l'empêcher !

— Après deux années de cette folie meurtrière, tu devrais savoir qu'il est impossible de sauver tout le monde ! m'enrageai-je. Cesse de rêver et viens !

— *Qui tacet, consentire videtur*[1] *!* s'indigna Pernelle.

M'avait-on affligé d'une conscience pour que je n'en tienne pas compte ? Une fois de plus, mon amie décida pour moi et me plaça sur la voie de mon destin.

— Agis comme bon te semble, Gondemar de Rossal, ragea-t-elle. De toute manière, tu n'as jamais fait autre chose. Pour ma part, il ne sera pas dit que je laisse mourir ceux que je peux sauver.

Sur ce, elle fit faire demi-tour à sa monture et fila au galop vers le village.

— Bordel de Dieu, grommelai-je. Cette fille et sa maudite tête de mule me feront perdre la raison.

Je jetai un coup d'œil en direction des croisés qui approchaient. Cette discussion inutile nous avait fait perdre un temps précieux et il était trop tard pour nous réfugier dans les bois. Furieux, j'éperonnai Sauvage et nous nous lançâmes à la poursuite de Pernelle. Cette fois, j'étais bien décidé à lui tanner les fesses dès que je l'aurais rattrapée. Ses convictions personnelles étaient nobles, certes, mais j'avais d'autres chats à fouetter. En faisant à sa tête, elle risquait de m'empêcher de retrouver la seconde part. Malheureusement, la petite peste avait pris une bonne avance et je ne la rattrapai qu'à l'entrée du village.

— Fuyez ! Des croisés viennent vous piller ! Sauvez vos vies ! hurla-t-elle à pleins poumons.

---

1. Qui ne dit rien consent.

J'aperçus Viau qui se mit à gesticuler en beuglant des ordres. Aussitôt, la population s'organisa dans un calme relatif. Les femmes sortirent des maisons, regroupèrent leur progéniture et se mirent à fuir vers les bois environnants, encadrées par les hommes trop peu armés pour résister. Je compris que le vieil homme faisait la seule chose sage dans les circonstances : il abandonnait le village au pillage pour sauver la vie de ses habitants. Quelques objets de valeur ne valaient pas une vie. Les maisons pourraient toujours être reconstruites et les provisions, refaites.

À mon corps défendant, je fus forcé de reconnaître que l'entêtement de Pernelle avait eu l'effet escompté. Grâce à elle, la mort ne triompherait peut-être pas entièrement aujourd'hui. Il avait par contre la fâcheuse conséquence de nous placer dans une position vulnérable. Notre seule option était de suivre les autres pour nous cacher avant que les pillards arrivent. De mon bras valide, j'encerclai la taille de Pernelle et l'arrachai de sa selle pour la poser en travers sur ma monture. Elle se débattait comme un diablotin et j'eus grand-peine à la maintenir en place. Heureusement, Sauvage avait appris depuis longtemps à répondre à la moindre pression de mes cuisses et c'est de cette façon que je le dirigeai, comme durant une bataille.

C'était toutefois sans compter sur l'expérience des pillards. Alors même qu'une partie d'entre eux surgissait dans le village, derrière nous, une autre émergea de la forêt, bloquant le chemin aux fuyards.

— Nous sommes pris en souricière ! hurla Ugolin pour se faire entendre malgré les cris de panique et le bruit des sabots.

J'avisai la maison de Tyceline, non loin de là, sur notre droite, et formulai un plan désespéré.

— Suis-moi !

Je me lançai au galop. Heureusement pour moi, Pernelle semblait avoir réalisé le sérieux de notre situation et se tenait désormais tranquille. Dès que nous eûmes atteint la chaumière, nous démontâmes. Je donnai une claque sur la croupe de

Sauvage pour le faire fuir. Je le retrouverais plus tard. Ugolin en fit autant avec son cheval et nous nous engouffrâmes à l'intérieur, nous assurant de verrouiller la porte derrière nous. Nous y trouvâmes la simplette. De toute évidence, son père la croyait avec les autres. Elle tournait toujours en rond en se signant, en proie à une terreur qui semblait lui avoir enlevé le peu de raison qui lui restait.

— Dans l'autre pièce ! ordonnai-je.

Je saisis le bras de Tyceline pour l'entraîner avec moi, mais elle semblait avoir perdu tout contact avec la réalité. Elle se mit à se débattre en hurlant comme une possédée. Lorsque je tentai de l'immobiliser, elle résista avec cette force surnaturelle que donne la folie et me martela la poitrine de ses poings.

À l'extérieur, des cris montaient, mêlés des rires cruels des soldats qui avaient commencé à s'amuser. Chaque seconde comptait. J'abandonnai Tyceline à son sort et courus dans la pièce où nous avions dormi. Pernelle et Ugolin s'y trouvaient déjà. Avec son efficacité habituelle, le Minervois avait couché mon amie dans un coin et l'avait recouverte de quelques-unes des couvertures qui se trouvaient là, lui donnant l'apparence d'un tas de guenilles.

— Quoi qu'il arrive, tu restes là, compris ? dis-je d'un ton sec.

— Oui… fit une petite voix tremblante sous les couvertures.

— Et si nous sortons d'ici vivants, je te jure que je te botterai le cul, tête de mule, pestai-je.

Ugolin me dévisagea, la main sur son arme, prêt à en découdre.

— Cache-toi derrière le tas de bois. Si quelqu'un entre, je m'en chargerai. S'il m'arrive quoi que ce soit, ramène Pernelle à Montségur et rapporte à Eudes et à Esclarmonde ce que nous savons de la seconde part de la Vérité à Gisors. Ils décideront quoi faire.

Si je mourais, ma quête n'aurait pas été entièrement vaine. Mon âme croupirait peut-être en enfer pour l'éternité, mais les Neuf pourraient encore protéger la Vérité.

Piqué dans son orgueil de devoir se camoufler ainsi, alors qu'une bataille risquait de survenir, Ugolin savait que le moment était mal choisi pour argumenter et s'abstint de se rebiffer. Je me blottis derrière la porte, tirai Memento et attendis, prêt à bondir.

Au dehors, le chahut s'intensifiait. Des hurlements de souffrance me parvenaient de temps à autre et je reconnaissais sans peine le son du viol, gravé dans ma mémoire dès mon plus jeune âge et que Pernelle portait pour toujours en elle. Les cris de mères éplorées s'y mêlaient et je n'avais pas à imaginer les gestes que posaient les soldats du Nord. Je les connaissais. Des bruits de combats m'indiquaient que quelques villageois semblaient résister, mais leurs voix se taisaient vite. Trop vite.

Puis un grand fracas monta dans la pièce d'à côté. On venait d'enfoncer la porte.

— Bougre ! s'écria une voix rauque au ton amusé. Mais qu'est-ce que nous avons là ? Doublet, regarde-moi ce petit laideron !

— Et sorcière avec ça, on dirait, railla l'autre. Vois tout cet attirail. M'est avis que sa fendace a des dents, à celle-là.

— Fourres-y la queue et vérifie !

— Onques ! J'y tiens, moi, à ma membrature ! Voyons plutôt ce qu'elle possède, la singesse.

Des pas lourds traversèrent la pièce et j'entendis Tyceline gémir de terreur.

— Où caches-tu ton argent ? demanda un des hommes.

— Gnnnn... Gnnnnn... fut la seule réponse qu'il obtint.

Le bruit d'une gifle fut suivi d'un couinement, puis d'un grand fracas. On renversait tout ce qui se trouvait sur les tablettes. Je brûlais de surgir dans la pièce et de faire leur affaire à ces deux mécréants, mais je me retins. La Vérité primait sur la vie de Tyceline. La sécurité de Pernelle aussi.

— Quel fouillis ! ragea l'autre soldat. Elle doit bien cacher quelque chose quelque part ! Personne n'est pauvre à ce point !

Tyceline émit un interminable hurlement de bête blessée, sans doute en réaction à la destruction de ce qu'elle considérait comme le fruit de son labeur depuis la mort des siens, et apeurée à l'idée que ce qui la protégeait de la maladie qu'elle craignait tant se retrouvait fracassé.

— Aïe! Elle m'a griffé, la garce!

Un nouveau bruit de claque s'ensuivit, puis plusieurs chocs lourds et un cri, plus guttural encore. Une nouvelle lutte, féroce et désespérée. Un grognement féminin se transformant en gargouillis liquides. Des rires gras. Puis un silence que je ne connaissais que trop bien. Celui de la mort. Je fermai les yeux, contenant ma colère.

Les bruits de casse reprirent, mais ne durèrent pas.

— Il n'y a que des cochonneries, maugréa un des hommes. Rien qui vaille le moindre sou!

— Comme partout ailleurs dans ce trou. Allons voir là.

J'entendis les pas qui s'approchaient de la porte. Puis elle s'ouvrit lentement. La lame d'une épée passa prudemment dans l'embrasure et un homme entra, rabattant la porte sur moi. Malingre et sale, il portait, cousue sur son sein gauche, la croix rouge qui identifiait les croisés – le symbole du Christ qui autorisait les pires horreurs par la volonté d'Innocent III. Les cheveux plaqués sur le crâne par la crasse, les joues creusées par la faim et la fatigue, il avait le surcot crotté et en lambeaux, les braies trouées et les chausses usées à la corde. De toute évidence, il ne faisait pas partie de ceux qui avaient bénéficié du pillage durant leur quarantaine dans le Sud et il désirait se rattraper avant de s'en retourner chez lui.

Je restai là jusqu'à ce que son acolyte, en pareil état, l'ait rejoint, tendant l'oreille pour m'assurer qu'il ne s'en trouvait pas un autre dans la pièce d'à côté. Je bondis hors de ma cachette. Le premier ne sut jamais ce qui l'avait frappé. Memento s'enfonça jusqu'à la garde à la hauteur de ses reins et il eut à peine le temps d'en apercevoir la pointe qui émergeait de son ventre avant de s'écrouler, des flots de sang jaillissant en cascades de sa bouche.

Je ne perdis pas un instant à retirer mon arme des entrailles de mon adversaire, mais l'autre me surprit par la vivacité de sa réaction. Loin d'être figé de terreur, il réagit avec calme et assurance. Réalisant d'instinct qu'il était trop près pour trancher ou piquer, il fonça sur moi et me colla au mur. L'homme était de taille normale et d'apparence banale, mais dans ses yeux brillait une lumière que je reconnus sans mal : la luxure du combattant. Dès lors, je sus que j'avais affaire à un adversaire dangereux. Il me prit par surprise en m'assénant un coup de pied au genou qui me fit craquer l'articulation et me déséquilibra. Il en profita pour le glisser à l'intérieur de ma garde. J'eus tout juste le temps de redresser Memento qu'il y appuyait son arme. Ma main infirme nuisait à ma prise et j'avais du mal à lui résister, bien que je sois beaucoup plus gros et plus fort. Un sourire déforma son visage quand il sentit qu'il prenait le dessus, et il pressa de plus belle. Si je ne réagissais pas, dans quelques instants ma propre lame allait m'égorger. Je tentai de lui remonter mon genou dans le ventre, mais il était alerte et bloqua sans difficulté le coup avec sa cuisse.

Du coin de l'œil, je vis Ugolin émerger de sa cachette, sa dague en main. Je sus que je ne mourrais pas aujourd'hui. Mais le fait de lui devoir la vie me prouverait à moi-même à quel point j'étais diminué, et cela, je refusais de l'accepter. Ne pas vaincre par mes propres moyens me condamnait à douter de moi pour le reste de ma quête. L'orgueil me donna des forces. J'abattis mon front en pleine figure de mon adversaire. Profitant du fait qu'il était sonné, je le repoussai juste assez pour libérer ma main gauche et actionner le mécanisme dont je l'avais munie. Les deux lames émergèrent au bout de mes doigts et, d'un geste semblable à celui d'un chat qui griffe, je balayai sa gorge de part en part. L'instant d'après, l'homme gisait sur le sol, une profonde entaille libérant des flots de sang. Il s'agita un peu puis s'immobilisa.

Le souffle court, je rengainai Memento puis rétractai les lames dans mon gant.

— Décidément, c'est un jouet fort utile, dit Ugolin, admiratif, en venant me retrouver.

— À défaut d'une main valide, ma foi, il est assez efficace, en effet, répondis-je en forçant un sourire.

— Je ne l'aurais pas laissé t'occire, tu sais…

— Je ne suis pas encore tout à fait impotent, comme tu vois.

— Tant mieux. Je te l'avais dit.

Pendant que Pernelle, livide, sortait de sous les couvertures, je jetai un coup d'œil dans l'autre pièce. Comme je m'y étais attendu, Tyceline gisait sur le ventre dans une mare de sang vermeil. Je secouai la tête, dépité, puis me retournai vers mes compagnons.

— Attendez ici.

Je sortis de la pièce, me dirigeai vers la porte et l'entrouvris. Dans le village, le silence était tombé. Les hommes du Nord circulaient, à leur affaire comme si de rien n'était, les bras chargés d'un piteux butin qui ne valait certes pas les vies qu'il avait coûtées. Sous peu, ils repartiraient. Je considérai mes options, qui étaient peu nombreuses, et pris une décision.

— Déshabillons-les, dis-je à Ugolin en désignant les deux morts.

— Pour quoi faire ?

— À compter de cet instant, et jusqu'à nouvel ordre, nous nous croisons.

— Tu veux dire que ?… Par la barbe de Satan, tu n'y penses pas ! s'insurgea le Minervois, le visage empourpré.

— C'est la seule façon d'atteindre le Nord sans autre délai. À la première occasion, nous leur fausserons compagnie pour nous diriger vers Gisors.

— Croix à la poitrine ou non, on nous reconnaîtra, objecta-t-il.

— Seulement si on nous cherche. Si l'aubergiste disait vrai, Montfort me croit déjà mort et nous ne serons pas inquiétés. Sinon, le dernier endroit où on pensera nous trouver est parmi l'ennemi.

— C'est un pari bien hasardeux, commenta Pernelle.

— Nous porterons notre heaume.

— Et vous avez aussi la barbe bien fournie, ce qui vous change beaucoup. Mais moi ? fit mon amie en haussant les épaules.

J'étudiai la question, qui était pertinente. Une petite boiteuse au faciès disgracieux demeurait toujours facilement identifiable.

— Nous nous joindrons à l'arrière-garde, à la queue de la caravane. C'est là que se tiennent tous ceux qui suivent les troupes. Tu y seras une femme parmi d'autres. Personne ne se formalisera de ta présence.

— Parmi les puterelles… se rembrunit mon amie.

— Pas seulement. Il y a des familles entières et des marchands, aussi.

— Mrmmph…

Nous dépouillâmes les croisés de leurs surcots.

— Ils sont pleins de sang, observa Ugolin, dont le visage avait distinctement pâli.

— Personne ne s'en formalisera, crois-moi. Le seul croisé qu'on remarque est celui qui n'est pas couvert du sang des autres. Et retiens-toi. Le moment est mal choisi pour tourner de l'œil.

J'aperçus une chaudière d'eau dans l'autre pièce et allai la chercher.

— Tiens, trempe-les là-dedans, gros douillet, dis-je.

Nous attendîmes que le village se vide. Ébranlée, Pernelle s'agenouilla auprès de Tyceline, la retourna sur le dos et caressa sa chevelure hirsute. Le visage figé en une expression de profonde terreur, la simplette regardait fixement le plafond.

— Pauvre fille, soupira-t-elle. Mourir aux mains de brigands avec le malheur et la folie comme seuls souvenirs… Au moins, elle a retrouvé les siens. Que Dieu t'accueille auprès de lui, Tyceline…

La courte prière me causa un pincement à la gorge. Pernelle ferma doucement les paupières de la morte puis elle se releva. Elle s'avança et vint me faire face.

— Gondemar, je… hésita-t-elle en baissant les yeux. Je suis désolée. Je n'ai pas pensé et je nous ai mis en danger.

— Nous n'avons aucune importance, mais la seconde part, si, rétorquai-je sèchement. J'aimerais que tu commences à penser avec ta tête au lieu de ton cœur. Les choses seraient plus simples.

— J'essaierai.

— Bien, fichons le camp.

Lorsque les croisés eurent quitté le village, nous sortîmes. Une fois dehors, nous ne pûmes que constater l'ampleur des dégâts. Certes, j'avais vu des massacres bien pires dans ma vie. À Rossal, à Béziers et ailleurs. J'avais tué aussi bien des inconnus que des gens qui m'étaient familiers ; des hommes, des femmes et des enfants. Je m'étais rendu coupable des péchés les plus immondes qui m'avaient desséché l'âme. Ce que les pillards avaient fait n'était pas pire. Pourtant, le sort de tous ces innocents me touchait d'une manière que je ne pouvais m'expliquer. Une fois passée leur méfiance bien compréhensible, ils nous avaient aidés de bon cœur. Une journée plus tard, ils étaient tous morts. Auraient-ils subi le même sort si je n'étais pas passé par leur village ? Sans doute. Mais l'idée ne m'apportait aucun soulagement.

Nous croisâmes les corps de Viau, de Goubert et de tous les autres. Personne n'avait été épargné. Autour de nous, quelques maisons étaient en flammes et l'air empestait.

— *Homo homini lupus*[1]… soupira Pernelle. Quittons cet endroit. Il me donne la nausée.

Nous retrouvâmes nos montures, qui broutaient à l'orée des bois, indifférentes au massacre. Ugolin et moi tirâmes de nos bagages nos cottes de mailles, que nous revêtîmes avant de passer les surcots à croix rouge encore mouillés mais raisonnablement propres. Puis nous coiffâmes nos heaumes. Ainsi accoutrés, nous ne serions que deux croisés parmi d'autres.

Le cœur lourd, nous nous mîmes en selle et laissâmes le village derrière nous.

1. L'homme est un loup pour l'homme.

Comme prévu, le convoi arrivait à sa fin et nous nous joignîmes à sa queue sans être remarqués. L'arrière-garde était composée de quelques soldats retardataires au visage émacié et à l'air hagard qui avançaient d'un pas traînant en regardant droit devant. Le seul intérêt qu'ils manifestèrent pour nos personnes fut un regard envieux vers nos montures, eux qui devraient faire tout le trajet à pied jusqu'à son terme. Puis venaient des charrettes de marchands qui trouvaient dans le mouvement des troupes des profits intéressants. Par ailleurs, le cortège était composé d'une foule bigarrée de femmes et d'enfants, qui suivaient le chef de famille à la guerre, et de filles de joie qui, pour quelques sous, offraient leur corps aux soldats solitaires. Je repérai même quelques garçons aux airs d'éphèbes dont la profession était tout aussi évidente. Les soldats en campagne n'étaient guère regardants de l'endroit où ils trempaient leur virilité.

Même si Montfort me croyait mort, ce qui restait encore à confirmer pour autant que j'étais concerné, il suffirait que l'on nous reconnaisse pour que tout change. Or, Ugolin et moi étions éminemment reconnaissables. Moi surtout. Seul notre heaume nous en préservait. Par mesure de précaution, et malgré l'inconfort que sa chaleur occasionnait, nous ne le retirâmes pas.

Nous chevauchâmes pendant trois jours sans adresser la parole à qui que ce soit, suivant un chemin qui passait à travers champs, en nous assurant de rester derrière le groupe afin de ne pas rencontrer de soldats. Les quelques hameaux que nous croisâmes semblaient déserts, sans doute parce que leurs habitants les avaient fuis à l'approche de la soldatesque. Nous nous arrêtions au coucher du soleil, lorsque le mouvement des troupes ralentissait progressivement et que nous comprenions qu'en tête du convoi on avait dressé le camp pour la nuit.

L'atmosphère était morne. Les gens parlaient peu. De temps à autre, une querelle éclatait, mais ne se rendait jamais bien loin, comme s'ils réservaient leurs forces pour marcher. Le plus souvent, ils se contentaient d'avancer, hébétés, pareils à ces troupes de pèlerins expiant leurs fautes sur la route vers un sanctuaire éloigné.

Périodiquement, Pernelle tirait de sa besace un peu des provisions qu'elle avait bradées avant notre départ. Le quignon de pain, les morceaux de lard et de fromage, l'outre de vin et la viande séchée nous attiraient quelques regards de convoitise qui ne m'échappèrent pas et que j'aurais préféré éviter.

Le deuxième soir, une putain édentée au visage marqué par la vérole se dirigea vers nous en titubant, visiblement ivre.

— Vingt dieux, quelle guenon ! murmura Ugolin, amusé. M'est avis que ses affaires doivent être au ralenti depuis vingt ans au moins. On distingue à peine la face du cul.

— Rappelle-toi que tu es muet, gros bêta, rétorquai-je en retenant un fou rire. Tiens ta langue.

La femme vint nous rejoindre et tendit vers moi une main aux jointures noueuses.

— Je prendrais bien un peu de ce lard, beau sire, dit-elle d'un ton qui se voulait séduisant.

— Désolé, nous n'en avons pas en trop.

Elle posa la main sur ma cuisse pour la faire remonter, dans une triste parodie de lascivité, et me surprit en empoignant fermement ma virilité.

— Faisons un échange alors. Tu sembles avoir une fort belle lance et tu serais surpris de voir les prouesses que peut faire une bouche privée de dents…

Je sentis un frisson de répulsion me monter le long de l'échine. À mes côtés, j'entendis Ugolin pouffer de rire. Je retirai sèchement la main de la vieille.

— Ma lance est très bien là où elle est et tes services ne sont pas requis, dis-je.

— Ah ! Je vois ce que c'est, me lança-t-elle, la colère remplaçant instantanément la séduction. La boiteuse te suffit ! Tu l'as bien regardée, avec sa petite face de rat ? Elle ne vaut pas mieux que moi ! Au moins, j'ai les deux jambes de la même longueur !

— Suffit ! Fiche le camp.

Elle s'éloigna en récriminant, nous adressant sans doute quelque malédiction. Contrit, je me retournai vers Pernelle, qui était écarlate de honte.

— Je… je suis désolé.

— Ne t'en fais pas pour mon amour-propre, fit-elle en haussant les épaules. Je sais très bien de quoi j'ai l'air. La chair ne m'a jamais procuré de plaisir et c'est avec joie que j'y ai renoncé le jour où j'ai reçu le *consolamentum*. Je plains seulement cette pauvre fille de devoir en vivre.

— Fort pauvrement, sans doute, ricana Ugolin.

Je ne dis rien. L'allusion que venait de faire mon amie au traitement que lui avaient infligé son père puis les brigands d'Onfroi, alors qu'elle n'était encore qu'une fillette sans défense, et enfin Raynal de Saint-Omer, voilà quelques semaines à peine, réveillaient en moi une multitude de sentiments qui restaient toujours trop près de la surface : la rage, la culpabilité et l'impuissance. Cette femme était ma plus vieille amie, ce que j'avais de plus cher au monde, et elle avait beaucoup trop souffert.

— Ne sois pas sombre, Gondemar, dit-elle, comme si elle lisait dans mes pensées. Je ne changerais rien à ma vie, même si je le pouvais.

— Même Raynal ?

— Raynal est arrivé bien trop tard pour me faire du mal. Il n'a atteint que mon corps. Mon âme, elle, est intacte.

— Si tu le dis…

Au troisième soir, nous descendîmes de cheval, heureux de poser les pieds sur la terre ferme.

— J'ai les fesses en compote, maugréa Ugolin.

— Cesse de te plaindre. Elles sont aussi grosses que celles d'un bœuf. Tu peux toujours marcher si tu veux, geignard, l'asticotai-je en riant.

Je me fis craquer les reins avec satisfaction et avisai un espace libre, un peu en retrait de la route, près d'un grand chêne au feuillage rendu épars par la fin de l'automne. Nous y serions à l'abri des oreilles indiscrètes. Nous nous y rendîmes et laissâmes nos montures brouter tranquillement près d'un petit étang où elles pourraient s'abreuver à satiété. Ugolin eut tôt fait de trouver du bois et, à la nuit tombée, nous étions confortablement installés près d'un feu, nos couvertures sur les épaules. La noirceur nous le permettant, nous avions enlevé nos heaumes. Le temps de le dire, nous nous retrouvâmes presque seuls, les catins s'étant empressées d'aller retrouver les troupes en avant du convoi dans l'espoir de gagner quelques pièces, les familles s'en allant rejoindre le père.

Pernelle nous passa le peu de pain et de fromage qu'il nous restait, que nous dévorâmes avec appétit. Nous avions fini le vin la veille et il n'était pas question de boire l'eau du ruisselet, dans lequel les soldats à l'avant se soulageaient sans doute.

— C'est tout ? demanda le Minervois, les bajoues pleines comme celles d'un écureuil. J'ai encore faim, moi. Et puis, c'est un peu sec…

— Tu as raison. Je vais voir ce que je peux faire, dis-je en me levant.

— Est-ce prudent ? fit Pernelle. On pourrait te reconnaître.

— Il fait noir et je serai prudent.

J'avais passé ma capeline par-dessus le surcot du croisé. J'en remontai le capuchon pour couvrir ma chevelure distinctive et masquer mon visage, puis je me dirigeai dans la direction où j'avais aperçu les charrettes des marchands pour la dernière fois. Il me restait encore quelques pièces dans la bourse d'Estève et l'un d'entre eux aurait bien un peu de vin à vendre. Dans le noir, je cherchai, mais ne les repérai point. De toute évidence, les marchands considéraient que les soldats représentaient une clientèle plus rentable et avaient poursuivi plus avant leur chemin une fois donné le signal de la halte. Je m'aventurai donc vers la tête du convoi, en quête de l'un d'eux.

Je me retrouvai bientôt parmi les soldats. Ils étaient plusieurs centaines et le camp était beaucoup plus vaste que je l'avais imaginé. À vue de nez, il semblait couvrir un bon quart de lieue et plus j'avançais, plus on y était entassé. L'ambiance était en tout point semblable à celle qui avait régné jadis devant Béziers. Il avait suffi d'une heure d'arrêt pour que la puanteur s'installe. L'odeur des corps qui n'avaient pas été lavés depuis des mois, des fosses qui se remplissaient d'excréments et celle de la nourriture qu'on faisait rôtir sur le feu se mêlaient d'une façon écœurante. Çà et là retentissaient les rires gras d'hommes déjà ivres regroupés autour de parties de dés et de cartes. Un peu partout, les putains étaient au travail, copulant en plein air sous les encouragements enthousiastes des clients qui attendaient leur tour. Tout cela ne m'inspirait plus que dégoût, moi qui avais eu la chance d'explorer, avec la douce Cécile, l'état de grâce où l'amour charnel pouvait mener ceux qui partagent plus que le désir. Ailleurs, d'autres soldats, las de patienter, se satisfaisaient entre eux sans la moindre honte, l'un d'eux tenant lieu de femelle. De temps à autre, je croisais une bagarre.

Tout n'était que stupre, déchéance et perversion. C'étaient là les représentants du pape, envoyés pour défendre le Christ, dans toute leur gloire. Le seul vrai Dieu, dont les chrétiens réclamaient l'exclusivité, n'était, semblait-il, pas regardant de qui défendait sa cause. Innocent encore moins. Tous les moyens étaient bons pour étouffer la Vérité et préserver le pouvoir temporel de l'Église.

J'avisai enfin une charrette autour de laquelle quelques hommes étaient attroupés. J'attendis que le dernier client soit servi et s'éloigne avant de m'approcher. Un gros homme à l'air jovial et au visage rubicond se frottait les mains, manifestement ravi de ses bonnes affaires.

— Bonsoir ! s'exclama-t-il avec un enthousiasme artificiel lorsqu'il me vit.

— Bonsoir. Tu as du pain ? m'enquis-je.

— Non, mais il me reste du fromage et du vin. De moins en moins, ajouta-t-il en ricanant. Ces mécréants boivent comme des éponges.

— Ça fera l'affaire.

Il se pencha dans sa charrette et en tira une demi-meule de fromage enveloppée dans un chiffon et une outre de vin.

— Voilà.

— Combien ?

Le prix qu'il me donna me fit dresser les cheveux sur la tête, mais je payai sans regimber, désirant profiter de l'occasion pour glaner quelques informations si je le pouvais. Je débouchai l'outre et bus une rasade. Le vin avait chauffé au soleil et son goût était aigre, mais je me gardai bien de le dire.

— Putain de Dieu, laissai-je tomber en m'étirant théâtralement, il me tarde d'arriver.

— Où retournes-tu ?

— À Gisors, répondis-je.

— Ce n'est pas à côté. Mais au moins, tu ne seras pas seul.

— Comment cela ?

— La plupart des troupes retournent dans les environs de Paris, mais il s'y trouve aussi un contingent de la région de Rouen. Le sieur de Pierrepont, lui, se rend jusqu'à Gisors avec ses soldats, dit-on. Tu es avec eux ?

— Euh… non. Je me suis joint au groupe en chemin, à la fin de ma quarantaine, mentis-je. C'était mieux que repartir tout seul. Qui est ce Pierrepont ?

— Tu ne connais pas Alain de Pierrepont ? s'écria-t-il, surpris. Tu es bien le seul ! C'est une véritable légende.

— Ah oui ? Raconte.

Il me toisa, étonné que je m'intéresse à son histoire.

— Ce n'est pas comme si j'avais mieux à faire, blaguai-je pour le mettre à l'aise.

— Sa Majesté Philippe Auguste ne peut compter sur soldat plus fidèle que le sieur de Pierrepont, reprit-il. C'est un homme de guerre comme il ne s'en fait plus. Une vraie bête, dit-on. Je ne connais personne qui ne le craint pas. Il s'est particulièrement distingué lors de la guerre de Normandie, en l'an 1198, devant Gisors.

— Gisors ? répétai-je, surpris. Qu'est-ce qu'il faisait là ?

— Pour un habitant de Gisors, tu en sais bien peu sur le passé de ta ville, nota-t-il.

— J'ai dit que je m'y rendais, pas que j'y vivais, contrai-je.

— Je vois. Eh bien, depuis presque un siècle, les Anglais et les Français s'échangent sans cesse la forteresse. Quiconque la possède tient la Seine. Du temps que la Normandie était anglaise, elle servait à protéger les terres contre le roi de France. C'est même là que l'on a prêché la troisième croisade en 1188.

— Tu es bien renseigné.

— Je suis de Rouen. Dans notre coin, tout le monde sait cela. Rares sont les familles qui n'ont pas laissé quelques fils sur le champ de bataille. Toujours est-il que le roi doit la vie à Pierrepont. On raconte que lorsque la défaite française devant Gisors est devenue inévitable il a pris sur lui de revêtir l'armure de Philippe et s'est fait passer pour lui afin qu'il puisse fuir. Il a mené les troupes contre les Anglais et a été frappé d'un coup de lance par le roi anglais, Richard Cœur de Lion, en personne !

— Le bougre n'a pas froid aux yeux, remarquai-je.

— Ça non ! Et il a payé chèrement sa loyauté. Il a été capturé et a croupi dans une cellule à Reims pendant quatre ans. Maintenant, le voilà croisé. Encore récemment, il a participé à la bataille de Castelnaudary aux côtés de Simon de Montfort. On dit qu'il est très aimé du général et de monseigneur Arnaud Amaury, le légat de Sa Sainteté Innocent.

Je sentis une alarme monter en moi. Un proche de Montfort, qui avait livré bataille à ses côtés, se trouvait quelque part dans ce camp. Un homme qui avait auparavant tenté de prendre Gisors et qui y retournait maintenant. Ces coïncidences me troublaient.

— Et il retourne déjà dans le Nord ? Peut-être n'est-il pas aussi apprécié que ça, suggérai-je.

— Oh, ne crains rien, ricana le marchand. Le printemps venu, il redescendra dans le Sud, j'en suis sûr. Le diable d'homme ne se priverait pas d'une bonne bataille pour tout l'or du monde. Il a sans doute une affaire pressante à régler. Les maudits hérétiques résistent plus qu'on ne le croyait. Peut-être est-il chargé de négocier avec des seigneurs anglais pour obtenir des troupes supplémentaires. Sinon, il se rendrait dans ses terres, en Picardie, et non pas à Gisors. Et puis, ce n'est sans doute pas pour rien que le sieur de Montfort voyage en sa compagnie.

Je sursautai malgré moi.

— Montfort ?

— Oui, le voilà justement, fit mon interlocuteur en désignant du menton un endroit derrière moi.

CHAPITRE 8

Apparition

Je dus blêmir de quelques tons en entendant le nom de celui qui, entre tous, pouvait faire échouer la mission qui m'était impartie et ruiner mes chances de sauver mon âme. Si je tombais face à face avec Simon de Montfort avant d'atteindre Gisors, j'étais perdu.

La dernière chose que je désirais était d'attiser sa curiosité. Je me fis violence pour rester calme et je me retournai avec le plus grand naturel possible. Dans la lumière des flammes, deux silhouettes s'approchaient. L'une d'elles était celle du soldat que Montfort avait expulsé avec colère de sa tente alors que je m'étais glissé dans son camp pour retrouver Pernelle. Par-dessus sa cotte de mailles, il portait la livrée rouge et blanche de la maison de Montfort. Heureusement, il était encore trop loin pour me reconnaître. L'autre, grande et mince, se déplaçait avec une grâce presque féminine. Elle appartenait à un garçon que je ne connaissais ni d'Ève ni d'Adam. À mon grand soulagement, toutefois, Simon de Montfort n'était nulle part.

Je remontai un peu plus mon capuchon pour bien masquer mon visage et fis de nouveau face au marchand, perplexe.

— Qui est ce jeune homme ? m'enquis-je en feignant une banale curiosité.

— Le jeune seigneur Guy de Montfort, répondit-il. Le sieur de Pierrepont l'accompagne jusqu'à Gisors.

— Guy ? Un parent de Simon ?

— Son fils cadet. L'aîné, Amaury, est resté auprès de son père dans le Sud.

Même devant moi, le monstre du Sud avait fait allusion à son épouse, se vantant de n'avoir jamais touché une autre femme. Je le revoyais fanfaronner alors qu'il s'apprêtait à laisser Raynal violer Pernelle. *J'ai épousé dame Alice de Montmorency devant Dieu et les hommes voilà des années et, depuis ce jour béni, jamais ma verge n'a trempé ailleurs.* Il coulait donc de source que le monstre se soit reproduit, mais pour une raison que j'ignore, la chose ne m'avait encore jamais effleuré l'esprit. Une nouvelle génération de cette famille maudite était un bien sombre augure.

Je regardai par-dessus mon épaule et constatai que le jeune Montfort et son garde se rapprochaient dangereusement.

— Je dois te quitter, fis-je. Mes compagnons attendent leur vin et vont s'impatienter.

— Reviens quand tu voudras, dit le marchand. J'aime bavarder et une compagnie intelligente est chose rare, ces temps-ci.

— Tant que tu auras à manger et à boire, tu peux compter sur moi.

Lorsque je fus à bonne distance, je m'immobilisai à l'écart, loin des feux, pour observer Montfort fils, qui achetait à son tour du vin au marchand. Il avait la haute taille, la chevelure de jais, le sourcil touffu et le nez fort de son père, mais il était beaucoup plus délicat, presque menu. Sa bouche aux lèvres fines formait une petite moue pulpeuse. Les mains qui tenaient l'outre étaient délicates et ses gestes, élégants. Surtout, il n'avait pas le menton volontaire de son géniteur, ni son autorité naturelle. Le regard au sol, les épaules voûtées malgré son jeune âge, il semblait timide et effacé. Intimidé, même.

Moi qui avais cru remonter incognito vers Gisors, voilà que je me retrouvais dans le même convoi que le fils et un proche du pire ennemi de la Vérité. Devais-je y voir quelque chose de plus qu'un simple hasard ? Plusieurs explications étaient possibles. D'après les propos du marchand, il se trouvait sous la protection de cet Alain de Pierrepont, qui était lié à Gisors. Pourquoi voyageaient-ils ensemble ? J'avais appris, devant Béziers, que la famille de Montfort possédait des domaines à Rambouillet, près de Paris, et à Leicester, en Angleterre. Peut-être le marchand avait-il raison en supposant qu'une négociation était en cours pour obtenir des troupes anglaises ? Après tout, les événements récents avaient démontré que les croisés n'étaient pas assez nombreux pour prendre tout le Sud et qu'il était possible de leur résister. J'en avais moi-même fait la preuve. S'ils ramenaient davantage de soldats à la prochaine quarantaine, leur tâche serait facilitée d'autant. Or, avec un pied dans chaque royaume, les Montfort étaient les intermédiaires parfaits entre la France, l'Angleterre et le pape pour obtenir de nouvelles troupes. Il était donc logique que Simon envoie son fils pour mener les négociations. En tout cas, l'hypothèse avait du sens.

D'un autre côté, il n'était pas à exclure que Montfort ait appris que la seconde part de la Vérité se trouvait à Gisors et qu'il ait dépêché son fils et Pierrepont pour la récupérer. Mais ne se serait-il pas plutôt chargé lui-même d'une tâche aussi capitale ? Il existait un Ordre des Neuf à Gisors et je savais d'expérience que la trahison y était chose possible. Un traître lui avait peut-être fait parvenir des informations. Sinon, comment aurait-il pu l'apprendre ? Maintenant que la mendiante était morte, j'étais, avec Pernelle et Ugolin, dont je répondais de ma vie, le seul à connaître le secret. Et encore, je savais que ce que je cherchais se trouvait dans une chapelle qui n'avait jamais vu la Lumière, mais tout le reste était à faire. Je ne détenais aucune assurance de succès, une fois sur place. Peut-être le fils se rendait-il à Gisors, comme moi, dans l'espoir d'en retrouver la piste ? Métatron m'avait prévenu en rêve : les ennemis de la Vérité la cherchaient déjà. Soudain, l'avertissement prenait une tournure un peu trop réelle à mon goût.

Peut-être aussi me cassais-je inutilement la tête. Le jeune Montfort pouvait simplement avoir été délégué par son père pour passer en Angleterre depuis la Normandie et voir aux affaires familiales à Leicester. Après tout, un domaine ne devait pas être négligé éternellement et son seigneur était dans le Sud depuis presque trois ans. Sa seigneuresse, dame Alice, l'y avait même rejoint, disait-on. Une absence de cette sorte ne pouvait qu'entraîner le désordre.

En réalité, j'ignorais de quoi il retournait. Mais si la vie que j'avais menée depuis ma résurrection m'avait appris quelque chose, c'était bien la méfiance. Plus que jamais, je devrais être sûr mes gardes.

Pas tout à fait tranquille, je fis demi-tour et repris mon chemin vers notre coin du camp. Lorsque je fus de retour, pressé de partager ce nouveau développement avec Pernelle et Ugolin, je tombai sur une grande commotion. Un groupe de femmes frénétiques et quelques soldats bien imbibés formaient un cercle autour de deux combattants et les encourageaient avec enthousiasme. Curieux, je m'approchai et aperçus deux silhouettes qui se battaient – ou, plus justement, une silhouette qui en battait une autre. Quelques pas de plus et, à ma grande consternation, je reconnus Ugolin. Il tenait un petit gros par le col de chemise et le malmenait avec enthousiasme, lui abattant à répétition sur le visage l'enclume qui lui servait de poing. La face de l'autre commençait à ressembler à un quartier de viande crue. L'homme ne tenait encore debout que par la force du bras du Minervois. Un peu à l'écart, Pernelle observait la scène, une main couvrant la grimace de dégoût qui déformait sa bouche.

Je m'approchai et attrapai au vol son poignet alors qu'il allait frapper à nouveau.

— Suffit, grondai-je.

Il me regarda, la déception se lisant sur son visage.

— Laisse-le.

Il regarda l'homme à demi conscient, l'air d'un chien obéissant auquel on demande d'abandonner son os. Avec un regret évident, il le laissa tomber. Dans la lumière des feux, je ne pus m'empêcher d'admirer l'œuvre de mon compagnon. Le petit gros était en piteux état. Son nez ensanglanté tirait nettement sur la droite. Ses lèvres étaient fendues et le sang lui mouillait la barbe. Quelques-unes de ses dents avaient sauté. Ses yeux étaient presque complètement fermés par l'enflure. Il avait une spectaculaire bosse au front. Il se souviendrait longtemps de sa rencontre avec le colosse de Minerve.

Un murmure de déception parcourut la foule, qui avait apprécié le spectacle et qui se dispersa aussitôt. J'empoignai mon ami par le bras et, tel un père contrarié tirant un fils pris en flagrant délit de mauvais coup, je l'entraînai vers notre camp, Pernelle sur nos pas. Je jetai le fromage et l'outre sur le sol, près du feu qui brûlait toujours, et le toisai, irrité.

— Pour la discrétion, j'ai vu mieux, lui reprochai-je.

— Ce mécréant a osé faire une proposition déshonnête à dame Pernelle, dit-il en s'examinant le poing, dont les jointures commençaient à enfler. Je n'allais tout de même pas le laisser impuni. Surtout après ce que la pauvrette a subi aux mains de ce chien de Raynal, ajouta-t-il entre ses dents.

— Ne lui en veux pas trop, Gondemar, dit mon amie d'un ton conciliant. Il dit vrai. Cette grosse chiure s'est planté devant moi, a extrait de ses braies un petit membre tout rabougri et m'a offert une pièce pour le… lui…

— Bon, bon, ça va. J'ai compris. Mais tout de même, Ugolin, tu aurais pu te maîtriser.

— Un comportement pareil, explosa-t-il, indigné. Envers une Parfaite !

Puis il m'adressa un large sourire.

— Mais tu seras content de moi : je n'ai pas prononcé un seul mot !

Malgré moi, je m'esclaffai et ma colère s'évapora.

— Gros bêta, ricanai-je, un jour, je te botterai le cul comme tu le mérites.

— D'ici là, cette rixe m'a ouvert l'appétit, dit le Minervois, en se frottant les mains.

Il s'empara du fromage et parut déçu.

— Il n'y a pas de pain ?

— Désolé, c'est tout ce que j'ai trouvé. Ça et le fils de Simon de Montfort…

— Quoi ? firent Pernelle et Ugolin à l'unisson.

Lorsque nous eûmes tous notre bout de fromage en main, je leur racontai ce qui s'était passé. L'eau potable étant une rareté, Pernelle fit exception et but quelques gorgées de vin. Après m'avoir entendu, ils émirent des hypothèses qui rejoignaient les miennes.

— Nous devrons redoubler de prudence, conclut Pernelle.

— Ou nous arranger pour en savoir davantage.

Un plan prenait forme dans ma cervelle.

— Tu as un rasoir dans ton coffre ? m'enquis-je.

— Euh… oui, pourquoi ?

— Je te l'expliquerai pendant que tu me rases le crâne.

— J'ai l'air d'un barbier ? s'insurgea-t-elle.

— Tous les chirurgiens ne le sont-ils pas ? la taquinai-je avec le sourire.

Pernelle finit par s'amuser fort en me rasant et gloussa comme la fillette espiègle de jadis. Ugolin, lui, se plaignit amèrement du traitement même s'il en comprenait la nécessité. Je leur fis part de ce que je planifiais.

Comme nous étions parmi les croisés incognito, il s'agissait d'abord de nous assurer que nous ne serions pas reconnus. Pour cela, il était indispensable d'éliminer le soldat que j'avais aperçu en compagnie du jeune Montfort qui, lui, était en mesure de le faire. Nous arriverions bientôt en vue d'Orléans. Nous avions encore plusieurs jours de route avant Gisors et, sous le couvert de la nuit, il nous serait facile de l'occire sans nous faire prendre. Ensuite, je devrais en apprendre davantage sur les intentions de Pierrepont et du jeune seigneur. Pour cela, il me faudrait quitter la queue du convoi et me mêler aux soldats. Je devais donc être aussi méconnaissable que possible.

Une heure plus tard, Ugolin et moi avions radicalement changé d'apparence. Au prix de quelques coupures, nous étions maintenant complètement chauves. Nous avions par contre pris soin de conserver nos barbes. Ainsi transformés, nous courrions peu de risques d'être reconnus.

— Cela vous donne un petit air teutonique, dit mon amie, amusée, en admirant son œuvre.

— Tant mieux! se réjouit le Minervois. On les dit féroces.

— Mais quel dommage, se lamenta Pernelle en me regardant, l'air catastrophé. Une si belle tignasse rousse... Je l'admire depuis mon enfance et la voilà qui gît sur le sol comme la laine d'un mouton.

— Bah, elle repoussera, dis-je en frottant un crâne que je découvrais pour la première fois. Tudieu, il fait frais!

— En tout cas, bien malin celui qui vous reconnaîtra.

Je retirai le sceau du *Cancellarius Maximus* de mon cou et le remis à Pernelle.

— À compter de maintenant, et jusqu'à nouvel ordre, tu en es responsable. S'il m'arrive quoi que ce soit, ramène-le à Esclarmonde et Eudes, à Montségur.

Je connaissais assez mon amie pour savoir qu'elle avait une folle envie de protester, mais elle eut le bons sens de se taire. Puis je détachai mon ceinturon et en retirai mon fourreau. À regret, je lui tendis Memento.

— Il suffirait que quelqu'un connaisse le sens de O IX et je serais reconnu. Garde-la auprès de toi.

— Je sais à quel point elle t'importe. J'en prendrai soin comme de la prunelle de mes yeux. Mais assure-toi de revenir en prendre possession, tu m'entends?

— Ne t'en fais pas.

Ugolin et moi la quittâmes pour nous fondre dans la nuit.

— Soyez prudents, dit-elle, apeurée, en nous regardant nous éloigner.

Armé de ma seule dague, je me serais senti nu. Heureusement, je pouvais aussi compter sur ma senestre. Nous nous dirigeâmes à l'avant du convoi, là où se trouvait la suite de Pierrepont. Il se faisait tard et, sous peu, les hommes, dont la plupart portaient, comme nous, un manteau orné d'une croix à l'épaule, dormiraient. Nous nous blottîmes à quelque distance d'eux, accroupis près d'un buisson, et les observâmes. Deux tentes avaient été montées. Devant l'une était planté un étendard au lion passant blanc sur fond rouge. Les armoiries des Montfort. Devant l'autre, un fanion aux lignes rouges et blanches avec un carré jaune dans le coin supérieur. Sans doute celui de Pierrepont. Autour de quelques feux une vingtaine de soldats étaient regroupés. Nous les regardâmes faire griller un mouton qu'ils avaient dû réquisitionner quelque part aux alentours, puis le manger. Chacun eut droit à une ration de vin et la consomma tranquillement. Visiblement, il s'agissait d'une troupe d'élite, disciplinée et rigoureuse. Un peu à l'écart, vêtus de la bure noire, deux prêtres, un petit maigre et un gros douillet, étaient assis en silence. Mais les seuls qui m'intéressaient étaient ceux qui portaient la livrée rouge et blanche.

— Je vois quatre hommes de Montfort, chuchotai-je. Toi ?

— De même, répondit Ugolin. C'est peu.

— De toute évidence, il a confié la sécurité de son fils à Pierrepont et ne lui a fourni qu'une escorte symbolique.

— On leur fait leur affaire ?

Malgré moi, je lui souris.

— Il ne faut jamais reporter à demain ce qu'on peut accomplir aujourd'hui.

— Comment les attirer loin des autres ?

— J'ai une idée. Reste là. Je reviens.

Je retournai sur mes pas vers l'arrière du convoi et identifiai sans difficulté une putain qui se livrait à son commerce. J'empoignai par le col l'homme qui s'activait entre ses cuisses et le tirai brusquement, interrompant ses ardeurs. Furieux, il se leva, les braies sur les chevilles et la lance bien raide.

— Que signifie ? Espèce de…

Un poing dans le visage mit une fin abrupte à ses récriminations et je me retournai vers la donzelle étonnée, dont la jupe retroussée exposait sans pudeur l'entrecuisse. Je tirai quelques pièces de ma bourse et les lui montrai. Ses yeux s'illuminèrent aussitôt d'une lueur cupide et, en extrayant de son corsage deux grosses mamelles qu'elle se mit à masser, elle m'adressa ce qu'elle concevait sans doute comme son sourire le plus enjôleur.

— Tout ce que tu voudras, beau sire… À ce prix-là, tu peux y aller par derrière si le cœur t'en dit.

L'image de Cécile, qui surgit dans ma tête, lui fut toutefois fort défavorable et je ne ressentis que dégoût.

— Couvre-toi, dis-je sèchement. J'ai des clients pour toi. Trouve deux ou trois de tes collègues.

Elle se leva, remballa ses tétasses, chercha du regard dans les environs et en repéra une autre, près d'une charrette, qui s'activait, à genoux devant un soldat déculotté.

— Hé ! Adète ! Laisse celui-là ! J'en ai un ici qui paie beaucoup mieux !

La putain s'activa de plus belle, hâtant la jouissance de son client, qui ne sembla pas s'en plaindre si je me fiais au râlement nasillard qu'il émit. Lorsqu'elle eut terminé, elle cracha le résultat de son labeur sur le sol et abandonna l'homme sans autre forme de salutation pendant qu'il se reculottait, encore haletant. Souriante, elle vint rejoindre sa collègue en s'essuyant négligemment la bouche.

— Adète en vaut trois à elle seule ! m'informa fièrement ma putain.

— Bien, venez avec moi.

— Oh ? Tu organises une petite fête ?

— Si l'on veut.

En route, je leur expliquai ce que j'attendais d'elles. Une fois en vue du camp de Pierrepont, je leur désignai les hommes à livrée rouge et blanche qui étaient assis, bien tranquilles, autour du feu.

— Ces quatre-là seulement. Entendu ? Emmenez-les vers ce buisson, là-bas, et amusez-les bien.

Pour m'assurer de leur collaboration, je leur payai d'avance le fruit de leurs efforts, qu'elles empochèrent aussi vite que des gitanes.

— Tout ce que tu voudras, noble sire, roucoula Adète avant de s'éloigner avec sa comparse.

Je les laissai procéder et m'en allai rejoindre Ugolin.

— Alors ?

— Tout est arrangé. Vois toi-même.

Les deux filles de joie venaient de faire irruption dans le camp en ondulant des hanches, mais ignorèrent les avances des soldats de Pierrepont pour se diriger vers ceux que je leur avais indiqués. Les négociations furent brèves et trois des quatre soldats se levèrent. Contrarié, je constatai que celui qui me connaissait restait derrière.

— Il préfère peut-être les petits garçons, le bougre, dit le Minervois.

— Occupons-nous de ceux-là. Nous verrons après pour l'autre.

En badinant comme des coquettes, les puterelles entraînèrent les soldats en direction de notre buisson. Nous tirâmes nos dagues et attendîmes, aux aguets. Lorsqu'elles furent sur place, elles remontèrent leurs jupes, s'allongèrent sur le sol et écartèrent les cuisses pour accueillir les deux premiers paillards, qui ne se firent pas prier et se mirent aussitôt à s'activer avec la frénésie de l'homme abstinent depuis trop longtemps.

— Aïe ! s'exclama l'une d'elles. On ne mord pas !

Attendant impatiemment son tour, le troisième observait les transports de ses collègues en se pourléchant et en se massant les génitoires pour les préparer à l'effort. En silence, je me glissai derrière lui, lui plaquai ma main infirme sur la bouche et lui enfonçai ma lame dans les reins. Il se cabra et émit quelques grognements qui furent couverts par les bruits de copulation, puis s'écroula. Sans attendre, Ugolin et moi fondîmes sur les deux autres et nous leur ouvrîmes le gosier, le sang giclant en abondance sur les garces qu'ils couvraient de leur poids. Nous tirâmes les cadavres et les jetâmes sur le sol. Puis je lançai une pièce supplémentaire aux filles.

— Vous avez été bien payées, leur dis-je. Maintenant, filez et oubliez ce que vous venez de voir.

Blêmes de terreur, Adète et son amie hochèrent énergiquement la tête, se relevèrent et s'enfuirent à toutes jambes sans demander leur reste.

— Pardieu, ricana le Minervois. M'est avis que cette expérience risque de leur avoir asséché la fendace pour un temps.

— J'en doute. Elles doivent gagner leur vie.

Nous empoignâmes les trois cadavres et, avec la plus grande discrétion possible, nous les traînâmes une centaine de toises plus loin. Je les fouillai et découvris sur l'un d'eux une bourse contenant quelques pièces que je transférai dans la mienne, qui se faisait dangereusement mince à force d'acheter des provisions et, maintenant, des ribaudes. Puis nous ramassâmes des branchages et les recouvrîmes.

— On va se demander où ils sont passés, nota Ugolin.

— Les hommes de Montfort sont pris dans le Sud depuis des années. Ils se meurent sans doute d'envie de retourner chez eux. On croira qu'ils ont déserté.

— Ouais… Peut-être.

— Rentrons. Demain, nous trouverons un moyen de nous occuper de l'autre.

La journée du lendemain me parut interminable. Malgré des orages ininterrompus et un vent glacial, nous chevauchâmes sans nous arrêter, grelottant dans nos vêtements trempés. Nous terminâmes ce qu'il nous restait de fromage à dos de cheval. Lorsque le soir tomba enfin, la pluie cessa et le convoi s'immobilisa. Je me mis aussitôt en quête d'un marchand qui me vendit du lard et un quignon de pain un peu rassis pour une somme qui relevait du banditisme de grand chemin, pendant qu'Ugolin installait Pernelle aussi confortablement qu'il le pouvait. La pluie ayant tout détrempé, il fut impossible de trouver la moindre brindille sèche et il dut travailler longtemps pour réussir à allumer un feu. Lorsque nous eûmes mangé, le Minervois et moi retournâmes vers le camp de Pierrepont.

— Ils ont posté des gardes, remarquai-je. Là, là et là.

— Hum... on dirait que les disparitions d'hier les ont inquiétés.

Nous repérâmes sans mal le dernier homme portant la livrée de Montfort, qui mâchonnait un morceau de viande, pensif.

— Il s'ennuie de ses copains, le pauvre, ironisa Ugolin.

— Il ira les retrouver sous peu.

Puis, pour la première fois depuis notre rencontre fortuite, j'aperçus le jeune Montfort. Il se tenait un peu à l'écart, assis sur une pierre. À mon grand étonnement, il jouait du luth en chantonnant. Les yeux fermés, tout à son art, ses doigts graciles volant allègrement sur les cordes, il avait une voix claire et pure qui montait avec grâce dans la nuit.

— C'est le fils de Montfort, dis-je tout bas.

— Sa brute de père ne doit pas le trouver très viril, répondit le Minervois. M'est avis que celle à laquelle il le mariera serait bien avisée de ne pas avoir le croupion trop chaud ou d'avoir à son service quelque serviteur dévoué...

Nous patientâmes pendant de longues heures et la soirée devint la nuit sans que rien ne se passe. Notre homme semblait bien déterminé à ne pas bouger. Las d'être agenouillé dans la boue, je songeais à repartir pour décider d'une nouvelle approche lorsqu'il se leva enfin. Après s'être étiré le dos, il se dirigea vers une charrette, non loin de nous. Les gardes ne lui prêtèrent aucune attention.

— Il va pisser, murmura Ugolin.

— Allons-y.

Nous nous levâmes, tirâmes nos dagues et fîmes quelques pas prudents vers notre proie. Nous étions presque en place lorsqu'une ombre traversa la nuit, agile et silencieuse comme un chat. Je l'aperçus et tendis aussitôt le bras pour immobiliser le Minervois.

— J'ai vu, chuchota-t-il.

Les nuages s'en étaient allés et, dans la lumière de la lune, je vis un petit homme se glisser derrière la charrette puis s'accroupir. Le soldat, de son côté, se planta solidement sur ses pieds et se mit à pisser. Lorsqu'il eut terminé, il se reculotta et fit demi-tour pour s'en retourner auprès des autres. L'ombre bondit et lui couvrit la bouche de sa main. Un éclair métallique fendit la nuit. Le corps fut déposé sans bruit sur le sol. Le dernier homme de Montfort venait d'être éliminé. Par quelqu'un d'autre.

— Par le cul poilu du pape, grommela Ugolin, aussi hébété que moi, qui est-ce ?

L'instant qui suivit m'apporta une réponse que je n'aurais jamais pu imaginer. L'ombre se retourna dans notre direction et, brièvement, je pus voir son visage dans la lumière du quartier de lune. Les traits fins mais durs, la barbe bien taillée, le teint sombre, les lèvres minces, les yeux intenses. Il n'y avait aucun doute possible.

— Jaume, marmottai-je, sidéré.

— Qu'est-ce qu'il fait ici, le bougre ? fit Ugolin.

Le templier prit un moment pour s'orienter et repéra le jeune Montfort, qui pinçait toujours ses cordes, inconscient de ce qui venait de se produire. Il se dirigea vers lui à pas de loups, sa dague bien en main. Il ne portait pas d'épée. Il allait égorger le fils du monstre puis s'évanouir dans la nuit. Et moi, je ne saurais jamais pourquoi lui et Alain de Pierrepont se dirigeaient vers Gisors.

Sur le moment, je ne parvins pas à concilier la présence du templier devant nous et le fait que je l'avais laissé à Montségur pour veiller sur la première part de la Vérité avec ce qu'il restait de l'Ordre des Neuf. Je considérai la situation. À mon départ, j'avais confié à Eudes la charge des Neuf. Or, il était celui qui avait eu l'idée de tenter d'assassiner Montfort, ce dont j'avais pris prétexte pour me rendre à Toulouse, auprès du *Cancellarius Maximus*. De toute évidence, Eudes avait appris que nous avions échoué, mais il n'avait pas abandonné l'idée. À défaut de pouvoir occire le chef des croisés, peut-être avait-il décidé de s'attaquer à sa progéniture ? Cela expliquerait la présence de Jaume. Avec ses années passées en Terre sainte auprès des Sarrasins, il était sans doute l'assassin le plus habile de l'Ordre.

Je ne pouvais m'empêcher de rager. Ugolin, Pernelle et moi-même étions dans le Nord. Ravier et Daufina étaient morts. Raynal aussi. Il en découlait que seuls Eudes, Véran, Jaume, Esclarmonde et Peirina étaient encore à Montségur pour veiller sur la cassette. Et voilà qu'ils se privaient de l'un d'eux pour une telle mission. C'était d'une folle imprudence.

Par-dessus tout, je ne pouvais me permettre de perdre le jeune Montfort. J'avais besoin de lui. S'il mourait, je perdrais ma chance d'apprendre ce que savait peut-être son père et je risquais de tomber à pieds joints dans un traquenard à Gisors. Je me levai d'un trait.

— N'interviens pas, dis-je à Ugolin.

Je marchai aussi vite que je pouvais sans faire de bruit. Jaume avait de l'avance sur moi et je devais le rejoindre avant qu'il ne soit trop tard. Lorsqu'il fut à deux pas du jeune Guy, il s'accroupit, la lame au clair, et le contourna pour se placer directement derrière lui, tel un fauve prêt à bondir. Le jeune homme pinçait toujours ses cordes en chantant, totalement absorbé par sa musique. Je me hâtai tout en sachant que Jaume était un combattant redoutable et qu'il avait l'oreille fine. J'étais presque parvenu à lui lorsqu'il bondit et empoigna le fils Montfort par la chevelure. Le luth virevolta dans les airs et chuta sur le sol. Jaume le tira vers l'arrière et lui appuya sa lame sur la gorge. Il était trop tard.

Mais Jaume me surprit en ne tranchant pas tout de suite.

— Mort au pape et à ses croisés ! hurla-t-il à pleins poumons. Et l'enfer pour ces pourritures de Montfort !

Je compris alors ce qu'il entendait accomplir. Simplement assassiner sa victime et s'évanouir dans la nuit ne lui suffisait pas.

Son geste devait être connu de tous afin que Simon de Montfort sache que c'était lui qui avait été visé et que les cathares ne baisseraient pas les bras. En claironnant ainsi son intention avant d'agir, Jaume se condamnait à mort.

Je franchis à la hâte les quelques pas qui nous séparaient et bondis sur lui. Pris de court, il tenta de trancher le gosier du jeune homme avant que je l'en empêche, mais je retins son poignet tout en l'immobilisant de mon mieux avec mon bras gauche. Je tirai de toutes mes forces et parvins à l'arracher de sa victime, que je poussai vers l'avant avec mon pied pour l'éloigner du danger. Guy de Montfort émit un petit cri, s'écrasa piteusement face la première dans la poussière et s'éloigna à quatre pattes, apeuré.

Alertés par la déclaration de Jaume, des soldats accouraient, l'arme au poing. Je parvins à glisser ma jambe devant celles du templier et, en poussant dans son dos, je le fis choir sur le ventre. J'atterris sur lui et, tout en tentant de l'immobiliser sous mon poids, me penchai à son oreille.

— *Secretum Templi*, mon frère, chuchotai-je sèchement. Joue le jeu et fais-moi confiance.

Stupéfait, Jaume cessa de se débattre.

— Gondemar… bredouilla-t-il à mi-voix.

— Ils arrivent. Ne dis rien et ne trahis pas mon identité. Ugolin te libérera dès que possible. Ensuite, je t'expliquerai.

L'instant d'après, je fus saisi par le col et violemment tiré vers l'arrière. Mon surcot se déchira, découvrant ma cotte de mailles et mes épaules, et je fus immobilisé au sol. Près de moi, une masse de gardes fondit sur le pauvre Jaume. Donnant le change de son mieux, le templier résista avec hargne et plusieurs en furent quittes pour une lèvre fendue, un nez écrasé ou une bourse qui resterait tendre pour les jours à venir. La force du nombre finit toutefois par s'imposer.

Lorsqu'il fut remis sur pied, solidement retenu par deux gardes qui lui tordaient cruellement les bras vers l'arrière pendant qu'un autre appuyait son épée contre son gosier, il était fort mal en point, lui aussi. À son honneur, jamais il ne m'adressa le moindre regard, faisant comme s'il ne me connaissait pas. Il obéissait à l'ordre de son *Magister* élu et j'éprouvai encore plus de respect pour son courage et sa droiture.

Du coin de l'œil, je repérai Ugolin qui, blotti dans la pénombre, observait la scène. Il brûlait sans doute d'intervenir, mais il se contenait. Je fus empoigné et remis sur mes pieds sans ménagement. Puis Jaume et moi fûmes rudement poussés jusqu'aux tentes, tous deux considérés comme des criminels. Un homme émergea de celle devant laquelle se trouvait le fanion rouge, blanc et jaune. De taille moyenne, au début de la quarantaine, il avait les cheveux châtains et longs, la barbe fournie striée d'un peu de gris au menton. De bonne carrure sans être un colosse, les nerfs bien visibles sous la peau, il était de toute évidence un soldat aguerri. Il portait un plastron orné des mêmes armes que le fanion devant la tente et, sur l'épaule, la croix latine rouge des croisés. Je sus, sans qu'on ait besoin de me le dire, que j'avais devant moi Alain de Pierrepont.

D'un pas assuré, il s'avança vers Jaume, posa les poings sur ses hanches, releva le menton et le toisa d'un regard froid et inquisiteur. Le templier lui retourna une moue haineuse et ne baissa pas les yeux.

— Qu'avons-nous là ? demanda Pierrepont d'un ton égal en arquant le sourcil.

— Sire Guy s'était un peu éloigné et ce fripon a tenté de le tuer, expliqua avec empressement un des soldats. Il y est presque parvenu.

Le regard de Pierrepont se porta sur le jeune Montfort, qui s'était relevé et balayait précieusement ses vêtements pour en retirer la poussière, l'air à la fois penaud et humilié. Il avait les yeux mouillés comme une donzelle. Une ombre de mépris passa sur le visage de Pierrepont.

— Ne t'avais-je pas dit de rester près des autres ? fit-il. Mordiable, ne comprends-tu rien, ni des oreilles, ni du cul ?

— Je… je désirais jouer du luth, sire Alain.

— Encore heureux qu'il ne t'ait pas étouffé avec les cordes de ton instrument, cracha Pierrepont en secouant la tête. Hors de ma vue !

— Oui, sire Alain, répondit l'autre, penaud, avant de s'éloigner, la tête basse.

— Bougre de cuide[1]. Fot-en-cul… marmonna Pierrepont pour lui-même en le regardant s'éloigner.

Il se retourna vers Jaume.

— Qui es-tu ?

Le templier le regarda droit dans les yeux et demeura coi, comme je le lui avais ordonné. Sans prévenir, Pierrepont le frappa du revers de la main et lui projeta la tête vers l'arrière. Puis il lui abattit un poing dans le ventre qui le plia en deux, le souffle coupé. Le Français lui remonta son genou au visage, faisant craquer le nez de Jaume, puis le saisit par la tignasse et lui releva la tête.

— Qui t'a ordonné de t'en prendre au jeune Montfort ?

Jaume inspira profondément, se racla la gorge et projeta au visage de Pierrepont une glaire ensanglantée. Ce dernier l'essuya du revers de la main et lui enfonça son genou dans le bas-ventre. Cette fois, le templier gémit avant de vomir copieusement.

— Crois-m'en, tu me répondras tôt ou tard, dit calmement Pierrepont. À toi de décider combien de souffrance tu es disposé à endurer avant de le faire.

Il s'adressa à un des soldats et désigna Jaume du menton.

— Fouille-le.

L'homme s'exécuta, palpant les moindres recoins de la personne de Jaume. Il finit par lui retirer ses bottes et, de l'une d'elles, tira un fin cordon de cuir terminé par deux bouts de bois. Je reconnus l'instrument des Assassins d'Orient, dont Montbard m'avait jadis parlé. Comme je l'avais supposé, Jaume avait appris à tuer en Terre sainte. Le garde remit l'objet à Pierrepont qui l'examina, intrigué.

1. Émasculé.

— Hmmm… Un étrangleur autant qu'un égorgeur… Attachez-le et mettez-le sous bonne garde, ordonna-t-il aux gardes. Trois hommes en permanence. Qu'il ne parle à personne. Je l'interrogerai moi-même dès notre arrivée à Gisors. Et, pour l'amour de Dieu, que quelqu'un donne de nouvelles braies à sire Guy. Je crois qu'il a mouillé les siennes…

Quelques soldats laissèrent échapper un petit rire méprisant. Trois d'entre eux emmenèrent Jaume et Pierrepont se dirigea vers moi.

— Et lui ?

— Il a sauvé sire Guy, répondit le soldat. Lorsque nous sommes arrivés, il avait maîtrisé l'assassin.

— Qui es-tu ? demanda Pierrepont.

— Gontier, sire, répondis-je en adoptant un air soumis.

— Mais encore ?

— J'étais à Castelnaudary, ajoutai-je, sachant que le mensonge le plus crédible était celui qui s'approchait de la réalité. Je suis descendu dans le Sud au printemps dernier à la tête d'une dizaine d'hommes. Ma quarantaine est terminée et je retourne chez moi.

— Et où sont-ils, ces hommes ?

— Morts, tous autant qu'ils sont.

Il toisa ma senestre gantée et releva le sourcil.

— Une épée me l'a fendue, expliquai-je en devançant sa question. Je crois bien que je ne pourrai plus jamais combattre.

— Dommage, tu sembles savoir y faire. Même si tu ne portes qu'une dague, comme l'autre. Ne serais-tu pas de mèche avec lui ?

— Non, sire, répondis-je, le mensonge me venant tout naturellement. J'étais en train de lutiner une godinette non loin de là quand j'ai vu cet homme se diriger vers votre camp, dague au poing. Je savais que les gens de votre délégation étaient importants. Alors je l'ai suivi, soupçonnant quelque manigance. Dans mon empressement, j'ai dû laisser tomber mon épée sans m'en rendre compte. À cette heure, la puterelle l'aura sans doute déjà vendue.

Pierrepont me toisa longuement, l'air suspicieux, puis il sembla se décider à me faire confiance. Son visage s'éclaira d'un large sourire et il se mit à rire à gorge déployée.

— Renoncer à un entrejambe par devoir ! Ventre-Dieu ! Voilà un homme qui mérite le respect ! Lâchez-le !

On me libéra et je fis rouler mes épaules pour chasser les crampes causées par la torsion dont elles avaient été victimes. Je notai que les gardes demeuraient tout près de moi, prêts à intervenir à la moindre alerte. Pierrepont me passa le bras autour du cou et me secoua avec enthousiasme.

— Désormais, tu voyageras avec nous. Le petit délicat n'a plus de gardes. Puisque sa vie t'est si précieuse, je te le confie.

— C'est… trop d'honneur, sire.

— Nenni ! Tu es un véritable *donum dei*[1]. J'espère seulement que tu apprécies la musique et la poésie !

Cette fois, ses hommes éclatèrent franchement de rire.

— Je vais aller chercher mon cheval et mes effets, dis-je.

— Attends !

Je m'immobilisai. Il rentra dans sa tente et en ressortit avec, en main, une livrée rouge et blanche.

— Tu porteras ceci.

En essayant de masquer mon dégoût, j'acceptai les couleurs de Simon de Montfort.

1. Don de Dieu.

CHAPITRE 9

Confiance

Hébété par la tournure des événements, je retournai auprès de Pernelle et d'Ugolin. J'entendis à peine les propositions que m'adressèrent les marchands et les putains. J'enjambai les gens endormis sans vraiment les voir. Tout s'était passé si vite. J'étais parti avec l'idée d'éliminer les témoins gênants pour pouvoir observer librement le jeune Montfort et en apprendre un peu plus sur les raisons de sa présence. Et non seulement revenais-je porteur de la livrée de la famille honnie et chargé de veiller sur la progéniture de mon ennemi, mais j'étais aussi rentré dans les bonnes grâces d'Alain de Pierrepont. Tout cela dépassait mes espérances. En quelques minutes, j'avais également retrouvé puis perdu Jaume de Montdidier, que je ne croyais jamais revoir. Pire encore, j'avais dû l'empêcher de mener à bien une mission avec laquelle j'aurais été en parfait accord la veille.

Lorsque j'arrivai enfin auprès de mes camarades, ils parurent soulagés de me revoir.

— Alors ? s'enquit anxieusement le Minervois lorsqu'il me vit apparaître.

Je me laissai tomber lourdement sur le sol près du feu et me frottai le visage pour chasser ma torpeur.

— Ugolin m'a raconté pour Jaume, dit Pernelle.

— Foutre de Dieu… soupirai-je, las. Les choses vont trop vite pour le pauvre d'esprit que je suis.

Je leur relatai le retournement de situation en retirant mon surcot en lambeaux. Puis je passai la livrée de notre ennemi par-dessus ma cotte de mailles, ce qui ne manqua pas de leur faire écarquiller les yeux.

— Alors, tu vas vraiment voyager avec le fils Montfort ? demanda mon amie, dégoûtée.

— N'est-ce pas risqué ? renchérit Ugolin.

— Ce sera délicat, assurément, mais s'il a sans doute entendu parler de moi, il ne m'a jamais vu et maintenant que les hommes de son père sont morts, en principe, personne ne peut plus me reconnaître. Pour lui comme pour Pierrepont, je ne suis qu'un soldat nommé Gontier qui a posé un geste de bravoure. Et puis, la proximité demeure la meilleure manière de recueillir de l'information.

— Au fond, les choses tournent bien, dit Pernelle.

— Diantre, comment résisteras-tu à l'envie de l'occire ? s'enquit Ugolin, mi-figue, mi-raisin. À ta place, j'aurais des démangeaisons dans le bras.

— J'ai besoin de lui vivant. Pour l'heure.

Je coiffai mon heaume, détachai Sauvage et toisai Ugolin.

— Jaume est sous bonne garde, quelque part dans le camp de Pierrepont. Ils le mettront certainement à cheval pour reprendre la route au matin. Il te suffira de voir où ils l'emmènent demain soir. À la première occasion, libère-le. Quelque chose me dit que, malgré les ordres, ils ne le laisseront pas vivre très longtemps.

— Compte sur moi.

— Bien. Restez à la fin du convoi. Je vous tiendrai au courant autant que je le pourrai. Et ne faites rien sans mon accord.

Je détachai la bourse de mon ceinturon et la lançai à Ugolin.

— Il y reste encore quelques sous. Je n'en aurai pas besoin.

Je m'éloignai sans rien ajouter. Pour le reste du voyage, je devrais protéger la progéniture du monstre qui commettait toutes ces atrocités dans le Sud. *Les ennemis de la Vérité sont légion*, avait dit Métatron. *Ils te guetteront et te traqueront sans merci car ils la craignent plus que tout. Les rois et les prêtres tremblent devant elle car elle met leur pouvoir en péril.* Et voilà que, pour le meilleur et pour le pire, je me retrouvais parmi eux.

Je passai la nuit enroulé dans ma couverture près du feu, entouré des hommes de Pierrepont. Je dormis peu et mal. En plein cœur d'un camp ennemi, j'étais tout sauf tranquille. Je ne doutais pas que la réputation qu'avait acquise Gondemar de Rossal, le croisé ayant tourné capot et détesté entre tous, était connue de chacun. Ma survie résidait dans l'anonymat. J'avais beau avoir modifié mon apparence, si le stratagème de Roger Bernard n'avait pas fonctionné et qu'on me reconnaissait, je ne survivrais pas vingt-quatre heures.

Aux premières lueurs de l'aube, les tentes furent démontées et nous nous mîmes en route. Pierrepont s'était assuré qu'on me fournisse une épée qui, si elle était de qualité acceptable, ne rivaliserait jamais avec Memento en termes de maniabilité et d'élégance. Heureusement, je pouvais m'en accommoder avec une main. Le cas échéant, elle ferait donc l'affaire.

Le soleil était revenu et réchauffait un peu l'air de novembre. Le temps était bon et Sauvage, qui ne montrait plus de signes d'inconfort, gambadait allègrement sur le chemin. Je chevauchai la journée entière aux côtés du jeune Montfort et fis quelques tentatives pour ouvrir le dialogue, mais il était enfermé dans un mutisme obstiné et ne daigna m'adresser que quelques grognements. Il se tenait raide sur sa monture, comme si on lui avait fourré une barre de fer dans les fondements, le regard fixé droit devant, les lèvres pincées. Tout dans son attitude trahissait un homme blessé et humilié qui tentait de préserver ce qui lui restait de dignité. Je finis par me taire et me contentai de l'accompagner. Le temps pressait. Sous peu, nous serions en vue d'Orléans. Ensuite, nous filerions vers Gisors. J'avais besoin de le faire parler, mais il fallait être deux pour avoir une conversation.

Le soir venu, nous démontâmes et nous regroupâmes près du feu. Le jeune Montfort n'était guère aimé et on nous laissait à nous-mêmes dans notre coin, ostracisés comme des lépreux. Les soldats étaient de belle humeur, riant et blaguant pendant que quelques faisans tués au passage par des archers rôtissaient sur le feu. Lorsqu'ils furent à point, un soldat murmura quelque chose à ceux qui se trouvaient près de lui en désignant du regard mon compagnon. Puis il se leva, remplit une écuelle de viande, versa du vin dans une coupe et se dirigea vers Montfort pour les lui présenter.

— Pour toi, joli seigneur, roucoula-t-il en faisant une courbette exagérée. Ne nous honoreras-tu pas d'une chansonnette ?

Autour, les autres soldats étouffèrent des rires. Guy ne dit rien.

— Allons, beau damoiseau, insista l'autre. Nous aimons tous tant te regarder jouer de ton petit instrument.

— Et tu pourrais rouler des hanches en chantant ! ajouta un autre.

Cette fois, les rires furent francs et gras.

— Je n'ai pas faim, finit par laisser tomber Montfort d'une voix renfrognée, en regardant fixement le sol.

Je tendis ma main valide et acceptai l'écuelle pour lui tout en adressant un regard noir au soldat. Pressentant que ce serait mieux pour sa santé, ce dernier cessa de rire, déglutit et s'en retourna au son des ricanements. Je tendis la nourriture à mon compagnon de voyage. Je n'avais pas besoin de lumière pour savoir que son visage était empourpré de honte. La façon dont il baissait la tête suffisait amplement. Je n'éprouvais aucune pitié pour ce petit être efféminé sorti tout droit des génitoires de Simon de Montfort. Son père devait le mépriser avec la même passion qu'il mettait à massacrer les cathares. Mais pour parvenir à mes fins, je devais faire semblant.

— Allons, ne faites pas attention à eux et mangez, sire Guy. Rien ne sert de vous laisser mourir de faim.

— Vraiment ? fit-il en l'acceptant. Il est pourtant des moments où la mort me semble bien enviable…

Je le dévisageai, mais il n'ajouta rien, se contentant de mordre dans la viande sans appétit. Je me levai et allai me servir à mon tour, puis revins le trouver.

— Merci, dit-il soudain.

— Pourquoi ?

— Tu m'as sauvé la vie.

— Je n'ai fait que mon devoir.

En retrait, un des soldats entama une chanson d'une voix de fausset, ce qui fit s'esclaffer les autres. Le jeune Montfort se crispa, ferma les yeux et secoua légèrement la tête, blessé. Je compris soudain que je tenais le moyen de gagner sa confiance.

Le lendemain, quelqu'un mourrait.

Le jour suivant, les provocations reprirent, comme je l'avais espéré. Nous chevauchions depuis deux heures à la tête du convoi, un peu derrière Pierrepont et quelques-uns de ses hommes. C'est de là que monta à nouveau la voix de fausset et sa chansonnette, dont je pus cette fois percevoir les paroles.

Quand sire Guy je vois
Croupion mignon, joli minois
Moi qui suis si loin de toi ma mie
Envie de petit trou me saisit
Qu'il serait doux, le petit seigneur dessous

Je tirai les rênes de Sauvage et l'immobilisai. Sans dire un mot, je descendis de selle, me dirigeai vers la monture du jeune Montfort, détachai son luth et le lui tendis.

— Faites ce que je vous dis, sire.

— Que vas-tu faire ? s'inquiéta-t-il.

— Vous verrez bien.

Il prit l'instrument sans comprendre où je voulais en venir, ce que j'interprétai avec satisfaction comme une première marque de confiance. Puis je me dirigeai vers le chansonnier improvisé et empoignai les rênes de son cheval. Autour de nous, les autres s'arrêtèrent, reniflant sans doute l'odeur du sang.

— Quoi ? lança-t-il. Tu n'apprécies pas mon petit air ?

— Descends, ordonnai-je calmement en le regardant droit dans les yeux.

Le soldat haussa les épaules d'un air insouciant et obtempéra. Il se planta près de moi avec défiance, sans doute pour ne pas perdre la face devant les autres, qui s'amusaient fort de la situation.

— Bon, me voilà descendu, ricana-t-il. Et maintenant ?

De taille moyenne, il avait une face de furet aux petits yeux noirs et fuyants et au nez long. Il me fut aussitôt antipathique, ce qui me facilitait d'autant la tâche. Sans prévenir, je lui abattis le revers de ma main droite sur la joue. Avec satisfaction, je sentis la peau s'écraser sous mes jointures et se fendre sous l'œil. L'homme vacilla sous le choc, mais parvint à rester debout et porta la main à sa blessure. Incrédule, il regarda le sang qui la mouillait.

— Tu as perdu la tête, ou quoi ? s'écria-t-il, outré.

— Pas du tout, je vais t'apprendre qu'on ne turlupine pas impunément un noble, mécréant.

— Allons donc, ce n'est qu'une petite femmelette ! Tu ne vas pas en faire un drame !

Je fis un pas vif vers lui et, avant qu'il n'ait pu réagir, j'empoignai à pleine main sa virilité, puis serrai. Il blêmit distinctement.

— Insolent, grognai-je, les dents serrées. Tu parles du seigneur Guy de Montfort, fils de sire Simon, chef des croisés.

Je serrai un peu plus, jusqu'à ce que sa bouche s'ouvre et se referme ridiculement comme celle d'un poisson hors de l'eau, puis je le relâchai brusquement avant de reculer de trois pas et de tirer mon épée.

— Allez, Lucas ! l'encouragea un de ses camarades. Tu ne vas pas te défiler ! Il n'a qu'une main !

Je vis du coin de l'œil Alain de Pierrepont qui était descendu de cheval et qui venait dans notre direction. Je crus pendant un instant qu'il allait interdire le duel, ce qui m'aurait fort contrarié, mais il se planta plutôt parmi ses hommes et croisa les bras, l'air intéressé.

Je repérai Montfort et lui fis signe de mettre pied à terre, lui aussi.

— Sire Guy, je suppose que vous savez par cœur la chansonnette dont ce teigneux vous afflige depuis hier ?

Pour toute réponse, le jeune homme haussa les sourcils avec résignation.

— Bien, alors installez-vous quelque part et chantez-la deux fois, je vous prie.

Il hésita un peu, conscient que tous les regards étaient posés sur lui, puis se dirigea vers un rocher au bord du chemin. Il s'y assit, posa son luth sur son genou et en pinça les cordes, prêt à entamer la ritournelle. Je reportai mon attention sur Lucas.

— Approche, dis-je en lui faisant un signe de ma main gauche, afin qu'il constate qu'elle n'était pas tout à fait inutile. Je te ferai ton affaire à une seule main avant que sire Guy ait chanté deux fois ta jolie chanson.

Voyant que j'étais sérieux et que son honneur était en jeu, il n'eut d'autre choix que de dégainer. Je notai que ses deux mains tenaient son arme trop serrée et qu'elles tremblaient légèrement.

— *Quand sire Guy je vois*, entama le jeune Montfort d'une voix morne et lourde d'humiliation.

J'étais pleinement remis du feu sacré et, au fil des jours, mon corps avait retrouvé sa force. D'une seule main, je traçai dans les airs les huit que Montbard m'avait si souvent fait pratiquer. Loin d'être à la hauteur de Memento, l'épée, trop lourde à mon goût, siffla néanmoins de façon satisfaisante et je vis les yeux de mon adversaire s'écarquiller. Sans prévenir, je fis un pas brusque vers l'avant et abattis mon arme sur la sienne avec une force telle qu'il l'échappa presque.

— *Croupion mignon, joli minois*

Lucas recula d'un pas. D'expérience, je savais que le choc s'était répercuté jusque dans ses épaules et qu'un engourdissement lui saisissait le bras. Je profitai immédiatement de mon avantage en lui faisant essuyer un barrage de coups qui n'avaient d'autre but que de mesurer sa vitesse de réaction. La voyant modeste, je commençai à m'amuser.

— *Moi qui suis si loin de toi ma mie*

Pivotant sur ma gauche, je fis un tour complet sur moi-même et me retrouvai sur sa droite. Avant qu'il n'ait pu parer le coup, ma lame fendit la chair de sa cuisse et il laissa échapper un cri.

— *Envie de petit trou me saisit*

Il recula en boitant, une grimace de douleur lui déformant la face, et examina sa blessure qui pissait le sang. Il se mit en garde, réalisant soudain que je ne jouais pas et qu'il combattait pour sa vie. Sur son visage perlait cette sueur qui vient davantage de la peur que de l'effort.

Je saisis mon arme à deux mains, ravi de constater que la gauche fermait encore suffisamment pour au moins m'aider à la maintenir en équilibre, et la tendis devant moi, comme Bertrand de Montbard m'y avait entraîné à force de grondements et de reproches. J'avançai vers mon adversaire qui, comme je l'avais anticipé, m'accueillit avec une volée de coups maladroits que j'écartai sans peine. Puis je reculai pour attendre sa prochaine charge.

— *Qu'il serait doux, le petit seigneur dessous*

J'étais prêt lorsqu'il fonça, fou de douleur et de rage. D'un pas leste, je me déplaçai sur ma gauche. Pendant qu'il passait dans le vide, je me retournai et abattis mon arme sur son épaule. Il tomba à genoux, ensanglanté et haletant.

— *Quand sire Guy je vois*, entonna pour la seconde fois le jeune Montfort, dont la voix maintenant plus ferme trahissait le plaisir qu'il éprouvait à voir son honneur vengé.

— Relève-toi, couard, dis-je en lui enfonçant mon pied dans les côtes. Tu vois bien que la chanson recommence. Il nous reste quatre vers entiers pour conclure notre petite leçon.

Autour de nous, le silence était tombé. Les soldats observaient la scène, oscillant entre la fascination et la stupéfaction. Lucas secoua la tête et se releva courageusement. Il se remit en garde, son épée dans la main gauche, son bras droit maintenant flasque pendant à ses côtés, et boitilla piteusement pendant que je me mettais à tourner autour de lui comme un fauve autour de sa proie blessée.

— *Croupion mignon, joli minois*

Je feintai sur sa droite, sachant qu'il protégerait son côté blessé et, lorsqu'il eut déplacé son arme, je frappai d'un geste sec, lui ouvrant l'autre épaule. Lucas recula en titubant. Des gémissements piteux s'échappèrent de sa gorge et, brisé, il se mit à pleurer à chaudes larmes.

— Pitié. Je demanderai pardon à sire Guy, geignit-il.

— Il est trop tard pour les regrets.

— *Moi qui suis si loin de toi ma mie*

Je le rejoignis et enfonçai mon arme dans son ventre. Lucas ouvrit la bouche, une expression d'incrédulité sur le visage, et tomba à genoux. Je la retirai et la soulevai au-dessus de ma tête.

— *Envie de petit trou me saisit*

J'abattis ma lame sur sa nuque. La tête se détacha net et roula dans la poussière pendant que le corps tombait sur le côté.

— Voilà. Juste avant le dernier vers, dis-je, à peine essoufflé, en bottant négligemment le chef détaché vers le côté.

— *Qu'il serait doux, le petit seigneur dessous*, compléta Guy d'une voix tremblante.

Debout près du cadavre, je fis un tour complet sur moi-même et, avec défiance, dévisageai un à un les hommes de Pierrepont.

— Quelqu'un d'autre a-t-il envie de railler sire Guy de Montfort ? m'exclamai-je d'une voix ferme.

Plusieurs baissèrent les yeux. D'autres m'adressèrent ce regard mêlé de crainte et d'admiration dont j'avais si souvent été l'objet. Aucun ne crut bon de tenter de venger celui qui gisait, raccourci, sur le sol.

Je rengainai mon arme et fis signe au jeune Montfort de me rejoindre.

— Je vous présente sire Guy de Montfort ! m'écriai-je d'une voix forte. Et je suis Gontier, son garde du corps. Ayez-en souvenir la prochaine fois que l'envie vous prendra de lui manquer de respect.

Ma déclaration fut accueillie par des assentiments gênés. Guy et moi retournâmes à nos montures. Il rattacha son luth à sa selle et se remit à cheval. J'en fis autant. Sans dire un mot, nous reprîmes notre route.

— Allez, vous autres, gronda Pierrepont derrière nous. Qu'est-ce que vous attendez ?

— Et Lucas ? fit un soldat.

— Qu'il pourrisse là où il est.

Le convoi reprit son chemin dans un silence de tombeau. Seul Pierrepont le rompit lorsqu'il me dépassa pour aller reprendre sa place à l'avant.

— Fort belle démonstration, Gontier, dit-il sans même me regarder, avant de passer son chemin.

Bertrand de Montbard m'avait maintes fois répété que je devais connaître mon adversaire mieux que moi-même, et il avait eu raison. Le jeune Montfort était un fot-en-cul, cela était clair. Tout en lui était efféminé, délicat, vulnérable. Il avait l'âme d'un poète, pas d'un guerrier. Perdu au milieu de soldats, en butte aux railleries, il était désespérément seul. Sans doute avait-il vécu toute sa vie dans l'humiliation et l'isolement. Son père, en tout cas, n'était pas homme à tolérer aisément un être de sa sorte et il avait dû lui faire sentir qu'il était une grande déception.

J'avais compté sur le fait que le premier qui lui démontrerait un peu d'estime et de respect gagnerait sa confiance et je constatai vite que mon stratagème avait fonctionné au-delà de mes espérances.

Pour la première fois de son existence, peut-être, le jeune Montfort avait l'impression d'avoir à ses côtés quelqu'un qui le respectait. Pour un enfant délaissé par son père, un protecteur était chose précieuse. Son attitude s'en ressentit. Il se tenait toujours le dos très droit dans sa selle, mais je notai maintenant une certaine souplesse dans ses épaules et dans sa nuque. Au lieu de toujours regarder fixement devant lui pour éviter les yeux rieurs, il admirait le paysage de temps à autre. Surtout, on le laissait désormais en paix. Autour de nous, en effet, un espace s'était formé, les autres m'accordant un respect dont mon compagnon profitait. Cet isolement relatif faisait mon affaire.

Le jeune homme était réservé et il fallut plusieurs heures de route avant qu'il ne m'adresse la parole.

— Merci, me dit-il soudain pour la seconde fois, tout en regardant droit devant, comme si sa fierté allait être écorchée s'il devait me faire face.

— Ce n'est rien, sire, rétorquai-je.

Ce fut là toute l'étendue de notre première conversation. Le reste de la journée se passa dans un silence inconfortable, mais prometteur.

Lorsque nous installâmes notre campement pour la nuit, je fis un feu pour nous seuls, à l'écart des autres. Puis je me rendis chercher la ration de sire Guy. Ce soir-là, les soldats n'ayant croisé ni gibier ni bétail à piller, nous dûmes nous contenter de pain rassis et de lard. Je ramassai en même temps une outre de vin à moitié pleine et deux gobelets d'étain. Quand je lui tendis l'écuelle, il m'étonna en m'adressant un sourire timide. Puis il s'en empara pour se mettre à manger avec un appétit inédit qui me réjouit. Je lui servis du vin puis l'accompagnai en silence, sachant que je ne devais pas le pousser. Ce garçon avait été enfermé dans une épaisse coquille pendant très longtemps et je ne l'avais qu'entrouverte. À la moindre maladresse de ma part, elle se refermerait sans qu'il me révèle ce qu'il savait. S'il désirait parler, je le saurais.

Une fois rassasié, il posa son écuelle sur le sol près de lui, mit délicatement les doigts sur ses lèvres pour étouffer un rot, telle une dame de la haute noblesse, s'adossa à la selle de son cheval et me tendit son gobelet, que je remplis à ras bord en bon serviteur que j'étais, tout en prenant soin de modérer ma propre consommation. Je tablais sur le fait que le damoiseau supportait mal l'alcool.

Tout en buvant, il se mit à jouer pensivement dans le feu avec une branche. Ce manège dura une bonne demi-heure, pendant laquelle je lui redonnai du vin à deux reprises.

— Pourquoi m'as-tu défendu ainsi ? demanda-t-il soudain d'une voix un peu empâtée.

Je haussai les épaules et soupirai. Le moment attendu était arrivé et je ne devais pas commettre d'erreur.

— Oh, pour une foule de raisons, sire, répondis-je. D'une part, parce que vous êtes le fils de Simon de Montfort et d'Alice de Montmorency. Ces petits mécréants doivent apprendre à respecter des noms d'aussi haute noblesse et à tenir la place qui est la leur. D'autre part, parce que je prends au sérieux les tâches qu'on me confie, surtout lorsqu'elles proviennent de quelqu'un de la trempe d'Alain de Pierrepont qui, ce me semble, n'hésiterait pas à me faire étriper si j'y manquais.

L'image de Pernelle, violentée par les brigands d'Onfroi, puis par cette chiure de Raynal, me revint en tête, et je laissai échapper un long soupir dont j'étais le seul à connaître le sens.

— Et en plus, j'ai une faiblesse : je déteste voir des gens se faire tourmenter sans raison.

— Sans raison, dis-tu ? ricana-t-il avec cynisme. Au cas où tu n'aurais pas remarqué, je ne suis qu'un vulgaire inverti. Un sodomite.

Malgré moi, j'éprouvai presque de la pitié pour le pauvre garçon. Il n'était pas plus responsable que moi de ce qu'il était. Et comme moi, il en portait le fardeau.

— Vous n'arriveriez pas à le cacher même si vous le vouliez, sire. Et après ? continuai-je avec un peu plus de sincérité. Dieu vous a fait comme vous êtes, comme chacun de nous, et vous n'y pouvez rien. Si vous éprouvez l'envie de fourrer votre verge dans les fondements d'autrui, grand bien vous fasse. Cela ne regarde que vous – et celui qui reçoit, évidemment.

Cette fois, Guy s'esclaffa de bon cœur.

— Dieu veuille que les gens soient aussi tolérants que toi ! dit-il.

Il avala une gorgée de vin et secoua la tête avec amusement.

— En tout cas, jamais je n'aurais cru apprécier un jour cette maudite chanson avec laquelle on me harcèle depuis notre départ ! Et le pire, c'est que ceux qui la chantaient ne dédaignent pas se satisfaire sur un garçon de temps à autre. Je les ai vus de mes propres yeux.

— Les soldats sont ce qu'ils sont, eux aussi, et la chair est faible. À défaut de putains à payer ou de filles à violer, ils prennent les orifices qui leur tombent sous la main.

— *Qui sine peccato est vestrum, primus in illam lapidem mittat*[1], murmura-t-il, amer.

Il tendit son gobelet et je le remplis. Il en vida la moitié et laissa échapper un long soupir de contentement.

— Maintenant que les soldats de Pierrepont tiennent leur place, le reste du voyage risque de vous paraître moins long.

— C'est vrai, mais il me tarde quand même d'être arrivé.

— Je présume qu'une fois à Gisors vous poursuivrez jusqu'à votre domaine anglais ? demandai-je, l'air de rien.

— Non, je dois repartir aussitôt vers Carcassonne.

— Pierrepont vous escortera jusque là ?

— Lui ? M'escorter ? Il ne s'abaisserait jamais à me servir ! se récria Guy. Si je suis en sa compagnie, c'est par mesure d'économie, rien de plus. Il devait repartir vers le Nord de toute façon, alors mon père m'a donné une petite garde de quatre hommes et un ordre écrit de me laisser me joindre à lui. Lorsque Pierrepont l'a lu, il est devenu pourpre de colère. Mais il n'avait pas le choix. Depuis, j'ai le plaisir de sa compagnie.

1. Que celui d'entre vous qui n'a jamais péché lui jette la première pierre. Jean 8,7.

Il but et ricana amèrement.

— Même mes hommes ont eu plus de chance que moi. Ils ont filé à la première occasion.

Je m'empêchai de sourire en me rappelant les circonstances dans lesquelles Ugolin et moi avions occis ses soldats. Puis je lui adressai un regard qui le poussa à continuer.

— En vérité, je n'ai aucune idée de la raison pour laquelle je fais ce maudit voyage. Ma mère, mon frère Amaury et moi étions à Carcassonne. Quand mon père est revenu de Castelnaudary, de fort méchante humeur après sa demi-victoire, il m'a annoncé que j'accompagnerais les troupes du sieur de Pierrepont vers le Nord trois jours plus tard.

— Et une fois à Gisors ?

— On doit me contacter pour me confier quelque chose de très important, répondit-il en haussant les épaules.

Je tournai la tête de l'autre côté pour cacher la tension qui se voyait sans doute sur mon visage.

— Et ensuite ?

— J'ai ordre de retourner sans délai dans le Sud pour remettre cet objet en mains propres à mon père.

Guy ramassa sa couverture, s'y enroula et se coucha sur le côté en me tournant le dos, m'indiquant que la conversation était terminée. Je fis de même, utilisant ma selle comme oreiller. Mais je ne trouvai pas le sommeil avant plusieurs heures. J'aurais voulu tenir dans ma main le sceau du *Cancellarius Maximus* pour me rassurer, mais je ne l'avais pas. L'anneau tressé par Cécile fit l'affaire et je finis par m'endormir en le caressant du bout du doigt.

CHAPITRE 10

Incertitude

Je repassai ce que je savais. Simon de Montfort avait dépêché son fils vers Gisors avec mission d'y prendre une chose précieuse et de la lui rapporter sans délai. Quoi qu'en pense Guy, il avait été mis sous bonne escorte, Alain de Pierrepont et ses hommes étant compétents et redoutables. Cela se produisait alors que je me rendais moi-même à Gisors, là où se trouvait la seconde part de la Vérité. La seule explication était que Montfort avait retrouvé le chemin de la Vérité, mais je ne pouvais imaginer comment. La mendiante était le *Cancellarius Maximus* et ne devait partager le secret qu'avec celui des deux *Magister* qu'elle désignerait comme le *Lucifer*. J'avais été celui-là et elle avait expiré aussitôt après.

Il ne semblait toutefois pas avoir placé son fils dans la confidence et Guy n'avait sans doute aucune idée de mon identité. Cet avantage, j'en tirerais le plus grand profit possible. Car le jeune sire avait beau paraître innocent et avoir des airs de chien battu, le sang corrompu des Montfort coulait dans ses veines et cela suffisait amplement à me convaincre de rester méfiant. S'il savait où trouver la seconde part de la Vérité, il m'y conduirait. J'avais tout à gagner et rien à perdre.

Le lendemain, dès l'aube, une agitation inhabituelle me tira de mon sommeil. Pour la première fois depuis longtemps, le jour m'apporta une heureuse nouvelle. Dès que je vis deux soldats accourir en direction de la tente de Pierrepont, l'air agité, je sus que quelque chose se passait. Mine de rien, je me levai, laissant là le jeune Montfort qui dormait encore, et m'approchai pendant qu'ils s'expliquaient avec force gestes à l'homme qui montait la garde. Celui-ci finit par les laisser entrer. Je contournai la tente et me dirigeai vers un bosquet, non loin de là, l'air d'aller soulager ma vessie. Une fois hors de vue du garde, je fis demi-tour, m'approchai et tendis l'oreille. Les voix traversaient la cloison de tissu.

— Sire Alain ! s'écria un des soldats. Sire Alain !

— Qu'est-ce qui se passe, sacredieu ? grommela Pierrepont qui, de toute évidence, s'était fait tirer du sommeil.

— C'est le prisonnier, sire.

— Quoi, le prisonnier ? Vous ne l'avez tout de même pas malementé au point de me le gâcher ?

— Non, sire. Il… il a disparu.

Je souris de satisfaction en apprenant qu'Ugolin n'avait pas traîné. Jaume était libre. J'imaginais le faciès de Pierrepont, qui n'était pas homme à tolérer l'erreur et la contradiction.

— Disparu ? explosa-t-il. Comment est-ce possible ? Il était gardé par trois hommes ! Explique-toi, bougre, avant que je te tranche les génitoires et que je te les fourre dans le croupion !

— Il… il était bien attaché à un arbre et… bâillonné et… gardé, sire Alain, comme vous… comme vous… vous l'aviez exigé, balbutia le soldat terrifié.

— Alors ? Cesse de hoqueter comme un vieillard gâteux et parle, que diable !

J'entendis le soldat inspirer pour se reprendre avant de poursuivre.

— Quand je suis arrivé avec Béri et Huguon pour relever les autres, voilà quelques minutes, nous les avons trouvés morts, sire, raconta-t-il plus calmement. Tous autant qu'ils étaient. La gorge ouverte d'une oreille à l'autre, comme des porcs à l'abattoir. Et le prisonnier n'était plus là. On avait tranché ses liens.

— Putain de Dieu ! Fendace de Marie ! Tétins de la Vierge !

Impressionné par le peu de respect que ce chrétien montrait pour la mère du Christ, qu'il était pourtant censé révérer, j'entendis le bruit distinct d'une claque et compris que le messager venait de payer pour ce qu'il avait à rapporter. Je m'éloignai discrètement au son des hurlements de colère et des coups. Je pouvais presque voir la tête que ferait Simon de Montfort lorsque Pierrepont lui annoncerait que celui qui avait tenté d'assassiner son fils s'était échappé sans qu'on ait pu lui faire avouer les raisons de son crime.

Je retournai auprès de sire Guy, qui s'était réveillé, et lui résumai la situation. Il porta une main délicate à ses lèvres, pâlit distinctement, et une lueur d'inquiétude lui traversa les yeux. L'espace d'un instant, il eut l'air de la femmelette qu'il était.

— Seigneur Dieu, murmura-t-il en se signant avec ferveur. Il est libre comme l'air, alors ?

— Ne craignez rien, sire. M'est avis qu'il a eu sa leçon et qu'il est déjà loin d'ici.

— Tu crois ? Vraiment ?

— J'en suis certain. Et je veillerai sur vous. S'il se présente à nouveau, je ne l'épargnerai pas, cette fois. Je lui ferai subir le même traitement qu'à votre chanteur, je vous en donne ma parole.

Un peu rassuré, il sourit timidement. Une heure plus tard, nous étions à cheval. Je brûlais d'envie de rapporter à Pernelle et à Ugolin tout ce que j'avais appris, et aussi de voir dans quel état se trouvait Jaume, mais, pour ce faire, j'avais besoin d'un prétexte. Je tirais un certain réconfort à l'idée que nous étions dorénavant quatre à suivre la voie de la Vérité.

Je notai que le jeune seigneur promenait sans cesse son regard de tous les côtés, aux aguets. Malgré mes mots rassurants, et même s'il essayait de ne pas le laisser paraître, il était transi de peur à l'idée que Jaume surgisse de nulle part pour l'égorger.

Le jeune seigneur n'était pas un guerrier et, manifestement, le courage n'était pas sa qualité première. Je pouvais comprendre que son père ne le tienne pas en haute estime. Il n'était qu'un inoffensif poète, un trouvère, un troubadour. Un défaut impardonnable pour un Montfort.

— Croyez-m'en, sire, lui redis-je, il ne reviendra pas. Cessez de faire cette tête d'enterrement.

— J'aimerais en être aussi certain que toi.

— Avez-vous la moindre idée de qui était cet homme ? m'enquis-je, en faisant semblant de ne pas connaître la réponse.

— Non.

— Votre père…

— Quoi, mon père, demanda-t-il sèchement. Il n'a tout de même pas commandé mon assassinat !

— Ce n'est pas ce que je voulais dire, sire. Mais il y a certainement autant de gens qui souhaitent sa mort qu'il y a d'habitants dans le Sud. Il s'en trouve sans doute aussi quelques-uns dans le Nord. Et vous êtes son fils. S'en prendre à votre personne, c'est un peu s'attaquer à lui.

— Bah ! je ne suis que le fils mignon qu'il méprise. Celui qu'il ne prend jamais dans ses confidences. Celui qu'il préfère laisser auprès de sa femme. Crois-moi, me savoir mort ne lui briserait pas le cœur ! Oh, il donnerait le change, pleurerait à chaudes larmes et battrait sa coulpe, mais il s'en remettrait en deux jours.

— Le rejet d'un père est une chose difficile à avaler.

Il laissa échapper un petit ricanement désabusé.

— On s'y fait…

— Je n'en doute pas. J'ai vécu la même chose, lui confiai-je, un peu malgré moi, en repensant à la crainte et à la méfiance que Florent avait toujours eues envers moi. On traîne toute sa vie le sentiment d'être un mal aimé.

— Sauf que, dans mon cas, je le déteste autant qu'il me méprise.

Le garçon ne semblait pas jouer la comédie. Et pourtant, il menait pour son père une mission qui pouvait vouer mon âme à la damnation. Je ne devais surtout pas l'oublier ni me prendre de sympathie pour lui.

— Peut-être que…, dis-je en feignant l'hésitation.

— Quoi ?

— Pendant ma quarantaine dans le Sud, un nom revenait sur toutes les lèvres. On racontait que cet homme était l'ennemi juré de sire votre père et que l'un comme l'autre étaient prêts à tout pour s'occire. L'attentat vient peut-être de lui. Gondemar de Rossal. Cela vous dit-il quelque chose ?

Il tourna sèchement la tête vers moi.

— Je connais ce nom, oui. Pour mon plus grand malheur.

— Comment cela ?

— Mon père l'a chanté sur tous les tons à son retour à Carcassonne. Particulièrement lorsqu'il admirait le bûcher.

— Le bûcher ?

— Simon de Montfort est un homme brillant, valeureux et plein de ressources, mais… primaire. Il trouve sa satisfaction dans la cruauté et la barbarie.

Cela, je le savais mieux que personne. Je l'avais vu massacrer la population de Béziers et occire lui-même un prêtre sans défense, le sourire aux lèvres, sur le parvis d'une église. C'était lui qui m'avait fait lancer la tête d'une fillette par-dessus la muraille de Cabaret. Et jamais, dans ce qu'il me restait d'existence, je ne pourrais effacer de ma mémoire ce qu'il avait fait faire à Pernelle et le plaisir qu'il avait pris à regarder. Les morts et les souffrances qu'il portait sur la conscience étaient si nombreuses que, au jour du jugement dernier, Dieu lui-même, tout omnipotent et omniscient qu'il fût, aurait du mal à en faire le décompte. Si un homme sur terre avait la conscience plus lourde que moi, c'était bien Simon de Montfort.

— Lorsqu'il est revenu de Castelnaudary, poursuivit Guy, il avait la défaite en travers de la gorge. La seule chose dont il se réjouissait était le cadavre qu'il ramenait avec lui.

— Un cadavre ? insistai-je en me faisant violence pour paraître détaché.

— Oui, il le traînait avec lui comme le plus précieux des trésors. À peine descendu de cheval, il a annoncé que Gondemar de Rossal était mort. Je ne sais pas de quel suppôt de Satan il pouvait bien s'agir, mais sire mon père en tirait un contentement évident. Ses yeux brillaient d'une lumière qui n'avait rien de sain.

Une profonde quiétude m'envahit. Montfort avait bel et bien ramené mon cadavre de Castelnaudary. Roger Bernard avait gagné son pari.

— Ce Rossal était un adversaire particulièrement coriace, raconte-t-on. Un croisé qui avait changé de camp et qui a causé bien des maux de tête à votre père. Sa mort était sans doute une grande victoire.

— Cela explique le traitement qu'il a réservé à sa carcasse. C'était… obscène, dit-il avec une grimace de dégoût. Il a ordonné qu'on érige un bûcher sur la place et qu'on attache le corps au poteau. Puis il a fait venir toute la population et a annoncé qu'il allait brûler un apostat. Devant tout le monde, il a… perdu la raison, je crois. Pendant que les prêtres chantaient, il est monté sur le bûcher. Il a empoigné le mort par les cheveux et lui a craché au visage – enfin, ce qu'il en restait. Puis il s'est mis à rire comme un fou. Jamais je ne l'avais vu dans un tel état de frénésie. Comme si le cadavre était toujours en vie, il lui a déclaré d'une voix forte qu'il n'avait plus besoin de lui, qu'il connaissait tout ce qu'il lui fallait savoir. Puis il s'est mis à le rosser de coups de poing. Même cela n'a pas suffi à le calmer. Quand le souffle lui a manqué, il a tiré son épée et s'est amusé à le débiter comme un quartier de viande. Lorsqu'il a fini par cesser, les bras tenaient à peine après le torse et la tête gisait dans la paille. Mon père a insisté pour allumer lui-même le bûcher. Ma mère, mon frère et moi avons été forcés de regarder rôtir le mécréant jusqu'à ce qu'il ne soit plus qu'un tas de chair noircie.

Je vis un frisson de dégoût parcourir le jeune Montfort.

— Votre père détestait vraiment ce Rossal, dis-je, faute de mieux.

— Plus que je le croyais humainement possible. Et j'ai senti autre chose dans son attitude. Une forme de regret, comme si la mort de cet homme le privait d'une chose à laquelle il tenait.

— La haine est un puissant aphrodisiaque, sire. Ceux qui ne vivent que par elle se retrouvent bien seuls lorsqu'elle n'a plus d'objet.

— Surtout pour Simon de Montfort. M'est avis que ce sont les cathares qui en feront les frais.

Intérieurement, je jubilais. Non seulement Simon de Montfort me croyait mort, mais il avait célébré mon trépas avec une ferveur macabre. Ma voie était libre et je pourrais respirer un peu. Par contre il avait aussi déclaré n'avoir plus besoin de moi, ce qui me préoccupait fort. Il savait que la première part de la Vérité se trouvait à Montségur et avait déjà presque réussi à s'en emparer. En temps opportun, il tenterait encore de le faire, et rien ne me permettait de croire qu'il n'y arriverait pas. La mission qu'il avait confiée à son fils prouvait qu'il connaissait aussi l'emplacement de la seconde part, à Gisors. Par je ne sais quelle magie, était-il en avance sur moi ? Je ne pouvais pas l'affirmer, mais il n'était pas en retard et c'était déjà trop.

Au milieu de l'après-midi, une gorgée de vin me fournit le prétexte que je cherchais pour m'éloigner momentanément de Guy.

— Elle est vide comme le tétin d'une vieillarde, déplorai-je exagérément en retournant l'outre pour la secouer.

— Et alors ? s'enquit le jeune Montfort.

— Les marchands commencent à manquer de tout, sire. Si nous voulons boire autre chose que de l'eau croupie d'ici Gisors, mieux vaudrait y voir tout de suite. Je vais y aller.

Le jeune homme se mâchonna les lèvres, indécis.

— Bien. Mais fais vite, dit-il d'une voix inquiète.

— Je reviendrai dans l'instant, je vous l'assure. En attendant, restez plus près des autres. Ils ne vous taquineront plus.

— Oui, mais l'autre…

— Je vous l'ai dit : il est déjà loin d'ici, trop heureux d'être en vie. Et puis, en plein jour, qu'avez-vous à craindre sinon quelques railleries ?

— J'aimerais te croire.

— Il n'en tient qu'à vous, sire.

Je fis faire demi-tour à Sauvage et me dirigeai à contre-courant vers la fin du convoi. Pour préserver le prétexte que j'avais invoqué, j'achetai du vin au premier marchand que je croisai en chemin. J'aurais préféré attendre l'arrêt des troupes pour retrouver mes compagnons à la faveur de la nuit, mais je devais composer avec les circonstances et les repérer, à cheval dans la foule. Heureusement, la carrure d'Ugolin passait difficilement inaperçue et c'est sa silhouette que je cherchai.

Je manquai presque Pernelle, toute petite sur sa monture. Ugolin ne l'accompagnait pas. J'allais me diriger vers elle lorsque je constatai qu'elle n'était pas seule. J'immobilisai Sauvage et observai de loin, craignant qu'elle n'ait été débusquée.

Un inconnu chevauchait à ses côtés. Il était vêtu d'une bure brune au capuchon remonté qui lui cachait le visage. Un moine chrétien. Et Pernelle semblait parfaitement à l'aise avec lui. Elle discutait tranquillement, riant même à l'occasion. Elle s'était probablement retrouvée prise avec ce personnage pour compagnie et devait maintenant donner le change en prétendant être chrétienne. Mais où était donc Ugolin ? Il savait bien qu'il était responsable de Pernelle.

Puis le moine posa sa main sur le bras de mon amie, qui la lui tapota affectueusement. Je restai là, stupéfait. Il y avait la politesse et il y avait la familiarité. Ce que je venais de voir relevait de l'intimité. De l'affection, même. Que se passait-il donc ? Je ne pouvais m'imaginer que Pernelle avait trahi notre cause. Je la connaissais depuis trop longtemps pour mettre en doute sa droiture, elle avait même prouvé sa loyauté de sa personne. Et pourtant…

L'âme noire, j'actionnai le mécanisme de ma senestre, les lames étant plus discrètes qu'une épée ou qu'une dague, éperonnai Sauvage et me dirigeai lentement vers le moine. Bertrand de Montbard avait toujours possédé cette déconcertante faculté de se déplacer tel un fantôme sans qu'on l'aperçoive et, sans être aussi doué que lui, j'avais tout de même appris du maître en la matière. Je m'approchai donc avec discrétion en m'assurant de faire trotter doucement Sauvage et de le maintenir le plus longtemps possible dans un angle où le mystérieux moine ne pourrait l'apercevoir qu'à la dernière seconde.

Après m'être assuré que personne aux alentours ne faisait attention à nous, je collai la poitrine de Sauvage contre la monture du religieux, lui coinçant la jambe entre les deux bêtes. Je l'empoignai par le capuchon pour lui appuyer mes lames sur la gorge. Le moine fut pris par surprise, mais se rattrapa aussitôt. Il passa une main dans sa bure et, d'un geste vif et fluide, en tira une dague qu'il m'appuya contre le ventre.

— Je crains fort que si tu persévères tu mourras avec moi, étranger, susurra une voix que je connaissais bien.

Je me détendis aussitôt et souris tout en rétractant les lames dans mon gant.

— Jaume, espèce de bougre, ricanai-je. As-tu renié ta foi pour entrer dans les ordres ?

Il se retourna vers moi et, sous son capuchon, son visage s'illumina d'un sourire franc et amusé. Sa dague disparut comme par magie.

— Gondemar, dit-il en inclinant légèrement la tête. Je suis heureux de te revoir. Et je suppose que je dois te remercier de m'avoir sauvé la vie.

— Non seulement tu allais la sacrifier pour peu de choses, mais en plus cela m'aurait causé un problème.

— Quant à ma vêture, c'était la meilleure manière de ne pas susciter la méfiance. C'est une idée de dame Pernelle.

Je toisai mon amie, amusé.

— Mais où as-tu trouvé ce froc ?

— Il appartenait à un moine, évidemment.

— Vous l'avez laissé tout nu ? ricanai-je.

— Et raide mort, aussi.

— J'aurais dû m'en douter !

— Bof… Ça fait toujours un menteur de moins.

J'éclatai de rire et lui abattis une claque sur l'épaule.

— Je suis heureux de te revoir vivant, même si je ne m'attendais pas à te retrouver ici.

— Et je suis bien aise de l'être. Te voilà pourvu de fort belles lames, dit-il en indiquant ma main gauche du menton.

— C'est une gracieuseté du feu sacré.

Je lui narrai les mésaventures subies à Mondenard.

— À quelque chose malheur est bon ! Montre donc.

Je secouai la main d'un coup sec pour libérer les lames de nouveau.

— Hmmm, fit-il admiratif. Tu as pensé à ça tout seul ?

De peine et de misère, je dus retirer le gant étroit pour qu'il puisse examiner le mécanisme.

— Fort ingénieux, ma foi. À la première occasion, je m'en ferai fabriquer un pareil. Après tout, pas besoin d'être infirme pour l'utiliser.

— Et pour un disciple des Assassins de Terre sainte, j'imagine que ce serait pratique.

Il me dévisagea, perplexe. Montbard m'avait parlé en long et en large des techniques des Assassins, que plusieurs templiers avaient apprises.

— J'ai compris en voyant la cordelette dans ta botte, lui expliquai-je.

— Je vois. Maintenant, pardieu, aurais-tu l'obligeance de m'instruire des raisons pour lesquelles tu m'as empêché d'occire ce fils de truie ? Ugolin et Pernelle m'ont raconté ce qu'ils pouvaient, mais je suis anxieux de connaître toute l'histoire.

Sur l'entrefaite, Ugolin revint, les bras chargés d'un pain et d'un jambon.

— Te voilà, toi, dis-je avec amusement.

— Si je dois passer une vie entière prisonnier de la chair, il faut bien manger pour la garder en santé, commenta-t-il. Tu en veux ?

— Non, les hommes de Pierrepont sont fort bien nourris, dis-je, conscient des couleurs que je portais.

Tout en trottant lentement au rythme du convoi, je récapitulai pour Jaume les événements qui nous avaient menés jusqu'à Toulouse.

— Tonnerre de Dieu, rouspéta-t-il, je comprends que tu désirais retrouver la seconde part. Les circonstances parlent d'elles-mêmes. Mais pourquoi avoir inventé toute cette histoire et agi seul ?

Comment pouvais-je lui dire que l'Ordre des Neuf n'était, au mieux, qu'un instrument entre mes mains, vers la Vérité que je devais protéger ?

— Je suis *Magister* des Neuf, dis-je, c'était à moi seul de courir ce risque. Ainsi, la première part restait sous bonne garde et, si j'étais pris, nul ne pouvait trahir ce qu'il ne savait pas. Et puis, crois-moi, si la chance s'était présentée d'occire Montfort, nous l'aurions saisie sans hésiter.

— Considérant ce que je sais maintenant de Raynal, dit Jaume, tu as pris la bonne décision.

Il cracha par terre avec dépit et secoua la tête.

— Foutre de Dieu… Jamais je n'aurais cru qu'un tournecapot pouvait exister dans nos rangs. Raynal avait pourtant prêté le serment, comme nous tous.

— De toute évidence, sa vie valait davantage à ses yeux que sa parole… Et par ma bêtise, la pauvre Daufina a payé de la sienne…

— Si cela peut soulager ta conscience, j'aurais fait pareil. Les apparences étaient contre elle.

Ma conscience, rien ne pouvait l'alléger. Je lui rendis compte de l'état des choses. Le templier resta longtemps silencieux.

— Ainsi donc, la seconde part de la Vérité n'est pas un mythe, finit-il par reprendre, et elle se trouve à Gisors.

— Et, selon toute vraisemblance, Simon de Montfort le sait, lui aussi. Il semble avoir envoyé son fils la récupérer.

— Pourquoi ne pas y aller lui-même ? Après tout, c'est ce qu'Amaury et lui cherchent depuis le premier jour.

— Il en a plein les bras dans le Sud. Peut-être aussi veut-il éviter d'éveiller les soupçons en quittant les lieux sans explication.

— Tu crois que le jeune seigneur en sait plus que toi ?

— Une chose est sûre : il en sait autant.

— Alors il faudra lui coller aux fesses comme de la crotte après ses braies.

— J'en ai bien l'intention. Je serai l'ange gardien de la petite femmelette tant qu'il le faudra.

— Ne lui colle quand même pas le croupion de trop près, conseilla Ugolin. C'est qu'il y prendrait goût, le petit bougre.

Nous nous esclaffâmes, puis Jaume me regarda intensément sous son capuchon.

— Lorsque tout sera terminé, laisse-le-moi. Je n'ai jamais failli à une mission et ce n'est pas cette fois que je vais commencer.

— J'en ai besoin jusqu'à ce que j'y voie plus clair et que j'aie mis la main sur la seconde part. Mais ensuite, si les circonstances le permettent, je m'y engage, mon frère. À une condition.

— Laquelle ?

— Que tu ne sacrifies pas ta vie pour mettre fin à la sienne. L'Ordre des Neuf a besoin de toi.

— Si tu insistes… finit-il par dire, à contrecœur.

— Maintenant, je dois retourner auprès de mon petit minet. Je vous tiendrai au courant. D'ici là, tenez-vous tranquilles et soyez sur vos gardes. On ne sait jamais. Dès que j'en saurai assez, nous agirons.

Je les quittai et me hâtai vers Guy de Montfort. En agissant ainsi, je me dirigeai tout droit vers ce que mon passé comportait de pire.

CHAPITRE II

Pèlerinage

J'étais dans l'un de ces rêves que l'on est parfois conscient de faire. La pièce était éclairée par quelques lampes à huile posées sur la table. Leurs flammes émettaient une lumière blafarde et une fumée qui s'accumulait en volutes ondulantes près du plafond. Je me tenais dans un coin, à l'écart. Personne n'avait remarqué ma présence. Je n'étais pas partie prenante de la scène qui se déroulait devant moi.

Au centre de la pièce, des hommes et des femmes étaient attablés. Ils étaient tous plus ou moins du même âge. Leur gestuelle aisée, leurs rires, leurs discussions enjouées révélaient combien ils étaient familiers les uns avec les autres. Je reconnus, à la place d'honneur, Ieschoua. Il présidait l'assemblée.

Un des hommes qui l'accompagnaient m'aperçut soudain, se leva d'un trait et tira une épée, prêt à défendre son maître. Il se dirigea vers moi pour me frapper, mais son maître l'arrêta d'un simple geste.

— Du calme, Pierre, dit-il d'une voix sereine, mais lasse. Celui-là connaît la Vérité. Il aura sa place parmi les Justes s'il en a l'étoffe.

Le disciple, dont je savais qu'il renierait trois fois son maître lorsque viendrait le temps de le défendre et de lui épargner le martyre, se rassit sans cesser de me guetter d'un regard sombre et méfiant. Sur la table se trouvaient une miche de pain et une cruche de vin. Ieschoua remplit un à un les gobelets de ses disciples, puis rompit le pain et leur en remit chacun un morceau.

— Mangez et buvez, mes amis ! s'exclama-t-il avec l'enthousiasme et le charisme d'un chef de guerre. Bientôt, la Judée se soulèvera et

Rome, l'usurpatrice, en sera chassée ! Nous reprendrons les terres de nos pères et nous en ferons le royaume des Juifs ordonné par Dieu depuis Abraham et Moïse ! La Terre promise sera bientôt nôtre.

Tous applaudirent, puis se mirent à manger et à boire en célébrant la victoire prochaine. Seul l'un d'eux, un petit homme à la barbe rare et à l'air renfrogné, semblait ne pas partager l'enthousiasme des autres. Ieschoua le remarqua.

— Alors, Judas ? Tu es bien sombre. Tu ne te réjouis pas avec tes frères ? Que se passe-t-il donc ?

— Rien, maître, répliqua l'autre en s'empressant de vider son verre.

— Un peu plus et je croirais que tu t'apprêtes à nous trahir, s'esclaffa Pierre.

Les autres rirent de bon cœur, sans se douter que ce que venait de dire le disciple de Ieschoua était juste et que bientôt, tel que le révélait Pilatius Pontius dans la première part de la Vérité, Judas-Bar-Simon dit l'Ishkarioth, grassement soudoyé, trahirait son maître et l'enverrait tout droit au supplice.

La scène changea soudain. J'étais dehors. Le soleil se levait et sa lumière éclairait à contre-jour trois hommes suspendus à une croix en forme de T. Leurs poignets avaient été cloués à la traverse et leurs pieds au poteau. Je levai les yeux et aperçus Ieschoua, au centre. Maculé de son urine et de ses excréments, il souffrait et tout courage semblait l'avoir quitté. De temps à autre, il levait les yeux vers le ciel, comme pour y trouver un peu de réconfort, et sa bouche s'ouvrait en un cri silencieux. Il avait du mal à respirer et sa poitrine se levait et s'abaissait rapidement, comme celle d'un animal blessé. Sur sa croix, on avait apposé une planchette qui disait : « Iesus Nazarenus, Rex Iudæorum ». *On l'avait coiffé d'une couronne d'épines qui lui torturait la chair.*

Sous le coup de l'épuisement, son menton retomba sur sa poitrine. En quelques instants, la journée entière défila sous mes yeux. Par moments, Ieschoua hurlait de douleur. Puis il gémissait. Un centurion romain s'approcha et l'abreuva à l'aide d'une éponge piquée sur la pointe de sa lance. Le liquide fit grimacer le supplicié. Un soldat lui perça le côté avec sa lance et le sang jaillit de la plaie.

Tout autour, une foule nombreuse criait sa colère et les légionnaires avaient fort à faire pour la contenir et l'empêcher de libérer le supplicié. Un soldat s'apprêta à briser les jambes de Ieschoua, mais le centurion l'arrêta.

— Pas la peine, déclara-t-il, il est déjà mort.

Puis vint le soir. De gros nuages noirs roulaient dans le ciel et semblaient avoir avalé le soleil. Un orage se leva et un vent fort se mit à souffler. Sous la pluie battante, je vis deux hommes qui négociaient ferme avec un homme à l'air grave et suffisant, vêtu d'une riche toge brodée de fil d'or. Les palabres durèrent longtemps. Les hommes finirent par s'éloigner avec force remerciements obséquieux. Ils se rendirent auprès de Ieschoua et le descendirent de sa croix, pendant que les deux autres suppliciés agonisaient toujours. Il fut étendu à terre. Des gens s'approchèrent dans la pénombre. Je reconnus quelques-uns des hommes et des femmes qui avaient assisté au repas. Ils s'accroupirent près de la dépouille de leur maître, l'enveloppèrent à la hâte dans un linceul blanc et l'emportèrent.

Je me retrouvai dans un tombeau creusé à même le roc, qu'éclairaient des lampes posées dans de petites niches aménagées dans les parois. Sur ces parois rugueuses, je pouvais encore apercevoir les traces des ciseaux qui avaient taillé la pierre. De chaque côté, des cavités avaient été forées pour recevoir les dépouilles. Au centre, sur une plate-forme, Ieschoua était étendu sur le linceul. Son corps portait les traces du martyre qu'il avait subi sur la croix. Autour de la blessure sur son flanc, le sang, qui avait coulé le long de sa cuisse, s'était coagulé. Les marques sanguinolentes laissées sur sa tête par la couronne d'épines étaient bien visibles. Sur ses côtes, je pouvais voir les traces des coups de fouet qui avaient strié son dos.

Sous la direction d'un homme vêtu de blanc, qui se tenait derrière elles, deux femmes l'enduisirent d'onguent de la tête aux pieds. Puis elles le recouvrirent avec l'autre moitié du linceul. Ensuite, tous se retirèrent. Des grognements d'effort suivirent et une grosse pierre ronde fut roulée devant l'ouverture basse qui servait de porte. Ieschoua fut laissé dans le noir.

Trois jours et trois nuits s'écoulèrent avant que la pierre ne soit dégagée à nouveau. La lumière d'une lampe pénétra dans le tombeau. Les disciples y entrèrent, accompagnés du même homme en blanc, qui s'approcha et retira le linceul. Ieschoua ouvrit les yeux et sourit faiblement. Pendant que les autres se réjouissaient, Pierre passa la tête dans la porte du caveau et confirma aux autres que la voie était libre. À la hâte, ils renveloppèrent leur maître, s'assurant de couvrir son visage, et, à la faveur de la nuit, ils l'emportèrent comme des voleurs jaloux d'un précieux butin.

Le soleil m'aveugla. J'étais ailleurs une fois de plus. Une odeur d'épices et de poussière emplissait un air chaud et sec qui ne m'était pas familier. La rue était bordée de petites maisons de briques pâles au toit bas. Un peu partout, des commerçants offraient des marchandises : des poteries, des outils de métal, des tissus, des tapis, des accessoires de cuir et bien d'autres choses encore. Chacun criait pour attirer l'attention des nombreux passants. Partout régnait une réjouissante agitation. Devant moi se trouvait une boutique d'où montaient des chocs réguliers. Sans comprendre ce qui m'y poussait, j'entrai. Un vieil homme au dos courbé par les ans était penché sur une pièce de bois qu'il travaillait consciencieusement avec un maillet et un ciseau. Un charpentier. Malgré l'effet du temps, je le reconnus aussitôt. Ieschoua. Il était à la fin de sa vie. Autour de lui se tenaient plusieurs enfants. L'un d'eux l'appela grand-père et il lui ébouriffa affectueusement les cheveux. Une vieille femme entra et lui tendit un gobelet d'eau en lui souriant avec tendresse. Il l'accepta et se désaltéra. Il semblait heureux.

La scène changea encore. J'étais dans une pièce à l'air cru et humide. La seule lumière qui s'y trouvait était à l'autre extrémité, loin de moi. Me guidant sur elle, j'avançai, chacun de mes pas produisant un écho lugubre. J'avais presque franchi la distance lorsque Pierre surgit de nulle part et me barra le passage, le visage belliqueux. Derrière lui, au fond de la pièce, j'aperçus Ieschoua, tel que je l'avais vu la première fois. Il était nu, hormis le linceul dans lequel on l'avait enveloppé à sa descente de la croix, qui lui descendait maintenant sur l'épaule à la manière d'une toge, et qu'il portait enroulé autour de ses hanches.

— Laisse-le approcher, Pierre, dit-il en ouvrant les bras, car celui-là connaît la Vérité.

Puis il me tendit la main.

— Viens, LUCIFER. Nous t'attendons.

Obéissant, le disciple s'écarta et je franchis la distance qui me séparait de Ieschoua. J'allais saisir sa main lorsqu'il disparut. À sa place se tenait Métatron, les yeux enflammés par la colère divine.

— Crois-tu que tout sera aussi facile, damné ? tonna-t-il. T'imagines-tu qu'il te suffira de tendre la main pour qu'on te remette ce que tu cherches ? Que tu pourras échapper à la souffrance et éviter le jugement de Dieu ? Détrompe-toi ! Ton calvaire ne fait que commencer et tu n'as encore rien prouvé ! Va ! Car les ennemis de la Vérité n'attendent pas, eux !

Du bout de sa crosse d'or, il me repoussa violemment. Mon épaule gauche s'enflamma et je fus projeté dans les airs. J'atterris sur le dos et me frappai durement la tête contre le sol. Lorsque je me relevai, j'étais seul dans le noir, avec pour unique compagnie le son des gouttelettes d'humidité qui tombaient du plafond.

Je m'éveillai, haletant, et la première chose que je sentis fut de cruels élancements dans mon épaule. Dans la nuit oppressante, j'y portai la main et sentis la marque qu'y avait laissée Métatron. Elle était brûlante.

Nous chevauchions depuis l'aube. Le temps était ensoleillé mais frais, et Pierrepont imposait un rythme rapide qui plaisait fort à Sauvage. Les hommes à pied et le petit peuple qui fermait la colonne finiraient loin derrière et, à la fin de la journée, il leur faudrait plusieurs heures pour nous rejoindre. Comme d'habitude, aucune pause ne fut décrétée et chacun s'arrangea de son mieux pour manger, boire et voir à ses besoins corporels. À mes côtés, le jeune Montfort semblait plus calme. Il avait cessé de darder son regard dans tous les sens, rassuré par le fait qu'aucune nouvelle tentative d'attentat ne l'avait frappé depuis que Jaume avait disparu. De temps à autre, je somnolais, rattrapant ainsi un peu du sommeil perdu les nuits où je dormais sur une oreille afin d'être prêt à tout.

Nous suivions un chemin à travers bois et notre convoi devait s'étirer sur une lieue au moins et, en me retournant, je ne pouvais en apercevoir la fin sur la voie tortueuse. Une forêt ressemble à toutes les autres. Pourtant, celle-là me semblait étrangement familière. Je ne saurais dire si c'était l'odeur ou le tracé du chemin, mais je n'arrivais pas à chasser le sentiment que j'y étais déjà passé.

Toute la matinée, je me raisonnai en me disant que ma nervosité augmentait à mesure que j'approchais de Gisors et qu'elle me jouait des tours. J'étais presque arrivé à m'en convaincre quand je remarquai un arbre en bordure du chemin. Il était semblable à tous les autres, et pourtant je sentis monter le long de mon épine dorsale un frisson qui n'avait rien à voir avec le vent frais et sec. Je resserrai ma capeline autour de moi.

Pendant que je fixais l'arbre, incapable d'en arracher mon regard, les images du présent et du passé se superposèrent. Je vis un corps suspendu par les pieds à une de ses branches ; une dépouille décapitée, le ventre ouvert et les mamelles tranchées. Le cadavre de ma mère.

Un froid glacial me serra le cœur. Je le sentis se répandre dans mes veines, comme le venin d'un serpent, et m'engourdir le corps. Dans un état second, je quittai le convoi, sous le regard étonné de sire Guy, et me dirigeai vers l'arbre, espérant de toute mon âme être dans l'erreur, tout en sachant déjà que ce n'était pas le cas. Lorsque j'y fus, je descendis de cheval et j'avançai à travers les hautes herbes sur des jambes de plomb. Je n'eus pas à chercher longtemps. Sur la fosse que j'avais creusée avec ma dague et à mains nues, la végétation était restée clairsemée et une épaisse mousse encore verte couvrait le sol. Là, sous quelques coudées de terre, reposait Nycaise. La seule personne qui, hormis Pernelle, m'avait aimé pour ce que j'étais, sans me craindre.

J'aurais voulu me laisser tomber face contre terre et implorer le pardon de ma mère, mais je n'en avais pas le droit. N'était-ce pas moi qui, en tranchant la main d'Onfroi et en le marquant au front, avais appelé sur elle une vengeance pire encore de sa part ? Nycaise n'était-t-elle pas morte par ma faute ? Sa souffrance n'avait-elle pas été qu'un moyen de m'atteindre dans ce que j'avais de plus cher ?

Ma tête se mit à tourner et j'appuyai une main sur le tronc pour ne pas perdre pied. Contre toute attente, j'étais de retour à l'endroit précis où ma destinée avait été scellée. Ici, j'avais renié Dieu avec toute la ferveur, la passion et la haine dont j'étais capable. Mes paroles fatidiques résonnaient dans ma tête, aussi fraîches que si je les avais prononcées la veille. *Je te renie, Dieu ! Tu m'entends, fourbe ? S'il existe une divinité, Satan est celle-là car seul le Mal existe sur cette terre ! Sois maudit ! Et si la damnation est mon lot, qu'il en soit ainsi !* Je portai la main à ma gorge, suivant le parcours rugueux de ma cicatrice, trace indélébile de ma décapitation et de ma résurrection.

En vérité, personne ne m'avait ouvert les portes de l'enfer. Je l'avais fait moi-même, sans aucune aide. Sans doute avais-je été prédestiné au Mal, mais personne ne m'avait forcé à le faire. J'étais le seul responsable de mon sort. Je m'étais damné moi-même.

Je ravalai avec difficulté et me retournai pour apercevoir le jeune Montfort, qui s'était arrêté au bord du chemin et m'observait, l'air perplexe, pendant que les autres passaient derrière lui. Je ne pouvais rester là, évidemment. Je secouai ma torpeur et sortis des bois, remontai sur Sauvage et m'en fus le rejoindre. Je n'avais pas d'autre choix que d'affronter le passé que j'aurais souhaité ne jamais revoir.

Car, à moins que mes souvenirs ne me trahissent, nous nous trouvions à une journée à peine de Rossal.

Le soleil venait de se coucher et le jour traînait entre chien et loup. Le vent sifflait dans les branches nues et faisait claquer ma capeline. Une pluie dense me pinçait le visage. Je me trouvais dans un cimetière. Tout autour de moi, à perte de vue, le terrain était piqué de pierres tombales luisantes d'eau. J'étais incapable d'en lire les inscriptions, mais cela était inutile. Je savais déjà qu'elles portaient les noms des morts de Rossal. Mes morts. Ceux qui me suivaient sans relâche depuis que j'avais franchi la frontière vers la damnation. Ceux qui, du paradis, observaient sans doute avec satisfaction la vie à laquelle mes péchés m'avaient condamné.

Je me mis à marcher, mes pas s'engluant dans la boue épaisse et me conduisant vers une destination qu'ils semblaient déjà connaître. Lorsque je m'arrêtai, je ne fus pas surpris de constater que je me tenais sur la tombe d'Odon. Je restai là, tétanisé par le remords et la terreur. Mes larmes se mêlèrent à la pluie qui mouillait mon visage. Je me fis violence et tentai de partir, mais j'en fus incapable. Mes pieds étaient immobilisés. Je penchai la tête pour voir de quoi il retournait et j'aperçus deux mains qui émergeaient de la terre grasse et détrempée. Elles m'enserraient solidement les chevilles. La chair qui s'en détachait laissait paraître les os à l'extrémité des doigts. Je tentai de les arracher de la morbide emprise, mais n'arrivai à rien. J'étais prisonnier.

Les mains se mirent à me tirer vers le bas. J'avais beau me débattre de toutes mes forces, je m'enfonçais irrémédiablement. Mes genoux disparurent, puis mes hanches et ma poitrine. Je me retrouvai bientôt enfoui, ma tête seule émergeant du sol. Quand une nouvelle traction me fit m'enfoncer, ma bouche et mon nez s'emplirent de terre et j'étouffai. Un éclair illumina le cimetière avant que mes yeux ne disparaissent à leur tour. Là, dans le noir de la tombe, je vis une forme remonter vers moi. Un corps décharné qui semblait nager dans la terre meuble alors que j'étais immobilisé, à sa merci. Bientôt, le visage putréfié d'Odon me fit face, un sourire desséché sur les lèvres.

— Quia pulvis es, et in pulverem reverteris[1], *dit-il d'une voix railleuse. J'étais ce que tu es et tu seras ce que je suis. Tu paies déjà pour tes péchés, mais tu paieras encore plus.*

Je m'éveillai en nage en réprimant difficilement un cri de terreur. Je m'assis, haletant. Autour de moi, il faisait nuit. Je secouai la tête pour faire disparaître les images qui y étaient collées, sans beaucoup de succès. Le terrible visage au sourire d'outre-tombe, le ton de cruauté enjouée, tout me restait désespérément en tête. Je saisis l'outre qui gisait près de moi, la débouchai et avalai quelques grandes lampées de vin, respirant profondément pendant que la chaleur de l'alcool chassait le froid qui avait envahi mon âme autant que mon corps.

Lorsque je me sentis mieux, je jetai un coup d'œil à mes côtés pour m'assurer que le jeune Montfort était en sécurité. À ma surprise, je ne trouvai que sa couverture abandonnée. Aussitôt, l'inquiétude s'empara de moi. Je n'éprouvais guère d'amitié pour ce garçon, mais il m'était essentiel. Sans lui, je n'apprendrais jamais ce que savait son père. Et voilà qu'il avait disparu. Imaginant le pire, je me levai en tentant de me convaincre qu'il était simplement allé se soulager dans les bois et qu'il n'y avait pas lieu de m'alarmer, mais mon instinct me criait le contraire.

Je me mis à circuler lentement, enjambant et contournant les dormeurs tout en scrutant les alentours sombres. La lumière des feux me permettait d'y voir un peu, mais j'avançais presque à tâtons. Si Guy était allé pisser, c'était fatalement à l'orée des bois et c'est de ce côté que je me dirigeai. Je fis le tour du camp sans succès et j'allais retourner près du feu dans l'espoir que le jeune sire y était revenu pendant mon absence lorsque je crus entendre un gémissement étouffé. Je m'immobilisai et tendis l'oreille. Un rire gras me parvint. Alarmé, je tirai ma dague et m'engageai entre les arbres sur la pointe des pieds. Guidé par des froissements de branchages, j'avançai.

---

1. Tu es poussière et tu retourneras à la poussière. Genèse 3,19.

Dans le noir, j'aperçus deux silhouettes accroupies entre deux arbres. L'une, dans laquelle je reconnus Guy de Montfort, était allongée sur le ventre et se débattait piteusement. L'autre était agenouillée derrière et lui tenait fermement la nuque, lui enfonçant sans ménagement le visage dans l'humus. De l'autre main, il venait de se déculotter. Je compris aussitôt ce qu'il entendait faire et je ne doutais pas qu'une fois son méfait accompli et son plaisir pris, il ne donnerait pas à sa victime la chance de le dénoncer.

Je m'approchai sans bruit et pus bientôt déterminer que le soldat qui s'apprêtait à sodomiser sire Guy était un homme trapu et robuste. Je franchis les quelques pas qui me séparaient de lui. Juste avant qu'il enfouisse son membre dans les nobles fondements, je lui encerclai fermement le visage de mon bras gauche. Pendant qu'il se débattait, je lui enfonçai ma lame entre les fesses, la poussant aussi loin que je le pouvais et la faisant tourner pour bien lui labourer les entrailles tout en lui couvrant la bouche pour étouffer le cri guttural qui cherchait à s'en échapper. *Omnes enim qui acceperint gladium, gladio peribunt*[1], lui chuchotai-je à l'oreille pendant qu'il se débattait comme un diable. Je ne cessai mes efforts que lorsque je sentis un sang chaud me couvrir la main. Petit à petit, le sodomite cessa de gesticuler et, satisfait, je le déposai doucement sur la mousse humide qui couvrait le sol. Puis je rengainai ma dague et concentrai mon attention sur le jeune Montfort qui, le cul en l'air, n'avait pas bougé de sa fâcheuse position.

— Vous n'avez rien, sire ? m'enquis-je en posant ma senestre morte sur son épaule.

— Non, fit-il d'une voix tremblante. Il ne m'a pas…

— Néanmoins, il a goûté jusqu'à la mort les plaisirs qu'il affectionnait, coupai-je. Reculottez-vous et retournons au camp.

Le pauvre garçon se leva et obtempéra. Je lui offris mon soutien, mais il le refusa d'un geste sec du bras, drapé dans le

1. Tous ceux qui vivent par l'épée, mourront par l'épée.

peu de fierté qui lui restait encore. Côte à côte, nous retournâmes à notre couche. Une fois près du feu, il s'enveloppa dans sa couverture et se roula en boule. Ses reniflements me révélèrent qu'il pleurait. Pour ma part, je me réjouis à l'idée que, grâce à la lubricité d'un simple soldat, je venais de gagner encore un peu plus sa confiance.

Toute la journée, Guy de Montfort s'enferma dans un mutisme tenace. Il n'avait pas su défendre lui-même sa propre vertu, confirmant ainsi la mauvaise opinion que son géniteur avait de lui, et il ne devait l'intégrité de son arrière-train qu'à mon intervention providentielle. Une telle faiblesse ne pouvait qu'être avilissante et son air renfrogné confirmait mon impression. Son regard restait obstinément rivé sur le sol, devant sa monture, et ses lèvres formaient une moue persistante qui rappelait celle d'une femme boudeuse.

Pour ma part, le cauchemar qui m'avait tiré de mon sommeil n'avait été que distrait par les événements de la nuit. Il était maintenant revenu me coller à la peau comme une saleté tenace. J'avais beau tenter de chasser le goût de la terre dans ma bouche et son odeur dans mon nez, mes efforts restaient vains. L'image du visage d'Odon et de son affreux sourire me hantait.

Au fil des heures, de gros nuages noirs et lourds s'accumulèrent dans le ciel, et de lointains grondements de tonnerre annoncèrent un orage, rendant nos montures nerveuses. Même Sauvage, pourtant habitué à pire, était difficile à maîtriser et je devais tenir fermement ses rênes. Un vent froid faisait claquer nos vêtements et les traversait, nous frissonnions. Dans le convoi, les soldats forcés de remonter vers le Nord en plein décembre maugréaient en maudissant ouvertement leur sort, regrettant de ne pas être descendus combattre dans le Sud plus tôt pendant l'été, ce qui leur aurait permis de retourner chez eux dès août, à la fin de leur quarantaine, au lieu d'endurer le mauvais temps.

Les nuages finirent par crever et un violent orage mêlé de neige et de pluie s'abattit sur nous. Malgré cela, le paysage autour de nous m'était toujours familier. Après tout, je l'avais souvent vu l'hiver. Je savais que nous allions bientôt arriver là où s'était trouvé Rossal – avant qu'Onfroi et ses hommes ne le réduisent en cendres, et que je n'achève leur sinistre besogne. À l'approche du lieu de mes péchés, ma conscience, déjà chargée, me semblait tout à coup encore plus lourde.

Il restait plusieurs heures de clarté et, contre tout bon sens, j'espérais que Pierrepont décide de poursuivre son chemin jusqu'à la noirceur, comme nous l'avions souvent fait, et passe sans s'arrêter. J'abandonnai momentanément Montfort pour remonter le convoi jusqu'au croisé et lui posai la question.

— Regarde-moi ce temps, pesta-t-il, renfrogné, le vent faisant voler ses cheveux trempés dans tous les sens. On ne laisserait même pas un chien dehors. J'ai dépêché deux hommes pour essayer de nous trouver un refuge. N'importe quoi fera l'affaire. Et puis, les fesses tendres de ton petit oiseau sont sans doute mortifiées. Monter à cheval n'est pas le genre d'exercice qu'il aime leur donner. Il voudra sans doute les reposer.

Autour de lui, ses hommes ricanèrent. Je ne dis rien. Je savais fort bien qu'il existait, non loin de l'endroit où nous nous trouvions, des ruines dont quelques-unes pourraient peut-être encore nous servir d'abri.

— Tiens, les voilà justement, dit sire Alain en désignant deux cavaliers qui revenaient au galop dans le chemin boueux.

Ils s'arrêtèrent à la hauteur de leur seigneur, trempés jusqu'aux os et grelottants, le nez rougi par le froid et la barbe glacée autour de la bouche.

— Alors ? s'interrogea celui-ci.

— Il y a un village à moins d'une lieue d'ici, sire Alain, répondit l'un d'eux en soufflant sur ses mains pour les réchauffer.

Je sentis mon cœur s'écraser dans le fond de mon estomac. Je devrais affronter les ruines de Rossal et tous mes souvenirs. J'allais rouvrir toutes grandes les plaies de ma conscience. Les spectres de mon père, du père Prelou, d'Odon, des sœurs de Pernelle et de tous les autres se lamenteraient pour moi seul, me tourmenteraient jusqu'à me rendre fou. Et Pernelle ? Elle avait certainement reconnu le chemin, elle aussi. Comment vivrait-elle son retour sur les lieux où elle avait été si cruellement marquée ? Revivrait-elle les outrages infligés par son père, puis par Onfroi et ses hommes ? Le souvenir d'Odon, cet enfant conçu dans la violence que j'avais moi-même occis, la tourmenterait-il cruellement ?

— Une petite bourgade de rien nommée Rossal, poursuivit l'éclaireur. Mais avec un temps pareil, elle fera très bien l'affaire.

J'étais si bien enfoncé dans mon désespoir qu'il me fallut un moment pour relever la tête, interdit. Comment pouvait-il connaître le nom d'un village dont il ne restait rien ? Je fus encore plus surpris par ce qu'il ajouta.

— Les habitants ont l'air inoffensif, conclut-il. Je les ai observés pendant une bonne demi-heure et je n'ai aperçu personne qui portait une arme.

— Excellent ! Ils n'auront qu'à se tasser, dit Pierrepont en souriant.

Je ne comprenais plus rien. L'homme laissait entendre que Rossal était habité. C'était impossible. Il devait parler d'un autre village de mon ancienne seigneurie. Ébranlé, je retournai auprès du jeune Montfort.

À mon grand désespoir, il s'agissait bien de Rossal. Mais le village n'avait plus rien à voir avec les ruines fumantes que j'avais laissées derrière moi. Il était bien vivant. Lorsqu'il fut en vue, je vis, à travers l'épais rideau de neige et de pluie, une vingtaine de maisons toutes neuves qui encerclaient la place. Derrière la majorité d'entre elles se trouvait une grange. En tout, assez d'espace pour abriter une centaine de croisés, s'ils se serraient bien. Le reste du convoi, évidemment, devrait s'arranger.

Un peu à l'écart, le manoir de ma jeunesse était toujours debout. À sa fenêtre brûlait une lampe et la porte sur laquelle on avait crucifié Florent était close. Quelqu'un l'habitait à nouveau. En retrait dans la cour arrière, l'étable où Bertrand de Montbard avait fait de moi un homme et un monstre était en grande partie intacte. Un seul de ses murs avait souffert de l'incendie, et on l'avait réparé. Plus loin, l'église en bois que j'avais transformée en bûcher avait disparu. En lieu et place s'élevait une petite chapelle en pierre. Je jetai un regard derrière moi, espérant apercevoir Pernelle, mais le convoi s'étirait sur plus d'une lieue. Elle devrait encaisser seule le choc que la vue du village lui causerait.

Malgré le mauvais temps, quelques personnes se trouvaient sur la place. L'une d'elles nous aperçut. De loin, je la vis en pousser une autre et nous désigner de la main. Deux silhouettes se détachèrent aussitôt et s'empressèrent vers le manoir. J'en vis une frapper à la porte avec insistance. On ouvrit et une brève discussion s'ensuivit avec quelqu'un à l'intérieur. Puis les deux émissaires avancèrent dans l'entrée et on referma derrière eux.

Lorsque nous parvînmes sur la place, les habitants de ce que je ne parvenais pas à considérer comme Rossal s'immobilisèrent et nous dévisagèrent avec appréhension. Insensibles à leurs vêtements trempés, les cheveux collés à la tête par la pluie, les hommes et les femmes, tous jeunes, autour desquels s'agitaient quelques enfants, semblaient attendre quelque chose. La plupart toussaient à se cracher les poumons et je me sentis soudain nerveux. Je ne connaissais que trop bien les effets ravageurs que pouvait avoir la maladie sur un village.

La porte du manoir – mon manoir – s'ouvrit une fois de plus et les deux individus qui s'y étaient précipités en sortirent. Ils furent bientôt suivis par deux autres. À en juger par son pas leste, le premier était jeune. Il offrait son support à une silhouette courbée qui avançait avec peine en claudiquant, enveloppée dans une bure brune de toile grossière dont le capuchon masquait un visage que je n'avais nul besoin de voir pour savoir qu'il s'agissait d'un vieillard. Le plus jeune fut pris d'une quinte de toux qui le fit plier en deux et le força à s'arrêter un peu, puis, après que le plus vieux lui eut administré une solide claque sur la nuque, les deux se remirent en marche. Lorsqu'ils furent devant Alain de Pierrepont, ils s'arrêtèrent. Entre-temps, toute la population du village, une quarantaine de personnes tout au plus, était sortie pour observer les nouveaux venus. Elle se regroupa sur la place, derrière le vieillard qui était visiblement son meneur, et posa sur les soldats un regard d'inquiétude bien compréhensible.

— Soyez les bienvenus à Rossal, soldats de Dieu, dit le vieil homme d'une voix grinçante au ton obséquieux.

Cette voix, je l'aurais reconnue entre mille. Lorsque le vieillard rabattit son capuchon et nous dévisagea, mon sang se glaça dans mes veines. L'espace d'un instant, j'eus la certitude d'être retombé dans mon enfance. Certes, il n'était plus vêtu de peaux de bête et ses cheveux, maintenant blancs comme neige, étaient propres et sa barbe entretenue. Il était toujours maigre comme un roseau, cependant, et son dos qui arborait une grosse bosse s'était voûté. Puis je vis le crucifix de bois. Le même que voilà tant d'années, enfilé sur un cordon de chanvre. Il pendait toujours sur la poitrine d'où avaient tonné les mots qui, jadis, avaient prophétisé ma destinée. Au-delà de tout cela, ce furent les yeux qu'il posait sur nous qui me frappèrent. Ils étaient toujours noirs comme la nuit, au point que la pupille semblait se fondre à l'iris. Incroyablement, deux décennies plus tard, il était toujours vivant. Il devait avoir dans les quatre-vingts ans, peut-être plus, mais Dieu l'avait laissé terroriser autrui. Saisi par une peur viscérale qui surgissait soudain de ma plus tendre enfance, je remontai encore un peu plus mon capuchon, de crainte d'être reconnu.

Puis je remarquai celui qui l'accompagnait. Il était maintenant un jeune homme et portait une barbe encore clairsemée. Il avait toujours les cheveux noirs comme de la suie et ses grands yeux émerveillés étaient les mêmes. Je dus ravaler le sanglot qui me remontait dans le gosier. La voie de la Vérité exigeait de moi que j'affronte les spectres de mon passé et je n'étais pas certain d'en avoir la force.

Car devant Alain de Pierrepont se tenaient deux revenants : Gerbaut de Gant et Odon, le fils de Pernelle.

CHAPITRE 12

Retrouvailles

Dans un état second, j'assistai à la discussion qui suivit.

— Nous souhaitons nous abriter ici pour la nuit, déclara Pierrepont d'un ton qui interdisait toute réplique.

Tel un vautour, Gerbaut étira son long cou émacié pour regarder la procession que nous formions, et qui s'étendait jusque dans les bois.

— Vous êtes bien trop nombreux, rétorqua-t-il. Rossal est petit.

— Rossal fera l'affaire, riposta sèchement sire Alain. Seuls les soldats et les prêtres y dormiront. Les marchands, les putains et le reste s'arrangeront comme ils le pourront dans les bois.

— Cela fait encore une bonne centaine. Nous ne pouvons vraiment pas…

J'observai le prophète de malheur. L'homme furieux et péremptoire que j'avais connu semblait avoir été adouci par son grand âge. S'il ne souhaitait manifestement pas voir les croisés s'arrêter dans le village qui était maintenant le sien, il hésitait à le dire. Autour de lui, les habitants se jetaient des regards inquiets.

— Il ne s'agit pas d'une requête, coupa Pierrepont. Tu devras faire avec, vieil homme. Nous repartirons dès l'aube. J'installerai mes hommes dans les étables. Vois à ce qu'il y ait du foin frais et sec, et fais-nous porter des victuailles.

— Nous sommes pauvres, sire…

— Et vous le serez encore plus si tu tergiverses, vieille carne ! Si tu préfères, nous pouvons nous installer dans les maisons.

— Fort bien, minauda Gerbaut en s'inclinant ridiculement malgré son dos difforme. Considérez-vous comme chez vous.

Pierrepont se tourna vers un de ses officiers.

— Vois à ce que tout le monde s'installe. Et fais passer le mot au reste du convoi. Qu'on dresse le camp hors du village.

— Bien, sire.

L'homme sortit aussitôt du rang et se mit à beugler des ordres pendant que son supérieur descendait de cheval. Je me tournai vers le jeune Montfort, qui était à mes côtés. De la tête, je désignai ce qu'il restait de l'étable de mon père.

— Allez avec eux et gardez-moi une place dans cette étable, sire. J'ai une affaire à régler de mon côté. Je ne serai pas long.

— Tu vas me laisser seul ? Après ce qui s'est produit la nuit dernière ? fit-il, son visage blanchissant de quelques tons. Tu n'y penses pas ! Tu dois assurer ma protection ! Le sieur de Pierrepont te l'a ordonné ! Tes affaires attendront !

— Ne craignez rien. Je reviendrai dans l'heure, je vous le promets. D'ici là, assurez-vous de rester bien en vue et tout ira bien.

Laissant le jeune Guy pantois, je me dirigeai vers Pierrepont.

— Sire Alain, dis-je, en espérant encore, contre toute attente, lui faire changer ses plans, les gens de ce village sont malades. Ils crachent le sang.

— Et alors ? rétorqua-t-il. Avec ce temps, les nôtres ne sont guère en meilleur état.

— Mais…

— Écoute, tu peux bien continuer en pleine nuit dans la tempête et emmener ton petit chéri avec toi, si tu veux. Au matin, on vous retrouvera gelés, dans les bras l'un de l'autre. Je m'en fiche.

Il s'éloigna sans rien ajouter. Je fis faire un demi-tour rageur à Sauvage et remontai le convoi à rebours dans la pluie froide. J'étais anxieux de faire part à mes compagnons des développements inattendus qui venaient de se produire. Par-dessus tout, j'avais une chance inespérée de soulager mon âme d'un des trop nombreux fardeaux qu'elle portait depuis trois ans. Odon était vivant. Cela ne m'exemptait pas des actes que j'avais commis, mais versait sur les plaies de mon âme un baume que j'appréciais à sa juste valeur.

Je galopai à tombeau ouvert vers la fin de la caravane, où je trouvai les marchands, qui s'abritaient de la neige de plus en plus abondante sous les bâches de leurs charrettes, et tous les autres, misérablement installés sous les arbres, l'humidité et le vent les privant de feu. Je ralentis le pas et avançai en fouillant la foule du regard. Le soir qui commençait à tomber rendait mes recherches difficiles et ce fut finalement Ugolin qui me vit.

— Psssst ! Gondemar, chuchota-t-il sur ma droite.

Je me tournai et l'aperçus, près d'un arbre, qui me faisait signe de la main. Je descendis de cheval, tirai ma monture pour l'attacher à une branche en bordure du chemin, puis m'en fus rejoindre le Minervois.

— Je me nomme Gontier. L'as-tu oublié ? lui reprochai-je.

— Je suis heureux de te voir, moi aussi, dit-il en me donnant une claque dans le dos. Viens te mettre au sec.

Il m'entraîna avec lui et je constatai une fois encore combien il était plein de ressources. Il avait coupé de longues branches bien touffues qu'il avait appuyées contre un tronc pour en faire un abri sous lequel il serait possible de rester au chaud. Il y avait même aménagé une ouverture qui laissait s'échapper la fumée d'un feu. En dessous, Pernelle et Jaume, toujours vêtu en moine, étaient bien au sec. Dès qu'ils me virent, ils sourirent et se serrèrent pour me faire une place. Je retirai ma capeline trempée et m'assis entre Jaume et Ugolin, Pernelle fermant le cercle devant moi. J'étendis les mains devant le feu pour en chasser le froid qui les engourdissait.

— Bois, ça te réchauffera, dit Jaume en me tendant une outre de vin que j'acceptai avec plaisir.

Le liquide riche et onctueux était délicieux et j'en avalai quelques grandes goulées. Puis je portai mon regard sur Pernelle. Même dans la pénombre, je constatai sans difficulté combien elle était pâle.

— Nous sommes à Rossal, dit-elle à brûle-pourpoint, d'une toute petite voix.

— Je sais. Le hasard est parfois cruel… commençai-je, faute de mieux. J'aurais donné cher pour que tu n'aies jamais à revenir en ces lieux.

J'allais expliquer la signification de ce village pour Pernelle et moi lorsque le templier leva la main pour m'arrêter.

— Dame Pernelle nous a déjà dit qu'il s'agissait de votre village natal, dit-il en rivant ses yeux noirs dans les miens. Celui dont tu fus seigneur. Elle nous a aussi raconté tout ce qu'elle a vécu ici, dit-il d'un ton sépulcral. Et ce qu'elle y a perdu.

— Je vois. Mais… Il y a à la fois mieux et pire.

Si c'était possible, le visage de mon amie pâlit encore et je l'entendis déglutir bruyamment. Elle attendit sans poser de question.

— Tu te souviens de Gerbaut de Gant ?

— Le prédicateur fou qui est venu nous terroriser lorsque nous étions encore enfants ? Comment l'oublier ?

— C'est bien celui-là.

— Et alors ?

— Il est ici.

— Quoi ? Allons donc, tu dois avoir la berlue. S'il était vivant, il serait aussi vieux que les pierres du chemin.

— Pourtant, il l'est bel et bien. Les cheveux blancs comme neige et le dos courbé tel un arbre malade. Il semble diriger une communauté établie sur les ruines de Rossal. Tous le traitent avec grande déférence.

— Gerbaut joue au messie, maintenant ? Grands dieux ! Alors c'est que ses disciples sont aussi fous que lui !

Ugolin et Jaume nous observaient, perplexes, et ce fut Pernelle qui leur raconta les frasques passées du prédicateur, alors qu'il avait exposé au grand jour, comme par magie, les vices des habitants de Rossal et qu'il nous avait promis la damnation. En entendant son récit, je pensais à ma mère, qui m'avait serré contre elle pour me protéger pendant qu'il vomissait ses imprécations. Je pouvais encore entendre sa voix grinçante et exaltée. *Que Dieu ait pitié de ce village car cet enfant y apportera la mort,* avait-il déclaré. *Il sera damné… Maudit pour l'éternité.* Puis il s'était adressé directement à moi, brandissant son index et faisant naître dans mon ventre une peur terrible. *La justice divine te fera subir mille fois les souffrances que tu causeras, suppôt de Satan! Tu iras en enfer et Dieu te punira en t'en libérant! Tu erreras parmi les hommes sans trouver le salut! Tu aideras à répandre des faussetés impies qui confondront les honnêtes croyants! Tu ébranleras la Révélation! Tu es maudit! Hérétique! Damné! Une âme perdue! Tu entends?* Puis il avait averti le village entier. *Les jours vous sont comptés, habitants de Rossal! Le loup est déjà entré dans la bergerie! Soyez sur vos gardes!* Je songeai qu'en ce qui me concernait, en tout cas, l'oiseau de malheur avait eu raison sur tous les points. Ce village, je l'avais assassiné de mes propres mains.

— Brrrr… Ces maudits bateleurs m'ont toujours fait une peur de tous les diables, dit Ugolin lorsque Pernelle eut terminé son récit.

— Imagine seulement l'effet qu'il pouvait avoir sur des enfants sans défense, dit mon amie. Heureusement, nous repartons demain dès l'aube. Je ne serai pas fâchée de le laisser derrière, celui-là.

— Alors tu devras endurer quelques frissons de plus sur l'échine, car je crois bien que nous sommes pris ici pour plusieurs jours, fit Jaume en désignant l'extérieur. La neige tombe de plus en plus et n'est pas près de s'arrêter.

J'avalai une nouvelle gorgée de vin avant de poursuivre.

— Il y a autre chose …

— Quoi donc? demanda Pernelle, l'anxiété lui serrant la voix.

— Il s'agit d'Odon…

Elle me regarda intensément et son regard se durcit.

— Depuis que nous sommes revenus ici, je me fais violence pour ne pas y penser. Sans grand succès, je dois l'admettre. Je t'en prie, n'en parle pas.

— Je le dois, Pernelle.

— Gondemar… gémit-elle piteusement en pressant ses mains sur ses oreilles. Par pitié.

Je m'agenouillai devant elle et pris ses mains pour les serrer dans les miennes. Puis je rivai mes yeux dans les siens.

— Pernelle, ma tendre amie, murmurai-je, un trémolo dans la voix. Je suis porteur d'une merveilleuse nouvelle. Odon est ici.

— Je le sais ! cracha-t-elle. Ses cendres sont mêlées à celles de l'église. Pourquoi me rappelles-tu cela ?

— Tu ne comprends pas. Il est ici… vivant.

Ses yeux s'écarquillèrent et sa bouche s'entrouvrit.

— Q… Quoi ? balbutia-t-elle, incrédule. Que dis-tu ?

— Je ne sais comment, mais il a survécu, ajoutai-je avec toute la douceur dont j'étais capable sans lâcher ses mains. Il n'était sans doute pas dans l'église quand elle s'est enflammée. Si je l'avais su, à Minerve, jamais je ne t'aurais causé toute cette douleur. Mais il est là. Je l'ai vu de mes yeux, voilà moins d'une heure. Il est presque un homme.

— Tu te joues de moi, fit-elle, les yeux pleins de larmes.

— Je te le jure sur notre amitié, Pernelle.

— Il doit s'agir de quelqu'un qui lui ressemble.

— Non, c'est lui. j'en suis sûr. N'oublie pas que j'ai passé beaucoup de temps en sa compagnie, jadis. Il n'a pas tant changé.

Elle me dévisagea en fronçant les sourcils, cherchant à déterminer si elle pouvait se permettre de croire à l'impossible. Puis ses lèvres se mirent à trembler et elle retira ses mains des miennes pour les porter à sa bouche.

— Mon petit… sanglota-t-elle. Mon tout petit… mon bébé… Odon… vivant…

Elle s'effondra sur le côté, évanouie.

Pernelle resta inconsciente si longtemps que Jaume, Ugolin et moi finîmes par nous inquiéter. Sa tête sur mes genoux, je lui tapotais délicatement la joue, sans le moindre effet. En désespoir de cause, le Minervois tendit la main hors de l'abri et y ramassa quelques poignées de neige qu'il appliqua sur son visage et dans son cou. Cela eut l'effet escompté et elle s'éveilla en sursaut.

L'esprit confus, il lui fallut quelques minutes pour retrouver ses repères. Puis elle me saisit par les manches de ma chemise.

— Odon… Si ce que tu dis est vrai, je dois le voir, dit-elle, éperdue.

Je l'aidai à se rasseoir et Jaume lui tendit le vin, qu'elle refusa d'un geste impatient. Le templier insista.

— Au diable vos vœux, dame Pernelle. Vous avec eu un choc et vous en avez grand besoin. Dieu comprendra.

Elle hésita puis saisit l'outre d'une main tremblante et s'y abreuva à grandes goulées, si bien que je dus modérer ses ardeurs.

— Doucement, dis-je, tu n'as pas l'habitude.

— Je veux le voir, redit-elle avec encore plus de passion.

Mal à l'aise, Ugolin, Jaume et moi nous consultâmes du regard. Le templier me fit un signe de la tête puis sortit. Je le rejoignis, laissant le Minervois veiller sur Pernelle.

— Je sais ce que tu vas me dire, déclarai-je lorsque nous fûmes dehors, où la tempête faisait rage.

— Et pourtant, je dois le dire. Approcher ce garçon nous ferait courir à tous un risque inutile, dit Jaume. Il t'a fréquenté de près et, même chauve et barbu il pourrait te reconnaître.

— Il était encore tout jeune. Il a dû oublier tout cela depuis longtemps.

— Le vieux fou pourrait en faire autant.

— La seule fois qu'il m'a vu, j'étais encore enfant, contrai-je.

— Il semblait avoir un don particulier pour lire dans les gens. S'il pouvait dire qui forniquait avec qui et qui était un filou juste en les regardant, pourquoi ne pourrait-il en faire autant en te croisant après toutes ces années ?

— Tu as sans doute raison, mais…

— Le garçon a grandi sans sa mère, insista-t-il. À quoi lui servirait de la retrouver maintenant ? Ne vaut-il pas mieux pour lui de rester dans l'ignorance ?

— Tu ne comprends rien au cœur d'une mère, Jaume.

— Peut-être, mais je sais évaluer les risques. Et cette situation en présente trop pour me plaire.

— Je prends bonne note de tes objections. Rentrons, soupirai-je.

Nous nous rassîmes dans l'abri et je plongeai mes yeux dans ceux, mouillés, de mon amie. Je savais pertinemment qu'elle avait décidé que ces retrouvailles auraient lieu, quoi qu'il advienne, et que ni Dieu ni diable ne l'empêcheraient de revoir son fils. Mon interdiction aurait autant d'effet que de l'eau sur le dos d'un canard. Et puis, de quel droit pouvais-je l'en priver ?

— Pernelle, dis-je avec douceur. Il vaudrait mieux que tu ne voies Odon que de loin. Il pourrait me reconnaître. Jaume est du même avis que moi.

— Tu n'y penses pas ! se lamenta-t-elle. Je veux le toucher, le sentir. C'est mon enfant, Gondemar. La chair de ma chair. Comment pourrais-je me contenter de l'observer à distance après toutes ces années, alors que je le croyais mort ?

— Pernelle… plaidai-je, incapable de supporter son désespoir.

— S'il le faut, je tairai qui je suis, insista mon amie, pour influencer ma décision.

Je hochai la tête, vaincu, et maudis la conscience dont Métatron m'avait affligé.

— Très bien, acceptai-je en me levant pour sortir de l'abri de fortune. Laisse-moi voir ce que je peux faire. Je trouverai un moyen, je te le promets.

Pernelle me saisit les mains et les embrassa avec ferveur, ses larmes tombant sur ma peau.

— Merci, Gondemar, merci.

— Cesse, dis-je en les retirant, mal à l'aise.

Troublé, je sortis. Dehors, la neige s'épaississait et le vent la faisait tourbillonner, de sorte qu'on voyait à peine devant soi. Jaume avait raison : la tempête s'était levée et en aucun cas nous ne pourrions repartir au matin. Nous étions à Rossal pour une journée au moins. Amplement de temps pour que la situation tourne au vinaigre.

En chemin, je réfléchis à la façon de tenir ma promesse à Pernelle.

Je retournai à l'étable pour y rejoindre le jeune Montfort. Une fois sur place, j'attachai Sauvage près de la porte, sortis ma couverture de mes bagages puis jetai un coup d'œil nostalgique sur le bâtiment. Hormis le mur neuf, il n'avait pas changé. J'ouvris la porte et entrai dans mon passé.

Tous ceux qui s'y trouvaient dormaient à poing fermés et, en d'autres circonstances, le concert de ronflements produit par la vingtaine d'hommes m'aurait fait sourire. L'intérieur était éclairé par quelques lampes à huile, laissées allumées par mesure de sécurité. Je refermai derrière moi. Des barils semblables à ceux sur lesquels je m'étais esquinté l'échine à tant de reprises sous la férule rigide de Bertrand de Montbard étaient empilés dans un coin. Nos masses d'armes et nos arbalètes étaient encore accrochées au mur, là où il les avait laissées. Elles étaient rouillées faute d'entretien et j'en eus un pincement au cœur.

J'enjambai quelques dormeurs et m'approchai pour les caresser du bout des doigts, comme pour m'assurer qu'elles étaient réelles. Au fond se trouvaient les stalles où les chevaux étaient jadis abrités. Je humai l'air et, malgré la puanteur des hommes mal lavés qui étaient allongés un peu partout dans le foin, l'odeur de paille était la même. Tout me rappelait mon maître. Toute sa vie n'avait été que sacrifice. D'abord pour la Vérité, puis pour moi, et ultimement pour Pernelle. J'eus fort à faire pour refouler la boule qui me remontait dans la gorge.

Je trouvai sire Guy assis dans la stalle la plus éloignée de l'entrée. Il était adossé au mur du fond, enroulé dans sa couverture et dodelinait de la tête. Visiblement, il n'avait pas osé s'endormir, mais son corps avait fini par céder. Je lui jetai un coup d'œil. J'avais encore peine à croire que le succès de ma quête pouvait passer par ce jeune mignon. Il semblait si inoffensif. Mais je ne devais pas oublier qu'il était le fils d'un homme dont les mains étaient tachées de sang jusqu'aux coudes. L'exécuteur des basses œuvres du pape. La fourberie du fils ne pouvait qu'être l'égale de celle du père. Qu'il le sache ou non, il se rendait à Gisors avec la mission d'en ramener la seconde part de la Vérité, tout comme moi. L'un de nous deux ne survivrait pas au voyage, et j'entendais bien ne pas être celui-là. Je devais seulement continuer à jouer au protecteur afin de garder sa confiance intacte. Le moment venu, j'en tirerais profit. Ensuite, je laisserais Jaume l'envoyer retrouver ses ancêtres.

Sentant ma présence, Guy ouvrit les yeux et sursauta. Puis il me reconnut et se détendit.

— C'est toi, Gontier. Tu m'as fait peur.

— Pardonnez-moi, sire. Je ne voulais pas vous réveiller.

Sous la couverture, je vis qu'il rengainait une dague.

— Tu en as mis du temps, me reprocha-t-il.

— Je vous avais dit que je reviendrais dans l'heure et c'est ce que j'ai fait.

Dehors, le vent soufflait et il s'infiltrait entre les planches de la paroi.

— Qu'allais-tu faire ainsi ?

— J'allais aux renseignements, sire. Je voulais m'assurer que personne n'avait revu celui qui a tenté de vous occire.

— Et ?

— Vous pouvez dormir tranquille.

Je vis son corps se détendre.

— Tu crois que nous pourrons repartir demain ? s'enquit-il.

— J'en doute. Il neige à plein ciel. La route serait bien trop dangereuse pour nos chevaux.

— Je n'aime guère cet endroit. Le vieillard me donne froid dans le dos.

— Moi aussi, croyez-moi, maugréai-je, mais nous devrons faire avec.

Malgré les souvenirs qui m'assaillaient de toutes parts dans Rossal, malgré la présence toute proche de Gerbaut de Gant, ce délai me convenait. Il me permettrait de rendre Pernelle heureuse, et elle le méritait plus que quiconque. Sans rien ajouter, je m'enroulai dans ma propre couverture. Il fit de même et, bientôt, sa respiration régulière m'indiqua qu'il dormait.

Je m'éveillai avant l'aube et dus contenir mon envie de sortir jusqu'à ce que le jour se lève. Je nourris Sauvage, qui était attaché près de la porte. Il piaffa gaiement pendant que je lui caressais les flancs en songeant que je ne l'avais pas étrillé depuis longtemps. Quand j'eus terminé, je revêtis ma capeline, remontai mon capuchon et sortis. La tempête faisait toujours rage, aussi féroce que la veille. Le nouveau Rossal était couvert d'une épaisse couche de neige, comme l'ancien l'avait été souvent dans ma jeunesse.

Je m'adossai au bâtiment, près de la grande double porte, et laissai le vent froid m'éclaircir les idées tout en guettant Odon. De si bonne heure, le village était tranquille. Puis, un à un, les habitants émergèrent des maisons et se dirigèrent vers la place. Dans leurs robes austères, ils me rappelaient des moines et je me dis qu'un village dirigé par Gerbaut de Gant ne pouvait manquer de ressembler à un monastère à la règle sévère. Comme la veille, ils toussaient à s'en faire éclater les boyaux. Une fois arrivés, ils se mirent docilement en rang et s'agenouillèrent. Sous mes yeux étonnés, ils retirèrent leurs manteaux et se dénudèrent jusqu'à la taille, indifférents au vent glacial et à la neige. La tête penchée vers l'avant, dans une attitude d'entière soumission, chacun tenait dans sa main un martinet.

Je vis Gerbaut sortir du manoir et, soutenu par Odon, qui semblait être son assistant attitré, se rendre jusqu'au groupe pour se placer devant. Le fils de Pernelle alla docilement prendre place au bout d'une rangée et s'agenouilla comme les autres. Vêtu de la simple bure dans laquelle je l'avais vu la veille, que le vent faisait claquer sur sa frêle carcasse, le prédicateur se planta les pieds dans la neige et les toisa d'un regard de feu. Puis il prit une grande inspiration et se mit à tonner avec la même ferveur que je lui avais connue jadis. Malgré son âge, il n'avait rien perdu de son fanatisme et sa voix, encore puissante, avait les mêmes intonations de fin du monde.

Enveloppé dans ma capeline, je frissonnai autant de malaise que de froid, fasciné par la scène qui me rappelait celle de mon enfance, qui avait contribué à définir mon existence. De loin, je ne pouvais saisir ce que disait Gerbaut, mais son ton était chargé de reproches. Je le connaissais assez bien pour savoir qu'il menaçait ses ouailles d'une damnation éternelle. Petit à petit, excités par ses exhortations, ses fidèles se mirent à se fouetter le dos de coups bien sentis qui finirent par tirer le sang à quelques-uns.

Gerbaut se mit à circuler dans les rangs. Pareil à un général inspectant ses troupes, il s'arrêtait devant chacun des villageois qui, l'air plus piteux les uns que les autres, confessaient avec ferveur leurs péchés avant de se flageller de plus belle.

— *Deo gratias*[1] ! s'écriait chaque pénitent à chaque coup qu'il s'administrait.

Lorsqu'ils avaient terminé, ils baisaient les pieds de Gerbaut qui, en réponse, posait la main sur leur tête pour les bénir.

Pendant que j'observais la scène, stupéfait, la porte de l'étable s'ouvrit sur ma droite et les deux moines qui accompagnaient les troupes de Pierrepont en sortirent : un petit maigrelet nommé

1. Rendons grâce à Dieu

Brun, chauve, aux grandes oreilles décollées et aux lèvres perpétuellement pincées par la désapprobation, et un gros court appelé Guillot, qui était aussi large que long et dont le ventre rebondi trahissait le fait que le péché de gourmandise n'était pour lui que théorie. Je les saluai de la tête sans engager la conversation.

— Ce bougre se prend pour un prophète ! s'exclama le petit, outré. Regarde comme il se fait lécher les savates ! Je te le dis, Guillot, Satan se vautre dans ce village !

— Quelle ignominie ! s'indigna le gros.

Sur l'entrefaite, Gerbaut parvint devant Odon. Le pauvre garçon avait le teint cireux et, les yeux mi-clos, chancelait sur ses genoux. L'effort qu'il faisait pour contrôler sa toux était visible et se traduisait par des hoquets constants qui lui faisaient sauter les épaules. De toute évidence, son état avait empiré depuis la veille. De peine et de misère, il se confessa à son tour. J'ignore ce qu'il put dire, mais la réaction de Gerbaut fut aussi brutale qu'instantanée. D'un geste d'une vivacité étonnante pour un homme de son âge, le vieillard lui arracha le martinet et se mit à fouetter cruellement son dos nu, ponctuant chaque coup d'un grognement profond auquel répondait un gémissement contenu.

La dernière chose que je devais faire était de me faire remarquer et de courir le risque que le vieux fou me reconnaisse, mais sur le pommeau de mon épée ma main tremblait de colère et je brûlais d'envie d'intervenir pour sauver, avec des années de retard, le garçon que j'avais moi-même tourmenté. Lorsqu'il fut satisfait, Gerbaut laissa tomber le fouet dans la neige, où Odon le rejoignit aussitôt, haletant et le dos ensanglanté. Un violent coup de pied dans les côtes le força à se remettre à genoux.

L'ignoble séance de confession dura une bonne vingtaine de minutes, ponctuées par des toux creuses, des claquements de martinets, des gémissements de souffrance et des suppliques remplies de remords sincères. Puis les villageois se relevèrent et se rhabillèrent à l'unisson. La scène à laquelle je venais d'assister se reproduisait sans doute chaque matin. Une sorte de rituel obscène qu'exigeait leur prophète dément, et qui était en parfait accord avec ce que j'avais entrevu de sa personnalité. Je songeai que, décidément, Rossal était maudit entre tous les villages. Un fou de Dieu y avait simplement remplacé un damné pour y faire régner la terreur et la cruauté.

Odon suivit docilement son tortionnaire en le soutenant par le bras, comme s'il était la chose la plus précieuse qui fût malgré la raclée qu'il venait de lui infliger. En chemin, le garçon fut frappé d'une nouvelle quinte et dut s'arrêter. Plié en deux, il toussa jusqu'à en vomir. Quelques imprécations et trois gifles sèches de Gerbaut le firent se relever. Je les regardai s'éloigner vers le manoir et y entrer.

— Par les Saintes Écritures, cela ne se passera pas comme ça! grommela le gros moine, le visage cramoisi de colère, en rentrant dans la grange, suivi de son collègue.

Ils firent claquer la porte derrière eux. Lorsqu'ils furent à l'intérieur, je me rendis à l'endroit où Odon s'était arrêté et examinai la neige. Elle était éclaboussée de sang vermeil et de glaires verdâtres. Le stratagème que j'avais en tête devenait plus nécessaire encore.

Quand il ressortit du manoir, seul, j'allai à sa rencontre. Malgré mon crâne encore presque nu et ma barbe abondante, je remontai mon capuchon pour masquer le plus possible mon visage. Il marchait la tête basse en toussant de temps à autre, titubant tous les trois ou quatre pas, et il ne me remarqua pas avant que je lui saisisse le bras. Même dans son état de faiblesse, il sursauta.

— Ne crains rien, dis-je d'un ton calme. Je ne te veux pas de mal.

Odon regarda anxieusement de tous les côtés, pour s'assurer qu'on ne le voyait pas discuter avec un croisé ou parce que je lui faisais peur, je ne saurais dire.

— Tu tousses comme un pestiféré, mon garçon, poursuivis-je. Tu as besoin de soins. Viens avec moi. Je connais quelqu'un qui peut t'aider.

Il me fixa et, de sous mon capuchon, j'observai ses yeux. Ils avaient encore quelque chose de ceux du petit garçon rêveur et enjoué que j'avais connu et que j'avais si bêtement jalousé, mais la soumission et la maladie les avaient éteints. Je détournai un peu la tête, de peur qu'il ne reconnaisse les miens.

— Je… je me sens bien, je vous l'assure, sire, protesta-t-il d'une voix cassée et enrouée avant de se mettre à toussoter.

— Ne dis pas de bêtises, tu craches le sang et tu râles plus que tu ne respires, insistai-je. Un vrai soufflet de forge. Encore quelques jours et tu ne pourras plus te tenir debout.

— Dieu me guérira ! protesta-t-il.

— Mon cul ! Dieu te laissera crever !

— Je dois retourner auprès de l'Envoyé, dit-il d'un ton suppliant.

— Qui ?

— L'Envoyé.

— C'est comme ça que Gerbaut se fait appeler, maintenant ? demandai-je, contenant mal mon courroux.

Odon me toisa comme si j'avais proféré le pire des blasphèmes.

— Il porte la parole de Dieu, sire ! protesta-t-il avec ferveur. Il est le dernier des prophètes ! Le successeur d'Isaïe, de Jérémie, de Daniel, d'Ézéchiel et du Baptiste ! Il a été envoyé par Dieu et après lui viendra l'Apocalypse. Les hommes seront jugés et il nous ouvre la voie du salut éternel !

— Grand bien t'en fasse. Mais si tu veux l'entendre encore longtemps, ton prophète, il vaudrait mieux ne pas mourir. Viens, te dis-je. Qu'as-tu à perdre ? M'est avis que si quelqu'un pouvait faire quelque chose dans ce village, toute la population ne serait pas en train de vomir ses poumons. Non ?

Odon se mordilla les lèvres, indécis, mais il était trop faible pour s'opposer à moi. Il scruta les alentours pour s'assurer que personne ne l'observait, puis hocha timidement la tête.

Nous nous mîmes en marche et, à quelques reprises, je dus le soutenir pour l'empêcher de s'effondrer. À bout de forces, le pauvre garçon avait peine à avancer. Ensemble, nous sortîmes du village. Ponctuellement, nous dûmes nous arrêter pour lui permettre de tousser. Lorsqu'il s'effondra enfin, je le ramassai et le portai dans mes bras. Il ne pesait guère plus qu'un fétu de paille et je pouvais sentir les os à travers ses vêtements. Arrivé à l'abri de fortune de mes compagnons, j'appelai Pernelle.

La tête de mon amie apparut dans l'ouverture. Dès qu'elle vit mon fardeau, ses yeux s'exorbitèrent et ses lèvres se mirent à trembler imperceptiblement. À son honneur, elle parvint à contenir la puissante émotion qui s'était emparée d'elle.

— Ce jeune homme est très mal, expliquai-je en remettant Odon sur ses pieds.

Comme s'il n'avait attendu que cela, le garçon se mit à tousser comme un perdu et une écume rougeâtre se forma à la commissure de ses lèvres. Pernelle surgit et lui tâta le front avec une infinie douceur.

— Il est brûlant, dit-elle, étendons-le à l'intérieur.

Je portai le garçon à demi conscient jusqu'à l'entrée de l'abri, où Ugolin et Jaume l'empoignèrent pour l'aider à entrer. Puis ils sortirent pour laisser Pernelle agir.

— C'est son fils ? demanda le Minervois, d'un ton plein de compassion.

Je hochai la tête. En silence, nous attendîmes, trop pudiques pour être témoins des retrouvailles aussi inattendues qu'inespérées de la mère et du fils. Après une demi-heure, elle sortit.

— Il doit rester ici, déclara-t-elle d'une voix tremblante.

— Pernelle, tu sais bien que c'est impossible. Soigne-le et je le ramènerai au village.

— Non, tu n'y es pas. Il a une terrible fluxion de poitrine. Il est… mourant.

Puis retentirent les sanglots les plus déchirants que j'eusse jamais entendus.

CHAPITRE 13

Immolation

Point n'est besoin de dire combien la déclaration de Pernelle me troubla. D'abord parce que je savais que mon amie en avait le cœur brisé, mais aussi parce que le fait d'avoir retrouvé Odon vivant m'avait un peu allégé la conscience. Qu'une de mes victimes ait survécu représentait peut-être un premier pas sur la voie de la rédemption. Et sa mort annoncée me pesait plus encore que la première.

Je passai la plus grande partie de la journée auprès de mes compagnons, indifférent au fait que le jeune Montfort se demanderait certainement où j'étais passé et à l'inquiétude qu'il en concevrait. Avec la tempête qui ne faiblissait pas, il n'irait nulle part et, dans l'état où j'étais, je me fichais pas mal qu'un soldat profite de mon absence pour lui ramoner les fondements.

Le froid était tranchant et nous dûmes nous résoudre à rentrer dans l'abri. Entassés les uns contre les autres, nous ne pouvions que regarder Pernelle se démener pour soigner le fils qu'elle n'avait retrouvé que pour le perdre encore. Contrôlant courageusement ses émotions, elle avait envoyé Ugolin chercher son coffre, resté attaché à sa monture en prévision du départ maintenant reporté. Dès qu'il l'avait ramené, elle l'avait fouillé frénétiquement et en avait sorti un petit chaudron de cuivre, puis avait demandé qu'on le remplisse de neige. Cela fait, elle l'avait mis sur le feu, ajoutant régulièrement de la neige jusqu'à ce qu'il soit plein d'eau bouillante. Elle y avait fait infuser toutes les feuilles de saule qu'elle possédait encore, mêlées à d'autres herbes que je ne connaissais pas, puis en avait fait boire le produit à Odon. Elle avait ensuite extrait de son coffre un pot de terre rempli d'une poudre verdâtre et une bouteille d'huile. Dans un mortier, elle avait mélangé le tout avec un pilon de métal pour en faire un onguent à l'odeur forte et pimentée qu'elle avait étendu sur la poitrine de son fils, puis l'avait frictionné énergiquement jusqu'à ce que le tout ait pénétré la peau. Avec l'aide d'Ugolin, elle l'avait ensuite retourné sur le ventre pour recommencer le même manège sur son dos. La pauvresse suait à grosses gouttes sous l'effort, mais lorsque Jaume lui avait offert de la remplacer un peu, elle avait secoué sèchement la tête sans même le regarder. Ce fut seulement lorsqu'elle eut terminé qu'elle nous laissa remettre le garçon sur le dos.

Pernelle sortit alors un linge propre de son coffre et le plongea dans l'eau bouillante. Elle étendit une nouvelle couche d'onguent, plus épaisse que la première, sur la poitrine de son fils, et l'y laissa. Puis elle requit la dague de Jaume et s'en servit pour repêcher le linge. Pour ne pas se brûler, elle attendit quelques secondes avant de le tordre, et le posa, encore fumant, par-dessus l'onguent.

— Vos couvertures ! ordonna-t-elle.

Ugolin et Jaume s'empressèrent de ramasser les vilaines étoffes dans lesquelles ils s'enroulaient pour dormir et les lui tendirent. Elle en recouvrit son enfant et le borda, comme la mère qu'elle était. Puis elle se pencha pour effleurer son front d'un baiser et lui caressa la joue avec une tendresse telle que je crus que mon cœur allait se fendre. Une fois encore, je maudis mon sort, qui me privait du secours de la prière, car j'aurais volontiers supplié Dieu d'éloigner ce nouveau calice des lèvres de ma tendre amie.

Après quelques heures de ce traitement vigoureux, la toux d'Odon se calma et sa respiration se fit plus libre.

Il s'en sortira ? m'enquis-je, anxieusement.

— Je… je ne sais pas, dit-elle en ravalant un sanglot. *Medicus curat, natura sanat*[1]. Sa vie est entre les mains de Dieu.

— S'il meurt, il sera libéré de la chair, dame Pernelle, lui dit Ugolin, avec une infinie douceur.

— Par Dieu, si j'ai quelque chose à y voir, il y restera encore longtemps ! répliqua-t-elle d'un ton cassant. Je ne l'ai pas retrouvé pour le regarder mourir !

Nous restâmes là, impuissants, à aider Pernelle de notre mieux alors qu'elle luttait contre la mort. J'avais souvent vu mon amie dans cette attitude. La passion et la détermination qu'elle mettait à guérir autrui n'avait d'égal que le fait qu'elle connaissait les limites de ce qu'elle pouvait faire. Cette fois-ci, je savais qu'elle combattrait jusqu'au bout, abandonnant toute raison. Et mon impuissance me faisait rager. Cet enfant avait beau être le fruit de la violence et de la haine, il était la chair de sa chair et Pernelle l'aimait. Une fois déjà, alors que je venais à peine de la retrouver à Minerve et qu'elle m'avait ramené à la vie, j'avais dû lui annoncer sa mort, sans avoir le courage de lui avouer que j'étais celui qui l'avait causée. Voilà maintenant que je le lui ramenais seulement pour qu'elle en ait à nouveau le cœur brisé.

La journée s'écoula au rythme des décoctions, des frictions et des cataplasmes appliqués avec la même frénésie. Avant que la lumière ne commence à faiblir à l'extérieur, je dus me résoudre à prendre congé de mes amis. J'étais le *Magister* des Neuf et, même si cela ne m'avait jamais autant déplu, j'avais une tâche à accomplir.

— Ma femmelette va prendre peur. Je reviendrai au matin si je le puis, dis-je en me retournant dans l'ouverture de l'abri. Si jamais…

— Nous trouverons le moyen de t'avertir, compléta Jaume.

J'allais sortir lorsque la voix de Pernelle, traînante d'épuisement, m'arrêta.

— Gondemar ?

1. Le médecin soigne, la nature guérit.

— Oui ?

— Merci. Quoi qu'il advienne, grâce à toi, j'aurai revu mon fils et j'aurai eu la chance de le traiter comme une mère doit le faire.

La gorge serrée, je partis sans rien dire. Que pouvais-je répondre ? N'étais-je pas celui qui avait allumé un brasier en croyant que le garçon se trouvait à l'intérieur ?

Lorsque je revins à Rossal, les bottes trempées après une longue marche dans une neige épaisse et mouilleuse, je me retrouvai en pleine tourmente. Il me fallut un moment pour sortir de ma stupeur et comprendre ce qui se passait. Sur la place, plusieurs villageois à l'air terrorisé étaient regroupés et encerclés par des soldats qui brandissaient leur arme. Je crus d'abord qu'ils avaient cédé à l'envie du pillage, mais j'eus beau chercher des yeux un butin, je n'en vis nulle part.

Des cris attirèrent mon attention. Deux soldats sortaient d'une maison en tirant violemment une femme par les cheveux et par les manches de sa robe. Un autre avait chargé son enfant sur son épaule et le transportait comme un vulgaire sac de farine. Un peu partout, la même chose se produisit. Interdit, je m'immobilisai et tentai de comprendre ce que je voyais. La femme fut menée avec les autres et jetée à terre. Son enfant subit le même sort et atterrit durement dans la neige. Peu à peu, tous les villageois furent regroupés.

Je remarquai, à l'écart de la place, un tas de bois qu'on avait accumulé en mon absence. Des bûches empilées transversalement sur plusieurs rangs, avec de la paille et des branchages entre chacun. Au centre s'élevait un poteau. Un bûcher. Devant se tenaient Brun et Guillot, les deux moines que j'avais vus le matin, l'air sévère et plein d'eux-mêmes. Chacun tenait une bible serrée contre sa poitrine. Parmi les soldats qui encerclaient les villageois, je repérai le jeune Montfort. Il était blême et avait l'air horrifié. Je m'en fus le retrouver, me frayant un chemin parmi les rangs.

— Par le croupion de Marie, qu'est-ce qui se passe ici? m'enquis-je à voix basse une fois que je fus à sa droite.

— Si tu n'avais pas disparu toute la journée, tu le saurais, répondit-il sèchement, comme une femme jalouse, en ne tentant pas de masquer les reproches que son ton trahissait.

— Je voulais voir si les chemins étaient praticables, mentis-je. Alors?

— Comme tu vois, ces deux moinillons se sont mis en tête de personnifier le bras vengeur de Dieu. Ils sont convaincus que ce village abrite une communauté d'hérétiques menés par ce vieillard dément et ont décidé de purger la Création de sa présence. Ils ont assiégé le sieur de Pierrepont et ont râlé jusqu'à ce qu'il cède.

— Ils vont le brûler? demandai-je, médusé

— Que je sache, on ne construit pas des bûchers pour danser autour comme à la Saint-Jean, rétorqua Guy d'un ton cynique. Vois toi-même: on amène l'objet de la fête.

Je suivis son regard et aperçus Gerbaut, que deux costauds venaient de sortir du manoir et qui se laissait traîner dans la neige sans protester. Lorsqu'il fut près des moines, les hommes le relevèrent de force. De toute évidence, ils s'en étaient donné à cœur joie avant de l'extraire de sa demeure: son visage tuméfié était à peine reconnaissable. Un de ses yeux était fermé par l'enflure et ses cheveux blancs étaient maculés de sang. Ses lèvres fendues se déformaient en un sourire repoussant. Malgré cela, dès qu'il fit face aux moines, il se redressa, le menton en avant et l'air dédaigneux. Le silence tomba parmi les soldats et les villageois.

— Gerbaut de Gant! s'écria Guillot, le gros moine replet, afin que tous l'entendent. Tu es accusé d'hérésie!

— D'hérésie? riposta le prédicateur avec bravade. Et qui es-tu donc pour m'accuser de dévier de la voie tracée par Dieu?

Conscient des regards qui pesaient sur lui, Guillot bomba le torse.

— Je suis un moine bénédictin de l'Ordre de Cluny, fondé sur la règle de saint Benoît de Nursie, clama-t-il avec fierté.

— Ah… fit Gerbaut avec une grandiloquence exagérée. Un moine bien nourri qui vit dans un riche et confortable monastère… Eh bien, pendant que tu t'affaires à lire et à écrire, moi, je répands la bonne nouvelle et je sauve des âmes ! Pharisien ! Je prêchais la parole de Dieu alors que tu n'étais même pas encore une mauvaise pensée dans les couilles de ton géniteur !

Le visage du moine se durcit distinctement.

— Tu prêches, dis-tu ? Es-tu même prêtre ?

— Je n'ai nul besoin d'ordination pour transmettre la Parole ! Jésus n'était pas prêtre, lui non plus, et cela ne l'a pas empêché de les confondre dans le temple de Jérusalem alors qu'il n'était encore qu'un enfant ! La foi est mon seul gage !

Brun intervint pour secourir son collègue.

— Ce matin, on t'a vu confesser tes disciples. Puisque tu admets ne pas avoir reçu le sacerdoce, de quel droit absous-tu les péchés ?

— Du droit que me confère Dieu, comme il l'accorda à son Fils bien avant que la prêtraille ne soit inventée !

À ma droite, un soldat se pencha vers son voisin.

— C'est qu'il est fougueux, le bonhomme, murmura-t-il en ricanant. M'est avis qu'il va s'en repentir.

— Il devrait faire vite, alors, car son temps achève, fit oberver l'autre en désignant le bûcher de la tête.

— Hérésie ! s'écria le moine maigrichon au profit de la foule. Vous l'avez tous entendu ! Cet homme usurpe le sacerdoce !

Les soldats, indifférents à ces questions, se contentèrent de hausser les épaules, mais l'enthousiasme des accusateurs n'en fut pas affecté.

— Tous t'ont vu encourager tes disciples à se flageller jusqu'à tirer le sang en leur promettant le salut de leur âme ! reprit le gros moine. Tu pousses la perversion jusqu'à les fouetter toi-même alors que Notre-Seigneur Jésus-Christ n'était que pitié et compassion !

— Tu n'as aucune autorité pour porter de telles accusations, méprisable moinillon ! Je n'enseigne que le mépris et la vanité de la chair, qui doit être domptée. La vie entière doit servir à préparer une bonne mort ! La macération seule ouvre les portes du paradis et du salut éternel ! Tout ceci est en accord avec la doctrine de notre sainte mère l'Église ! Tu aurais avantage à en tenir compte, toi dont la panse est si bien rebondie. Comme tous tes congénères, les péchés d'autrui te préoccupent davantage que les tiens propres. Pourtant, il y a matière…

Le regard de Gerbaut se fit plus pénétrant et je sus aussitôt ce qui allait suivre. La scène de mon enfance me revint. *Voilà qu'il va nous faire son numéro de bateleur*, dit la vieille Ylaire, dans ma tête. *J'ignore comment il fait, mais on dirait qu'il devine les secrets de tout le monde. M'est avis qu'il est plus sorcier que prophète.*

— À la nuit tombée, ne cours-tu pas secrètement les putains qui suivent ce convoi, alors que l'Ordre dont tu te réclames exige de toi chasteté et célibat ? Ne retrousses-tu pas cette soutane dont tu es si fier pour les lutiner ? La dernière à avoir pris ton membre dans sa bouche pour boire ta semence ne se nommait-elle pas Adète ? N'a-t-elle pas ri en voyant ta petite verge rabougrie ?

Dans la foule, des rires étouffés se propagèrent. Amusé malgré moi, je vis le visage de Guillot s'empourprer. D'expérience, je savais que Gerbaut avait visé juste. Je me remémorai Baudouin, tonnelier de Rossal et sodomite, Jehanne à la cuisse légère, le père Prelou et son ménage avec Hodierne, et surtout Papin, dont les malversations avaient été mises au jour devant tout le village. Pour chacun, il avait eu raison. Sans compter ce qu'il avait dit de moi. *Il sera damné. Maudit pour l'éternité.*

— Comment… Comment oses-tu ? bafouilla le moine outré, les lèvres pincées et les bajoues frémissantes d'indignation et de honte.

J'entendis un rire gras sur ma droite et en cherchai la provenance. C'était Pierrepont, qui semblait trouver la scène fort drôle.

— N'as-tu pas passé ta vie entière dans une licence aussi secrète que coupable? poursuivit Gerbaut. Dieu te jugera en conséquence! Tu peux bien me brûler si le cœur t'en dit, mais cela ne t'empêchera pas de croupir en enfer! Mille fois, tu imploreras son pardon et mille fois, il te le refusera, mécréant! Et moi, je serai assis à la droite du Père et je ricanerai!

Il pointa un doigt accusateur et tremblant de colère vers son adversaire, qui se flétrissait à vue d'œil.

— *Væ autem vobis, scribæ et pharisæi hypocritæ, quia clauditis regnum cælorum ante homines! Vos enim non intratis nec introeuntes sinitis intrare!*[1] Sache, prêtre corrompu, que, grâce à ma gouverne, chacun des habitants de ce village est pur! Tous, je les ai recueillis alors qu'ils étaient égarés. Tous, je les ai guidés vers le droit chemin! Au jour du jugement, ils entreront au paradis. Peux-tu en dire autant?

Avec un souverain mépris, il se désintéressa de Guillot et porta son attention sur Brun, qui se crispa imperceptiblement en vue de l'attaque qui allait suivre.

— Et toi, cupide petite chose? Ne possèdes-tu pas des richesses héritées de ta famille, bien que l'Ordre de Cluny exige de toi le vœu de pauvreté? *Amen dico vobis: Dives difficile intrabit in regnum cælorum*[2], disait Notre-Seigneur!

— Blasphémateur! vociféra le petit moine. Tout ce que tu dis n'est que folie!

Je ne pouvais qu'admirer la pugnacité de Gerbaut qui, malgré sa situation précaire, tenait tête aux deux moines. Évidemment,

1. Malheur à vous, scribes et pharisiens hypocrites! parce que vous fermez aux hommes le royaume des cieux; vous n'y entrez pas vous-mêmes, et vous n'y laissez pas entrer ceux qui veulent entrer. Matthieu 23,13.

2. Je vous le dis en vérité, un riche entrera difficilement dans le royaume des cieux. Matthieu 19,23.

les confondre ainsi ne faisait que hâter sa perte, mais il ne semblait nullement s'en préoccuper.

Cette fois, ce fut Guillot qui vint à la rescousse de son compère.

— Suffit ! tonna-t-il. Satan parle par la bouche de cet impie ! Que les flammes purifient cet endroit maudit ! Au bûcher !

Hésitants, les deux soldats qui tenaient toujours Gerbaut se tournèrent vers Pierrepont. Je regardai discrètement le seigneur du coin de l'œil et le vis hausser les épaules avec un mélange de résignation et d'indifférence.

— Faites ce qu'ils disent et finissons-en, soupira-t-il.

Sans plus attendre, le prédicateur fut conduit vers l'instrument de son supplice, au son des gémissements et des pleurs des villageois, qui semblaient finalement réaliser que leur prophète allait être brûlé vif. À son honneur, jamais Gerbaut ne tenta de résister, m'inspirant malgré moi un soupçon d'admiration. Au contraire, il arracha ses bras de l'emprise des soldats, se redressa et, la tête haute, marcha dignement vers le bûcher, exactement comme les Parfaits du Sud. Une fois arrivé, il y monta sans aide et s'adossa au poteau.

— Alors, qu'attendez-vous, moines indignes ? dit-il en tendant ses bras maigres. Allez-vous me lier vous-mêmes ou confier la tâche à vos valets pour ne pas que vos blanches mains soient aussi souillées que vos consciences ?

Le visage cramoisi, les deux moines firent un signe de tête aux soldats, qui grimpèrent sur le bûcher et attachèrent solidement les poignets de Gerbaut au poteau. Jamais les yeux du vieillard ne quittèrent ceux de ses accusateurs, que je surpris plusieurs fois à baisser le regard. Puis un soldat leur apporta une torche enflammée. Il était à peine sorti de l'enfance et son visage imberbe était transi d'effroi.

Je sursautai en sentant une main se poser sur mon avant-bras. Je tournai la tête pour apercevoir Pierrepont, qui avait l'air fort amusé par toute cette folie.

— Approchez, toi et ton petit protégé, serina-t-il. Il est bon de voir griller un homme pour s'endurcir un peu.

Je soutins le regard du seigneur et y lus un défi. Je sentis qu'un refus aurait des conséquences fâcheuses pour le jeune Montfort, et je ne pouvais me permettre ce risque. Bertrand de Montbard m'avait maintes fois répété qu'un guerrier doit savoir choisir ses batailles et je décidai de ne pas livrer celle-là. Je me tournai vers le jeune homme et hochai la tête pour lui faire comprendre qu'il était mieux avisé d'obtempérer. Il pâlit encore de quelques tons, mais s'avança avec moi vers le bûcher.

Le soldat qui tenait la torche se pencha et allait allumer le brasier lorsque Pierrepont l'arrêta.

— Non!

Confus, l'homme se figea sur place et regarda son seigneur, attendant ses directives.

— Donne-moi cette torche, ordonna Pierrepont.

Le soldat obéit, visiblement soulagé de ne pas être celui qui devrait poser le geste fatal. Pensif, sire Alain considéra l'instrument, dont la flamme vacillait dans le vent et la neige. Puis il se retourna vers Guy et le lui tendit.

— Vous êtes le plus noble d'entre nous, sire, dit-il d'un ton faussement obséquieux. L'honneur vous revient. Allumez donc ce petit feu de joie qui réjouirait fort monsieur votre père.

Autour de nous retentirent des ricanements mal étouffés. Se sachant coincé et ne souhaitant pas perdre la face une fois de plus, Montfort accepta la torche offerte d'une main tremblante. Puis il m'adressa un regard désespéré.

— Vous avez une mission à accomplir, sire, lui dis-je à voix basse. Si vous vous mettez toute cette troupe à dos, qui sait si vous arriverez jamais à Cahors. Et il y a des limites au nombre d'adversaires que je peux occire. Allumez et finissez-en.

Résigné, il ravala, inspira pour se donner du courage et franchit les quelques pas qui le séparaient du bûcher. Pour m'assurer qu'il ne faillirait pas, je l'accompagnai. Il se planta devant et dévisagea Pierrepont, qui lui rendit un regard rempli de mépris et de défiance.

— Alors, jeune seigneur ? Vas-tu te décider ? le provoqua-t-il. Ce n'est pas plus difficile qu'enfoncer ton membre dans les fondements d'un autre mignon ! Il suffit de pousser un peu !

Sire Guy resta là, tétanisé.

— Bougre de Dieu, allumez ! crachai-je entre mes dents en le poussant discrètement dans le dos.

Il se pencha et allongea le bras. La flamme était à quelques doigts de la paille et des branchages secs. Puis sa main se mit à trembler de plus belle, comme s'il tentait de pousser la torche à travers un mur invisible. Me rappelant sa description du bûcher que son père avait organisé pour « mon » cadavre et du dégoût qu'il en avait éprouvé, je compris qu'il n'y arriverait pas. Je posai ma main sur la sienne et la poussai jusqu'à ce que le feu prenne.

Au même moment, une bourrasque particulièrement violente souffla et emporta mon capuchon. La tête dénudée, je me relevai et trouvai les yeux de Gerbaut rivés sur moi.

— Toi ! fit-il d'une voix rauque qui, heureusement pour moi, ne portait guère.

Je me raidis car, malgré le passage des ans, je sus que le vieux fou m'avait reconnu. Si je le laissais parler, il suffisait qu'il déclare que j'étais de Rossal pour que ma position se complique. Je ne pouvais pas simplement tirer mon épée et le mettre à mort sans qu'on se demande pourquoi j'étais si magnanime. J'arrachai la torche de la main de Guy et gravis le bûcher qui commençait à s'embraser.

— Tu es donc sorti de l'enfer, démon ? demanda-t-il, un étrange sourire déformant ses lèvres. N'avais-je pas raison ? N'es-tu pas damné ?

Gerbaut inspira profondément et ouvrit la bouche pour hurler des imprécations qui ne pourraient que m'incriminer. Sans hésitation, j'y enfonçai la torche. Le prédicateur écarquilla les yeux et laissa échapper un terrible hurlement, étouffé par les braises qui lui rôtissaient la langue et le palais. Puis, la souffrance lui fit perdre conscience et il s'affaissa, retenu seulement par ses liens.

Je redescendis sous les applaudissements des hommes de Pierrepont, qui appréciaient le spectacle. Je retournai auprès de Montfort et l'entraînai un peu plus loin, pendant qu'on me donnait de grandes claques dans le dos et qu'on me félicitait fort.

— Était-ce bien… nécessaire ? demanda Guy d'une voix vacillante.

— À défaut de lui ouvrir la gorge, c'était le meilleur moyen d'abréger ses souffrances, sire. Inconscient, il ne sentira plus rien.

Le jeune homme ne dit mot. Pour ma part, sachant que plusieurs yeux étaient braqués sur moi, je me forçai à regarder le spectacle en souriant à pleines dents, alors qu'en esprit je ne voyais que l'église de Rossal, flambant avec le village entier à l'intérieur et le père Prelou adossé au brasier. Une fois encore, le village était embrasé par la haine et la folie.

Sur le bûcher, les flammes enveloppaient maintenant Gerbaut et lui léchaient la peau, sur laquelle se formaient des cloques qui éclataient aussitôt dans un sinistre grésillement. Même inconscient, son corps se tordait et décrivait une macabre danse. Sa chevelure avait disparu et la peau de son crâne dénudé semblait fondre comme la cire d'un cierge. La chair se serrait sur ses os et se fendait. Malgré moi, je grimaçai de dégoût. Près de moi, Guy détourna la tête et vomit dans la neige.

Soudain, la tête de Gerbaut se redressa et il écarquilla les yeux.

— *Pater, in manus tuas commendo spiritum meum*[1] ! s'écria-t-il d'une voix forte, imitant le Christ des Évangiles – celui dont on prétendait qu'il avait expiré sur la croix.

Puis son menton s'affaissa pour de bon sur sa poitrine. Après quelques minutes, ses liens cédèrent et le corps calciné s'écroula dans les flammes. Devant le bûcher fumant, les deux moines se tenaient raides et fiers, le visage en extase, convaincus d'avoir été l'instrument de la justice divine.

---

1. Père, je remets mon esprit entre tes mains. Luc 23,46.

— Que ceci vous serve tous de leçon ! s'exclama Guillot. Ce bûcher n'était qu'un avant-goût des tourments qui attendent les pécheurs en enfer ! Réformez-vous pendant qu'il est encore temps !

— Demain, c'est la Noël, ajouta Brun. Célébrez en bons chrétiens la naissance de Notre-Seigneur !

Les villageois sonnés se relevèrent et, abattus, retournèrent en silence vers leurs demeures pendant que Rossal s'emplissait de la fumée âcre produite par le martyre de leur prophète. Je restai là un moment à considérer l'ironie de la situation. Ces deux prêtres avaient trouvé une fort belle façon de célébrer la naissance de ce faux Fils de Dieu sur la tombe duquel leur Église avait érigé un édifice de mensonge.

La nuit était illuminée par les braises lorsque Montfort et moi rentrâmes dans l'étable.

Le sommeil refusant de venir, je finis par abdiquer et me relever. Je passais ma capeline lorsque la voix de Montfort s'éleva.

— Où vas-tu ? demanda-t-il de sa couche.

— Dehors, j'ai besoin d'air.

— Je peux t'accompagner ? réclama-t-il, d'un ton geignard.

J'avais souhaité être seul pour laisser l'air froid me fouetter les sangs et me remettre les idées en place. Mais je ne pouvais espérer garder la confiance du jeune Montfort si je le repoussais lorsqu'il avait besoin de compagnie. J'acceptai donc en tentant de masquer mon irritation.

— Si vous le souhaitez, sire.

Il se leva, s'habilla et vint me rejoindre. Ensemble, nous sortîmes de l'étable. Le vent soufflait fort et traversait nos capelines, mais je n'en avais cure. Sans prononcer un mot, nous marchâmes côte à côte au hasard dans le village qui avait été le mien. À part le manoir, tout avait changé et c'était bien ainsi. J'y avais déjà trop de souvenirs. La tête basse, Guy observait le bout de ses pieds qui fendaient la neige épaisse sur le sol. Il n'en menait pas large et je savais pourquoi. L'épreuve cruelle imposée par Pierrepont au vu de tous l'avait profondément humilié. Cela semblait être l'histoire de sa vie.

Nous errions depuis une quinzaine de minutes lorsque j'eus l'impression qu'un petit gémissement étouffé avait fendu le sifflement du vent.

— Vous avez entendu ? m'enquis-je, soudain alerté.

— Non, quoi ?

La plainte monta de nouveau, plus pressante, suivie de rires gras. Elle venait de derrière une des maisons, sur notre gauche.

— Ça, dis-je.

Je me maudis de ne pas avoir pris mon arme avant de sortir. À quelque chose malheur étant bon, grâce à ma main infirme, je n'étais toutefois jamais désarmé. J'étais par ailleurs dans un état tel que j'avais grand besoin d'un exutoire à ma colère et, connaissant les gens de guerre, je me doutais fort que je venais de le trouver.

— Retournez à l'étable, sire, ordonnai-je.

— Mais…

— Maintenant ! Vous avec assez vu d'horreurs pour aujourd'hui.

Tel un chien battu, il baissa la tête et fit demi-tour. Dès que je fus certain qu'il s'en allait bien vers l'étable, je me dirigeai vers la source des gémissements et des rires. Sur la pointe des pieds, je contournai la maison. Je ne fus guère surpris de la scène que j'y trouvai. Trois soldats s'amusaient à tourmenter une fillette. Elle avait neuf ou dix ans, tout au plus, et même dans la pénombre, je pouvais apercevoir ses grands yeux effrayés. La pauvresse se débattait piteusement et son regard croisa le mien, suppliant. L'espace d'un instant, je revis Pernelle, dans la même posture, lorsque je n'étais encore qu'un garçon impuissant. Je n'avais pas pu la protéger et nos deux vies en avaient été irrémédiablement marquées. Mais je n'étais plus ce garçon. Et plus jamais je ne permettrais une semblable chose.

Je secouai ma senestre et les lames émergèrent de mon gant. Je franchis les quelques pas qui me séparaient de l'homme qui maintenait les chevilles de la fillette, je l'empoignai par les cheveux, lui tirai la tête par l'arrière et lui tranchai la gorge avant qu'il sache ce qui lui arrivait. Puis j'abattis mon pied sur le côté de la tête de celui qui cherchait son plaisir, qui s'écroula sur le sol, sonné. Je m'élançai vers le dernier, qui se relevait en tirant sa dague. Je lui enfonçai mon pied dans le ventre et il retomba à genoux, la tête penchée en avant, cherchant son souffle. La dernière chose qu'il sentit fut mes lames qui s'enfonçaient dans sa nuque. Je me dirigeai vers celui que je n'avais qu'étourdi, et qui secouait la tête, à genoux, pour retrouver ses esprits. Je le plaquai violemment au sol et m'assis sur sa poitrine pour l'immobiliser.

— Alors ? On aime déflorer les fillettes ? dis-je, les dents serrées, en tenant mes lames à un doigt de ses yeux.

L'homme ne put faire autre chose que balbutier comme s'il avait perdu la raison.

— Tu étais bien courageux, pourtant, lorsque tu voulais la prendre. Elle n'est qu'une enfant.

— Je… Pardon… gémit-il. Ne me tue pas. Je… je ne le ferai plus, je le jure.

— Non, tu ne le feras plus.

J'enfonçai une de mes lames dans son œil droit et la fis pivoter, lui labourant la cervelle. Il fut saisi de convulsions puis devint flasque sous mon poids. Je retirai mon arme, l'essuyai sur son surcot et la fis rentrer dans sa gaine. Puis je me dirigeai vers la fillette, qui s'était assise, tremblante, dans la neige, sans doute aussi horrifiée par ce qu'elle venait de voir que par l'agression dont elle avait été victime. Je lui tendis doucement la main.

— Viens, petite, ces hommes ne te feront plus de mal.

Elle me fixa, incertaine, puis se leva d'un trait et s'enfuit comme un cerf blessé. Je la regardai partir, rassuré par le fait qu'elle retournait vers la sécurité toute relative de son foyer. Quelque part dans ce village, un père et une mère la protégeraient de leur mieux. Jusqu'au prochain passage de gens de guerre ou de brigands.

Dans Rossal, une Pernelle avait été épargnée et j'en éprouvais une grande satisfaction. Je retournai à l'étable, le cœur plus léger. Lorsque j'entrai, Montfort m'attendait dans notre stalle, près de nos montures. Il s'était allongé dans le foin, mais n'avait visiblement pas trouvé le sommeil.

— Alors ?

— Parfois, sire, contre toute attente, le Bien triomphe, répondis-je. Temporairement, au moins.

Je m'enroulai dans la couverture et m'endormis enfin.

La tempête dura deux jours de plus, couvrant de neige le bûcher éteint et la dépouille calcinée que personne n'avait ramassée. Parmi les soldats de Pierrepont, la grogne était de plus en plus palpable. Tous avaient prévu être chez eux à temps pour la Noël. Au lieu de cela, ils durent la célébrer à Rossal. Ils s'enivrèrent à souhait à même les réserves des habitants et causèrent beaucoup de dommages, comme le font toujours les hommes d'armes laissés à eux-mêmes. Les villageois furent malmenés et dépouillés de leurs quelques richesses, des femmes et des filles outragées, quelques garçons aussi. Je dus me résoudre à accepter ce que je ne pouvais empêcher. Ma mission était autre.

S'il y eut des conséquences funestes pour Rossal, le délai profita à Odon. Chaque jour, je me rendis auprès de mes compagnons et pus constater que Pernelle avait réalisé un véritable miracle, sans doute grâce à l'amour maternel. La fièvre d'Odon était tombée. Il s'assoyait déjà et avait recommencé à manger avec appétit tout ce qu'Ugolin pouvait encore trouver auprès des marchands du convoi.

Odon parlait peu et était très timide. Il se referma encore davantage lorsqu'il apprit les événements qui s'étaient déroulés dans le village pendant qu'il était malade. La mort de Gerbaut parut le frapper de plein fouet et, sans comprendre, je dus admettre que le garçon éprouvait pour le vieux fou un attachement sincère. Peut-être avait-il trouvé dans le prédicateur le père qu'il n'avait jamais eu. L'homme avait du charisme et, de toute évidence, il avait exercé sur ses fidèles un ascendant absolu. J'aurais voulu saisir Odon par les épaules pour le secouer et lui révéler la vraie nature de Gerbaut, mais au fond qu'était-il, sinon un homme qui portait la parole divine telle qu'il la concevait ? La haine et le mépris que j'éprouvais pour lui ne venaient-ils pas simplement du fait que, le premier, il avait proclamé ce que j'étais ? Pouvais-je le blâmer d'avoir reconnu ma nature ?

Je profitai du retour à la santé d'Odon et du fait que, de toute évidence, il ne m'avait pas reconnu, pour tenter de percer le mystère qui m'obsédait depuis mon arrivée à Rossal : celui de sa survie.

— Tu es né ici ? demandai-je innocemment.

— Oui, sire. En fait, je suis le seul.

— Le seul ?

Il haussa les épaules, une moue sur les lèvres.

— Tout le village a été détruit voilà près de trois ans… Je suis l'unique survivant de la population originale.

Incapable de prononcer un mot, je tentai de cacher le tourment qu'Odon ravivait en moi. Je regardai Pernelle du coin de l'œil. Elle savait ce que je lui avais révélé à Minerve, rien de plus, mais je n'oubliais pas que ses sœurs avaient été prisonnières de l'église, comme les autres villageois. Elle était pâle, mais se taisait.

— Tudieu ? Comment cela ? s'exclama Ugolin, outré.

— Je n'ai jamais vraiment su ce qui s'était passé. Ma mère m'avait envoyé cueillir des fruits dans la forêt.

Je vis le visage de Pernelle se crisper à la mention de cette mère. Évidemment, Odon avait toujours cru que l'une de ses tantes avait été sa génitrice.

— J'avais autour de treize ans, je crois. Je me souviens que j'aimais par-dessus tout jouer au chevalier. Je suis parti avec un panier et la petite épée de bois que le maître d'armes du village m'avait fabriquée quand j'étais enfant, et que j'avais toujours chérie comme le plus précieux des trésors.

Ce fut mon tour de retenir une grimace coupable. Je revoyais le petit garçon qui avait pris tant de plaisir à observer les exercices auxquels me soumettait Bertrand de Montbard, en s'exclamant *Odon chevalier!* son joujou à la main. J'étais celui qui l'en avait privé par basse jalousie. J'étais celui qui avait brisé les rêves d'un enfant, puis qui l'avait mis au pilori pour faire un exemple avant de l'envoyer aux champs comme les autres.

— Je me suis pris à mon jeu et je me suis éloigné dans la forêt, tant et si bien que je me suis égaré, continua-t-il. Il m'a fallu du temps pour retrouver mon chemin. Quand je suis revenu, le village n'était plus que ruines fumantes. Tous les habitants avaient été enfermés dans l'église et... brûlés vifs. Si j'avais su ce que je trouverais, j'aurais préféré mourir de faim dans les bois.

Il ravala bruyamment et son visage se crispa sous l'effort qu'il faisait pour contenir ses larmes. Je notai que ses mains tremblaient et je savais bien que la faiblesse causée par sa maladie n'en était pas la cause.

— Par qui? demanda Jaume.

Dans les circonstances, la question du templier était compréhensible et inévitable. Je me crispai malgré moi. Il suffisait qu'Odon désigne comme coupable le seigneur du lieu pour que Pernelle comprenne ce que j'avais fait et que jamais elle ne me pardonne. Je retins mon souffle.

— Je l'ignore, sire, répondit-il à mon grand soulagement.

Je m'autorisai à respirer de nouveau. Il n'y avait plus personne pour me raconter mes méfaits.

— Des brigands de passage, sans doute, suggéra Ugolin. Ils auront dépouillé la population avant de l'éliminer pour ne pas laisser de traces.

Je me sentais un moins que rien. Cette atrocité, je l'avais commise en toute connaissance de cause et je m'étais retrouvé en enfer. Je brûlais d'envie de confesser mon péché, mais comment le pouvais-je? Et à quoi cela m'aurait il mené, sinon à être rejeté de tous, alors que j'avais cruellement besoin d'eux? Une fois encore, je me résignai au fait que j'utilisais ceux qui m'étaient fidèles.

— Qu'as-tu fait ensuite? s'enquit Pernelle. Qui a pris soin de toi?

— Personne. Je me suis arrangé seul pendant une bonne année. Le manoir du seigneur était encore debout, alors je m'y suis installé. Il y avait de la nourriture en abondance. Il m'a suffi de décrocher sire Florent, qu'on avait cloué à la porte, et de l'enterrer.

— Pauvre enfant... murmura Pernelle en portant ses mains à sa bouche.

— Puis un jour, Gerbaut est arrivé avec quelques fidèles. Ils se sont installés et m'ont accepté parmi eux. Ensuite, d'autres sont venus et le village a été rebâti.

Pernelle s'approcha de lui et posa sa main sur son front.

— Tu es brûlant, mon petit, dit-elle. Tu as assez parlé. Il faut te reposer.

Je n'étais pas naïf. Je savais bien que c'était elle qui ne pouvait plus en supporter davantage. Je la laissai à ses soins et pris congé, traînant plus que jamais le poids de ma conscience.

Arriva le moment que je redoutais depuis que j'avais aperçu Odon vivant : celui de la séparation de la mère et du fils retrouvé. Car il était hors de question que le garçon nous accompagne. body scrub La seule option possible était que Pernelle décide de rester auprès de lui, ce que je comprendrais. La force du lien qui les unissait était perceptible, même si le garçon ignorait être en présence de sa mère. J'avais beaucoup réfléchi à cela et, bien que je ne le souhaitasse pas, je m'étais résigné à l'accepter si tel était son désir. De cette façon, je la laisserais au moins dans un profond bonheur au lieu de l'entraîner vers des aventures dont elle ne ferait que pâtir.

Dès que le vent fut définitivement tombé, Pierrepont annonça le départ pour le lendemain matin. Après m'être assuré que mes quelques bagages étaient prêts, que Sauvage était en bon état et que le jeune Montfort était bien informé, j'apportai moi-même la nouvelle à mes compagnons. Je pus lire sur le visage de Pernelle, comme dans un livre ouvert, l'angoisse qu'elle lui causait. Visiblement, elle avait envisagé ce moment, elle aussi, et l'avait craint. Maintenant qu'il était venu, elle était déchirée entre le serment des Neuf et la responsabilité qu'elle ressentait envers Odon, qui n'était pas encore un homme et ne le serait jamais tout à fait à ses yeux. Le garçon, lui, parut pris de court et se tourna vers Pernelle, l'air désemparé. Je compris que, pour la première fois depuis l'affreux brasier que j'avais allumé, il avait connu les attentions d'une mère et qu'il répugnait à les perdre. Mon cœur se gonfla de remords et de honte. *Ta conscience t'accompagnera et te tourmentera sans cesse*, m'avait averti Métatron et il avait eu raison.

Tassés les uns contre les autres dans l'abri, ni Ugolin, ni Jaume, ni moi ne dîmes quoi que ce soit de plus, embarrassés d'être témoins de la scène qui allait suivre. Pernelle se mordilla nerveusement les lèvres, son regard papillonnant un peu partout sans s'arrêter nulle part. Sa nervosité était palpable et elle prit beaucoup de temps avant de parler.

— Bientôt, tu seras tout à fait rétabli, finit-elle par dire, avec dans la voix un trémolo que je n'étais pas le seul à percevoir. Si tu voulais, Odon, tu pourrais… venir avec nous ? Je suis petite et mon cheval pourrait aisément nous porter tous les deux.

Jaume et Ugolin m'adressèrent un regard perplexe. Tout comme moi, ils savaient que ce qu'elle proposait était impossible. Odon ignorait tout de l'Ordre des Neuf et de la Vérité. Sa présence ne ferait que compliquer une tâche qui l'était déjà assez comme ça et l'exposerait au danger. Mais comment ne pas comprendre l'offre que venait de formuler Pernelle, alors qu'elle allait se séparer à nouveau de l'enfant qu'elle avait cru ne jamais revoir. Et comment l'empêcher s'il acceptait ?

Odon sembla considérer la possibilité et se mordilla à son tour les lèvres – exactement comme sa mère.

— Je vous remercie, dame Pernelle, dit-il enfin. Vous avez fait beaucoup pour moi et j'ai envers vous une dette que je ne pourrai jamais rembourser. Voilà maintenant que vous me faites cette offre généreuse. Mais ma vie est ici.

Soulagé, je le regardai se pencher vers l'avant pour poser un baiser sur la joue de sa mère. Les yeux de Pernelle se remplirent de larmes et elle posa une main attendrie là où les lèvres de son fils l'avaient effleurée. Odon lui devait la vie, en effet, et à plus d'un égard. Mais jamais il ne le saurait.

— Très bien, Odon, dit-elle, la voix brisée. Je comprends.

— Puisque vous devez partir à l'aube, je vais retourner chez moi. Je me sens bien.

— Je t'accompagne, annonçai-je, trop heureux de ce prétexte pour quitter cet endroit.

Pernelle força un sourire et hocha la tête. Le cœur gros, j'entraînai Odon hors de l'abri. Avant de partir, j'adressai un regard suppliant à Ugolin, qui comprit que je lui demandais de prendre soin d'elle. Il serra les lèvres en guise d'assentiment. Puis je m'éloignai, arrachant pour une seconde fois à mon amie le fruit de ses entrailles.

En chemin, Odon et moi n'échangeâmes aucune parole. Je me remémorai plutôt avec amertume le serment des Neuf, que j'avais moi-même fait prêter à Pernelle. *Je promets et je jure de garder les secrets de l'Ordre des Neuf. Je m'engage à ne les point révéler et à empêcher tout frère ou sœur de le faire, y compris son MAGISTER, s'il est en mon pouvoir de l'en empêcher, et en le tuant s'il le faut. Je m'engage en outre à les défendre au prix de ma vie, à leur consacrer mon existence entière et à les emporter dans la tombe.* J'avais déjà eu l'occasion de mesurer l'intransigeance absolue de cet engagement lorsqu'il avait presque justifié la mise à mort de Bertrand de Montbard. Pour le respecter, Pernelle avait abandonné son fils.

Le lendemain matin, dès l'aube, nous prîmes la route. Les soldats furent les derniers à partir. Je me retournai et jetai un ultime regard sur le village où j'étais né. Je le quittais pour la dernière fois. Désormais, ce qu'il me restait de vie ne serait guidé que par les paroles du *Cancellarius Maximus* : *la seconde part de la Vérité se trouve à Gisors. Dans une chapelle qui n'a jamais vu la Lumière. Suis la lignée de l'Ordre des Neuf. 3, 5 et 7. Les Ténèbres et la Lumière. Gare au vitriol et comprends la marque d'infamie de Jésus. La Vérité est entre tes mains, Lucifer.*

Après avoir revécu mon passé, je me dirigeais enfin vers mon avenir. Si j'en avais un.

CHAPITRE 14

Destination

Il nous fallut encore cinq jours pour atteindre notre destination. Les images de la carcasse de Gerbaut se trémoussant de façon grotesque dans les flammes nous accompagnèrent tous, pour des raisons différentes. Les deux moines, convaincus d'avoir accompli la volonté de Dieu et protégé l'Église, s'en délectaient sans doute. Pierrepont et ses hommes devaient y trouver matière à amusement. Pour le jeune Montfort, elles représentaient un rappel cruel de ce qu'il était et des raisons pour lesquelles son père le méprisait. Quant à moi, je ressentais un plaisir pervers à l'idée que celui qui, le premier, avait confirmé ma nature et la méfiance qu'elle devait susciter, avait rôti dans d'atroces souffrances. Pour une fois, un chrétien avait subi le sort imposé aux cathares. Quant à son âme, Dieu la jugerait au mérite. J'étais surtout soulagé qu'il n'ait pas eu le temps de claironner le fait qu'il m'avait reconnu.

Le froid était tombé et le soleil avait fait fondre le plus gros de la neige. Le chemin était bon et abondamment fréquenté. Souvent, des charrettes venant en sens inverse devaient s'écarter pour nous céder le passage. Quand nous nous arrêtions pour passer la nuit, il se trouvait toujours un bourg à proximité, d'où des marchands et des catins, attirés par le profit, venaient à notre rencontre pour nous proposer leurs marchandises respectives. Ce fut le cas près d'Orléans, de Chartes et de Dreux.

Pernelle, Ugolin et Jaume restèrent discrètement en queue de peloton, alors que je continuai à chevaucher en compagnie du jeune Montfort. Depuis notre départ de Rossal, le jeune seigneur était ébranlé. Déjà marqué par l'affreux bûcher que son père croyait avoir réservé à mon cadavre à Carcassonne, il en avait vu un autre de très près. Il s'était une fois de plus retranché dans le mutisme. Je savais que le fait d'avoir été incapable d'allumer le bûcher de Gerbaut avait été pour lui une nouvelle humiliation. Il avait dû sentir entre ses omoplates les regards méprisants des soldats de Pierrepont et avait certes imaginé sans peine les sourires narquois qui avaient traversé leurs visages.

Tout cela ne m'importait guère. Il pouvait bien se morfondre autant qu'il le voulait et macérer dans sa misère. Seul comptait le fait que, sans le savoir, il me guidait vraisemblablement vers la seconde part de la Vérité. Pour cela, je devais conserver toute sa confiance. Ironiquement, la dépression dans laquelle il se trouvait représentait une occasion de me rendre encore plus indispensable à ses yeux. Plus que jamais, j'étais pour lui la seule personne vers laquelle il pouvait se tourner, et je devais en profiter. Dès la première journée, j'abordai le sujet avec lui, alors que nous chevauchions en direction d'Orléans.

— Ne vous en faites pas, sire, dis-je. Vous n'êtes pas un guerrier et tout le monde le sait déjà. Les événements de Rossal n'ont rien montré de nouveau et il est inutile de les remâcher sans cesse. Ce qui est fait est fait.

Il me dévisagea et je lus dans ses yeux une profonde reconnaissance.

— Comment se fait-il que tu me comprennes si bien, Gontier ? Un homme comme toi devrait pourtant être de la même opinion que tous les autres.

— La vie m'a appris à ne pas juger hâtivement autrui, sire. Chacun de nous a ses faiblesses, dis-je, mes paroles reflétant mon propre sort. Le jugement appartient à Dieu seul.

— Dommage que tous n'aient pas ta sagesse.

— L'homme est une bête cruelle. Il dévore sans remords ceux qu'il considère comme plus faibles. Point ne sert de lui en tenir rigueur : c'est sa nature.

— En me demandant d'allumer ce bûcher, Pierrepont voulait m'humilier, continua Guy avec amertume. Et il a bien réussi. Il savait que j'en serais incapable.

— Ça oui, il le savait. Il n'apprécie pas d'être en charge de votre personne et c'était sa façon de vous le faire savoir une nouvelle fois.

Il soupira longuement en regardant droit devant lui.

— J'ai essayé, Gontier, de toutes mes forces. Si, pour une fois, j'avais pu me conduire comme mon père l'a toujours voulu… Être une bête semble pourtant si facile. Mais je n'ai pas pu.

— On ne fait pas un loup d'une brebis en lui offrant des canines, sire. Vous en auriez été incapable même si votre vie avait été en jeu.

Il fit une grimace de dégoût et je sentis presque le frisson qui lui remontait le long de l'échine.

— Je sais… Je revoyais le corps de ce Gondemar de Rossal, à Carcassonne… Je ne pouvais m'imaginer être celui qui causerait toutes ces souffrances, même si le vieux était fou à lier. Je ne sais pas comment tu as fait.

— Bof… Cette comédie avait assez duré. Et puis, j'ai beaucoup tué. Le geste n'avait pas la même portée pour moi.

— Il m'arrive d'envier les hommes tels que toi. Votre existence doit être si facile. Tout y est noir ou blanc.

Je me contentai de hausser les épaules. Ce jeune homme ne pouvait savoir à quel point le noir et le blanc de ma propre vie avaient muté en une infinité de tons de gris, chacun me torturant l'âme et la chair. Ma seule certitude était que je devais naviguer à l'aveuglette, au prix de mon salut éternel. Et pour cela, j'avais besoin de Guy de Montfort.

— Il ne faut pas dramatiser, finis-je par dire. Je peux vous assurer que même si vous aviez allumé le bûcher, vous n'auriez pas gagné le respect de Pierrepont et de ses hommes. Ils auraient simplement trouvé d'autres moyens de vous tourmenter. Ce qui compte, c'est que vous avez encore la chance de mériter celui de votre père, qui vous tient à cœur, quoi que vous en disiez. Sinon, vous ne seriez pas dans cet état. Donnez-lui satisfaction en menant à bien la mission qu'il vous a confiée et vous en gagnerez un peu.

Je fis une pause avant de formuler l'offre qui m'assurerait d'être associé à sa tâche. S'il l'acceptait, les choses me seraient plus faciles.

— S'il peut vous être utile, mon bras est à votre disposition, sire.

Il tourna la tête vers moi et sourit.

— Je l'apprécierais, Gontier. J'ai peine à imaginer mon retour, seul en compagnie de Pierrepont et de ses hommes.

Je me fis violence pour ne pas montrer mon soulagement. Je venais de m'insinuer dans sa mission. Avec un peu de chance, le *Lucifer* lui-même prendrait livraison de la seconde part de la Vérité dont Montfort entendait le priver.

— Bien ! dis-je. Alors voyons ce que nous savons de cette mission. Quelles sont vos instructions exactes une fois arrivé à Gisors ?

— D'attendre qu'on me contacte pour me remettre la chose que je dois rapporter.

— Quelqu'un est donc au courant de votre arrivée prochaine. Avez-vous une idée de qui il s'agit ?

— Non. Aucune.

— Et la chose dont vous devez prendre charge ? Savez-vous ce que c'est ?

Il hésita un instant et je retins mon souffle.

— Un document, répondit-il enfin. Mon père m'a bien prévenu de ne pas le lire et de ne le montrer à personne. Je dois simplement le ramener dans le Sud, sous la garde du sieur de Pierrepont, et le lui remettre en main propre dès mon arrivée.

Je comprenais sans mal pourquoi Simon de Montfort ne souhaitait pas que le document soit lu. Si le pape voulait s'emparer de la Vérité, c'était pour la détruire. Elle ne devait pas être ébruitée.

— J'ai été averti sans la moindre équivoque que du succès de mon entreprise dépendait le fait que mes génitoires restent attachées à ma personne ou non, ajouta-t-il en forçant un sourire.

— Hmmm… L'amour filial s'exprime parfois de bien étrange façon, ironisai-je. Cela dit, et quoi que vous en pensiez, votre père a confiance en vous. Il aurait pu assigner à cette tâche n'importe lequel de ses officiers, mais il vous a choisi. Son sang coule dans vos veines et, de toute évidence, ce document a une si grande importance à ses yeux qu'il ne pouvait imaginer faire appel à quelqu'un d'autre.

— Mon frère n'était sans doute pas disponible, rétorqua-t-il avec amertume.

Je désignai de la tête Alain de Pierrepont, qui chevauchait en tête du convoi, un plus loin.

— Et lui ? Quel est son rôle dans tout cela ?

— Il assure ma protection. Et contre sa volonté, comme tu l'as compris. Mon père a profité du fait qu'il devait se rendre à Gisors pour voir à des affaires personnelles et m'a confié à lui sans lui donner voix au chapitre. C'est sous son escorte que je retournerai dans le Sud.

— Et quand cela sera-t-il ?

— Lorsque les troupes seront regroupées pour la prochaine quarantaine.

— Il sait quelque chose de votre mission ?

— Non, il tient ses ordres de mon père. Pierrepont n'est pas homme à questionner. Il obéit, même quand cela lui déplaît.

— Alors, à vous de réussir, sire.

— En effet, et c'est ce qui me fait peur.

Il soupira, piteux.

— Et toi, Gontier ? Tu resteras dans le Nord ? s'enquit-il.

Je fis mine de considérer la requête qu'il venait de formuler indirectement.

— Je ne sais pas. Rien ne m'y retient. Je n'ai ni famille ni terres. Peut-être retournerai-je guerroyer.

— Malgré ta main ?

Je considérai ma senestre et tentai de fermer le poing. Elle bougeait un peu mieux.

— Elle n'est pas tout à fait inutile. Et puis, il m'en reste une autre et je sais m'en servir.

— Alors, raccompagne-moi dans le Sud. Je me sentirais plus tranquille si tu étais à mes côtés.

— Pourquoi pas ? répondis-je en haussant les épaules. La croisade n'a pas été très lucrative pour moi. Une seconde quarantaine ne ferait pas de tort à mes goussets.

— J'en suis heureux. Dès que nous serons à Carcassonne, je verrai à ce que tu sois bien payé.

— La reconnaissance de sire votre père me suffira.

— Je te conseille de privilégier les espèces sonnantes et trébuchantes. Mon père n'est pas un homme de sentiments.

Une fois encore, je sentis l'amertume qui le remplissait. Je savais aussi, mieux que personne, qu'il avait raison. Son père était aussi dénué de morale que je l'avais été. Une partie de moi l'enviait. Ma vie avait été beaucoup plus simple avant qu'on ne m'afflige d'une conscience. Quant à sa relation avec son fils, je ne pouvais imaginer ce qu'un viandard de son espèce avait pu faire subir à un être aussi sensible.

— Alors, affaire conclue, dis-je.

Je retournerais dans le Sud dès que j'aurais mis la main sur la seconde part de la Vérité, mais sans Guy de Montfort. Et pour une fois, je n'avais aucun scrupule à utiliser quelqu'un pour parvenir à mes fins. Au contraire, l'ironie qu'un Montfort joue un rôle, même involontaire, dans le regroupement des deux parts et dans leur éventuelle révélation, me séduisait grandement.

Dès lors, le jeune Montfort, rassuré sur la suite des choses, fut de commerce agréable et m'étonna même en riant à quelques reprises. Pour le reste du voyage, nous ne reparlâmes plus de sa mission. Je savais ce que je devais savoir et lui ne savait rien de plus. Nous devions donc attendre d'être arrivés à Gisors. Une fois là, nous verrions bien ce qui se produirait.

L'avant-dernier jour, la majorité du convoi se détacha et partit en direction de Paris. Seuls Pierrepont et sa vingtaine d'hommes, ainsi que quelques marchands – de victuailles ou d'amour – poursuivirent leur route vers Gisors, de sorte que nous n'étions plus qu'une quarantaine. Lorsque nous fûmes à proximité de Rouen, nous ne nous y arrêtâmes pas et filâmes droit vers notre destination.

La dernière journée de notre voyage s'écoula rapidement. Tous étaient impatients d'en finir avec cet interminable pèlerinage dans le froid, la neige, la pluie et la boue, pour se retrouver enfin au chaud et au sec. Pierrepont n'avait sans doute pas rendu public le fait que le repos risquait fort d'être de courte durée, mais ses hommes étaient endurcis et se plieraient à ses ordres.

Nous arrivâmes à Gisors sans tambour, ni trompette, alors que le soleil commençait à descendre. Le temps était doux et la bonne humeur, générale. À l'horizon, j'aperçus d'abord l'église et les nombreuses maisons étalées au pied d'une haute muraille. Nous entrâmes dans la ville. Marchands et putains se dispersèrent aussitôt dans les rues. Je m'excusai auprès de Guy et éperonnai Sauvage pour aller rejoindre sire Alain.

— Sire, fis-je quand je fus parvenu à sa hauteur. Puisque vous m'avez placé en charge du jeune Montfort, où dois-je le conduire ?

— Par ordre de sire son père, ce freluquet est sous ma responsabilité, grogna-t-il. Il logera dans la forteresse, avec le reste de mes hommes. Et toi aussi. Un messager a annoncé notre venue au seigneur de l'endroit, Jehan de Gisors, et tout est arrangé. Ton petit chéri aura les quartiers douillets que requiert sa délicate personne et tu les partageras avec lui. Vous aurez toute l'intimité que vous souhaitez. Si j'étais toi, je prendrais garde à mon trou du cul.

Voilà que le bougre laissait entendre que j'étais un sodomite. Il me fixa droit dans les yeux avec un air de défi. Je serrai les dents pour maîtriser l'envie de lui enfoncer mon poing dans la figure. Il n'avait aucune importance. Il n'était qu'un pion sur l'échiquier. Seule comptait la seconde part. Je fis faire demi-tour à Sauvage et pris congé en le remerciant sèchement de la tête. Alors que je m'éloignais, je l'entendis ricaner.

Je m'en retournais vers Guy pour l'informer des arrangements lorsque je croisai trois hommes à cheval vêtus de la livrée rouge, jaune et blanche de Pierrepont. L'un d'eux était immense, un autre de taille moyenne et le dernier, tout petit. Ils portaient un heaume à nasal qui masquait en partie leur visage. Deux avaient la barbe fournie, l'autre n'en avait point. J'allais passer près d'eux sans leur accorder d'attention lorsque, subitement, le plus grand me saisit le bras droit au passage. Sans même y penser, je secouai ma senestre pour faire surgir les deux lames de mon gant.

— Alors, Gondemar, tu ne salues plus tes vieux amis ? Tu ne serais pas repassé dans le camp des croisés, par hasard ?

Je souris en reconnaissant la voix profonde et calme d'Ugolin. Tout en faisant rentrer les lames, je jaugeai les deux autres de plus près et reconnus, de chaque côté de la pièce de fer qui recouvrait leur nez, les yeux de faucon de Jaume et ceux, de ce vert foncé et profond qui était entré dans mon cœur dès mon enfance, de Pernelle.

— Bougre de Dieu, dis-je, amusé. C'est plutôt à vous que je devrais poser cette question ! Je présume que quelque part le long du chemin, trois hommes de Pierrepont gisent les fesses à l'air ?

— On peut dire ça, oui, rétorqua le Minervois en caressant d'un geste entendu la dague qui était passée dans sa ceinture. Mais, rassure-toi, ils ne sentent pas le froid.

— Nous nous sommes dit, Ugolin et moi, qu'il nous serait plus facile de rester près de toi et de ton mignon compagnon si nous faisions partie des troupes de Pierrepont, expliqua Jaume.

Pernelle rajusta maladroitement le heaume trop grand qui glissait sur sa tête.

— Ho! Quel terrible soldat! m'écriai-je avec dérision en la voyant ainsi accoutrée. Je me rends!

— Je t'interdis de rire, sot! grommela-t-elle.

Je me tournai vers Ugolin, qui observait la scène en essayant de retenir le sourire qui s'apprêtait à éclairer son visage.

— Tous les hommes de Pierrepont logeront ensemble dans la forteresse, les informai-je. La petite a beau porter une cotte de mailles, une livrée et un heaume, elle ne passera pas inaperçue très longtemps.

— Tu serais surpris, dit Jaume. Dame Pernelle, montrez-lui.

— Le faut-il vraiment? gémit cette dernière.

— Tôt ou tard, vous devrez vous y résoudre.

Pernelle soupira et retira son heaume. Malgré moi, j'écarquillai les yeux. Elle avait les cheveux courts, coupés à la garçonne. Le barbier avait fait un bien piteux travail et il ne se trouvait pas deux mèches d'égale longueur sur tout son crâne. Pour faire bonne mesure, Ugolin et Jaume lui avaient barbouillé la figure de poussière, de sorte que, avec ses dents gâtées et sa peau piquée de vérole, elle avait l'air de n'importe quel jeune garçon après des semaines de route.

— Foutre de Dieu… m'exclamai-je. On dirait un jeune page.

— Hrmmmmph… se contenta-t-elle de grogner.

— Elle s'est soumise à nos bons soins avec une admirable résignation, expliqua Jaume en souriant.

— La chair est sans importance, confirma Pernelle, mi-figue, mi-raisin. Et puis, mes cheveux repousseront. Si nous parvenons à nous emparer de ces fichus documents, mon sacrifice aura été bien modeste.

— Justement, à ce sujet…

Je leur relatai à toute vitesse ce que j'avais appris de sire Guy: que c'était bien d'un document dont il devait prendre livraison à Gisors, qu'il lui était interdit de le lire ou de le montrer, et qu'il devait repartir avec celui-ci dès que les troupes fraîches seraient prêtes.

— On dirait que c'est bien ce que nous cherchons, dit Ugolin.

— Je le crois, oui. Aussitôt qu'il l'aura en main, je vous le ferai savoir.

Jaume désigna la tête de notre petit convoi, qui avançait dans les rues vers la forteresse.

— Il est temps de nous mêler aux troupes.

— Tu vois cette grosse tour, au sud-est de la muraille ? demandai-je.

— La ronde aux murs épais ?

— Oui, retrouvons-nous là au coup de minuit pour faire le point.

Sans rien ajouter, nous nous séparâmes, mes trois compagnons pour rejoindre les hommes de sire Alain, et moi pour retourner auprès de Guy, que j'informai des arrangements qui le concernaient.

La forteresse de Gisors était différente de celles du Sud, où la plupart étaient perchées sur des sommets escarpés auxquels elles semblaient s'accrocher de toutes leurs griffes pour ne pas tomber. Celle-ci se trouvait sur un terrain plat et, chose étrange, ses murailles n'encerclaient pas la ville. Au contraire, c'était la ville qui l'encerclait. Je n'arrivais pas à comprendre qu'on laisse ainsi la populace à la merci d'une attaque, mais je savais, par mes discussions avec le marchand, que la forteresse avait été construite pour protéger la frontière et, le cas échéant, pour abriter les rois et leurs troupes, pas le petit peuple.

Nous traversâmes donc d'abord la ville sous le regard indifférent de la population qui vaquait à ses occupations, manifestement habituée à l'arrivée de convois. Lorsque nous eûmes atteint le pied de la haute et solide muraille, protégée par de profondes douves qui en rendaient l'accès impossible, nous nous arrêtâmes devant une porte massive. À sa gauche se dressait une tour carrée qui devait sans doute servir de résidence, si j'en jugeais par les fenêtres qui la perçaient. À droite s'élevait une tour de guet ronde. Guy et moi nous trouvions à quelques toises de Pierrepont et je le vis adresser quelques mots aux gardes, qui lui ouvrirent sans tarder. Les soldats se mirent en marche et nous entrâmes.

L'enceinte était vaste et même un œil peu averti pouvait voir à quel point le travail de maçonnerie était solide. Tout était entretenu à la perfection, comme il se devait pour une forteresse dont la fonction première était de bloquer la voie à un éventuel envahisseur anglais. De l'intérieur, je pus confirmer que la muraille était parsemée, à intervalles réguliers, d'une douzaine de tours de guet. La plupart étaient carrées et crénelées, ou encore percées d'archères. Quelques-unes étaient circulaires, dont celle, plus haute et massive que les autres, que j'avais désignée comme point de rendez-vous à mes compagnons. Elle donnait un accès direct au chemin de ronde auquel, chose étonnante, un pont mobile la reliait de chaque côté. De toute évidence, on pouvait s'y réfugier, le cas échéant, ou empêcher quiconque s'y trouvait d'en sortir en relevant ce pont. Une muraille secondaire s'y prenait pour former, dans le coin sud-est de la forteresse, une petite enceinte intérieure à laquelle se greffait un corps de logis en pierre à deux étages.

— On l'appelle la Tour du Prisonnier, dit Guy à ma gauche.

— Vous connaissez cet endroit, sire ? m'enquis-je, étonné.

— J'y suis passé quelques fois avant de traverser la Manche vers les terres familiales, m'expliqua-t-il.

— Et de quel prisonnier parle-t-on ?

— Tous les captifs d'un certain statut y sont gardés.

— Et les autres ?

— On les met au donjon, comme il se doit. Et voici d'ailleurs la Motte.

Je regardai dans la direction qu'il m'indiquait. Au centre de la cour trônait une tour octogonale, renforcée par des contreforts de pierre massifs et couverte, qui était rien de moins qu'une merveille. Elle avait été érigée sur un monticule de terre qui semblait la pousser vers le ciel et son sommet crénelé dépassait de beaucoup le haut de la muraille. Jamais encore je n'avais vu donjon aussi étrange. Un peu comme à Quéribus, il était lui-même enclos dans une solide enceinte circulaire crénelée et fermée qui pourrait servir d'ultime retranchement si la forteresse était forcée. À vue de nez, il s'élevait à une quinzaine de toises du sol sur lequel je me tenais. De là-haut, on avait forcément une vue imprenable sur des lieues à la ronde. Aucune armée ne pourrait passer inaperçue et s'approcher. Quiconque serait retranché dans ce donjon pourrait soutenir un siège quasi éternel, car celui qui désirerait le prendre devrait gravir la pente abrupte du monticule pour ensuite se heurter contre la haute muraille, d'où une pluie de flèches s'abattrait sur lui. Je me rappelai ce que m'avait dit le marchand au sujet de Gisors : *quiconque la possède tient la Seine.* Je comprenais mieux, maintenant, pourquoi les Normands, qui l'avaient construite jadis pour le roi d'Angleterre, y tenaient tant.

Sous les regards indifférents des soldats qui composaient la garnison de la forteresse, notre petit convoi se dirigea vers le corps de logis. Au passage, je notai que la forteresse ne semblait pratiquement habitée que par des soldats. Ici, peu de femmes et point d'enfants. L'endroit était consacré à la guerre et à rien d'autre. Lorsque nous y fûmes admis, je constatai que la Tour du Prisonnier était presque aussi impressionnante que le donjon. Elle s'élevait à une douzaine de toises et son diamètre en comptait plus de six. Il fallait être aveugle pour ne pas voir combien ses murs étaient épais. Le corps de logis, lui, s'étendait sur deux étages spacieux. Avec Guy et moi, la troupe de Pierrepont se composait d'un peu plus de vingt hommes. Nous y serions logés sans difficulté.

On nous avait attribué un appartement commun au second étage d'un édifice en bois situé dans le coin nord-est de la forteresse. En me logeant avec Guy, on me ravalait au rang de domestique, et le fait ne m'échappa nullement, mais je ne m'en formalisai pas. Plus on me croyait vil, moins j'attirerais l'attention. L'endroit était de bonnes dimensions et confortable. Un feu allumé dans la grande cheminée produisait une chaleur agréable. De chaque côté de la pièce, une paillasse propre et fraîche était posée sur le plancher. Sur la table, du pain, du fromage, du faisan froid et du vin nous attendaient.

Dès que nos maigres bagages furent déposés, nous nous attablâmes et mangeâmes en parlant peu. Le jeune Montfort était tendu comme une corde de luth et je savais très bien pourquoi.

— L'attente peut être la pire des tortures, n'est-ce pas? demandai-je.

— Tu l'as dit, soupira-t-il.

— Nous arrivons à peine, sire. Prenez un peu votre mal en patience. Celui qui doit vous rencontrer est sans doute déjà au fait de votre arrivée. Si le document est aussi important que votre père vous l'a laissé entendre, il ne tardera pas à se manifester.

Comme si la Providence avait voulu rire de moi, on frappa à la porte à cet instant précis.

— Tu ne serais pas un peu prophète, par hasard? demanda-t-il.

Il se leva et se précipita pour ouvrir, tendu. Dans l'embrasure se tenait un soldat dont le surcot arborait une croix rouge sur fond jaune ornée d'un lion passant bleu dans chaque coin.

— Sieur de Montfort, on vous demande de paraître devant sire Jehan, seigneur de Gisors. Je suis chargé de vous conduire.

— Évidemment, fit Guy. Cela va de soi. Un instant.

Le jeune homme revint à l'intérieur pour passer à la hâte un surcot de velours bleu foncé qu'il venait à peine de tirer de ses bagages.

— Il est temps de présenter nos hommages au seigneur de l'endroit, m'informa-t-il. Accompagne-moi.

J'acquiesçai de la tête et me levai. Je n'avais que les vêtements que je portais sur le dos, mais personne ne s'en offusquerait. Moi, jadis seigneur en titre et en droit de Rossal, j'allais me présenter devant un de mes pairs comme un laquais. La Vérité exigeait des sacrifices qui m'indisposaient particulièrement.

Guy et moi suivîmes notre guide hors du corps de logis puis dans la cour, que nous traversâmes en direction de la magnifique tour centrale. Nous gravîmes le monticule de terre abrupt et longeâmes le mur qui trônait à son sommet jusqu'à une porte qui donnait accès à l'enceinte. Nous la franchîmes sans être questionnés et, une fois à l'intérieur, j'aperçus, en face du gigantesque donjon, un puits et une petite chapelle en pierre aux murs percés de quelques fenêtres. C'est là qu'on nous conduisit. Le soldat nous ouvrit la porte et s'écarta pour nous laisser passer.

Un fauteuil à haut dossier bellement sculpté avait été disposé devant le chœur. Un très vieil homme y trônait. Il devait avoir près de quatre-vingts ans. Sa peau était jaunâtre et parcheminée, ses yeux bleus pâlis par un filtre laiteux, ses lèvres minces comme une coupure, ses cheveux rares. Il avait posé son menton dans la paume de sa main pour soutenir sa tête. Il était immobile et, pendant un instant, je crus qu'il était mort et qu'on l'avait oublié là.

— Jehan, seigneur de Gisors, murmura Montfort à mon intention.

— Depuis un siècle au moins…

— Ne te fie pas aux apparences. Sa carcasse est peut-être usée, mais son esprit est aussi aiguisé que ta lame.

Lorsque le seigneur des lieux nous vit, il se redressa de son mieux et sourit, découvrant des gencives parsemées de chicots noircis. Puis, d'une main sur laquelle il ne semblait rester que la peau sur les os, il invita Guy à s'approcher. Ses mouvements étaient saccadés comme ceux de l'oiseau auquel il faisait penser. Alain de Pierrepont était déjà sur place avec quelques-uns de ses hommes, formant un corridor que Guy devait franchir pour s'avancer vers son hôte. Tous lui jetèrent un regard méprisant quand il passa devant eux, mais le jeune homme, la tête haute, les ignora dignement.

— Sire Jehan, susurra-t-il d'une voix mielleuse en s'inclinant respectueusement. Je vous apporte les hommages sincères et les salutations amicales de mon père, sire Simon de Montfort, seigneur de Montfort-l'Amaury, comte de Leicester, vicomte d'Albi, de Béziers et de Carcassonne, de ma mère, dame Alice de Montmorency, de même que les miens.

— Vos hommages sont bien notés, sire Guy, caqueta le vieillard en inclinant la tête à son tour, et vous voudrez, en retour, bien présenter les miens à vos parents. Il y a longtemps que je vous ai vu. Vous prendrez bien un verre de vin ?

— Avec plaisir, sire.

Jehan de Gisors fit un signe de la main, et aussitôt un serviteur porta une coupe d'argent à Montfort, puis à son maître. Guy attendit que le vieillard entame le breuvage avant de faire de même.

— Alors, demanda Jehan après avoir fait claquer sa langue en signe de satisfaction, vos parents se portent bien malgré cette croisade ?

— Mon père n'est jamais plus heureux que lorsqu'il guerroie, sire. Quant à ma mère, elle l'a rejoint dans le Sud et en semble satisfaite.

— Et que me vaut l'honneur de votre présence à Gisors ? Vous n'avez quand même pas fait ce long chemin en plein hiver pour me saluer.

— Non, sire. Mon père m'a chargé de s'informer auprès de vous du nombre et de l'état des troupes que vous comptez lui fournir pour la prochaine quarantaine.

Le fait que je me tenais en retrait derrière Guy servit sans doute à masquer mon étonnement. Je compris qu'il offrait à son hôte une explication crédible pour masquer la véritable raison de sa présence. Son père, véritable génie du Mal, avait tout prévu.

— Diantre, un simple courrier aurait amplement suffi ! lança Jehan, amusé, de sa voix craquelée. Votre père doit beaucoup tenir à mon aide pour dépêcher son propre fils.

— Il y tient, en effet, sire. Il a pour vous la plus grande des estimes et connaît votre puissance.

— Bien, fort bien, marmonna le vieil homme, visiblement flatté. Nous en reparlerons.

Malgré moi, j'admirais l'habileté avec laquelle procédait Guy. Il n'était certes pas un guerrier, mais il tenait on ne peut mieux du diplomate et du courtisan. Son père, qui était tout sauf idiot, lui avait confié une mission qui lui convenait à merveille.

La conversation se poursuivit une bonne heure, légère et animée. Le vieux seigneur, curieux du déroulement de la croisade, se repaissait des récits animés et replets de détails sanglants que lui faisait Pierrepont, qu'il ponctuait de petits cris excités et d'exclamations guerrières.

— Bon ! Je suis un vieil homme ! finit-il par dire, visiblement à regret. Le sommeil me fuit depuis des années, mais mes vieux os, eux, exigent néanmoins de plus en plus de repos. D'ici à notre prochaine discussion, vous êtes ici chez vous.

Il se tourna vers Pierrepont.

— Sire Alain, je présume que vous profiterez de votre présence pour passer par vos terres de Laon ?

— C'est possible, en effet, sire, répondit évasivement Pierrepont. Mais auparavant, je dois attendre des nouvelles de quelques seigneurs anglais auxquels le sieur de Montfort a demandé une contribution à la cause de Sa Sainteté Innocent.

— Je vois. Alors, Dieu veuille que ces nouvelles soient bonnes. Il est grand temps que ces maudits hérétiques soient écrasés une fois pour toutes comme les cafards qu'ils sont. À quoi servirait d'être chrétien si Dieu ne nous assurait pas la victoire ? Je vous le demande !

— Bien dit ! s'exclama Pierrepont.

Nous saluâmes tous le seigneur de Gisors et faisions mine de nous retirer lorsqu'il interpella Montfort.

— Sire Guy, si vous voulez bien rester encore un peu, j'aimerais vous entretenir en privé.

Je vis le jeune homme se raidir et me jeter à la dérobée un regard inquiet. Tous deux, nous avions songé à la même chose. Les documents lui seraient peut-être remis le soir même.

— Bien sûr, sire, dit-il.

Tous quittèrent la chapelle. N'ayant rien de particulier à faire, je me baladai un peu dans la forteresse. Parvenu près du logis des troupes, un brouhaha attira mon attention. Je repérai, non loin de là, une petite bicoque aux fenêtres illuminées et compris qu'il s'agissait d'une taverne. Jamais encore je n'avais vu un regroupement de soldats sans qu'il se trouve, non loin, un tel endroit. D'expérience, je savais que l'information y circulait toujours librement et je décidai d'aller me désaltérer.

Lorsque j'entrai, quelques-uns des hommes de Pierrepont, attablés dans un coin, me toisèrent d'un regard mauvais, mais sans plus. Après ma récente démonstration, ils préféraient se tenir loin de moi. Les discussions étaient animées et le vin coulait à flots. Je décidai donc de m'installer au comptoir, au fond de la pièce, et de voir ce que l'aubergiste avait à raconter. J'avais à peine posé mon séant sur un tabouret qu'une femme s'approcha de moi. Dès que je la vis, je sentis le bas de mon ventre s'agiter comme il ne l'avait pas fait depuis que j'avais quitté Cécile.

Elle était plus âgée que moi, quelque part dans la trentaine, mais le temps avait été clément pour elle, comme c'est parfois le cas pour certaines femmes, et elle n'en était que plus séduisante. Étonnamment grande, elle n'avait que quelques doigts de moins que moi. Les cheveux noirs comme la nuit et tombant en cascade sur ses épaules, les yeux de même couleur au regard pénétrant, les traits fins, le nez un peu long, mais droit, la mâchoire carrée, elle dégageait une assurance et une volonté peu communes. Dès qu'elle m'aperçut, elle se dirigea vers moi et je ne pus qu'apprécier la façon dont elle roulait les hanches. Je me surpris à imaginer les longues jambes effilées que cachait sa jupe. Arrivé face à moi, elle posa les coudes sur le comptoir, de sorte que je pus admirer sans trop d'effort les petits seins pointus qui se trouvaient sous sa blouse.

— Qu'est-ce que ce sera ? demanda-t-elle d'une voix rauque.

— Du vin.

— Tout de suite.

Elle se retourna pour aller tirer un gobelet d'un tonneau et je souris en admirant son postérieur lorsqu'elle se pencha. Elle me prit de court en se retournant brusquement.

— La vue te plaît ? demanda-t-elle.

— Elle réjouirait même un aveugle, blaguai-je.

Elle revint et posa le gobelet sur le comptoir.

— Tu es arrivé avec sire Alain ? s'enquit-elle en empochant la pièce que je lui tendais.

— Oui.

— Que viens-tu faire ici ?

— Moi ? Rien. Ma quarantaine dans le Sud était terminée et je n'avais nulle part où aller. J'ai décidé de me joindre au convoi et je me suis retrouvé garde du corps de sire Guy de Montfort.

Je lui tendis la main.

— Je m'appelle Gontier.

— Guiburge, répondit-elle en saisissant ma main avec poigne.

Pendant les deux heures qui suivirent, nous discutâmes de tout et de rien, fréquemment interrompus par les clients qu'elle devait servir. Je découvris peu à peu une femme intéressante et sûre d'elle qui aimait parler à quelqu'un qui en valait la peine. Moult fois durant la conversation, elle me serra l'avant-bras avec sa main en riant, me faisant frémir à chaque fois. Si mon cœur était pour toujours à Cécile, je découvrais avec stupeur que mon membre, lui, se sentait soudain parfaitement libre. À maintes reprises, je lui ordonnai mentalement de se calmer, mais il refusa net.

— Tu ne sembles pas du genre à errer au hasard, Gontier, dit-elle soudain. M'est avis que tu es à Gisors pour une raison bien précise.

— Nous cherchons tous quelque chose, répondis-je vaguement.

— La plupart des hommes cherchent un cul à enfiler, s'esclaffa-t-elle. Mais pas toi. Tu es bien trop préoccupé pour cela.

— Tu pourrais être surprise.

Elle se pencha sur le comptoir jusqu'à ce que sa bouche frôle mon oreille.

— Peut-être que j'aimerais l'être.

Elle se recula en ricanant comme une jouvencelle et me regarda droit dans les yeux.

— Depuis quelques semaines, dit-elle en changeant de sujet, la rumeur court qu'un échange aussi secret qu'important doit se faire à Gisors. Et voilà qu'arrivent Alain de Pierrepont et Guy de Montfort, le fils de l'illustre Simon. J'imagine qu'ils sont ici pour ça.

Je la considérai quelque peu et décidai de plonger.

— Que sais-tu, au juste, de cet échange ? lui demandai-je.

— Peu de choses, en vérité. On dit que sire Lambert de Thury a quelque chose à y voir, mais je n'en sais pas plus.

— Qui est-il ?

— Thury ? Un homme loyal à Simon de Montfort. Il a guerroyé avec lui dans le Sud. Et maintenant, comme par hasard, le voilà lui aussi à Gisors.

Je restai songeur. Le peu que savait cette femme me confirmait ce que j'avais moi-même appris. Mais je venais peut-être d'apprendre le nom de celui qui devait transmettre la seconde part à sire Guy : Lambert de Thury.

Je poursuivis la discussion pendant quelques minutes encore, mais de toute évidence Guiburge ne détenait aucune autre information. Je fis mine de me lever pour prendre congé.

— Le vin était excellent, et la conversation encore meilleure, dis-je. Je dois aller retrouver sire Guy.

Elle me saisit le bras et me retint.

— Pas tout de suite.

Avant que je puisse m'enquérir de ce qu'elle voulait dire, elle leva la tête vers les clients attablés.

— On ferme, vous autres ! cria-t-elle pour couvrir le brouhaha.

— Quoi ? rouspéta un soldat particulièrement imbibé. La soirée ne fait que commencer.

— Toute bonne chose a une fin ! Allez, ouste ! Dehors, bande de manants !

— Peuh… Ellaire était plus accommodante que toi !

— Ellaire n'est plus propriétaire de l'établissement. Fais-toi à l'idée, mon brave. Après Dieu, je suis seul maître de cette taverne. Je vous ai assez vus ! Dehors !

Les soldats se levèrent et sortirent en maugréant. Dès que la taverne fut vide, Guiburge contourna le comptoir pour aller verrouiller la porte. Lorsqu'elle se retourna, elle n'était plus la même. Son visage était crispé, ses lèvres retroussées en une moue sauvage. Elle traversa la pièce en quelques pas de ses longues jambes et fondit sur moi comme une bête. Elle me saisit par les épaules et me repoussa avec force contre le comptoir. Sa langue envahit ma bouche, la fouillant presque haineusement. Puis elle me mordit le cou, si fort que j'en grimaçai. En moins de deux, elle avait défait mes braies et empoigné mon estoc d'une main ferme, me procurant autant de douleur que de plaisir. De sa main libre, elle remonta sa jupe et m'enfourcha sans le moindre préambule, puis glissa les doigts sous ma chemise pour enfoncer ses ongles dans la chair de mon dos. Mes mains se glissèrent d'elles-mêmes sous son séant et je l'agitai comme un fétu de paille. Notre copulation fut brève et bestiale. Le plaisir la prit avant moi et, en proie à l'extase, elle vrilla dans mes yeux le regard le plus intense que j'avais jamais vu chez une femme. Puis je fus emporté à mon tour et je me répandis en elle.

J'étais encore en train de reprendre mes esprits qu'elle n'était déjà plus en selle, lissant sa jupe sur ses cuisses.

— La taverne est fermée, dit-elle avec un sourire égrillard.

— Je n'ai pas à me plaindre du service, remarquai-je en me reculottant, encore un peu sonné par son agressivité.

Je lui saisis la taille pour l'attirer vers moi, mais elle me repoussa, coquine.

— Tut tut, fit-elle. Il faut savoir se contenter. Et je suis certaine que tu as encore à faire.

— Bien. Bonne nuit, alors.

Elle déverrouilla la porte et me donna une petite claque sur le derrière lorsque je sortis. Elle riait encore à gorge déployée lorsqu'elle referma derrière moi.

Lorsque je fus de retour au logis, Guy n'était toujours pas revenu. J'essayais en vain de donner un sens à ce que je venais de vivre. Guiburge savait ce qu'elle voulait, c'était clair. Elle m'avait pris comme du bétail pour satisfaire ses besoins charnels, comme je l'avais moi-même fait pour toutes les femmes, sauf Cécile. Je me sentais terriblement coupable. J'aimais la demoiselle de Foix de toute mon âme et, pourtant, je venais de vivre avec une autre ce que je n'aurais dû réserver qu'à elle. J'avais acquis une information utile, certes, mais au prix d'une nouvelle trahison. La chair était faible. Ma fidélité ne valait guère mieux.

Fébrile et songeur à la fois, je jouai avec les lames de ma senestre, les faisant distraitement sortir et entrer en marchant de long en large. Je décidai de garder pour moi ce que je savais au sujet de Lambert de Thury. Peut-être pourrais-je l'utiliser pour prendre Guy de court.

Le jeune Montfort se présenta une demi-heure une tard.

— Alors? l'interrogeai-je dès qu'il franchit le seuil. Vous a-t-il remis le document?

— Non, il désirait seulement me confier un message pour mon père.

— Lequel?

— Une promesse de troupes supplémentaires pour la prochaine quarantaine, m'apprit-il, la déception se lisant sur son visage.

— Voilà qui ne vous avance guère.

— En effet.

— Patience, sire. Votre père ne vous a pas envoyé jusqu'ici pour rien. Votre homme se manifestera.

Il s'approcha de moi, un sourire narquois sur les lèvres. Il posa le bout de son doigt sur mon menton et fit pivoter ma tête.

— Tu t'es trouvé une agréable compagnie, on dirait, remarqua-t-il, amusé. Ou alors, une bête sauvage t'a attaqué.

— Un peu des deux.

— Grand bien te fasse, mon ami. Fais seulement attention qu'elle ne t'éborgne pas dans un moment de passion. Déjà que mon garde du corps est à demi manchot !

— Très drôle, grognai-je.

Nous nous couchâmes sans discuter plus avant, la chaleur du feu qui ronflait favorisant le sommeil. Je trouvais espoir dans le fait que, si Montfort s'était arrangé pour qu'on confie à son fils la seconde part de la Vérité, ceux qui le feraient n'avaient pas avantage à tarder. Sa valeur était bien trop grande. Je savais aussi qui guetter. Malgré cela, j'étais soucieux. *La seconde part de la Vérité se trouve à Gisors, dans une chapelle qui n'a jamais vu la Lumière*, m'avait dit la mendiante avant d'expirer. *Suis la lignée de l'Ordre des Neuf. 3, 5 et 7. Les Ténèbres et la Lumière. Gare au vitriol et comprends la marque d'infamie de Jésus.* L'intervention de Simon de Montfort, dont elle ne savait rien, avait tout changé. Quelqu'un avait déjà résolu cette charade, trouvé cette chapelle et pris la seconde part. Rien ne se produisait comme prévu.

Quand je fus certain que Guy dormait profondément, je ramassai ma capeline, me levai et sortis.

Arrivé en vue de la Tour du Prisonnier, je restai en retrait près de la muraille pour observer les environs. J'avais une conscience aiguë de me trouver en territoire ennemi, au milieu de ceux qui détenaient la seconde part de la Vérité et qui se feraient un plaisir de m'écharper vivant s'ils découvraient qui j'étais. Rien ne ferait plus plaisir à Simon de Montfort que de recevoir en même temps le document tant désiré et la tête de celui qu'il détestait entre tous, même s'il le croyait déjà mort. Cette tête, on me l'avait déjà décollée des épaules une fois, et j'entendais bien la conserver là aussi longtemps qu'il le faudrait pour déterminer si mon âme serait sauvée ou perdue.

Quand je vis les trois ombres longer la muraille vers la tour, je mis la main sur mon épée, mais une observation plus attentive me rassura. Une grande, une moyenne et une petite. Il ne pouvait s'agir que des mes compagnons. Je m'approchai et les trouvai enveloppés dans des capelines au capuchon remonté.

— Alors, s'enquit Jaume sans préambule, du nouveau ?

— Oui et non. Guy a présenté ses respects au seigneur. On ne lui a rien remis. Que je sache, en tout cas.

— Bougre de Dieu, grommela Ugolin, c'eût été trop facile.

Je leur racontai ensuite ma conversation avec Guiburge en me gardant bien de mentionner son intime conclusion.

— Lambert de Thury ? répéta Ugolin, stupéfait.

— Quoi ? Tu le connais ?

— Il était à Béziers, à Carcassonne et à Termes, intervint Jaume. Partout où il passe, il ne laisse que la mort et la désolation derrière lui. En récompense des atrocités commises, il a reçu Limoux et Puichéric. Thury… Tuerie… Il porte bien son nom.

Mon regard se porta vers la Tour du Prisonnier.

— Puisqu'il a sa confiance, pourquoi Montfort ne lui a-t-il pas demandé de rapporter lui-même le document ?

— Peut-être ne souhaite-t-il pas que la Vérité sorte du cercle restreint de sa famille, suggéra Pernelle.

— Pierrepont, et maintenant ce Thury, marmottai-je. Cela commence à faire beaucoup de proches de Montfort dans un bien petit espace… Il me tarde de quitter cet endroit. Et de votre côté, comment se présentent les choses ?

— Les hommes de Pierrepont se connaissent depuis longtemps, répondit Jaume. Alors nous nous tenons soigneusement à l'écart. Nous avons trouvé un coin confortable dans l'écurie.

Nous y sommes au chaud et personne ne semble s'inquiéter du fait qu'il manque trois soldats.

Je m'approchai de Pernelle, qui frissonnait dans la nuit.

— Tu as toujours Memento et le sceau de la mendiante ?

— Ils sont cachés dans mes bagages. Tu les veux ?

— Non, ils risqueraient d'attirer l'attention. Je me sens seulement un peu nu sans mon arme.

Je frictionnai ma senestre, qui était parcourue d'élancements. Mon amie s'en empara aussitôt et la tâta à travers le gant de cuir.

— Elle te fait mal ?

— Un peu.

— Depuis longtemps ?

— Une semaine, peut-être.

— C'est l'humidité et le froid. Le contact avec le métal n'aide pas, évidemment. Essaie de la garder au chaud.

— Plus facile à dire qu'à faire, ces temps-ci, maugréai-je.

Un grincement suivi d'un claquement nous firent sursauter et nous nous plaquâmes contre la muraille. Je levai la tête. Sur le chemin de ronde, j'aperçus Pierrepont dans la lumière de la lune. Il venait de sortir de la Tour du Prisonnier. Il était accompagné de deux hommes que je n'avais encore jamais vus. L'un d'eux, petit et trapu, avait la chevelure châtaine qui volait au vent et une barbe clairsemée. L'autre, plus grand et mince comme un fil, le visage lisse, portait ses cheveux bruns soigneusement attachés sur la nuque.

— Qu'est-ce qu'il faisait là-dedans, celui-là ? marmonna Ugolin. Il n'est pas hébergé dans le corps de logis ?

— Tantôt, devant sire Jehan, il a mentionné qu'il attendait des nouvelles de seigneurs anglais, chuchotai-je. Montfort l'a chargé de lui obtenir des troupes supplémentaires. Il doit s'agir de leurs émissaires. Pierrepont préférait sans doute traiter avec eux dans l'intimité.

— Peut-être aussi s'agit-il simplement d'officiers de la garnison avec lesquels il entretient des liens d'amitié, suggéra Jaume.

J'ai cru comprendre que la salle des gardes se trouvait au rez-de-chaussée de la tour. Pour autant que nous le sachions, ils ont simplement pris un pot en parlant du bon vieux temps.

Nous regardâmes les trois hommes discuter un moment, la distance nous empêchant de saisir leurs propos. Puis ils se séparèrent. Les deux inconnus rentrèrent dans la tour et Pierrepont parcourut le chemin de ronde jusqu'à l'escalier qui menait vers la cour intérieure. Une fois là, il se dirigea d'un pas ferme vers le corps de logis et y disparut.

— Brrrrr… Dieu fasse que nous puissions quitter cet endroit au plus vite, maugréa Pernelle en se frottant les bras avec ses mains. Je me sens comme un poulet au milieu d'une meute de renards endormis. J'ai l'impression qu'au moindre faux pas je ne serai plus qu'un tas de plumes.

— Tu n'es pas la seule. Restons prudents et patients. Montfort n'a pas envoyé son fils jusqu'ici à l'aveuglette. On finira bien par lui remettre le document.

Jaume m'empoigna le bras et m'adressa un regard intense.

— N'oublie pas ta promesse, Gondemar. Tu me le laisses.

Je hochai la tête.

— Bon, retournons chacun chez nous et retrouvons-nous demain à la même heure. Et faites attention à la petite, avertis-je Jaume et Ugolin.

— Ne crains rien.

— Gondemar ? fit Pernelle avant de partir.

— Quoi ?

— Lave bien ces morsures, dit-elle, un sourcil relevé marquant sa désapprobation. Elles pourraient s'infecter. On ne sait jamais où sont passées celles qui laissent des marques pareilles.

Embarrassé, je ne trouvai rien à répondre et nous nous séparâmes. Lorsque je réintégrai nos quartiers, le jeune Montfort dormait toujours. Je retirai ma capeline et me dirigeai vers le feu, qui s'était éteint. J'y mettais une bûche lorsque la voix de Guy, épaisse de sommeil, s'éleva.

— Où étais-tu ? demanda-t-il.

— Dehors, sire.

— Que faisais-tu ?

— Je pissais, sire.

— Il y a un pot de chambre dans le coin.

— Peut-être, mais je préférais le faire à l'extérieur.

— Loin de moi, tu veux dire, fit-il, amer. Si cela peut te rassurer, ta pendeloche m'indiffère, Gontier. Tu n'es pas… mon type d'homme.

— Vous m'en voyez ravi, sire. Vous n'êtes pas le mien non plus.

Nous nous regardâmes un instant puis nous esclaffâmes. Montfort se rendormit, convaincu d'avoir en moi un ami fidèle. Pour ma part, je savais qu'un des prix du salut de mon âme était sa mort. Je m'endormis dans la plus parfaite tranquillité.

TROISIÈME PARTIE

Mundus subterraneus[1]

1. Monde souterrain

CHAPITRE 15

Secretum Templi

Pendant six jours, rien ne se produisit. Guy était de plus en plus inquiet et je le surprenais souvent en train de se ronger les ongles, qu'il avait raccourcis jusqu'au sang et dont il crachait nerveusement les rognures par terre. Je n'étais pas tranquille, moi non plus, cela va de soi. J'essayais de ne pas penser au fait que, si jamais la livraison du document ne survenait pas, je devrais repartir de zéro dans des conditions loin d'être idéales. Malgré la planification méticuleuse de Robert de Sablé, la mission du *Cancellarius Maximus* avait échoué. Ce que m'avait révélé la mendiante avant de mourir, et qui devait faire de moi le *Lucifer*, était rendu obsolète par le fait que la seconde part de la Vérité était vraisemblablement déjà en possession des complices de Montfort. Plus de chapelle n'ayant jamais vu la Lumière, ni de lignée des Neuf, de vitriol ou de marque d'infamie. La piste semblait avoir été éventée depuis longtemps, sans que la pauvre femme qui l'avait protégée si longtemps ne l'ait su.

Pour meubler l'attente, j'exerçais furieusement ma senestre pour retrouver le plus de mobilité possible. Hormis les élancements fréquents que me causait le froid, elle s'améliorait. Plus jamais je ne serrerais fermement la poignée d'une épée, mais je m'adaptais au fait qu'elle me permettait de maintenir une arme en équilibre.

Un matin, après une heure d'exercice à l'extérieur, je retirai mon gant et détachai le mécanisme de mon poignet pour le huiler, puis lavai ma chair rougeâtre et raide, qui en avait grand besoin. En la voyant, Guy, qui jouait du luth près de la fenêtre, grimaça malgré lui, de pitié autant que de dégoût.

— On dirait une serre d'aigle, remarqua-t-il.

— Je sais... Au moins, elle peut encore servir, répondis-je en affilant les lames fabriquées par le forgeron de Mondenard.

Je remis le mécanisme en place. Puis je m'occupai de mon épée, que j'aiguisai en déplorant qu'elle ne soit pas Memento. Je nettoyai et huilai ma cotte de mailles pour éviter qu'elle ne rouille dans ce temps froid et humide. Je me rasai la tête avec la lame que Pernelle m'avait laissée. Je fis mille autres petites choses insignifiantes jusqu'à ce que je ne trouve plus rien pour m'occuper l'esprit.

Je tuai aussi le temps en visitant les moindres recoins de la forteresse, dont la construction n'avait de cesse de m'impressionner. J'observais les bâtiments et je regardais les gens qui passaient, me demandant lequel d'entre eux détenait ce que je désirais sans savoir que j'étais là.

Tous les soirs depuis notre arrivée à Gisors, Guy était invité à partager la table du sieur Jehan, au logis seigneurial. Il s'y rendait avec fébrilité, espérant chaque fois y rencontrer celui qui lui permettrait de compléter sa mission. J'aurais voulu l'accompagner pour garder un œil sur la situation, au cas où quelque chose d'imprévu survenait. Certes, il devait prendre livraison du document pour son père, mais rien ne m'assurait qu'il ne se trouvait pas quelqu'un d'autre qui cherchait à l'intercepter. Et puis, malgré ce qu'avait dit Guiburge, Lambert de Thury ne s'était pas manifesté. J'ignorais même s'il se trouvait vraiment à Gisors. Je répugnais à laisser le jeune Montfort sans protection, mais il était hors de question qu'un simple homme d'armes accompagne son seigneur dans un repas entre nobles et, aux yeux de tous, je n'étais que cela. Je restais donc chez nous à l'attendre, tournant en rond comme une bête en cage.

Autour de minuit, j'inventais un prétexte pour sortir et rendais compte de la journée à mes compagnons, qui étaient aussi frustrés que moi par l'absence de progrès et auxquels il tardait de quitter Gisors.

Un soir où je n'en pouvais plus de tourner en rond, je décidai de retourner à la taverne. Il était tard et, si une part de moi souhaitait apprendre quelque information utile, l'autre espérait, sans que je veuille l'admettre, trouver Guiburge seule pour satisfaire mes bas instincts. Je fus toutefois déçu. Plusieurs soldats traînaient encore, dans un état d'ivresse plus ou moins avancé. Je cherchai la tavernière du regard et la trouvai à son comptoir, en conversation avec Guy de Montfort. Étonné de le voir là plutôt que chez le seigneur, je restai dans l'embrasure de la porte et les observai. Ils discutaient avec familiarité et, à mon étonnement, Guiburge avait un air doux, presque maternel. Peut-être s'était-elle prise d'affection pour le petit inverti ? Ou peut-être s'était-elle mis en tête de le convertir ? Elle serait déçue, la pauvre... Peut-être aussi était-elle en train de lui révéler l'existence de Lambert de Thury, à lui aussi ? Après tout, elle l'avait bien fait pour moi sans me connaître. Les taverniers et les aubergistes ont tous la langue bien pendue, c'est connu. Si tel était le cas, cela ne ferait qu'accélérer les choses. Je sortis peu après sans qu'on m'ait aperçu.

Chaque soir, le jeune Montfort revenait plus déçu que la veille et je devais longtemps l'encourager, moi qui aurais eu besoin d'être rassuré.

— Et si quelque chose était arrivé ? me demanda-t-il anxieusement, le sixième soir, en revenant de chez le seigneur.

— Comme quoi ?

Il haussa les épaules, trahissant le sentiment d'impuissance qui l'avait envahi.

— Je ne sais pas, moi. Peut-être que celui qui devait me remettre le document n'a pas pu se rendre à Gisors. Il aurait aussi bien pu être assassiné en chemin.

— Vous présumez que celui que vous devez rencontrer voyageait, sire. M'est avis que le document vous attendait plutôt ici même.

— Qu'est-ce qui te fait dire cela ?

— Pensez-y un peu. S'il est si précieux qu'il le semble, pourquoi courir le risque de le transporter et de l'exposer au brigandage ? Qui nous dit que quelqu'un d'autre ne cherche pas à s'en emparer ? La prudence la plus élémentaire exige que celui qui le possède reste bien en place et attende l'autre. M'est avis qu'il est ici, à Gisors, depuis toujours. Sinon, votre père vous aurait délégué autre part.

— Peut-être que les plans de mon père ont changé pendant que j'étais en chemin sans qu'on puisse m'en prévenir.

— Nous sommes ici depuis déjà une semaine. Quelqu'un vous l'aurait fait savoir.

Sa frustration prit le dessus et, l'espace d'une seconde, je lus dans ses yeux la même violence que dans ceux de son géniteur.

— Alors pourquoi ne se manifeste-t-il pas ? éclata-t-il en frappant sèchement la table du plat de sa main.

— Il a certainement ses raisons. Votre père ne vous a pas dépêché ici pour rien.

— Il aurait organisé tout cela pour m'humilier que je n'en serais pas surpris…

— Allons, allons, sire, vous dites des bêtises. Soyez patient. Sous peu, tout sera réglé et nous serons en route vers le Sud.

— Que Dieu t'entende, Gontier, soupira-t-il en se frottant le visage à deux mains. Sinon, je crois que je vais devenir fou.

Je me mordis les lèvres pour ne pas lui cracher mon amertume au visage. Ce freluquet ne pouvait même pas imaginer ce qu'était la véritable terreur, celle qui vous pousse lentement, cruellement, vers le désespoir et la folie. Il avait enfin une chance de gagner l'estime d'un père qui l'avait toujours méprisé, et il craignait l'échec. Moi, j'avais peur de retourner en enfer. Une peur intense, viscérale, qui me triturait les entrailles et qui ne me quittait jamais ; qui enveloppait ma vie dans un voile sombre et qui se resserrait chaque jour un peu plus autour de moi, oppressante et épaisse. Les deux ne se comparaient même pas. Je me fichais des angoisses de Guy de Montfort comme de mes premières braies. Le fait de devoir endurer ses jérémiades faisait partie du prix que j'avais à payer pour sauver mon âme.

Le septième soir, Guy ne revint pas de chez le seigneur à l'heure habituelle. Au début, j'en conçus de l'espoir, mais à mesure que les heures s'écoulaient, l'inquiétude me gagna. Si on lui avait fait un mauvais parti ? Si quelque chose avait mal tourné ? Ma réussite tenait à celle de ce jeune homme et, si on lui avait remis le document, il ne devait pas me glisser entre les doigts. Je décidai donc de me mettre à sa recherche.

Je sortis et arpentai la cour intérieure de la forteresse, cherchant des yeux dans la nuit en espérant apercevoir mon homme, saluant poliment les rares personnes que je croisais en essayant d'avoir l'air de rien. Sur ma droite, au sommet de son monticule, l'ombre du donjon trônait, comme un géant protégeant jalousement son domaine et guettant sans cesse l'horizon. Je jetai un coup d'œil au chemin de ronde, mais hormis les quelques sentinelles qui y allaient et venaient, tout était tranquille. Arrivé au logis de Jehan de Gisors, je me dirigeai vers les deux soldats qui montaient la garde devant la porte.

— Je suis à la recherche de mon seigneur, sire Guy de Montfort, déclarai-je. Est-il toujours à l'intérieur ?

L'un d'eux me toisa des pieds à la tête avec mépris. Pour lui, je n'étais qu'un vulgaire valet et, clairement, ma présence l'indifférait. Puis il hocha la tête en grommelant. Je soupirai de soulagement, tout en me tançant mentalement d'avoir été aussi anxieux au lieu de me servir de ma cervelle. Après tout, Gisors était fermée à double tour, comme toutes les forteresses. Où aurait-il pu aller ?

— Tu ne peux pas entrer, ajouta l'autre.

Je serrai les dents. Moi, un noble, seigneur de Rossal, on me refusait l'admission comme au dernier des manants.

— Merci, parvins-je à dire entre mes dents, j'attendrai son retour.

— J'en suis sûr, dit le garde d'un ton entendu.

Les deux hommes s'échangèrent un petit sourire narquois. Une fois de plus, on me prenait pour le mignon du petit inverti. Je n'avais rien contre la façon dont il vivait sa vie, mais ces allusions commençaient à m'indisposer sérieusement. Malgré mon envie de les occire sur le champ, je pris congé avec un hochement sec de la tête et fis mine de retourner vers notre logis. Lorsque je fus hors de leur vue, je me blottis dans un coin sombre et guettai. Si Guy avait enfin rencontré celui qui lui remettrait la seconde part, je devais savoir de qui il s'agissait. Car lui non plus ne devait pas survivre.

J'attendais depuis plus d'une heure dans le froid quand la porte s'ouvrit. Guy de Montfort sortit de chez le seigneur. Il était accompagné. Mon cœur fit un bond dans ma poitrine. Était-ce l'homme que nous espérions ? La nuit était sans nuages et, dans la lumière de la lune, je pus l'observer. Il s'agissait du grand mince aux cheveux lissés que nous avions vu discuter avec Pierrepont sur le chemin de ronde, quelques jours auparavant. De toute évidence, il était de haute naissance, puisqu'il avait été invité à partager la table de sire Jehan.

Guy et celui qui l'accompagnait passèrent près de moi sans me voir et poursuivirent leur chemin vers la bâtisse voisine de celle où nous logions. Ils discutaient à voix basse, d'un ton chargé de complicité. Visiblement, ce dont ils traitaient ne devait pas être entendu. Je me tendis. L'instant que j'attendais approchait. Bientôt, la seconde part serait entre mes mains et en passe d'être réunie à la première. Ensuite ? Je ne savais pas. *Tu devras protéger la Vérité et l'empêcher d'être détruite par ses ennemis jusqu'au moment où l'humanité sera prête à la recevoir*, m'avait dit Métatron. Mettre l'ensemble en sécurité à Montségur suffirait-il à sauver mon âme ? Je l'espérais.

J'allais les suivre discrètement lorsque l'étranger passa le bras autour des épaules du jeune Montfort dans un geste familier et possessif. Puis il lui murmura quelque chose à l'oreille et Guy s'esclaffa d'un rire surfait comme une jouvencelle pâmée avant de se blottir contre l'autre et de lui enserrer la taille. Je grinçai des dents en réalisant que je n'observais pas une transaction, mais bien la danse de séduction d'amants en devenir.

Dépité, je les laissai aller. Hormis un échange de semences dont je préférais ne pas imaginer les détails, rien ne se produirait ce soir. Comme il se faisait tard, j'attendis que mes compagnons se montrent près de la Tour du Prisonnier pour les tenir au courant. Lorsque ce fut fait, je retournai me coucher, dépité.

Au matin, Guy était sur sa paillasse, endormi tout habillé. J'eus le temps de me lever, de pisser et d'avaler un morceau de fromage et un bout de pain arrosé de vin coupé d'eau, puis de commencer à me raser la tête en me regardant dans le fond d'un plat en argent, avant de l'entendre remuer. Je m'adressai à lui sans me retourner.

— La soirée a été bonne, sire? demandai-je, sans vraiment chercher à masquer mon ironie.

— Exquise, mon bon Gontier, minauda-t-il en ricanant. Absolument exquise.

— Un peu plus et je croirais que vous avez trouvé l'amour…

Il s'esclaffa de bon cœur.

— L'amour? Pour un homme de ma sorte, ce n'est qu'un rêve. Il faut bien prendre ses satisfactions où on les trouve. En revanche…

— Quoi?

Il se leva et je l'entendis grogner de plaisir en s'étirant.

— J'ai trouvé le document.

Je sursautai et me coupai cruellement le sommet du crâne avec le rasoir.

— Aïe! Bordel de Dieu! rageai-je.

J'empoignai un chiffon que j'appuyai sur la coupure. Puis je me retournai vers Guy, qui souriait à pleines dents.

— Qu'avez-vous dit ?

— Que j'ai trouvé le document, confirma-t-il, manifestement très fier de lui-même.

— Vous l'avez sur vous ? m'enquis-je, conscient que le rasoir effilé que je tenais dans ma main droite ferait amplement l'affaire pour en finir avec lui.

— Non, pas encore.

— Expliquez-vous, sire, insistai-je en ravalant ma déception. Je ne suis qu'un soldat. Les paraboles me dépassent.

Il se dirigea vers la table, où il se servit à manger. Visiblement, il prenait plaisir à retarder la révélation. Entre deux bouchées, il s'étira de nouveau et j'aperçus sur son cou des marques qui ne laissaient aucune place à l'équivoque. Il remarqua la direction de mon regard et m'adressa un sourire complice.

— Hier soir, au cours du repas chez le sieur Jehan, j'ai fait la connaissance d'un homme. Lambert de Thury, une relation de mon père.

Je dissimulai avec peine le frisson d'alarme qui m'envahissait. Guiburge avait donc dit vrai. L'homme qu'elle avait mentionné se manifestait enfin. Je l'avais vu. Je savais désormais qui il était.

— Après notre, euh, rencontre, poursuivit Guy, il m'a informé qu'il était chargé de me remettre quelque chose pour mon père. Je dois le revoir ce soir après le repas pour en prendre livraison.

— Pourquoi ne pas vous avoir donné le document sur-le-champ ? demandai-je en contenant mon impatience.

— Je crains que les choses ne soient pas aussi simples. Avant mon départ, mon père m'a confié certains moyens afin de prouver mon identité. Une poignée de main particulière et un mot de passe que je dois échanger avant de pouvoir prendre charge du document. Lambert semblait beaucoup tenir à cette formalité. Il a dit que le paquet me serait remis dans le temple. J'ignore pourquoi il fait tous ces mystères, mais puisqu'il le faut.

Je restai figé sur place. Il se trouvait un Ordre des Neuf à Gisors comme à Montségur. Les traditions étaient claires sur ce point et les instructions au *Magister* aussi. Il était donc normal qu'il existât un temple dans chaque forteresse. Cependant, comme il se devait, je ne connaissais ni son emplacement, ni ceux qui le fréquentaient. Les deux ordres existaient séparément et ignoraient tout l'un de l'autre. Mais les implications de ce que venait de déclarer Guy étaient immenses. Il affirmait que l'on prévoyait lui remettre la seconde part dans le temple. En existait-il un autre à Gisors, hormis celui des Neuf? C'était peu probable. De même, Thury n'avait certainement pas utilisé ce terme pour désigner la chapelle. Or, s'il s'agissait du temple des Neuf, cela signifiait forcément que lui-même était membre de l'Ordre. Sinon, il n'en aurait pas connu l'existence. C'était là qu'on allait remettre la seconde part à l'émissaire de Montfort. Seules deux conclusions étaient possibles : soit Thury avait trahi les Neuf de Gisors, soit les Neuf de Gisors étaient passés en bloc du côté de l'ennemi. Je tentais désespérément d'envisager une autre explication, mais aucune n'était satisfaisante. La situation venait de se retourner contre moi. Si j'avais espéré trouver quelque secours auprès de nos frères du Nord, je devais désormais tenir pour acquis que tous ceux qui avaient prêté le même serment que moi étaient mes ennemis. Jusqu'à nouvel ordre, en tout cas, la méfiance était de mise.

— Je vois, dis-je en tentant de maîtriser le tremblement de ma voix.

— Je me plierai à cette petite cérémonie et, ce soir, tout sera réglé, dit Guy.

Je le regardai manger de bon cœur. Il n'était qu'un innocent. Un simple pantin dans un jeu dont il ne connaissait ni l'ampleur ni les enjeux. Une proie prise sans même le savoir dans une complexe toile de trahison et de perfidie. En l'utilisant, son père ne croyait peut-être pas l'exposer au danger. Peut-être aussi s'en fichait-il.

Guy termina son repas, avala d'un trait un plein gobelet de vin et se traîna vers sa paillasse.

— Maintenant, laisse-moi dormir un peu, Gontier. La nuit a été courte et… mouvementée. La prochaine s'annonce moins agréable, certes, mais tout aussi exigeante.

— Bien, sire.

Son besoin de sommeil me convenait parfaitement, car la situation était pressante. Je ramassai ma capeline et sortis. En chemin, je réfléchis fiévreusement. La trahison des Neuf, si elle s'avérait, ne changeait rien à ma situation. Que Guy obtienne la seconde part dans l'intimité de l'alcôve des mains de son mignon ou qu'elle lui soit remise dans le temple par ceux qui avaient juré de la protéger, l'important demeurait pour moi de m'en emparer et de fuir.

Je me rendis discrètement dans l'étable où mes compagnons avaient trouvé refuge. J'ouvris la porte, entrai, refermai et fis quelques pas. Je n'osais pas appeler, de crainte que quelqu'un d'autre soit sur place et me trouve suspect. Soudain, un bras puissant m'encercla le cou et serra. Je ne connaissais qu'un homme doté d'une pareille force.

— Ugolin… râlai-je en essayant vainement de me dégager. Lâche-moi… gros… bêta…

La pression se relâcha et je respirai à nouveau.

— Désolé, fit le Minervois, contrit. Avec ton capuchon, je ne pouvais pas être certain que c'était toi.

— J'ai le crâne lisse comme une fesse de nonne et je gèle, bordel de Dieu. Je ne vais quand même pas porter mon heaume jour et nuit pour me garder au chaud.

Jaume sortit de derrière la porte en rengainant sa dague et Pernelle émergea des ballots de foin où elle s'était cachée. Tous deux vinrent nous rejoindre.

— Le document sera remis à Montfort dès ce soir, annonçai-je.

Je leur annonçai que le messager s'était enfin manifesté sous la forme de Lambert de Thury, puis relatai ce que j'avais appris. Ils furent aussi ébranlés que moi par la possibilité d'une trahison.

— Après Raynal, l'Ordre du Nord abriterait un traître, lui aussi ? gronda Jaume, les dents serrées, les poings fermés sur ses cuisses. N'y a-t-il donc plus rien de sacré ? Je ne peux pas y croire.

— C'est décevant, en effet, acquiesçai-je, mais ne sautons pas aux conclusions. Il existe peut-être une explication.

— Peut-être aussi est-ce l'Ordre en entier qui est passé à l'ennemi. Ce serait à en perdre confiance en l'humanité… soupira Pernelle.

— En tout cas, nous devrons être deux fois plus prudents, renchérit Ugolin. Si les Neuf sont contre nous, il n'y a aucune raison pour qu'ils ne soient pas aussi dangereux.

Je réfléchis en me frottant la barbe.

— Au fond, que les Neuf soient impliqués ou non, dis-je, nos plans demeurent inchangés. Le cas échéant, il ne servirait à rien de les affronter. Ils ne sont pas conscients de notre présence à Gisors. Assurons-nous que les choses restent ainsi. Nous devons demeurer dans l'ombre, prendre les documents à Guy dès qu'il les aura, puis l'occire et disparaître au plus vite avant qu'on nous mette la main au collet.

— N'oublie pas ta promesse, fit Jaume en désignant la dague qui pendait à sa ceinture.

Le templier était un véritable loup. Lorsqu'il mordait dans quelque chose, rien ne pouvait le convaincre de lâcher prise.

— Je m'en souviens, ne crains rien. La nuit prochaine sera sa dernière.

Nous nous entendîmes sur la marche à suivre. Les chevaux seraient sellés d'avance et les bagages faits en prévision d'un départ hâtif. Pernelle attendrait dans l'étable pendant que Jaume, Ugolin et moi monterions la garde. Dès que Guy de Montfort serait en possession du document, Jaume et moi le suivrions jusqu'à nos appartements. Là, je laisserais le templier compléter sa mission. Pendant ce temps, Ugolin irait rejoindre Pernelle et s'assurerait que, dès notre retour, tout soit prêt pour notre fuite. Il serait essentiel de prendre suffisamment d'avance pour ne pas être retrouvés par les poursuivants qui se lanceraient inévitablement à nos trousses dès qu'on trouverait le cadavre du fils Montfort et qu'on constaterait la disparition de sire Gontier et du document. Avec un peu de chance, et en comptant sur la familiarité d'Ugolin avec les routes du Sud, nous atteindrions Montségur sans coup férir.

C'était le plan. Comme toujours, la destinée l'entendait autrement.

Le soir venu, je laissai Montfort quitter notre appartement pour son repas quotidien en compagnie de sire Jehan et de ses invités. Une heure plus tard, je passai ma capeline à mon tour et sortis rejoindre Ugolin et Jaume qui, comme convenu, m'attendaient près de la Tour du Prisonnier. De là, il serait impossible de manquer Guy et Lambert de Thury lorsqu'ils sortiraient de chez Jehan.

— Bougre qu'il fait froid dans ces contrées ! se plaignit Ugolin en frissonnant dans sa capeline. Vivement le retour chez nous !

— Tout est prêt ? m'enquis-je.

— Les chevaux sont sellés et nous attendent dans l'étable, me confirma-t-il. Mais comment prévois-tu sortir de la forteresse ?

— Vous portez la livrée de Pierrepont et je suis le garde du corps de Guy de Montfort. À moins qu'on sonne l'alerte, on nous ouvrira sans poser de questions.

Nous attendîmes longtemps en nous réchauffant de notre mieux. Chacun de nous était tendu, conscient d'être vulnérable. Ugolin était en passe de se transformer en glaçon lorsque la porte du corps de logis s'ouvrit enfin. Nous nous raidîmes en voyant Guy sortir en compagnie de Thury.

— Il faudra peut-être l'éliminer, lui aussi, murmura Jaume.

— Tout dépendra, me contentai-je de répondre.

Ils prirent sur leur droite pour longer la muraille qui menait à la Tour du Prisonnier au pied de laquelle nous nous tenions.

— Ils viennent droit vers nous, chuchota Jaume. Il vaudrait mieux disparaître.

Mes compagnons s'apprêtaient à se fondre dans la nuit quand je les arrêtai en tendant le bras.

— Attendez.

Montfort et Thury bifurquèrent et s'engagèrent dans l'escalier qui menait au chemin de ronde.

— Ils montent sur la muraille, fit Jaume, perplexe.

— Suivons-les.

Nous quittâmes notre repaire et longeâmes à notre tour la muraille, aussi vite que nous le pouvions sans attirer l'attention.

— Restez là, ordonnai-je.

J'allai guetter discrètement depuis la cour. De là, je vis Guy et son compagnon émerger sur le chemin de ronde et suivre la muraille en direction de la Tour du Prisonnier. Une fois les deux hommes arrivés près de la porte, Thury frappa trois coups, attendit et murmura quelque chose. Dès qu'elle s'ouvrit, il entraîna le jeune Montfort à l'intérieur. Je retournai vers mes compagnons.

— On dirait bien que le temple se trouve dans la Tour du Prisonnier. Celui des Neuf? demandai-je.

— C'est un bâtiment sécuritaire, comme le donjon de Montségur, renchérit Jaume. Avec les ponts-levis qui peuvent couper la tour du chemin de ronde si le besoin s'en manifeste, il est bien protégé. Je crois bien que oui…

— Dommage que nous ne puissions pas y entrer pour leur faire leur affaire, tous autant qu'ils sont, gronda Ugolin d'une voix sombre et indignée que je connaissais bien.

— S'il est vrai qu'ils ont trahi, même un seul d'entre eux, leur sang ne mérite même pas de mouiller le plancher en damier, Ugolin. Le temple a été bâti par ceux qui croyaient à la cause. Ne le souillons pas plus qu'il ne l'est déjà.

Nous restâmes aux aguets jusque tard dans la nuit, mais Guy ne reparut pas. Comme si nous n'étions pas déjà assez anxieux, la neige qui avait repris compliqua notre observation.

— Il prend son temps, le bougre, ronchonna Jaume. Combien d'heures lui faut-il pour prendre livraison d'un simple document ?

La porte de la Tour du Prisonnier s'ouvrit. Nous nous raidîmes aussitôt. Deux silhouettes sortirent et s'engagèrent sur le chemin de ronde.

— Les voilà ! Ugolin, dès qu'ils seront passés, va retrouver Pernelle et attends-nous. Jaume, avec moi.

Nous attendîmes qu'ils émergent de l'escalier pour mettre notre plan à exécution. Mais nous fûmes déçus. Au pied de la muraille se tenaient Thury et un soldat de Pierrepont que j'avais parfois vu durant le voyage. Ils discutèrent un court instant à mots couverts, puis se séparèrent, l'un se dirigeant vers le logis seigneurial, l'autre vers un des corps de logis en bois, au fond de la cour.

— Par la queue du diable, où est le mignon ? se troubla Ugolin.

— Je donnerais cher pour le savoir, fis-je, sonné.

— Qu'est-ce qu'on fait ?

— De toute évidence, Thury n'était pas seul à l'intérieur. Peut-être les autres y sont-ils encore. Attendons.

Après deux heures, personne n'était sorti de la tour.

— Quelque chose cloche, dis-je.

Jaume avisa le ciel qui commençait à s'éclaircir. L'aube s'annonçait.

— Nous ne pouvons pas rester ici, dit-il. En plein jour, n'importe lequel des hommes de Pierrepont s'apercevra que nous ne sommes pas des leurs dès qu'il nous verra. Aux arrêts, nous serons inutiles.

— Retournez auprès de Pernelle. Elle doit être folle d'inquiétude.

— Avec joie. La bouteille d'eau-de-vie que j'ai trouvée dans les bagages d'un croisé nous réchauffera un peu, s'exclama Ugolin, réjoui.

— Et toi ? Que feras-tu ? demanda Jaume.

— J'attendrai encore un peu. Personne ne se formalisera de voir le garde du corps de Montfort traîner seul. S'il ne sort pas, je le chercherai. Il est forcément quelque part dans la forteresse.

— Et s'il était déjà sorti ? suggéra Ugolin.

Je le regardai, interdit.

— Où étais-tu, ces dernières heures, pendant que nous nous gelions les fesses ? Tu sais aussi bien que moi qu'il n'est pas ressorti.

— Pas par cette porte, rétorqua le Minervois. Mais s'il existait une autre issue dans la tour ? Qui dit que le temple n'est pas pourvu d'un souterrain menant hors de la forteresse ?

— Celui de Montségur n'en a pas, fit Jaume.

— Et après ? Ils ne sont pas nécessairement identiques.

Je fus saisi d'une profonde angoisse et, malgré le froid, je sentis la sueur me couler entre les omoplates. Et si Ugolin avait raison ? Si nous avions guetté toute la nuit pour rien ? Si Guy de Montfort avait simplement quitté Gisors en douce après avoir pris possession de la Vérité en me laissant derrière ? Dans ce cas, il serait déjà à des heures de distance. En partant sans délai à sa poursuite, nous aurions encore une chance de le rattraper, mais comment être certain qu'il n'était plus dans la forteresse ?

— Espérons que tu as tort, mon gros, dis-je.

Nous convînmes de nous retrouver le soir venu, au pied de la tour, pour faire le point. Puis mes compagnons retournèrent à l'étable. Moi, je restai là, à attendre. Le soleil était levé depuis une heure et la forteresse commençait à s'animer lorsque je me résolus à abandonner. Consterné, je décidai de retourner à l'appartement. Avec un peu de chance, Guy de Montfort finirait par y apparaître au cours de la journée et tout rentrerait dans l'ordre. Sinon, j'essaierais de retrouver sa piste. En chemin, je guettai désespérément les alentours, à l'affût du moindre signe, mais n'en vis aucun. Lorsque j'entrai, la pièce était vide. Une inspection rapide me confirma que Montfort n'y était pas repassé. Personne n'avait dormi dans sa paillasse. Le gobelet de vin qu'il avait laissé à moitié plein avant de partir pour le logis de sire Jehan était toujours sur la table. Mais, à mon grand soulagement, je constatai que ses affaires étaient encore là. Il me restait donc une chance.

J'avais l'impression de porter le poids du monde sur mes épaules. Je m'approchai de ma paillasse et m'y laissai tomber, découragé. Je désirais me reposer un peu avant de me lancer à sa recherche. La fatigue de la nuit aidant, le sommeil s'empara de moi.

Je me tenais au centre du temple des Neuf, mais pas à Montségur. La pièce était carrée. Ses murs de pierre étaient dépourvus de fenêtres. Des flambeaux l'éclairaient. Sur le mur, le baucent, l'épée et l'écu étaient suspendus au même endroit. Près de la place du MAGISTER, *l'abacus était planté dans son socle. Les dix fauteuils étaient disposés sur le pourtour et sur chacun était drapé un manteau blanc, avec ou sans la croix pattée des templiers. Le dallage en damier était le même. L'autel aussi, couvert de sa nappe blanche et portant le sceau des Templiers, et le crucifix que chaque nouvel initié devait renier. Mais point de cassette.*

Je fis quelques pas, qui résonnèrent de façon lugubre dans la pièce vide. Je compris que je me trouvais dans l'autre temple. Celui de Gisors. Mais comment y étais-je entré ? Par la Tour du Prisonnier, sans doute. De toute façon, cet endroit m'était désormais inutile. La seconde part de la Vérité ne s'y trouvait plus. Les Neuf de Gisors avaient trahi la cause qu'ils avaient juré de défendre au prix de leur vie. Maintenant, Guy de Montfort la détenait et il était en route vers le Sud.

Pourtant, je ne me sentais pas tranquille. Une vague inquiétude me tordait les entrailles. J'avais l'impression agaçante d'avoir raté quelque chose d'important, d'avoir été négligent. Et je sentais que cela me coûterait terriblement cher. Plus que jamais, mon âme était en danger. Et pourtant, j'avais beau me casser la tête, je n'arrivais pas à mettre le doigt sur ce qui me préoccupait.

Sans vraiment en avoir conscience, je m'étais dirigé vers le fauteuil du Magister. *Je m'y laissai tomber, vidé, et me mis le visage dans les mains. Mais qu'avais-je donc omis de considérer ? Quelle erreur avais-je commise sans m'en rendre compte ?*

— Tu regardes sans voir ! tonna une voix.

Je relevai la tête et, sans grande surprise, aperçus Métatron, à l'autre bout de la pièce, près de la porte d'entrée, appuyé sur sa crosse d'or. Cette fois, il ne me faisait pas peur. Je le dévisageai tranquillement.

— Même borgne, Bertrand de Montbard aurait fait mieux que toi ! poursuivit-il. Il n'aurait pas refusé de voir, lui !

— Laisse mon maître en dehors de cette histoire, archange, rétorquai-je d'une voix éteinte. Il a déjà payé pour ta maudite Vérité.

Je me levai et me dirigeai vers lui, abattu. Lorsque nous fûmes face à face, je lui tendis la main, comme l'aurait fait un condamné en fuite après avoir atteint la limite de ses forces.

— J'ai fait de mon mieux, mais j'ai échoué. Guy de Montfort a disparu et la seconde part avec lui. Ramène-moi en enfer, si tu veux. C'est ce que tu attends depuis le début, non ?

Une moue dédaigneuse déforma son visage d'éphèbe et ses yeux brillèrent d'une lumière colérique qui aurait dû me faire trembler de terreur, mais qui me laissait indifférent.

— Quoi que tu en penses, rien n'est terminé, damné ! s'écria-t-il, sa voix puissante faisant trembler le temple. Tout est encore à faire. N'as-tu rien entendu ? La Vérité est à ta portée dans une chapelle qui n'a jamais vu la Lumière. La vieille ne t'a-t-elle pas dit de suivre la piste de l'Ordre des Neuf ? Pendant que tu te complais dans ta misère, les autres la cherchent, eux ! Ce que tu dois faire est-il si difficile à comprendre ?

— Si c'est si facile, pourquoi ne me dis-tu pas où et comment la trouver ? M'est avis que tu ne le sais pas plus que moi !

— Et t'aider à sauver une âme qui devrait déjà croupir en enfer ? Jamais ! Dieu t'a accordé une chance de rédemption. À toi de la saisir.

— C'est ce que j'essaie de faire, figure-toi ! rétorquai-je.

— Alors pourquoi t'entêtes-tu à tomber dans les pièges tendus pour toi ? N'as-tu donc pas deux sous de cervelle ?

Nous étions face à face, nos nez se touchant presque, aussi en colère l'un que l'autre, lorsque la porte du temple s'ouvrit. Je portai aussitôt la main à mon épée, mais me calmai lorsque je vis la mendiante entrer. Elle était redevenue vieille et couverte de plaies. Courbée par l'usure des ans, elle s'avança avec peine, enveloppée dans ses hardes, et vint prendre place près de moi pour braver l'archange.

— Laisse-le, maudit coquin, dit-elle en brandissant un index déformé par l'âge. Il le sait très bien ce que je lui ai dit et il y pense sans cesse, crois-m'en. Et il n'est pas sot, quoi que tu en penses ! Dieu l'a choisi parce qu'il le jugeait capable ! Et que je sache, Dieu sait ce qu'il fait. Alors, fiche le camp et laisse ce garçon dormir tranquille. Il a besoin de repos ! Retourne d'où tu viens !

Métatron ouvrit la bouche pour cracher des imprécations, mais la mendiante serra les dents et l'arrêta net.

— Ouste, te dis-je !

L'archange gronda comme une bête sauvage, les lèvres pincées de colère. Ses yeux s'enflammèrent d'une lueur menaçante. Il soutint le regard de la mendiante, qui ne broncha pas d'un doigt. Puis il fit brusquement demi-tour et franchit la porte du temple, qu'il claqua bruyamment en sortant. Sans doute était-il retourné dans la fresque de l'antichambre.

Je cherchai la mendiante pour la remercier, mais elle avait disparu. Je revins m'asseoir dans le fauteuil du MAGISTER *et l'inquiétude me reprit. Qu'avais-je donc raté ?*

Lorsque je m'éveillai, un soleil brillant éclairait le logis. Avec irritation, je constatai que j'avais dormi plusieurs heures. Je cherchai aussitôt Guy de Montfort du regard, mais il n'était toujours pas là. Je m'assis sur ma paillasse, l'anxiété que j'avais ressentie dans mon rêve me collant à la peau comme de la crasse.

Je me levai et m'aspergeai le visage avec l'eau du bassin qui se trouvait sur le rebord de la fenêtre. Un peu ravivé, je me versai un gobelet de vin. Debout, devant la fenêtre, je bus lentement, songeur. Les paroles de Métatron résonnaient sans cesse dans ma cervelle : *Tout est encore à faire. N'as-tu rien entendu ? La Vérité est à ta portée dans une chapelle qui n'a jamais vu la Lumière. La vieille ne t'a-t-elle pas dit de suivre la piste de l'Ordre des Neuf ? Pendant que tu te complais dans ta misère, les autres la cherchent, eux ! Ce que tu dois faire est-il si difficile à comprendre ?*

Malgré moi, mon rêve me faisait réfléchir. Et si j'avais réellement négligé quelque chose ? Si je n'avais pas vu l'évidence ? Si ma rencontre avec Guy de Montfort n'avait pas été le fruit du hasard ? Si elle avait plutôt été montée de toute pièce par son père pour me détourner de la piste et lui permettre de gagner le temps dont il avait besoin pour arriver le premier à la seconde part ? C'était possible, quoi que rien ne me l'avait laissé supposer. Avais-je été à l'affût d'indications qui m'auraient permis de formuler des soupçons ? Je dus admettre que non. Sur la foi de quelques indices, j'avais conclu que Guy avait pour mission de prendre charge de la Vérité. Je n'avais jamais remis en question ses motivations. Le pitoyable petit homme inspirait la compassion et je ne m'en étais jamais méfié. Était-ce là ce qu'espérait son père pour endormir mes soupçons ? Me croyait-il vraiment mort, ou l'avait-il seulement prétendu pour m'engourdir l'esprit ? Tout était possible. Si oui, il avait superbement réussi et j'étais tombé dans le panneau comme le dernier des sots. Si la Vérité était encore à sa place, je n'avais fait aucun réel effort pour la retrouver. J'avais décidé que j'étais sur la bonne piste et j'étais demeuré passif. En attente. Je n'avais jamais considéré que les paroles de la mendiante puissent encore avoir quelque valeur. J'avais joué le jeu de mes adversaires.

D'un autre côté, rien de cela n'était certain. Mon rêve n'avait peut-être fait qu'exprimer mon inquiétude. Après tout, il était très possible que j'aie définitivement perdu la trace de la Vérité et cela était plus que suffisant pour me donner des cauchemars.

L'ombre de la damnation éternelle planait plus que jamais, lourde et noire, au-dessus de moi. Le chemin qui me restait à parcourir pour parvenir aux portes de l'enfer me paraissait soudain bien court.

Malgré ces sombres augures, mes pensées dérivèrent vers Cécile de Foix et je me mis à jouer distraitement avec l'anneau de cheveux qu'elle avait tressé pour moi. Ma douce, ma tendre Cécile. Si mon cœur lui était fidèle, mon corps l'avait trahie à la première tentation. Peut-être avais-je inconsciemment cherché à combler le vide qui s'était creusé en moi depuis mon départ de Toulouse ? Pourtant, si la chose était possible, le plaisir trouvé dans l'entrecuisse de Guiburge ne l'avait qu'accru. J'avais l'impression d'avoir laissé une partie de mon être auprès de Cécile. La seule, peut-être, qui avait encore quelque chose de bon. Si je devais mourir bientôt, mon unique regret serait de ne pas la revoir. De ne pas connaître une dernière fois la joie tranquille d'être allongé contre son corps chaud et de la sentir abandonnée contre moi, mon bras autour de sa taille. De ne plus embrasser sa nuque pendant qu'elle s'endormait, heureuse et rassasiée. D'avoir le sentiment que je n'étais pas seul, que quelqu'un tenait vraiment à moi pour ce que j'étais. Pour le peu que j'étais. Pendant un intervalle trop bref de ma vie, Cécile m'avait révélé ce qui aurait pu être. Notre temps ensemble avait été parsemé de parfaites perles de bonheur et de contentement. Des moments où la confiance mutuelle était sans faille et où les gardes étaient abaissées. Des moments où nos corps avaient exprimé autre chose qu'un simple désir animal. Elle était la chose la plus précieuse que la vie m'avait offerte. La seule que je regretterais vraiment. Et, si les choses ne prenaient pas bientôt une tournure différente, j'aurais l'éternité pour le faire.

Je secouai la tête pour m'arracher à ma contemplation. Ces pensées étaient stériles. Je n'en étais pas là. Malgré les apparences, et jusqu'à preuve du contraire, rien n'était perdu. Peut-être même reverrais-je Cécile un jour. Je l'espérais de tout mon être. Mais pour cela, je devais d'abord être en vie et la seule façon de m'en assurer était de protéger la Vérité. Je n'avais aucun autre choix.

Je vidai le gobelet et l'abattis résolument sur la table. J'empoignai mon ceinturon et le bouclai, puis passai ma capeline et sortis. Je n'arriverais à rien en restant enfermé, à attendre comme une jouvencelle qui se languissait pour son amant. Je devais avant tout déterminer si Guy de Montfort était encore à Gisors. Je ne pouvais pas me mettre à interroger tous ceux que je croiserais, mais, comme l'avait dit Métatron, j'avais des yeux pour voir et une cervelle pour penser. Il était plus que temps de m'en servir pour m'assurer que la voie que j'avais suivie était la bonne ou pour corriger le tir.

Une fois dehors, j'errai dans la cour et traînai près de la résidence de sire Jehan, espérant apercevoir le jeune Montfort, mais sans succès. Il ne me servait à rien de demander aux gardes s'ils l'avaient vu. Je savais fort bien où il était entré. Ce que j'ignorais, c'était s'il s'y trouvait toujours ou s'il en était secrètement ressorti. Cela, il n'y avait qu'un moyen de le vérifier. Je devais pénétrer dans la Tour du Prisonnier. En plein jour, la chose était impensable. Il s'y trouvait inévitablement des gardes. Mais rien ne m'empêchait d'aller faire une promenade sur le chemin de ronde et d'examiner les lieux de près. Peut-être y verrais-je plus clair par la suite.

L'air d'un promeneur oisif, je me dirigeai vers l'escalier que Montfort avait emprunté la veille en compagnie de Lambert de Thury et je le gravis. Arrivé au sommet, je jetai un coup d'œil. Comme je l'avais imaginé, de là-haut, la vue sur la campagne environnante était impressionnante et s'étendait sur des lieues à la ronde. Du haut du donjon, au centre de la forteresse, elle devait être dix fois meilleure.

J'étais sur le chemin de ronde depuis quelques minutes lorsque je m'aperçus avec étonnement qu'il était désert. En plein jour, il aurait pourtant dû s'y trouver des sentinelles. J'eus beau les chercher du regard et attendre, je n'en vis aucune. C'était anormal et c'est sur mes gardes que je poursuivis ma promenade. Soudain, je remarquai la silhouette qui se tenait devant la porte de la Tour du Prisonnier. Le vent faisait claquer sa capeline, dont le capuchon cachait son visage. L'homme était aussi immobile qu'une statue, mais son attention était visiblement braquée sur ma personne. Puis une bourrasque s'engouffra dans son capuchon et le rabattit à moitié. Je restai figé sur place. L'homme qui me dévisageait était Lambert de Thury.

Dès qu'il comprit que je l'avais reconnu, il ouvrit la porte et disparut en trombe dans la tour. Réfrénant mon désir de m'élancer à sa poursuite et de lui faire cracher où était Montfort à la pointe de ma dague, je m'avançai lentement pour ne pas attirer l'attention. Parvenu à la porte, je jetai un coup d'œil de chaque côté du chemin de ronde. Toujours personne. Je testai doucement la poignée et fus surpris de la trouver déverrouillée. À cet instant, je souhaitai plus que jamais avoir Ugolin et Jaume à mes côtés. Tout empestait le guet-apens à plein nez et je me souvenais des enseignements de Bertrand de Montbard, qui m'avait mille fois répété de ne jamais me lancer tête baissée dans un combat. Mais je devais savoir de quoi il retournait. Conscient du danger, mais impuissant à le réduire, j'ouvris et entrai.

La pièce était vide. Une table en bois et un banc grossier de chaque côté en constituaient tout l'ameublement. Au mur, des épées, des arbalètes et des piques étaient soigneusement rangées dans des râteliers, prêtes à être saisies. Je me trouvais dans la salle des gardes où les rondes s'organisaient et d'où on pouvait répondre prestement à toute alerte. Mais de gardes, point. J'examinai les écuelles et les gobelets qui traînaient sur la table. Les restes de nourriture et les fonds de vin étaient encore frais. Quelqu'un avait mangé ici voilà quelques heures, tout au plus. Et quelqu'un aurait encore dû s'y trouver.

Sur le mur du fond, une échelle menait à l'étage supérieur, que l'on atteignait par une ouverture carrée pratiquée dans le plafond de bois. Je tendis l'oreille, attentif au moindre raclement qui trahirait une présence humaine. Rien. Thury semblait s'être volatilisé, mais je n'étais pas dupe. Il était possible d'entrer dans le donjon de Montségur et de disparaître de la même manière. Il n'y avait aucune raison de penser que les choses soient différentes à Gisors.

Je tirai ma dague, plus utile qu'une longue épée dans un espace restreint, et, sur la pointe des pieds, me rendis à l'échelle. Prudemment, je grimpai. Arrivé en haut, je passai la tête dans l'ouverture et jetai un coup d'œil à l'étage. À part des caisses plus ou moins éventrées, desquelles s'échappaient des armes et des pièces d'armure, rien. Je poursuivis mon ascension et aboutis au dernier étage, devant une porte de bois traversée par de lourdes ferrures et munie d'une petite ouverture à la hauteur des yeux. Au mur se trouvait un crochet de fer où l'on suspendait sans doute les clés. Je compris que cette porte était celle d'une cellule qui avait donné son nom à la tour. Je testai prudemment la poignée et la trouvai verrouillée. Je fis glisser la chatière, jetai un coup d'œil à l'intérieur et retins mon souffle. Quelqu'un était enroulé dans une couverture sur la paillasse qui, avec une table, constituait le seul ameublement. Heureusement, il ne semblait pas m'avoir entendu. Je refermai doucement et m'éloignai en reculant sur la pointe des pieds.

Si le temple n'était pas dans un des étages, c'est qu'il se trouvait dans les fondations, comme à Montségur. Je redescendis, m'attendant à être accueilli par une troupe, piégé comme un animal. Mais il n'en fut rien. La salle des gardes était toujours vide. Pourtant, tôt ou tard, la relève finirait bien par se présenter. Ignorant le temps dont je disposais avant que quelqu'un ne surgisse, je me mis à inspecter les murs de maçonnerie, à la recherche d'un mécanisme similaire à celui du donjon de Montségur. En faisant glisser mes doigts sur les joints fins qui liaient les pierres taillées, je reconnus la même qualité de travail. Mais je progressais trop lentement. Je devais procéder autrement. Si les constructeurs de cette tour étaient les mêmes que ceux de Montségur, les plans risquaient d'en être identiques. Dans le Sud, la porte secrète était aménagée un peu à droite, face à l'entrée. C'est donc là que je concentrai mes recherches. Je localisai bientôt, à la hauteur de ma taille, l'ouverture que je cherchais dans un joint entre deux pierres, tout juste assez large pour permettre l'insertion d'une lame. J'y enfouis ma dague et l'abaissai comme s'il s'agissait d'une manette. Le déclic sourd que j'espérais retentit et le mur s'ouvrit. Je remis ma dague à ma ceinture et tirai mon épée.

Le cœur battant, je poussai la lourde porte, qui tourna sur un pivot central sans produire le moindre grincement, et me glissai dans l'ouverture. Devant moi, l'escalier de pierre, éclairé par une torche fichée dans son socle au mur, s'enfonçait dans les profondeurs de la terre. J'hésitai. Si Thury était descendu avant moi, rien ne garantissait qu'il soit seul en bas. Me jetais-je inconsidérément dans la gueule du loup ? J'avais découvert l'emplacement du temple, certes. J'avais suivi la lignée de l'Ordre des Neuf, comme me l'avait intimé la mendiante. Je risquais fort d'y trouver des traîtres. Mais ensuite ? Si je surprenais le jeune Montfort en compagnie de complices, je n'accomplirais rien d'autre que de dévoiler le fait que mon intérêt pour les documents dépassait la simple loyauté d'un garde du corps pour son maître. Si je tombais sur les Neuf, je devrais combattre sans même savoir si la Vérité se trouvait encore dans le temple. Dans un cas comme dans l'autre, je risquais fort de ne jamais revoir la lumière du jour. Pourtant, qu'avais-je à perdre ? Au moins, je serais fixé quant au sort de la seconde part. Et puis, la mort ne m'importait guère. Si j'avais échoué, je savais déjà où elle me mènerait, et rien ne pourrait être pire. J'empoignai la torche et posai le pied sur la première marche. Les autres pas furent plus faciles.

La descente fut longue, abrupte et incertaine, tout comme la nuit de mon initiation. Pour ne pas me rompre le cou, je dus me concentrer sur des centaines et des centaines de marches inégales taillées à même le roc, humides et glissantes. Lorsque je parvins enfin dans l'antichambre du temple, je découvris sans trop de surprise qu'une fresque identique à celle de Montségur m'attendait sur le mur du fond. Les cinq mêmes personnages s'y trouvaient, baignant dans une lumière diffuse aux volutes évanescentes, portant la même robe immaculée et arborant le même visage asexué et encadré de cheveux blancs. Au centre se tenait Métatron. Son regard accusateur semblait n'exister que pour moi. Au bas, la même sentence : *Fais maintenant ce que voudras avoir fait quant tu te mourras.*

Je réprimai le frisson d'inconfort que l'image me causait et concentrai mon attention sur la porte lourdement ferrée du temple. Elle était identique à celle que j'avais souvent franchie. Je m'approchai sur la pointe des pieds et y collai l'oreille. De l'autre côté, je pus entendre des voix étouffées. Des hommes discutaient calmement. Trois, peut-être quatre. Le risque était acceptable. Avec l'effet de surprise, j'avais une chance de venir à bout d'eux et de m'emparer de la seconde part. Si elle se trouvait là, évidemment.

Je fichai la torche dans un socle vide au mur, posai doucement la main sur la poignée, inspirai profondément à quelques reprises pour calmer mes nerfs et ouvris brusquement. Sans attendre je m'élançai à l'intérieur, transférant mon épée dans ma main droite, prêt à combattre, mais m'arrêtai net.

Le temple était dans la pénombre. Seule une chandelle brûlait sur l'autel placé au centre, éclairant faiblement le plancher en damier et les pieds de ceux qui avaient pris place dans les body scrub fauteuils. Aucun d'eux ne bougea.

— Sire Gondemar, fit une voix que je croyais reconnaître. Tu en as mis, du temps. Entre, mon frère. Nous t'attendions.

CHAPITRE 16

Ordo novem

Décontenancé, je restai planté dans l'embrasure de la porte, mon épée en main. Comme le dernier des idiots, j'étais tombé dans un piège. Mais rien ne se produisit.

Les idées se bousculaient dans ma tête, les hypothèses s'entrechoquant, se contredisant si vite que je ne pouvais les attraper. On venait de m'appeler par mon vrai nom, et non Gontier. Il était clair que ceux qui se trouvaient dans le temple avaient anticipé mon arrivée. Je ne disposais plus d'aucun effet de surprise. Foncer à l'aveuglette dans le noir pour me lancer sur des adversaires que je pouvais à peine localiser et dont j'ignorais le nombre réel ne me servirait à rien. Tourner les talons et m'enfuir à toutes jambes en espérant que personne ne m'attende au sommet des marches ne m'aiderait pas davantage. Laisser tomber mon épée et me rendre sans savoir à qui n'était pas une option. En conséquence, je restai aux aguets, attentif à la moindre occasion d'agir.

— Lumière, ordonna la voix.

Des pas résonnèrent dans le noir. Une silhouette s'approcha de l'autel et tendit une torche au-dessus de la chandelle jusqu'à ce qu'elle s'embrase. Je tentai de voir de qui il s'agissait, mais l'individu était vêtu d'une bure sombre au capuchon remonté qui cachait son visage. Il fit lentement le tour de la pièce, allumant un à un les flambeaux aux murs. Puis il retourna prendre place dans son fauteuil.

Je ne fus pas vraiment surpris de constater que le temple des Neuf était en tout point identique à celui de Montségur. Le dallage en damier et les fauteuils à haut dossier ; l'épée, l'écu et le baucent suspendus au mur ; l'abacus dans son socle ; les murs de pierre grossièrement taillée ; l'autel à nappe blanche portant le sceau, le crucifix et la cassette ornée de la croix cathare. Tout y était. On aurait dit qu'une main géante l'avait arraché au donjon du Sud pour le déposer ici.

Mais ses occupants, eux, étaient différents. D'abord, ils n'étaient que cinq. L'un d'eux occupait le siège du *Magister* et celui qui avait allumé les torches prenait place à sa droite. Un autre était assis à sa gauche, et les deux derniers au midi et au septentrion. Les cinq fauteuils restants étaient vides. Leurs vêtements étaient différents. Ici, point de manteau blanc, orné ou non de la croix pattée. Tous portaient une robe noire dont le capuchon remonté maintenait leur visage dans l'ombre. À la hauteur du cœur, chacun portait la mention O IX brodée de fil rouge. Plus significatif encore, je n'aperçus Guy de Montfort nulle part.

— Bienvenue dans le *Sanctum sanctorum*[1], frère Gondemar, dit à voix basse celui qui occupait le siège qui avait brièvement été le mien dans l'autre temple. Prononce les mots sacrés qui confirmeront que tu es bien le *Magister* des Neuf de Montségur.

J'étais de plus en plus désorienté. Par deux fois, cet homme m'avait appelé « frère ». Il avait désigné le temple par son nom le plus sacré. Et voilà maintenant qu'il exigeait de moi les mots sacrés du rituel de fermeture des conseils. Que se passait-il ? J'avais fait irruption dans cet endroit avec l'intention bien arrêtée de m'emparer de la seconde part de la Vérité ou de mourir en le tentant, et voilà que j'avais l'impression étrange d'être accueilli en territoire ami. De toute évidence, on m'attendait. Ne sachant que faire d'autre, je remis mon épée au fourreau et décidai de jouer le jeu.

1. Saint des saints.

— *Secretum Templi*, finis-je par dire.

— Avance jusqu'à l'autel, ordonna l'homme.

Sous le regard des inconnus, immobiles comme des statues de marbre, j'obtempérai avec toute la dignité dont je pouvais faire preuve et posai solennellement la main sur la cassette.

— De quel droit te présentes-tu parmi nous ? s'enquit-il lorsque je fus devant l'autel.

Je demeurai interdit. De quel droit ? De celui du *Lucifer*, chargé de réunir les deux parts. De celui dont l'épée éventrerait les traîtres si elle le pouvait. Puis je compris. Il faisait référence au rituel de mon initiation. Il me testait, ce qui signifiait qu'il connaissait l'Ordre de l'intérieur. De plus en plus confus, je fouillai ma mémoire pour trouver les réponses correctes. Jusqu'à ce que je comprenne dans quelle situation j'étais fourré, je devais jouer le jeu.

— Du fait que j'en ai été jugé digne par mes frères, répondis-je.

— Alors, prouve que tu as vu la Lumière en redisant ton serment.

De toute évidence, cet homme connaissait les particularités de la cérémonie d'initiation. Je pris un instant pour retrouver les mots de l'engagement que j'avais pris.

— Moi, Gondemar de Rossal, je promets et je jure de garder les secrets de l'Ordre des Neuf. Je m'engage à ne les point révéler et à empêcher tout frère ou sœur de le faire, y compris son *Magister*, s'il est en mon pouvoir de l'en empêcher, et en le tuant s'il le faut. Je m'engage en outre à les défendre au prix de ma vie, à leur consacrer mon existence entière et à les emporter dans la tombe. Je jure enfin d'obéir en tout au *Magister* sans jamais contester les ordres donnés sous l'abacus, et de ne sortir de Montségur qu'avec son autorisation expresse.

L'homme se leva et se dirigea lentement vers moi. Une fois de l'autre côté de l'autel, il saisit le crucifix et le tendit devant ma bouche. Je crachai dessus et il le redéposa. Puis il tira une petite dague de sa bure. Comprenant ce qu'il attendait de moi, j'allongeai le bras, paume vers le haut. Il me fit une légère incision, juste assez pour faire perler quelques gouttes de sang qui maculèrent la nappe. Lorsque tout fut accompli, il retourna à son fauteuil et j'attendis.

— Bien, dit-il, maintenant que ces formalités sont remplies, prends place parmi les tiens, Gondemar de Rossal, *Magister* élu des Neuf de Montségur. Nous avons à parler.

Aucune autre possibilité ne s'offrant à moi, j'acceptai et m'assis dans le fauteuil qui se trouvait à l'extrémité ouest du temple, face à lui.

— Un millier de questions doivent se bousculer dans ta tête, dit-il.

— C'est le moins que l'on puisse dire, me contentai-je d'ajouter, bien décidé à en dire le moins possible jusqu'à ce que je comprenne ce qui se passait.

— Commençons donc par répondre à celle qui te turlupine le plus.

Sur son signe de tête, les cinq inconnus rabattirent simultanément leur capuchon. Je reçus alors mon second choc en quelques minutes.

Face à moi, dans le fauteuil du *Magister*, se trouvait Alain de Pierrepont, qui me fixait d'un regard sérieux et solennel dans lequel je ne lus aucune agressivité. Au midi, c'est avec une surprise moindre que je reconnus Lambert de Thury, que j'avais suivi jusqu'ici, et qui inclina élégamment la tête quand nos yeux se croisèrent. Au septentrion, Guillot, le gros moine imbu de lui-même qui, en compagnie de son collègue, avait ordonné le bûcher de Gerbaut de Gant, à Rossal. À la droite de Pierrepont était assis le vieux Jehan de Gisors en personne, qui m'observait derrière des paupières mi-closes avec un air d'épervier. À sa gauche prenait place Guiburge, qui m'adressa une imperceptible salutation de la tête, ses yeux noirs rivés dans les miens. Sidéré, je restai sans voix. Depuis le début, la tavernière avait su qui j'étais. L'information qu'elle m'avait donnée, le cuissage qu'elle m'avait offert, tout cela ne pouvait qu'être destiné à m'attirer dans cet endroit. Une fois encore, j'avais été joué comme un luth.

— Je comprends ta surprise, sire Gondemar, dit Pierrepont.

— Tu… vous… balbutiai-je.

J'avais l'impression d'être devenu le pauvre d'esprit du village. J'avais beau chercher à organiser dans ma petite cervelle engourdie ce que je savais pour que les faits correspondent à la situation dans laquelle je me trouvais, je n'y parvenais pas.

— Tu nous connais tous, si je ne m'abuse.

— Je… oui.

Pierrepont se tourna vers Thury.

— Sire Lambert, du vin pour notre frère, ordonna Pierrepont. M'est avis qu'il en a grand besoin.

L'autre se leva et disparut derrière son fauteuil. Il en ressortit avec une cruche et des gobelets. Il traversa le temple pour m'en remettre un, le remplit, puis en fit autant pour les autres. Je considérai le vin, mais me gardai bien d'y tremper les lèvres.

— Ne crains rien, dit Pierrepont, il n'est pas empoisonné. Si nous avions voulu ta mort, je t'assure que tu ne serais pas ici en ce moment. Il se trouve que nous avons besoin de toi, autant que toi de nous.

Je dus avoir l'air sidéré car il esquissa un sourire. Visiblement satisfait de son effet, il avala une gorgée et les autres firent de même. Je bus à mon tour. En portant le gobelet à mes lèvres, je notai que ma main tremblait un peu.

— Nous avons une foule de choses à te dire et le temps presse, ajouta sire Alain. Je te sais perplexe et je te comprends. Mais les choses ne sont pas ce qu'elles paraissent. Acceptes-tu de m'écouter avant de juger ?

— Ai-je vraiment le choix ? rétorquai-je en désignant les armes que lui-même et Thury portaient au côté par-dessus leur bure.

— Quand tu sauras, tu comprendras. Nous devons seulement attendre l'arrivée de tes compagnons.

Quelques minutes s'écoulèrent dans un silence épais et inconfortable. Puis un vacarme monta de l'autre côté de la porte. Des voix au ton mécontent.

— Ah, les voilà, dit Pierrepont, l'air amusé.

Les trois coups furent frappés et le moine se leva pour ouvrir, puis s'écarta. Ugolin et Jaume furent poussés dans le temple. Deux hommes les suivirent, refermèrent, puis allèrent prendre place sur les fauteuils après avoir passé la même robe que les autres. Je reconnus deux des soldats de Pierrepont, dont celui que j'avais vu sortir de la Tour du Prisonnier en compagnie de Thury. Je notai avec soulagement que Pernelle n'était pas avec mes compagnons et ne doutai pas qu'aucun des deux n'avait trahi son existence. Par un subtil hochement de la tête, le templier me fit comprendre qu'elle était en sécurité.

Ugolin me vit, assis parmi les autres, et ses yeux s'écarquillèrent.

— Bougre de Dieu, grommela-t-il, un éclair de méfiance dans les yeux. Qu'est-ce que c'est que ce carnaval ? Et qu'est-ce que tu fais là, parmi… eux ?

Je haussai les épaules pour lui faire comprendre que je n'en avais pas la moindre idée, moi non plus.

— Je suis contrit de vous avoir fait traiter de cette façon, s'excusa Pierrepont. Nous ne pouvions courir le risque que vous résistiez.

— Ils ont dû mettre quelque chose dans l'eau-de-vie. Nous dormions tous comme des loirs lorsqu'ils nous ont surpris, m'expliqua Jaume, visiblement en colère contre lui-même.

— Prenez place, mes frères, dit Pierrepont, suave.

Thury offrit du vin à Ugolin et à Jaume qui, sur mon signe, l'acceptèrent.

— Bon, nous t'écoutons, déclarai-je. Ce que tu as à dire aura avantage à être convaincant.

— Libre à toi d'en juger. Je te dirai tout dès que votre compagne sera parmi nous.

Je tentai de garder neutre l'expression de mon visage, mais intérieurement j'étais consterné. Ce diable d'homme savait que Pernelle nous accompagnait. Presque aussitôt, trois nouveaux coups secouèrent la porte. Elle fut ouverte et Pernelle fit son entrée, digne malgré ses cheveux écharpés et son costume masculin, le dos droit, le menton haut. Un autre soldat de sire Alain referma et vint la rejoindre en secouant une main qui saignait un peu.

— Elle était cachée sous le foin, expliqua-t-il. Un peu plus et je l'aurais manquée. Et elle sait mordre, la petite furie.

— Ne craignez rien, dame Pernelle, dit Pierrepont. Nous ne vous voulons aucun mal, je vous en donne ma parole.

— La parole d'un croisé ne vaut pas l'air qu'il faut pour la formuler, déclara mon amie d'une voix glaciale.

— Je comprends votre sentiment, croyez-moi. Mais vous faites erreur. Prenez place. Nous avons de longs palabres devant nous. Après, vous comprendrez.

Le dernier soldat alla prendre place et les Neuf de Gisors furent sept. Son gobelet à la main, Pierrepont se leva et se mit à arpenter le temple. L'air songeur, il semblait chercher à rassembler ses idées.

— Vous aurez compris, je présume, que ceux qui sont ici constituent ce qu'il reste de l'Ordre des Neuf du Nord, commença-t-il.

Je me gardai de lui offrir une réaction. Il pouvait bien affirmer ce qu'il voulait. J'attendrais des preuves avant de me faire une opinion. Il avala une gorgée de vin et réfléchit un instant, laissant son regard errer dans la pièce.

— L'aménagement de ce temple a été commencé sous la direction de Thibaud Payen, comte de Gisors, en l'An du martyre de Jésus 1118.

Je notai au passage qu'il utilisait l'expression consacrée de ceux qui connaissaient la Vérité pour désigner l'année. Il poursuivit.

— Par son nom, vous avez deviné que Thibaud était parent avec sire Hugues, fondateur des Pauvres Chevaliers du Christ et du Temple de Salomon, ainsi que de l'Ordre des Neuf. Son neveu, en fait. On raconte que sire Hugues l'aimait comme un fils et qu'il lui rendait souvent visite. À titre de membre d'une famille fondatrice, le rôle de Thibaud était de préparer l'endroit où une part de la Vérité serait conservée un jour. Plus tard, de 1158 à 1160, trois templiers se sont chargés de le terminer : Robert de Pirou, Tostes de Saint-Omer, le frère de Godefroi de Saint-Omer, un des fondateurs du Temple, et Richard de Hastings. À cette époque, ils avaient la garde de la forteresse pendant qu'on négociait un mariage entre les enfants des rois de France et d'Angleterre.

Il vint se placer face à moi et m'adressa un regard intense.

— Depuis que les événements se sont bousculés en Terre sainte, en 1187, et que Robert de Sablé a décidé d'en éloigner la Vérité, ce temple en abrite la seconde part et l'Ordre des Neuf. Notre mission est la même que la vôtre : protéger la Vérité jusqu'au temps de sa révélation. Ici comme à Montségur, le *Magister* attend d'être contacté par le *Cancellarius Maximus* ou par le *Lucifer* qu'il aura désigné.

Il s'interrompit, semblant attendre quelque confirmation de ma part, mais je me contentai d'une moue non compromettante, bien décidé à ne rien lui donner. Il n'en parut nullement vexé.

— J'ai été initié en l'An 1196, poursuivit-il en marchant lentement autour du temple. Ici même, devant cet autel. Comme toi, j'ai renié la croix et scellé mon serment de mon sang. J'ai juré de défendre ce que nous protégeons au risque de ma vie. Comme toi aussi, sans doute, j'ai été ébranlé par ce que j'ai appris. La Vérité est une chose difficile à affronter, surtout pour un chrétien. Depuis, je sers l'Ordre de mon mieux. J'en suis devenu le *Magister* onze ans plus tard et le resterai jusqu'à ma mort, ou jusqu'à ce qu'on ne me juge plus capable d'exercer ma fonction.

Je haussai les épaules, feignant l'indifférence, et bus une gorgée de vin pour me donner une contenance.

— Pas besoin de chanter comme un troubadour. Je sais très bien qui tu es, Alain de Pierrepont, dis-je calmement en me remémorant ce que le marchand m'avait appris, en route. Tu as la réputation d'un habile soldat et on te dit courageux jusqu'à l'intrépidité. Tu as combattu auprès de Sa Majesté Philippe II Auguste contre les Anglais, ici même, devant Gisors. Dans la défaite, on raconte que tu lui as sauvé la vie en te faisant passer pour lui et que tu as chèrement payé pour ton courage. Tu as été blessé par le roi ennemi, Richard Cœur de Lion en personne, puis emprisonné pendant plusieurs années.

— Tu es bien informé, contra-t-il, mais tu ne vois que l'apparence des choses. Leurs motivations t'échappent. Si j'ai combattu à Gisors, ce n'était pas par loyauté à la France, mais pour protéger la Vérité. Et je n'étais pas le seul. Plusieurs des membres des Neuf étaient à mes côtés.

Il franchit les quelques pas qui nous séparaient et s'assit dans le fauteuil libre à ma droite.

— À cette époque, le pape et le roi de France étaient de mèche. Philippe avait participé à la troisième croisade. Il avait dû entendre parler de la Vérité durant son séjour en Terre sainte car, à son retour, il s'intéressait beaucoup trop à Gisors. En 1193, il s'est emparé de la forteresse et s'est aussitôt mis en frais de la faire fouiller par ses hommes les plus loyaux. Heureusement, sire Jehan, qui était déjà seigneur des lieux et membre de l'Ordre à cette époque, a toujours su manœuvrer discrètement pour le lancer sur de fausses pistes.

Mon regard se porta sur Jehan de Gisors, qui haussa les épaules avec modestie.

— Malgré cela, reprit Pierrepont, Philippe persévérait et il était à craindre que, tôt ou tard, il en trouve la piste, fût-ce par hasard. En 1198, quand j'ai constaté que la bataille tournait à l'avantage des Anglais, je l'ai convaincu de fuir et, en prenant sa place, j'ai conduit les troupes françaises à une défaite certaine. J'ai payé un prix élevé, certes, mais le fait que Gisors soit aux mains de l'Angleterre nous donnait un répit. Les Anglais, eux, ne savaient rien de la Vérité et ne l'ont jamais cherchée. Quand Jean sans Terre, le nouveau roi d'Angleterre, a rendu la forteresse à la France, deux ans plus tard, les membres de l'Ordre ont simplement réintégré les lieux et repris possession du temple. Pour ma part, je suis revenu quand j'ai été libéré en 1202. Depuis, nous veillons, comme le font tes frères dans le Sud.

— Et pourtant, te voilà maintenant croisé ! tonna Jaume.

— Comme tu vois, fit Pierrepont en haussant les épaules. Nous l'avons fait par devoir.

— Prétends-tu que le fait de massacrer des femmes, des enfants et des vieillards sans défense contribue à protéger la Vérité ? cracha le templier. Ne me prends pas pour une barrique que tu peux remplir à volonté !

Pierrepont se leva et alla se planter devant Jaume.

— Tu confonds la protection de la Vérité avec celle de la foi des cathares, mon ami. Je ne peux t'en blâmer, évidemment. Pour vous autres, dans le Sud, les deux vont de pair, mais pas ici. Quand la croisade a été annoncée, nous avons vite compris qu'il ne s'agissait que d'un prétexte invoqué par Innocent III pour tenter de retrouver la première part de la Vérité, et qu'Arnaud Amaury et Montfort feraient tout pour y parvenir. Il était nécessaire de garder un œil sur eux.

— Quitte à commettre les mêmes atrocités, l'accusa Ugolin.

— Il vaut toujours mieux garder son ennemi près de soi. Ainsi, au moins, on sait ce qu'il fait. Malheureusement, pour cela, il faut se fondre à lui, devenir invisible. C'est pourquoi Thury, moi-même et quelques autres nous sommes croisés. Notre réputation nous assurait un excellent accueil et il n'a pas fallu beaucoup de temps avant que nous nous retrouvions dans le cercle des intimes de Montfort.

— La première part de Vérité a été en danger plus d'une fois dans le Sud depuis l'arrivée des croisés et, pourtant, je ne t'ai pas vu intervenir, lui reprocha sèchement Ugolin. Le sang qui a été versé pour sa protection n'était pas le tien, que je sache !

Pierrepont hocha lentement la tête et laissa échapper un soupir déchirant.

— Non, en effet. Qu'aurions-nous pu faire sans être démasqués ? Nous devions nous contenter de jauger les intentions de Montfort, de voir comment il procédait, de l'étudier…

— Pour mieux protéger votre part, et non la nôtre, compléta Pernelle. Chacun ses affaires, en quelque sorte.

— Je constate que votre réputation de femme intelligente est bien méritée, bonne dame. Vous avez vu juste. Il ne s'agissait pas d'aider à préserver la première part, qui était sous la responsabilité d'un autre groupe dont nous ne savions rien, mais plutôt de mesurer le danger que courait la seconde et de nous ajuster en conséquence. Si l'une devait être perdue, au moins l'autre demeurerait en sécurité. Ce n'est qu'en côtoyant Montfort que nous avons fini par en apprendre plus sur les Neuf de Montségur.

Je dévisageai Alain. *A priori*, tout ce qu'il racontait avait du sens, mais il n'apportait aucune preuve. Je voyais que mes compagnons étaient aussi sceptiques que moi. Je me calai dans le fauteuil et avalai une gorgée.

— *Res, non verba*[1], déclarai-je. Ton drap a autant de trous que de tissu. Par exemple, comment connais-tu mon identité et celle de mes compagnons, alors que les deux Ordres ont été fondés de manière à ne jamais rien savoir l'un de l'autre ? Si tu es vraiment *Magister*, dis-moi comment je me suis retrouvé ici.

— Grâce au *Cancellarius Maximus*, le seul trait d'union entre les deux ordres, rétorqua-t-il sans hésitation. Lors de mon élection, j'ai reçu les mêmes instructions que toi, ornées du même sceau.

Pierrepont se releva et reprit sa lente déambulation dans le temple. Sur ma gauche, Jaume l'épiait avec un regard d'aigle alors que Pernelle, près de lui, le scrutait, les sourcils froncés de concentration. Ugolin, lui, était crispé, prêt à bondir pour

1. Des actes, pas des paroles.

enserrer dans ses gigantesques mains le cou de notre interlocuteur. Pierrepont soupira et se frotta le menton.

— Quant à connaître votre identité, il n'y a rien de bien sorcier. N'oublie pas que, dans l'entourage de Simon de Montfort, tout le monde sait qui vous êtes. Surtout depuis Toulouse. Après vous avoir trahi et avoir rejoint notre camp, Raynal a révélé l'identité des Neuf de Montségur. Ravier de Payns, Gondemar de Rossal, Jaume de Montdidier, Eudes de Saint-Agnan, Véran de Raffle, dame Esclarmonde de Foix, dame Peirina, dame Pernelle, Ugolin de Bisor, Bertrand de Montbard… Même la pauvre dame Daufina, morte pour rien. Par ta main, si je ne m'abuse.

J'accusai stoïquement la référence au fait que j'avais moi-même mis fin aux jours de Daufina, trompé par Raynal. Tout dans son récit se tenait, et pourtant je doutais encore.

— Et le jeune Montfort, repris-je, que vient-il faire dans cette histoire ?

— C'est ici que les choses se compliquent, j'en ai peur, Gondemar. Car la mission confiée à Guy était bien réelle.

D'un geste du bras, il désigna tous ceux qui siégeaient dans le temple.

— Comme tu vois, poursuivit-il, notre Ordre est réduit à sept membres et un *Magister*. Comme le vôtre, malheureusement, il a été dépeuplé par la trahison. Voilà à peine quelques semaines, deux des nôtres ont renié la cause. Comme Raynal, sans doute, ils ont eu recours à des intermédiaires pour entrer en contact avec Montfort et lui offrir de lui remettre la Vérité. Heureusement, notre réseau d'informateurs est vaste et nous en avons eu vent. Nous croyons que le fils Montfort venait à Gisors pour entrer en contact avec eux.

Je me raidis dans mon fauteuil, anxieux. Dans ma tête, les yeux de feu de Métatron me fixaient, brillants de colère.

— A-t-il réussi ?

— Ne crains rien. Ceux qu'il espérait voir ne sont plus de ce monde depuis un petit moment. Nous nous en sommes assurés bien avant que le jeune Guy n'arrive. Mais nous devions valider nos soupçons et confirmer qu'il était bien impliqué. Notre frère Thury a prétendu être un de ceux qui avaient contacté son père et gagné sa confiance par un moyen, disons, de son cru.

Je perçus sans difficulté l'ombre de dégoût qui assombrit son faciès. Il se reprit et continua.

— Il l'a entraîné dans la Tour du Prisonnier en lui faisant miroiter la livraison de ce qu'il était venu chercher. Le fait qu'il accepte d'y venir a confirmé que les intrigues de Simon de Montfort avaient bien atteint Gisors et que le fait que la seconde part y soit conservée était connu de l'ennemi. Notre sœur Guiburge s'est ensuite assurée que tu garderais Thury à l'œil en le glissant dans une de vos… conversations.

— Et le hasard a voulu que mon chemin croise celui de Montfort ?

— La destinée est une chose étrange. Vous vous dirigiez tous deux vers Gisors pour la même raison : réclamer la seconde part de la Vérité. Nous avons fait en sorte de vous faciliter la vie.

— Ta chanson est agréable à entendre, mais comment as-tu su qui j'étais ?

Pierrepont avala quelques gorgées de vin avant de reprendre son récit.

— Lorsque tu as empêché Guy d'être égorgé par sire Jaume, on t'a mené vers moi. Mes hommes t'avaient un peu malmené et ton surcot s'était déchiré. J'ai fini par te remettre la livrée des Montfort pour le remplacer. Tu t'en souviens ?

— Porter ce torchon, comment pourrais-je l'oublier ?

— Ton épaule était découverte et j'y ai vu la croix qu'on y a brûlée et dont Montfort m'avait souvent parlé. « Un grand roux avec une croix cathare sur l'épaule », disait-il sans cesse. Tout à coup, c'est devenu clair. Tu étais peut-être chauve, mais ta barbe t'a trahi. J'ai su, alors, que tu étais Gondemar de Rossal, *Magister* des Neuf de Montségur.

Il secoua lentement la tête et laissa échapper un petit rire sardonique.

— De toute évidence, celui que Montfort avait brûlé sur le bûcher à Carcassonne était quelqu'un d'autre. Par la suite, il a été facile d'imaginer que tu n'avais pas protégé Guy par grandeur d'âme, mais bien parce que tu le voulais vivant. Tu avais appris qui il était et pourquoi il se rendait à Gisors. Tu espérais qu'il te conduise à la seconde part. Comme ce jeune homme te croyait mort, il ne s'est pas méfié.

— Et, en me désignant son garde du corps, tu faisais en sorte que je reste près de lui en tout temps, complétai-je.

Intérieurement, je bouillais. Tout le monde m'avait-il donc manipulé ? Étais-je si stupide que je ne voyais jamais les manigances dont j'étais l'objet ? Mon destin était-il d'être roulé à répétition dans la farine ?

— Cela m'apparaissait la manière la plus efficace de ne pas trahir ton identité et de te faciliter la tâche tout en m'assurant que tu travaillais à la nôtre.

— Et Guy ?

— Il est au cachot, au dernier étage de la tour, d'où il doit avoir une très belle vue. Pour l'instant, nous réfléchissons à ce qui doit être fait avec lui. Le cas échéant, il pourra sans doute servir de monnaie d'échange. Sinon, nous retournerons peut-être sa tête à son père.

Celui que j'avais vu enroulé dans sa couverture sur une paillasse était donc Guy de Montfort.

— On va se questionner sur sa soudaine absence, lui fis-je remarquer.

— Qui donc ? Thury ? Le seigneur de Gisors ? Tous ceux qui pourraient s'en préoccuper sont ici.

Il avait raison, évidemment. Depuis le début, les choses n'avaient pas été ce qu'elles semblaient, mais je devais bien me rendre à l'évidence : j'étais dans le temple, en présence des Neuf, et c'était là tout ce qui comptait. Le moment était venu de compléter ma mission. Je me levai et me dirigeai vers Pernelle.

— Tu l'as sur toi ? demandai-je en tendant la main.

Saisissant ce à quoi je faisais allusion, elle hocha la tête, fouilla dans son corsage et en sortit le pendentif en or passé sur un cordon de cuir que m'avait remis la mendiante avant de rendre son dernier souffle. Le sceau du *Cancellarius Maximus*. Elle le retira de son cou et me le tendit.

Prends, LUCIFER, m'avait-elle dit. Il te permettra d'accéder à ce que tu cherches. La Vérité est entre tes mains. Voilà. Le chemin avait été tortueux, mais le moment était arrivé. Je détiendrais sous peu la seconde part et je pourrais repartir sans attendre vers Montségur, où je la réunirais à la première.

Je me retournai et brandis le sceau à la face de Pierrepont.

— Je suis le *Lucifer*, désigné par le *Cancellarius Maximus*. Remets-moi la seconde part de la Vérité, comme l'exigent tes instructions.

Il prit le sceau et le fit tourner entre ses doigts, l'air plus songeur que surpris. Une moue contrariée se forma sur ses lèvres.

— Je vois que le temps de la révélation est arrivé, dit-il sombrement. Malheureusement, je ne peux rien te donner.

CHAPITRE 17

Baroche

On m'aurait asséné un coup de masse d'armes entre les yeux que je n'aurais pas été plus abasourdi. J'avais retrouvé les Neuf. J'étais porteur du sceau. J'étais le *Lucifer*, désigné par le *Cancellarius Maximus*, et c'était en toute légitimité que je venais d'exiger la seconde part, comme l'avaient voulu ceux qui avaient ramené la Vérité de Terre sainte. Et voilà qu'on me la refusait.

— Qu'as-tu dit? demandai-je d'une voix étouffée d'indignation.

— Que je voudrais te remettre la seconde part, mon frère, répondit Pierrepont, clairement contrit, mais qu'il m'est impossible de le faire.

— Bougre de Dieu! éclatai-je, en lui arrachant le sceau d'un geste sec. Qu'est-ce que c'est que cette histoire? Tu viens de me dire que Montfort n'a pas réussi à l'obtenir!

— Et c'est vrai. Malheureusement, nous non plus.

Cédant à la colère, je l'empoignai par la robe avec ma main saine et le tirai brusquement vers moi. Du même geste, je fis jaillir les lames de mon gant et les lui appuyai sur la gorge.

— Fils de chienne, grondai-je, les dents serrées. À quel jeu joues-tu?

Aussitôt, les Neuf de Gisors, sauf le moine, se levèrent d'un trait et tirèrent l'épée, prêts à défendre leur *Magister*. Je notai que Guiburge se trouvait tout naturellement parmi eux et qu'elle avait sorti de sa jupe un stylet à la pointe menaçante dont je ne doutais pas un instant qu'elle savait se servir.

Jaume et Ugolin bondirent comme un seul homme et vinrent se placer autour de moi, décidés à en découdre à mains nues s'il le fallait. Même dans ces conditions, je savais que ni l'un ni l'autre ne tomberait avant que quelques adversaires n'aient chèrement payé.

Pierrepont leva calmement les mains.

— Allons, allons. Assoyez-vous, mes frères. L'harmonie doit régner dans ce temple. Nous avons tous la même mission et la colère ne nous mènera nulle part.

Les Neuf maintinrent leur position pendant un moment puis, à contrecœur, rengainèrent leur arme. Un à un, ils reprirent place tout en demeurant alertes. Guiburge fut la dernière à s'exécuter. La menace immédiate passée, Ugolin et Jaume en firent autant. Dans le temple, tous se toisaient, prêts à bondir de nouveau, et la tension était palpable. Non loin de l'autel, Pierrepont et moi étions toujours figés dans notre affrontement.

— Tu es trop prompt, sire Gondemar, dit-il en vrillant ses yeux dans les miens. Ton tempérament te perdra. Un *Magister* se doit d'être plus réfléchi que cela pour mener l'Ordre.

— Tu n'as pas idée à quel point tu dis vrai, le menaçai-je, les dents serrées, en appuyant un peu plus la pointe des lames contre sa chair. Un assassinat de plus ou de moins ne changera rien à mon salut, je te l'assure.

Nos regards restèrent fondus l'un dans l'autre et le temps sembla s'arrêter. Pendant quelques secondes, je luttai contre la luxure du combat qui m'avait envahi et qui me donnait l'envie pressante d'en finir avec ce misérable trouvère et ses belles histoires. À son honneur, Pierrepont ne broncha pas et ne montra aucune nervosité. Il garda ses mains le long du corps et n'essaya même pas de me faire lâcher prise. Il s'en remettait à ma décision, et ce fut ce qui finit par gagner ma confiance. À l'approche de la mort, les traîtres perdent toute contenance. J'en avais souvent été témoin. Cet homme gardait la sienne.

— Tu peux me tuer maintenant et perdre toute chance d'accéder à la seconde part ou écouter mon explication, dit-il d'un ton égal. Ce choix est le tien. Avant de décider, par contre, je te conseille de bien mesurer les conséquences de ton geste. Sans nous, tu n'iras pas loin.

J'hésitai encore un peu, mais dus admettre qu'il disait vrai. J'étais dans un cul-de-sac et toute information valait mieux qu'aucune. En grondant de frustration, je retirai les lames de sous son menton et les fis rentrer sans le quitter des yeux.

Je l'écartai brusquement de mon chemin et me rendis à l'autel. À Montségur, la Vérité avait été conservée dans la cassette, elle-même protégée par l'inaccessibilité du temple. Je ne pouvais croire qu'il en aille autrement dans le Nord. J'avais besoin de voir de mes yeux que Pierrepont disait vrai.

Le coffret était identique. Il portait la même croix. J'essayai de l'ouvrir, mais le trouvai verrouillé. Naturellement, il était fermé par trois clés, comme sa contrepartie. J'aurais pu demander qu'on me les remette, évidemment, mais je n'étais d'humeur ni à attendre, ni à quémander. J'empoignai l'objet à deux mains et le frappai de toutes mes forces sur le côté de l'autel. Au quatrième coup, il se fracassa. Ses ruines confirmèrent ce que j'avais entendu. Il était vide.

Soufflant comme un taureau, je me retournai vers Pierrepont.

— Explique-toi, crachai-je. Et tu as intérêt à ce que ton histoire soit convaincante car je te jure sur le peu d'âme qui me reste que je t'étriperai avec mes doigts avant que tes hommes n'arrivent à m'arracher de toi.

Sire Alain s'approcha et écarta les bras en signe de paix.

— Tu n'entends pas ce que je te dis, mon frère. Je n'ai jamais affirmé que la seconde part de la Vérité était perdue, déclara-t-il calmement. Seulement que l'Ordre des Neuf de Gisors n'est pas en mesure de te la remettre.

— Tu as affirmé toi-même que vous veilliez sur elle ! Et si deux des Neuf ont contacté Montfort pour la lui remettre, c'est qu'ils savaient où la trouver, non ? Les instructions que tu as reçues lors de ton élection sont claires : tu dois te soumettre au *Lucifer* désigné ! Je suis celui-là !

— Je l'admets, Gondemar. Tu possèdes le sceau du *Cancellarius Maximus* et tu es en droit d'exiger qu'on te remette ce que tu demandes.

— Alors ? criai-je, exaspéré.

— Nous ne pouvons te donner les documents parce que, depuis leur arrivée à Gisors, en 1187, nous n'avons jamais su où ils se trouvaient. Nous avons toujours pris pour acquis que, le moment venu, le *Lucifer* saurait où les retrouver. Or, tu sembles l'ignorer. De toute évidence, nous faisions erreur.

Mon rêve récent me revint en tête. *J'ignore où se trouve exactement la seconde part. Je t'ai livré le message qu'on m'a confié en 1187. Je ne peux pas t'aider davantage. Personne ne connaît précisément l'emplacement exact des deux parts. La seule mission du* CANCELLARIUS MAXIMUS *est de mettre le* LUCIFER *sur la piste de la part qu'il ne détient pas déjà. Rien de plus.*

La frustration prenant le dessus, je lançai contre le mur le bout de cassette que je tenais encore.

— Par le cul du diable, que faites-vous ici, si vous ne savez pas où se trouve ce que vous devez protéger ? Vous contentez-vous de convoquer des conseils pour boire tranquillement du bon vin en écoutant votre gros moine pontifier ? Peut-être Guillot vous divertit-il en vous racontant les bûchers qu'il a allumés ?

À mes paroles, le moine se renfrogna et fit mine de s'insurger, mais un geste de Pierrepont le fit taire. Le *Magister* me désigna le fauteuil que j'avais quitté.

— Assieds-toi, Gondemar, et discutons calmement, tu veux ?

— Ai-je vraiment le choix ? pestai-je.

Maîtrisant avec peine ma colère, je retournai prendre place. Pierrepont s'assit dans son fauteuil et fit signe à Thury de renouveler le vin de tout le monde. Il but une gorgée et ferma les yeux avant de reprendre la parole.

— Depuis 1187, l'Ordre des Neuf veille sur la Vérité, dans le Nord comme dans le Sud, expliqua-t-il. De votre côté, Ravier de Payns a jugé que la sécurité des documents résidait dans leur perpétuel déplacement et ce n'est que récemment, alors que la menace de croisés s'accroissait, que la première part a été ramenée à Montségur pour y être déposée dans le temple qui l'attendait.

— Je sais tout cela. Abrège! coupai-je.

— Du nôtre, poursuivit-il, les choses ont été planifiées autrement par les familles fondatrices. Pour ajouter une précaution supplémentaire, sans doute, ceux qui ont envoyé les documents de Terre sainte ont fait en sorte que les Neuf du Nord ne sachent jamais où ils se trouvaient et n'en protègent que la piste.

Il se leva et se dirigea vers Jehan de Gisors, sur l'épaule duquel il posa une main.

— Nous sommes tous trop jeunes pour l'avoir vécu, mais sire Jehan était présent lorsque la seconde part est arrivée à Gisors. Il pourra te raconter mieux que moi comment le frère Baroche a procédé.

Le vieillard se redressa de son mieux et hocha la tête.

— Baroche, oui, fit-il. Je me souviens de lui comme si c'était hier. C'était bien avant tous ceux qui sont ici maintenant. Il n'était qu'un frère servant, vêtu du manteau noir des Templiers. Un petit noiraud à l'air triste, et manchot en plus. On lui avait tranché le bras droit à l'épaule, sans doute au combat. Je me rappelle m'être demandé pourquoi Robert de Sablé avait confié une mission aussi importante que le transport de la Vérité à un frère mineur et infirme de surcroît. Mais la suite des choses a prouvé qu'il savait ce qu'il faisait. Baroche a démontré une loyauté infaillible.

Jehan fit une pause pour boire un peu de vin, puis reprit.

— Il est arrivé ici un bon matin de septembre 1187, couvert de poussière. Il avait dû chevaucher sans interruption depuis des semaines presque sans manger ni dormir, car il était maigre comme un clou de charpente et tombait de fatigue. Évidemment, comme sa mission était secrète, personne n'avait été prévenu de son arrivée. Il a contacté le *Magister* de l'époque, qui était mon cousin éloigné, et lui a remis une lettre de Sablé.

— Tu l'as lue ? demandai-je.

— Non, mais son contenu a justifié la convocation à la hâte d'un conseil. Baroche a été reçu selon les formes. J'étais assis dans ce même fauteuil et lui se tenait là, devant l'autel. Après avoir prononcé les mots secrets et renouvelé son serment, il y a posé la cassette et a déclaré que la Vérité était désormais entre nos mains. Il en a sorti deux parchemins dont il a fait lecture. Puis il les a fait circuler afin que nous en prenions tous connaissance, comme c'était notre devoir et notre droit. Le premier document était signé de la main de Joseph d'Arimathie, celui-là même qui, selon la Bible, aida à descendre Jésus de la croix. Il était écrit en araméen. L'autre était sa traduction en latin, presque aussi ancienne. Il racontait par quelles ruses les disciples étaient parvenus à faire passer leur maître pour mort afin de le sauver, puis comment il avait fini sa vie à Alexandrie, en Égypte, pour mourir à un âge avancé, entouré des siens. Lorsque tous eurent lu les documents, Baroche les a replacés dans la cassette, qu'il a verrouillée. Il en a remis les trois clés au *Magister* et a déclaré que, sa mission désormais complétée, il repartirait dès le lendemain, conformément aux ordres reçus. Le *Magister* a conservé une des clés et a confié les deux autres à deux frères. J'étais un de ceux-là.

Pour appuyer ses propos, il tira de sa chemise une clé passée sur un lacet de cuir et me la montra. Elle était similaire à celle que j'avais portée jusqu'à mon départ de Montségur.

— Je crains qu'elle ne soit maintenant inutile, dit-il en désignant de la tête les ruines du coffret sur le sol. Enfin… Le conseil a été clos sur-le-champ et nous sommes tous sortis du temple en laissant la cassette sur l'autel, d'où elle n'avait pas bougé jusqu'à ce que tu décides de la pulvériser.

Gisors fut pris d'une quinte de toux glaireuse et but un peu de vin. J'étais anxieux d'apprendre la suite.

— Le lendemain, nous avons cherché Baroche, mais nous ne l'avons pas trouvé. Le bougre n'avait même pas attendu le jour.

Il était parti dans la nuit, comme un voleur. Nous ne l'avons jamais revu et personne n'a su ce qu'il était advenu de lui.

Moi, je m'en doutais un peu. Le jeune Bertrand de Montbard avait mené une mission identique dans le Sud. En raison des événements qui se précipitaient en Terre sainte, on avait exigé de lui qu'il quitte pour toujours l'Ordre du Temple qu'il aimait tant au lieu d'être reçu au sein des Neuf. Pour lui, cela avait été le plus cruel des sacrifices et sa vie en avait été irrémédiablement marquée, jusqu'à ce que l'injustice soit réparée sur le tard par dame Esclarmonde de Foix à Quéribus. Baroche avait probablement accepté un sort semblable et s'était dissous dans la nature avec pour seule consolation la satisfaction du devoir accompli.

— La nuit venue, le conseil s'est de nouveau rassemblé. Maintenant que nous étions dépositaires de la seconde part, nous désirions discuter des mesures à prendre pour assurer sa protection. Le *Magister* a ouvert la cassette et…

Jehan se pencha vers l'avant, appuya ses coudes sur ses genoux, joignit les mains devant lui et me regarda avec une intensité qui perça la membrane laiteuse qui couvrait ses yeux.

— … elle était vide, à part une note laissée par Baroche.

— Et que disait-elle ? demandai-je, la gorge serrée.

Pierrepont se leva et disparut derrière son fauteuil. Pour avoir vu Esclarmonde tirer les instructions au *Magister* d'une cache aménagée dans les dalles du plancher, je savais pertinemment ce qu'il faisait. Il en ressortit avec un parchemin en main. Il me le tendit.

— Lis toi-même.

Je le pris et le consultai.

Mes frères et sœurs dans la Vérité,

Pardonnez-moi ce qui vous paraîtra comme un manque de confiance, mais je ne fais que suivre les ordres que j'ai reçus. On ne peut trahir un secret qu'on ignore. La seconde part de la Vérité est en sécurité dans Gisors, là où, depuis sa découverte, il était prévu qu'elle reposerait, sous la garde des disciples. Elle restera dans les Ténèbres jusqu'à ce que sa révélation soit décrétée par le *Cancellarius Maximus*. Demeurez fidèles, puisez votre constance dans la foi et veillez jusqu'au jour où le *Lucifer* viendra en prendre possession.

Que Dieu vous garde, vous arme de constance et vous mène à bonne fin.

Baroche

Perplexe, je lui rendis le document.

— Un frère servant qui sait écrire ? déclara Jaume, perplexe. M'est avis qu'il était beaucoup plus que cela.

— Donc, si je comprends bien, pour s'assurer que personne ne pourrait jamais trahir la cause, ce Baroche a déposé les documents quelque part sans vous dire où ? repris-je.

— J'en ai bien peur. Entre les deux conseils, il s'est glissé dans le temple, dont il connaissait manifestement l'accès. Il a repris les parchemins dans la cassette et les a déposés ailleurs. Nul n'a jamais su où.

— Il possédait un double des clés, alors, intervint Pernelle.

Jehan s'adossa dans son fauteuil, son récit terminé.

— Forcément. Depuis lors, continua Pierrepont, les Neuf veillent, comme il nous l'a intimé, dans l'attente du *Lucifer*.

— Sans savoir où se trouve l'objet de leur fidélité, dis-je avec dédain.

— Notre posture est assez frustrante, je l'admets. Mais les familles fondatrices l'ont voulu ainsi et elles savaient certainement ce qu'elles faisaient.

— Et voilà que le *Lucifer* s'avère aussi impuissant que vous… soupirai-je, comprenant maintenant la stupéfaction qui avait été la sienne lorsqu'il avait réalisé que je ne savais pas où retrouver ce que je demandais.

— Après cette longue attente, je ne peux me résoudre à croire que tu ne sais rien. Le *Cancellarius Maximus* n'a pas pu te charger de la réunion des deux parts sans te révéler l'emplacement de la seconde. Cela n'aurait aucun sens. Si ce n'était de ce que je sais déjà de toi et du fait que tu possèdes le sceau, je croirais presque que tu es un imposteur.

Indécis, je dévisageai Pierrepont, puis les autres membres de son Ordre. Tout ce qu'il m'avait dit était plein de sens et se tenait. La note laissée par ce Baroche le confirmait. Je n'y trouvais aucune faiblesse et un regard vers mes compagnons me laissa entendre qu'eux non plus. Le moment était venu de décider si je lui accordais ma confiance ou non. C'est ce que je fis, pour le meilleur et pour le pire.

— Elle m'a laissé une piste, avouai-je.

— Elle ? fit-il, étonné.

— Le *Cancellarius Maximus* était une femme.

— Vraiment ? Voilà qui est étonnant. J'avais toujours imaginé un homme.

— Elle est morte en me livrant le secret. Je commence à croire qu'elle n'a pas eu le temps de tout me révéler.

— Et qu'avait-elle à dire ?

Du regard, je consultai Pernelle et Ugolin, sollicitant silencicusement leur autorisation de révéler ce que nous savions. Les deux me l'accordèrent en hochant la tête.

— *La seconde part de la Vérité se trouve à Gisors. Dans une chapelle qui n'a jamais vu la Lumière. Suis la lignée de l'Ordre des Neuf. 3, 5 et 7. Les Ténèbres et la Lumière. Gare au vitriol et comprends la marque d'infamie de Jésus.* C'est tout qu'elle m'a dit. Cela t'aide-t-il ?

— Non, pas du tout. Morbleu… Voilà un beau charabia, maugréa Pierrepont, mécontent, en se frottant la barbe.

— Et vous ? Vous n'avez jamais cherché depuis le passage de Baroche ? demandai-je.

— Ce n'était pas l'envie qui manquait, crois-moi. Surtout depuis que la croisade a engendré un sentiment d'urgence. Plus Amaury et Montfort s'approchaient de la première part, plus nous étions inquiets. Et les événements récents nous ont donné raison puisque la présence de Guy de Montfort en nos murs nous prouve que le chien du pape est maintenant sur notre piste. Mais nous sommes demeurés fidèles. Baroche avait raison : on ne peut trahir ce que l'on ne sait pas. Et de toute manière, jusqu'à ce que tu nous dévoiles les indices que tu détiens, même obscurs, nous n'aurions pas eu la moindre idée par où commencer.

Il retourna s'asseoir à sa place et je fis de même. Pendant de longues minutes, un silence de tombeau régna dans le temple, tout le monde se regardant sans trop savoir que faire. Soudain, Pierrepont frappa sèchement le bras de son fauteuil de la paume et nous fit sursauter.

— Bougre de Dieu ! Nous n'allons quand même pas rester ainsi à nous vautrer dans le désespoir ? Si cette femme a laissé ces indications, c'est qu'elles pouvaient être décryptées ! Nous avons tous une cervelle ! Pensons, tudieu, pensons ! Je refuse de croire que personne n'y comprend quoi que ce soit ! Sire Gondemar a suivi la piste des Neuf jusqu'à Gisors. Cela confirme au moins que la seconde part se trouve ici, comme l'a écrit Baroche. C'est déjà cela de pris. Ensuite ? Que savons-nous d'autre ?

— *Une chapelle qui n'a jamais vu la Lumière*, dis-je. Peut-être ai-je tort, mais j'en ai toujours compris que le dépôt de la seconde part se trouvait sous terre. La lettre de Baroche semble le confirmer : *elle restera dans les Ténèbres jusqu'à ce que sa révélation soit décrétée*. Et la mendiante l'a laissé entendre, elle aussi : *les Ténèbres et la Lumière*. Elle passera des unes à l'autre lorsqu'elle sera tirée de sa cachette.

— Il pourrait aussi simplement s'agir d'une pièce murée, sans porte ni fenêtre, remarqua Ugolin. Quelque chose dans Gisors correspond-il à cette description ?

Les frères de Gisors se consultèrent du regard.

— Le donjon ? suggéra Thury. Sa motte de terre pourrait aisément recouvrir une structure souterraine.

— Ou alors, la Tour du Prisonnier ? Le logis du seigneur ? Les fondations de la muraille ? fit Jehan, dépité. Une cache pourrait être enfouie n'importe où et les murs épais abondent dans la forteresse. Nous pourrions chercher pendant le reste de notre vie sans jamais rien trouver.

— Je crois que c'est bien sous terre que nous devons chercher, intervint Guillot, pensif.

Le moine n'avait dit mot depuis mon arrivée dans le temple. Ses petits yeux enfoncés dans le suif étaient plissés par la concentration. Tous les regards se tournèrent vers lui.

— *Gare au vitriol*. Ce sont bien là les mots exacts du *Cancellarius Maximus* ? s'enquit-il.

— Oui.

— Hmmm… fit-il en massant le gras qui s'accumulait sous son menton. Savez-vous ce que signifie « vitriol » ?

— C'est un acide puissant et un poison, répondit Pernelle. Le liquide parfait pour tendre un piège mortel. Il suffit d'en répandre sur un intrus et il mourra dans les souffrances les plus atroces. C'est sans doute ce qui attend celui qui cherchera la seconde part s'il n'est pas prévenu et ignore comment se protéger. D'où l'avertissement de la mendiante.

— Vous imaginez un mécanisme destiné à protéger les documents des indésirables, dame Pernelle, répondit le moine. D'un point de vue littéral, vous n'avez pas tort. Mais le mot a plus d'un sens.

— Sois plus clair, moine ! exigea mon amie avec une animosité que je ne lui avais pas souvent vue. Tu sais pourtant parler bellement quand vient le temps de justifier un bûcher !

— Éviter les soupçons de l'Église exige parfois des tâches déplaisantes. Mais je ne m'attends pas à ce qu'une Parfaite cathare le comprenne, répondit Guillot avec fiel.

Pierrepont leva la main avec autorité pour calmer une nouvelle fois les esprits qui s'échauffaient.

— Nous avons moult raisons de ne pas nous aimer et de nous blâmer les uns les autres, convenons-en, mais je vous en conjure, gardons en tête la raison de notre présence ici. Notre mission commune l'exige. Tu allais dire, Guillot ?

Le gros moine se redressa dans son fauteuil et prit un air hautain.

— Je présume que personne ici n'est familier avec l'Art royal ?

— Tu parles de l'alchimie, rétorqua Pernelle, toujours belliqueuse et désireuse de montrer que ses connaissances n'étaient pas en reste sur celles du moine. C'est la science de la transmutation. Ceux qui la pratiquent espèrent faire de l'or à partir de métaux vils. Ils cherchent aussi à découvrir la pierre philosophale pour atteindre l'immortalité. Ceux qui fourrent leur nez dans ces histoires de bonne femme devraient songer à leur âme plutôt que de tripoter la matière créée par Satan.

— C'est une question d'opinion, je suppose, bonne dame, continua calmement Guillot. Ce qui nous importe ici, c'est qu'une grande partie du savoir des alchimistes est formulée sous forme d'acronymes : des mots constitués à partir de la première lettre de chaque mot d'une phrase. Seuls les initiés en comprennent le sens. L'un d'eux est V.I.T.R.I.O.L. : *Visita Interiora Terræ Rectificandoque Invenies Occultum Lapidem*. Drôle de coïncidence, vous ne trouvez pas ?

— « Visite l'intérieur de la terre et, en rectifiant, tu trouveras la pierre cachée », traduisit Thury, songeur. Cela semble en effet pointer vers un lieu souterrain.

— Mais où ? fit Jehan. Et pourquoi avertir contre le vitriol ?

— Peut-être la menace n'est-elle pas celle que l'on croit ? suggéra le moine. *Gare au vitriol.* Si l'on avertissait ainsi le *Lucifer* des conséquences qui le guettent s'il ne s'enfonce pas dans les profondeurs de la terre ?

— C'est possible, je suppose, fis-je. Et puis, *Lucifer* signifie « porteur de Lumière ». Il pourrait être celui qui la fait briller dans les Ténèbres.

Jaume se leva et se mit à arpenter le temple.

— Peut-être tentons-nous de retrouver la piste pour rien. Sire Alain, tu as dit plus tôt que deux de vos membres avaient trahi l'Ordre. M'est avis que s'ils ont pris la peine d'entrer en contact avec Montfort, c'est qu'ils avaient déjà retrouvé les documents.

Sinon, à quoi bon prendre le risque de devoir avouer ensuite à sire Guy qu'ils ne les avaient pas ? Ils auraient payé cette petite fantaisie de leur vie.

Le *Magister* grimaça, inconfortable.

— C'est une possibilité, j'imagine. Mais ces deux hommes étaient encore tout nouveaux dans l'Ordre. L'un avait été initié voilà deux mois et l'autre, depuis un peu plus d'un an. Je ne vois pas comment ils auraient su où la trouver alors que nous l'ignorons tous.

— À moins que Montfort et Amaury ne le sachent depuis longtemps et ne leur aient transmis l'information. Peut-être n'étaient-ils que des exécutants, avança Jaume. À tout le moins, ils avaient bon espoir d'y parvenir sous peu.

— Je crois qu'ils espéraient surtout extorquer une bonne somme au pape, dit Thury. Dieu sait qu'Innocent en a les moyens ! Mais avec l'interrogatoire musclé qu'ils ont subi, crois-moi, s'ils avaient su quoi que ce soit, ils l'auraient avoué, ajouta-t-il avec un sourire qui en disait long. Ils ont souffert mille martyres.

— Et ces chiffres ? Trois, cinq et sept ? Que peuvent-ils bien vouloir dire ? demanda Pernelle.

Une fois de plus, ce fut Guillot qui proposa une interprétation.

— Les nombres ont tous un sens mystique. Le trois est le plus parfait de tous, celui qu'on associe à la trinité du Père, du Fils et du Saint-Esprit – donc à Dieu. Il symbolise aussi l'homme, doté d'un corps, d'un esprit et d'une âme. En géométrie, il fait référence aux trois côtés du triangle, considéré comme la forme parfaite et la plus solide. Le cinq, lui aussi, ramène à l'homme avec ses cinq doigts, ses cinq membres et ses cinq sens. Le sept est la somme du trois et du quatre, c'est-à-dire du ciel et de la terre. Trois, cinq et sept : Dieu qui guide l'homme vers la Vérité qui les unira.

— Ton érudition est impressionnante, moine, mais elle ne nous apporte rien de bien concret, dit Pernelle.

— Foutre Dieu, nous tournons en rond ! fis-je en claquant le bras de mon fauteuil. Si tous les indices pointent vers une cache souterraine, alors cherchons-la ! Nous verrons bien où cela nous mène. Guy est emprisonné et ses complices sont morts. Nous avons un peu de temps.

Je me levai et pris la situation en main, comme je l'avais toujours fait.

— Sire Jehan, depuis combien d'années êtes-vous seigneur de Gisors ?

— Presque trente longues années, soupira-t-il, las. Et mon père l'avait été pendant trente-cinq ans avant moi.

— Vous connaissez donc la forteresse mieux que personne.

— Je le crois, oui.

— Réfléchissez. Quel serait l'endroit le plus propice pour aménager une pièce secrète ?

Le vieillard se frotta le menton en fronçant les sourcils, son visage plissé par la concentration.

— Je suis d'accord avec Thury. Le donjon serait certes l'endroit idéal. Sa construction a été supervisée par Thibaud Payen lui-même et peut-être avait-il mandat d'y aménager une cache dont personne n'a jamais été informé hormis les créateurs de l'Ordre. Ses fondations sont peu profondes, mais massives, et il y a toute cette terre dessous. On a pu construire une pièce dans la motte sans que cela paraisse.

— Et sinon ? Quelles sont les autres structures construites par Payen ?

— Les fortifications, évidemment. C'est aussi Thibaud qui en a dressé le plan. Et les tours de guet.

— Bien. Alors, puisque les familles fondatrices l'ont voulu ainsi, nous allons nous salir les mains, mes frères, déclarai-je avec un enthousiasme un peu forcé. Alain, dès cette nuit, prends quelques hommes et inspecte les fondations du donjon. Sire Jehan, pouvez-vous prétexter des travaux d'entretien pour faire creuser le pied des murailles à intervalles réguliers et voir s'il s'y trouve quelque chose ?

Le vieillard hocha la tête.

— Alors, faites.

— Ugolin, Jaume, Pernelle, inspectez quand même les fondations du logis de sire Jehan. On ne sait jamais. Il vous guidera lui-même.

Le vieillard acquiesça du chef.

— Et toi, sire Gondemar ? s'enquit Thury.

— J'aimerais m'assurer que la mission du jeune Guy était bien réelle et tenter d'en apprendre les détails.

— Il a déjà été fermement interrogé, m'apprit-il. Je m'en suis chargé moi-même. Je t'assure qu'il a craché tout ce qu'il savait, ce qui était bien peu de choses.

— Tu as sans doute été au fond des choses, ironisai-je. Néanmoins, je souhaite lui donner une seconde chance de s'exprimer. Si vous me donnez les clés de la cellule, j'irai lui rendre une petite visite. Ensuite, je vous rejoindrai dans le donjon.

Dans la lumière blafarde du temple, je vis les visages d'Ugolin et de Jaume se fendre d'un sourire entendu, et celui de Pernelle pâlir. Ils avaient compris la nature de la conversation que j'entendais avoir. J'en avais déjà mené quelques-unes et toutes s'étaient montrées douloureuses pour l'autre partie.

Pierrepont fouilla sous sa robe, en sortit une clé passée dans un anneau de fer et me la lança.

— Bien. Vous savez tous ce que vous avez à faire, dis-je. Si l'un de vous découvre quoi ce soit, qu'il convoque immédiatement un conseil par les mots sacrés. Avec votre assentiment, évidemment, *Magister*, crus-je bon d'ajouter.

Pierrepont hocha solennellement la tête pour me faire comprendre qu'il appréciait la délicatesse. Le conseil des Neuf de Gisors fut clos en bonne et due forme en présence, pour la première fois depuis le retour de Terre sainte des deux parts de la Vérité, de ceux de Montségur. Puis nous nous levâmes pour quitter le temple. J'allais franchir la porte lorsque Pierrepont, qui se trouvait encore à l'intérieur, m'interpella.

— Gondemar ?

— Oui ?

— Malemente-le un peu si tu veux, mais laisse-le en vie. C'est le fils de Simon de Montfort et, qu'on l'aime ou non, il vaut son pesant d'or. Dieu seul sait quand nous aurons besoin de l'utiliser comme monnaie d'échange.

— Montfort le considère comme le nabot de sa portée. Il ne verserait pas une seule pièce pour lui.

— On ne sait jamais.

— Ne t'en fais pas, je ne l'endommagerai pas trop. Au pire, s'il est vraiment mal en point, Pernelle pourra toujours le soigner.

Je sortis sans rien ajouter et, une fois dans la salle des gardes, m'engageai dans l'escalier qui me menait vers celui dont j'avais assuré la protection.

Quand Guy entendit la clé tourner dans la serrure, il s'éveilla. Dès qu'il me vit, ses yeux s'écarquillèrent et l'espoir transfigura son visage. La porte n'était pas encore refermée qu'il quitta sa paillasse et bondit sur ses pieds.

— Gontier ! s'écria-t-il d'une voix tremblante de soulagement. Dieu merci, tu m'as retrouvé ! J'ai suivi Lambert de Thury dans la tour et on m'a assommé. Je me suis réveillé dans ce cachot. On m'a battu !

Je verrouillai la porte ferrée et glissai la clé dans ma ceinture en lui adressant un regard qui n'avait rien d'amical.

— Que se passe-t-il ? demanda-t-il, alarmé. Pourquoi fais-tu cet air ? Ne referme pas. Nous devons partir au plus vite.

Il s'approcha de moi et fut accueilli par une cinglante gifle qui l'envoya voler sur sa paillasse. Apeuré, il essuya le sang qui coulait à la commissure de ses lèvres.

— Gontier, que… Pourquoi ? bredouilla-t-il en faisant mine de se relever.

Je franchis en quelques pas la distance qui nous séparait et lui administrai une nouvelle claque qui le renvoya sur le dos. Puis je l'empoignai par le col de la chemise et le relevai d'un trait.

— Où sont les documents dont tu venais prendre livraison, petite chiure ? lui jetai-je au visage en le secouant comme un fétu de paille.

Il me dévisagea, stupéfait. Sa bouche s'ouvrit puis se referma, pareille à celle d'un poisson hors de l'eau. Impatienté, je lui ramenai mon genou dans le ventre avec une force telle qu'il en fut soulevé du sol et que ses génitoires lui remontèrent sans doute dans les entrailles. Puis je le laissai tomber. Il s'effondra lourdement, cherchant son souffle. Je le saisis par les cheveux et le remis sur ses pieds, seulement pour le projeter contre le mur, où il s'écrasa la face. Il glissa contre la pierre froide, le sang coulant abondamment de ses narines, et resta par terre, gémissant comme une fillette. Lorsque je m'approchai de lui, il se recroquevilla et se couvrit la tête de ses mains en geignant.

— Pourquoi me frappes-tu ? Qu'ai-je fait ? pleurnicha-t-il.

Je lui abattis mon pied dans les côtes, puis le relevai et le projetai de nouveau à travers la cellule. Il tourbillonna en cherchant son équilibre et atterrit contre la porte. Paniqué, il essaya de l'ouvrir et la secoua frénétiquement, sans succès. Il se retourna et s'y plaqua le dos comme s'il espérait passer au travers pour m'échapper. J'avançai lentement vers lui en secouant sèchement ma senestre pour en extraire les deux lames.

— Cesse de jouer à l'innocent. Ton petit jeu est éventé. Les documents que ton père t'a envoyé chercher ici, redemandai-je d'un ton menaçant en levant la main gauche. Où sont-ils ?

Il me dévisagea un instant et comprit que je n'étais pas, moi non plus, ce que j'avais prétendu. Si la chose était possible, il eut l'air encore plus effrayé.

— Je… je ne les ai pas. Tu le sais bien, répondit-il. Je devais en prendre livraison, mais Thury m'a trahi. Il m'a entraîné ici et…

— Mais tu sais où ils se trouvent. Dis-le-moi.

— Je ne sais rien de plus ! sanglota-t-il.

Je saisis le col de ma chemise et l'étirai pour dévoiler mon épaule gauche.

— Tu sais ce qu'est ceci ? demandai-je, la mâchoire serrée.

En y apercevant la croix brûlée dans ma chair, Montfort blêmit et ouvrit de grands yeux comme s'il avait vu un spectre, ce qui n'était pas loin de la réalité.

— Non, c'est impossible… chuchota-t-il, incrédule. J'ai vu de mes propres yeux mon père malmener ton cadavre avant de le faire griller sur le bûcher. Tu es mort.

— Tu ne crois pas si bien dire, raillai-je. Je suis mort, en effet. J'ai été en enfer et j'en suis revenu.

Je ressentis une immense libération en prononçant ces mots. Je les avais souvent pensés, mais jamais encore ils n'avaient franchi mes lèvres. Le ricanement quasi dément qui s'échappa de ma gorge dut faire peur à Guy, car ses lèvres se mirent à trembler de plus belle. Je lui plaquai mon avant-bras droit sur la gorge et appuyai, lui coupant le souffle. D'un même geste, mes lames se retrouvèrent contre son ventre.

— Je suis déjà damné, lui crachai-je au visage. Damné ! Je n'ai plus rien à perdre. Tu entends ? Plus rien ! Mon âme ne m'appartient plus ! Ces maudits documents sont la seule raison pour laquelle je suis encore en vie. Alors dis-moi où ils sont, sinon je te crève comme une outre.

Il me dévisagea et crut sans doute que j'étais fou. Après tout, quel être sain d'esprit pouvait prétendre être revenu de l'enfer ?

— Je t'ai déjà tout dit, balbutia-t-il, son débit rendu saccadé par la frayeur. Mon père m'a ordonné de me rendre à Gisors en compagnie du sieur de Pierrepont. Là, quelqu'un devait me contacter pour me remettre secrètement un document que j'avais mission de ramener aussitôt à Carcassonne sans même le lire. Thury m'a affirmé qu'il allait me le remettre et j'ai été capturé.

Il s'en tenait à sa version des faits et j'avais toutes les raisons de croire qu'elle était véridique. Après tout, il me l'avait confiée alors qu'il me faisait confiance et ignorait mon identité. Je changeai donc de tactique.

— Quand ton père t'a-t-il avisé que tu devais partir ?

— Dès son retour de Castelnaudary. Le lendemain du bûcher, il m'a expliqué ce qu'il attendait de moi.

J'appuyai un peu plus et il grimaça de peur.

— Je t'ai dit tout ce que je savais, gémit-il entre deux sanglots. Je le jure.

— Le serment d'un Montfort ne vaut rien, rugis-je.

Je plongeai mes yeux dans les siens. À travers les larmes qui s'en échappaient en abondance, je n'y vis que de la peur. J'eus beau y chercher de la duperie ou du calcul, je ne les trouvai point. Il haletait et ses lèvres tremblaient. Je n'apprendrais rien de lui. Il n'avait été qu'un messager utilisé par son père. Que cela me plaise ou non, il disait vrai. Les deux traîtres identifiés par Pierrepont avaient bel et bien offert à Simon de Montfort de lui remettre la seconde part. Mais l'avaient-ils jamais possédée ?

Par frustration, j'assénai un dernier coup de poing au visage de Guy, qui tomba lourdement sur le plancher de pierre froide. Puis je lui enfonçai mon pied dans le ventre. Sans me retourner, je déverrouillai la porte de la cellule, sortis et refermai derrière moi. En m'engageant dans l'échelle qui menait au rez-de-chaussée, j'entendis des pleurs de l'autre côté de la porte.

Quand je sortis de la Tour du Prisonnier, je raccompagnai Pernelle, Ugolin et Jaume jusqu'à l'étable. Là, je récupérai Memento. Puisqu'on connaissait mon identité, il ne servait plus à rien de la cacher. Puis je me dirigeai droit vers la taverne. Comme je l'avais espéré, Guiburge s'y trouvait. À mon grand bonheur, l'endroit était vide et elle allait fermer. Elle ramassait les gobelets et les cruches parsemés sur toutes les tables.

— Tu acceptes encore des clients ? demandai-je.

— Non.

— Ah…, fis-je, cachant mal ma déception.

Elle verrouilla la porte, puis me posa la main sur l'entrejambe en serrant assez fort pour me faire grimacer, ce qui provoqua instantanément l'effet qu'elle recherchait.

— Mais tu es le bienvenu, Gondemar, ajouta-t-elle, une expression sans équivoque sur le visage.

Tout se passa aussi vite que la première fois. En moins de deux, elle se retrouva à plat ventre sur une des tables, la jupe retroussée, ses ongles rentrés dans la chair de mes cuisses, après lesquelles elle s'agrippait. J'empoignai ses cheveux, l'empalai et la montai comme une bête, la bousculant tant et si bien que les gobelets qu'elle n'avait pas encore ramassés se retrouvèrent sur le plancher. Les cris qui lui échappèrent trahirent le plaisir qu'elle tirait de ce rude traitement.

Lorsque nous fûmes remis de nos émois, nous prîmes quelques minutes pour retrouver notre souffle. Puis elle recommença à ranger comme si rien ne s'était produit.

— Alors, le jeune Montfort a dit quelque chose d'intéressant ? s'enquit-elle.

— Non, il ne sait rien de plus.

— Tu ne l'as pas trop abîmé, au moins ?

— Ne crains rien, j'ai ménagé ton petit ami.

Elle s'arrêta et se retourna.

— Que veux-tu dire ?

— Je vous ai vus discuter ensemble, l'autre jour.

— Et alors ? Je discute avec tous mes clients. Et puis, je savais qui il était. Par inadvertance, il aurait pu échapper quelque chose d'utile au sujet de la seconde part.

— Et ?

— Rien de mon côté non plus.

Je voudrais pouvoir dire que je l'aidai à mettre de l'ordre avant de partir, mais il n'en fut rien. Je la repris plutôt deux fois avec la même énergie. Lorsque je la quittai enfin, je portais de nouvelles morsures et j'avais du mal à garder l'œil ouvert tant j'étais épuisé.

Les nuits se déroulèrent à un rythme d'enfer. Tous les membres de l'Ordre les passèrent à fouiller jusqu'à l'aube, ne dormant que quelques heures durant le jour. Comme promis, j'avais rejoint Pierrepont et Thury pour les aider à examiner les fondations du donjon. J'avais passé des heures à quatre pattes, à scruter le moindre interstice sans rien trouver.

Le troisième jour, lorsque nous décidâmes d'aller nous reposer, il faisait jour. Nous sortîmes par l'unique porte et émergeâmes dans l'enceinte intérieure, perchée au sommet de la butte. Comme tous les matins, nous passâmes devant la petite chapelle où sire Jehan nous avait reçus à notre arrivée, puis près du puits d'où nous tirâmes une eau fraîche au goût un peu métallique pour nous abreuver et nous laver le visage et les mains. Une fois de plus, j'admirai le donjon et la muraille qui l'encerclait. Je n'avais de cesse de m'émerveiller devant cette construction qui constituait une forteresse dans la forteresse.

— Une tour imprenable bâtie sur une hauteur artificielle. Un puits qui garantit un approvisionnement régulier en eau potable. Une muraille épaisse et infranchissable sur laquelle l'ennemi le plus déterminé se casserait les dents. Thibaud Payen a vraiment pensé à tout, dis-je à Pierrepont. Quiconque est retranché derrière ces murs pourrait soutenir un siège pendant très longtemps.

— En effet, Gisors est conçue pour résister, confirma Alain. Quand on sait ce qu'elle abrite, cela n'a rien de surprenant.

— La seconde part se trouve en ces murs. J'en mettrais ma main au feu. Payen a dressé les plans du donjon sur l'ordre de son oncle Hugues. Pourquoi aurait-il prévu une construction de cette envergure sinon pour protéger quelque chose de très précieux ?

Une fois sortis de l'enceinte du donjon, nous nous séparâmes. Je retournai vers les appartements que j'avais partagés avec Guy depuis notre arrivée à Gisors. Comme ce dernier avait maintenant d'autres quartiers, il avait été convenu qu'Ugolin et Jaume y logeraient en ma compagnie. Quant à Pernelle, elle était désormais hébergée chez sire Jehan.

Jaume et Ugolin étaient revenus vannés et maculés de terre. Pendant qu'ils mangeaient et buvaient, l'air hagard, mes compagnons m'avaient rendu compte de leurs efforts. Ils avaient eu beau inspecter chaque pouce des fondations du logis seigneurial pour la troisième fois, creusant moult tranchées le long des murs, grattant le moindre joint de mortier avec leurs dagues, vérifiant la solidité de chaque pierre, tapotant la moindre surface avec un maillet, à l'affût d'un son creux, ils n'avaient trouvé aucune trace d'une cache souterraine. Pour ma part, je ne pus qu'attester que mes démarches n'avaient pas été plus fructueuses que les leurs.

— Foutre de Dieu, jura Jaume, assis sur sa paillasse. Il faut bien que cette cache soit quelque part. Peut-être ne regardons-nous pas au bon endroit.

— Ou alors, nous avons mal interprété les indices, ajoutai-je.

— Je commence à croire que nous courons après du vent, soupira Ugolin, que je n'avais jamais vu si fatigué.

— J'ai la cervelle en bouillie, soupirai-je. Dormons. Nous y verrons peut-être plus clair après quelques heures de repos.

Tout le monde s'était allongé sans rien ajouter. Je venais à peine de fermer l'œil lorsqu'un cri m'éveilla en sursaut.

— Mais bien sûr ! s'écria Ugolin, assis sur sa paillasse, les cheveux en broussaille et les yeux écarquillés.

Il se leva d'un trait, traversa la pièce pour me rejoindre, m'empoigna et me secoua comme un fétu de paille.

— Sous terre, Gondemar ! Une chapelle qui n'a jamais vu la Lumière ! Pourquoi n'y avons-nous pas songé avant ?

— Mais de quoi parles-tu, gros bêta, maugréai-je en tentant de défaire l'emprise douloureuse de ses mains sur mes épaules.

Jaume se retourna et nous fixa, l'esprit embrumé.

— Que se passe-t-il ?

— Le temple ! s'écria Ugolin, toujours aussi énervé. Il est identique à celui de Montségur, non ?

— Selon toute vraisemblance, oui, répondis-je.

— Alors il s'y trouve forcément une fosse, comme celle où nous avons jeté les corps de Daufina et du messager ! Et une fosse, ça mène sous terre !

Je me levai, saisis le visage du Minervois et lui écrasai les joues comme un enfant.

— Ugolin, parfois, tu as des éclairs de génie ! m'exclamai-je.

Je passai précipitamment ma chemise et mes bottes.

— Jaume, cours avertir Pierrepont. *Secretum Templi*, dès que la lune sera à sa méridienne. Qu'ils nous retrouvent dans le temple avec du cordage. Qu'on apporte aussi un plastron, des gantelets, des jambières et un heaume. Ugolin, va avertir Pernelle et assure-toi qu'elle apporte son coffre.

Le templier et le Minervois revêtirent leur capeline et sortirent sans tarder. Je restai derrière, avec la certitude d'avoir découvert la fameuse chapelle.

CHAPITRE 18
Vitriol

La nuit venue, les membres des deux Ordres étaient réunis autour de l'autel. Malgré l'urgence de la situation, je ne pus m'empêcher de remarquer les regards noirs que Pernelle adressait à Guiburge, qui lui retournait un sourire arrogant. Je savais fort bien que mon amie n'était pas jalouse, mais qu'elle en voulait à cette femme de prétendre à la place de Cécile.

Insensible à ces considérations, j'avais brièvement exposé la théorie d'Ugolin.

— Une fosse ? Ici même ? fit Pierrepont, interdit. Allons donc ! Je n'ai jamais entendu parler d'une telle chose. Et toi, Jehan ?

— Non, fit le vieux seigneur en secouant la tête avec scepticisme. Pourtant, je fréquente le temple depuis plus de trente ans.

— Nous verrons bien, dis-je. Ugolin ?

À mon signal, le Minervois s'accroupit près de l'autel et se mit à en examiner les côtés, sous les rebords du plateau.

— J'ai trouvé, annonça-t-il après un court moment.

Il appuya quelque part près de l'angle le plus éloigné. Un déclic retentit et le meuble pivota sur lui-même, révélant la fosse rectangulaire que nous avions soupçonnée. Elle était identique à celle où Montbard avait presque été jeté par Eudes après avoir perdu une jambe et où nous avions par la suite disposé des corps de Daufina et d'Albin de Hautpoul. Penchés sur l'ouverture béante, Pierrepont, Guiburge, Thury, Guillot, Jehan et les autres arboraient le même air ahuri.

— Bougre, murmura le *Magister*, que je sois damné si je connaissais l'existence de ce mécanisme.

— Elle a été aménagée pour disposer des cadavres, comme à Montségur, expliquai-je.

— Si je l'avais su voilà quelques semaines, nous n'aurions pas eu à enterrer nos deux traîtres en pleine nuit.

— Je ne comprends pas comment le secret a pu s'en perdre, dit sire Jehan.

— C'est sans doute qu'il n'a jamais été partagé parce que Sablé l'a voulu ainsi, suggérai-je.

Je décrochai du mur la torche la plus proche et revins vers la fosse. Je m'allongeai sur le ventre et enfonçai les flammes aussi loin que je le pus, sans parvenir à voir le fond. J'examinai les parois. Elles étaient lisses comme les fesses d'un bébé et aucune prise n'indiquait que la fosse était aménagée pour qu'on puisse y descendre.

— Quelqu'un a une pièce de monnaie ? dis-je en tendant la main.

Pierrepont fouilla sous sa robe et en tira un denier qu'il me donna. Je le laissai tomber dans la fosse et il fallut plusieurs secondes avant qu'il n'atteigne le fond et que son tintement nous revienne.

— Elle est aussi profonde que la nôtre, remarqua Ugolin, mais elle donne sur du sec. De la pierre, on dirait.

— Raison de plus pour aller voir, suggéra Jaume.

Je venais tout juste de sortir la tête de l'ouverture lorsqu'un nouveau déclic résonna. L'autel s'anima soudain et reprit sa position initiale avec un claquement sec.

— Morbleu ! rageai-je, ébranlé. Une seconde de plus et je me faisais décapiter !

Ugolin se pencha, actionna le mécanisme et le fit pivoter à nouveau. Nous attendîmes quelques minutes et pûmes tous entendre le léger bruit de ressort qui nous avait échappé auparavant, avant que l'autel ne reprenne encore sa place.

— À la différence de celui de Montségur, l'autel est conçu pour se refermer après un certain temps, expliqua Jaume. Ingénieux.

— Et dangereux, ajoutai-je en me frottant machinalement le gosier. Assurons-nous de bien le bloquer.

Jaume décrocha l'écu templier du mur pour le coincer sous l'autel afin de l'empêcher de bouger, gardant ainsi la fosse ouverte en permanence. Comme elle ne pouvait que m'embarrasser dans l'espace réduit où je devais descendre, je remis Memento à Pernelle, mais, par précaution, décidai de garder ma dague. Puis je revêtis le plastron, les jambières et le gantelet que Pierrepont avait fait amener à ma demande.

— La mendiante m'a dit de faire attention au vitriol et, malgré les belles théories alchimiques du moine, c'est exactement ce que j'ai l'intention de faire, expliquai-je en apercevant les regards perplexes dont j'étais l'objet. Le métal résistera certainement mieux à l'acide que ma peau.

Je cherchai une approbation auprès de Pernelle.

— Un peu mieux, oui, dit-elle, mais pas beaucoup.

— Tu es bien bonne de me rassurer.

Je fus heureux de constater que le heaume était muni d'une visière qui me cacherait entièrement le visage. Je le coiffai et pris le temps de m'habituer au champ de vision restreint à la mince fente à hauteur des yeux. Dès que je fus prêt, Ugolin me passa l'extrémité de la corde autour de la taille, fit deux tours et l'attacha solidement. Lorsqu'il fut satisfait, il alla rejoindre Jaume. L'un derrière l'autre, les deux hommes enroulèrent le câble autour de leur avant-bras. Je savais qu'ils seraient plus solides que le tronc d'un chêne.

— S'il se produit quoi que ce soit, je vous dirai de me remonter.

— Et si tu ne peux pas appeler ? s'enquit Pernelle, inquiète.

— Alors, c'est qu'il sera déjà trop tard. Aussi bien me laisser au fond et refermer.

Je posai la plante des pieds sur le bord du gouffre et me laissai aller vers l'arrière, dans le vide, en me tenant à la corde tendue. Puis Thury me tendit une torche, que je pris dans ma main infirme.

— Sois prudent, fit anxieusement Pernelle, une main couvrant sa bouche.

— Si jamais je trouve les documents et que je ne suis pas en état d'en prendre charge, ramenez-les à Eudes et à dame Esclarmonde, dis-je à mes compagnons. Ils décideront de ce qui doit être fait.

Sans rien ajouter, j'amorçai ma descente. La corde passa sous mon plastron et se mit aussitôt à me labourer la chair du dos et des côtes, mais je n'y pouvais rien. Et puis, j'avais connu bien pire. La descente fut lente et douloureuse. Je m'attendais, à tout moment, à être aspergé de vitriol par un quelconque piège aménagé par les constructeurs du temple. Tout en m'enfonçant, j'inspectais soigneusement la paroi, à la recherche d'une cache, mais le roc ne portait que les marques des pioches et des ciseaux qui avaient servi à le creuser. Dans la lumière de la torche, j'aperçus enfin le fond. Je finis par poser avec soulagement les pieds sur le sol.

Je demeurai immobile pour examiner le plancher et les murs. Lorsque je fus certain que rien ne se produirait, je relevai la visière du heaume. Les parois étaient lisses et ne laissaient soupçonner aucun piège. J'abaissai la torche pour mieux voir le fond de la fosse et fus surpris de constater qu'il était constitué d'une unique dalle de pierre lisse. Elle semblait avoir été déposée là et le joint qu'elle formait avec les parois de roc était parfait. Je laissai glisser mon regard le long du mur et sursautai lorsque j'aperçus, dans la lumière dansante des flammes, une botte au cuir à demi rongé par l'humidité.

Puis je le vis. Il était mort depuis longtemps et ne représentait aucune menace. Il était adossé à la paroi, un peu affaissé vers la gauche. Son genou gauche était remonté sous son menton et retenu par son bras. Son autre jambe était allongée. Quelques touffes de cheveux noirs lui collaient encore au crâne. Ses orbites vides étaient fixées sur moi et ses lèvres desséchées dans une barbe abondante semblaient m'adresser un sourire narquois. Mon regard s'attarda sur le manteau noir qu'il portait. Le tissu avait été partiellement détruit par le temps, mais une forme rouge était encore visible sur le devant. La croix pattée. Sonné, je reconnus le manteau des frères servants des Templiers.

Dominant ma répulsion, je me penchai sur le cadavre. Je constatai sans effort que son bras droit était manquant. Était-ce possible ? Me tenais-je devant la dépouille de ce Baroche qui avait apporté la Vérité à Montségur ? Une seule personne pouvait me le confirmer.

Je détachai fébrilement la corde de ma taille.

— Faites descendre Pernelle ! criai-je aussitôt.

— Quoi ? s'écria Ugolin d'en haut. As-tu perdu l'esprit ? Elle va se rompre le cou !

— Tu m'as entendu ! Et vite !

Sans doute à contrecœur, le Minervois remonta le câble et, une minute plus tard, Pernelle fut descendue dans la fosse à son tour. Je posai la torche debout contre la paroi et, dès que mon amie fut à ma portée, je la pris par les hanches pour l'aider à compléter son trajet. Je constatai qu'Ugolin, toujours prévenant à son égard, avait pris soin d'enrouler sa capeline autour de la taille de mon amie pour empêcher le câble de lui ronger la chair. Je la déposai sur le sol et lui désignai le corps.

— Nous ne sommes pas seuls, on dirait, fit-elle en haussant un sourcil.

— Regarde, il porte le manteau des frères servants et son bras droit est manquant.

— Hum… S'agit-il de qui je pense ? demanda-t-elle.

— Tu connais beaucoup de templiers servants et manchots qui sont passés par Gisors ? Mais à toi de me le confirmer.

Elle s'approcha et je l'éclairai alors qu'elle se penchait sur la dépouille.

— Il est là depuis longtemps, confirma-t-elle en faisant une moue incertaine. Il est sec comme du vieux cuir. Une vingtaine d'années au moins.

Elle examina longuement la tête et les membres du mort, puis ouvrit son manteau et releva sa cotte de mailles rouillée pour inspecter sa poitrine. Lorsqu'elle fut satisfaite, elle se retourna vers moi.

— Une chose est certaine : son bras droit a été tranché net à l'épaule, bien avant qu'il meure, dit-elle. Même dans l'état où il est, la cicatrice est très visible. Il a été soigné par quelqu'un qui savait y faire.

— C'est bien Baroche, alors ?

— On dirait.

— Tu peux déterminer de quoi il est mort ?

— Il ne porte aucune blessure évidente. Il n'a pas été assassiné, Gondemar, dit-elle gravement. Il s'est donné la mort.

— Tu en es certaine ?

— La fosse est profonde de plus d'une perche[1]. S'il y avait été lancé vivant, il se serait probablement cassé le cou ou le dos et n'aurait jamais été en état de s'asseoir comme il l'a fait. S'il y avait été jeté déjà mort, il serait encore dans la position où il aurait atterri.

De l'index, elle m'indiqua la jambe du mort, sur laquelle elle avait remonté ce qu'il restait des braies.

— Tu vois ? Son tibia gauche est brisé au milieu. Sa cheville aussi. C'est pour cette raison qu'il ne l'a pas repliée comme l'autre.

— Tu veux dire que ?...

— Il a sauté volontairement sur ses deux pieds, compléta-t-elle. Le choc lui a rompu les os.

— Et il savait certainement que l'autel se remettrait en place une fois qu'il serait au fond, achevai-je, sonné.

— Exactement. M'est avis qu'il s'est emmuré vivant après s'être assuré que la seconde part était en sécurité.

— Et s'il avait sauté avec la Vérité ? m'écriai-je soudain.

Je me mis à examiner frénétiquement les parois de la fosse, espérant y découvrir la cache tant recherchée. Je n'eus aucun

1. Une perche valait six mètres.

scrupule à écarter du pied la dépouille de Baroche, aussi légère qu'une plume, qui se retrouva fort indignement sur le côté. Mais j'eus beau gratter, tâter et tapoter, je ne trouvai rien. La paroi taillée à même le roc était parfaitement uniforme. Je n'y trouvai même pas une fente. Je fouillai les vêtements du mort, sans plus de succès.

— Bordel de Dieu ! m'exclamai-je, enragé. Cette maudite quête ne finira-t-elle jamais ?

— Du calme, mon ami, dit Pernelle en posant la main sur mon bras. Nous faisons des progrès.

— Ah oui ? Lesquels ? Nous avons le cadavre du messager, mais savons-nous davantage où se trouvent les documents ?

— Non, mais puisque Baroche n'a pas quitté Gisors, nous avons désormais la certitude que les documents y sont bel et bien.

— Où ?

— C'est ce qu'il reste à déterminer.

J'inspirai pour me calmer.

— Tu as raison, Pernelle.

— Je sais, dit-elle, un sourire espiègle sur le visage. Maintenant, si tu n'y vois pas d'objection, l'ambiance serait plus propice à la discussion en haut, non ?

Je mis mes mains en porte-voix et donnai l'ordre de nous remonter. Nous n'avions plus rien à faire dans la fosse. Avant que je ne la rattache, Pernelle s'agenouilla près de Baroche et, sans la moindre trace de dégoût, posa sa main sur sa tête décharnée.

— Que Dieu t'ait pardonné tes péchés et t'ait accueilli dans sa Lumière, Baroche, murmura-t-elle avant de se relever.

Une fois de retour dans le temple et débarrassé de mon attirail, je relatai aux autres ce que nous avions découvert au fond de la fosse.

— Tu es certain que c'est lui ? insista Pierrepont, visiblement estomaqué, lorsque j'eus terminé.

— Tout correspond à ce que vous en avez dit, répondit Pernelle.

— Alors il aurait rédigé sa note pour ensuite sauter de son propre chef vers la mort ? Mais pourquoi ?

— Pour protéger le secret, évidemment, suggéra Jaume. À part Robert de Sablé, il était sans doute le seul à savoir où se trouvaient les documents. Un mort ne parle pas.

— Ce qui m'étonne, dis-je, c'est que l'on n'ait pas exigé la même chose de Montbard. Sa mission était pourtant identique. On lui a ordonné de quitter le Temple puis de disparaître dès qu'il aurait remis la première part à dame Esclarmonde, mais pas de se suicider.

— Et tu es certain qu'il n'y avait nulle part où cacher les documents dans la fosse ? insista le *Magister*.

— J'ai cherché partout. Pas la plus petite crevasse. Rien. Il les a mis quelque part ailleurs puis est revenu dans le temple pour s'emmurer vivant.

— Bigre, fit Ugolin en grimaçant, il faut une satanée paire de couilles.

— Ou une peur terrible, compléta Guiburge.

— Surtout, de solides convictions. Je crains que nous devions poursuivre nos recherches à la pelle et à la pioche, soupirai-je.

Sur le visage de Pierrepont, la déception était aussi visible que son nez. Tout comme moi, il avait cru toucher au but. Le fait de ne pas pouvoir remettre la seconde part au *Lucifer* pesait lourd sur son orgueil, lui dont toute la vie avait été marquée par le courage et la réussite. Il secoua sèchement la tête pour chasser ses idées noires.

— Alors, pardieu, c'est ce que nous ferons, répondit-il d'un ton déterminé en frappant son poing dans sa main ouverte. S'il le faut, nous creuserons jusqu'à ne plus avoir d'ongles.

Il retira l'écu templier et l'autel reprit brusquement sa place, scellant à nouveau le frère Baroche dans son ultime repos. Puis il conclut le conseil selon les formes traditionnelles et nous quittâmes tous le temple sans trop savoir où nous en étions.

D'une part, le cadavre du templier confirmait que la Vérité avait bien été livrée à Gisors et qu'elle s'y trouvait toujours. D'autre part, nous n'avions aucune idée de l'endroit où il l'avait cachée. Si elles n'avaient pas régressé, mes recherches n'avaient guère avancé.

Nous eûmes beau creuser, racler, sarcler, filtrer, palper et gratter, jouer de la pelle et de la pioche jusqu'à avoir les bras et le dos en feu, au bout de deux semaines supplémentaires, personne n'avait identifié la moindre trace d'une cache, qu'elle soit souterraine ou non. J'étais si épuisé par le manque de sommeil et la dureté des travaux que même la pensée de Guiburge et de son entrecuisse chaud et accueillant ne suffisait pas à me rendre un peu d'énergie. Cela faisait d'ailleurs mon affaire puisque je pouvais ainsi penser à Cécile sans éprouver trop de culpabilité.

Le découragement et une certaine résignation finirent inévitablement par s'installer parmi nous, comme le confirmèrent les quelques conseils tenus dans le temple. Nous devions nous rendre à l'évidence : si la chapelle n'ayant jamais vu la Lumière existait, son entrée était introuvable. Pourtant, aucun de nous n'était prêt à déposer les armes. Nul n'en avait le droit. Pierrepont faisait preuve d'une admirable obstination et refusait tout simplement d'abandonner. Lors d'une assemblée, il entra dans une colère noire.

— Je suis *Magister* de cet Ordre, éclata-t-il en ponctuant ses paroles de coups de poing sur le bras de son fauteuil, et je refuse de croire que nous soyons trop bêtes pour retrouver la Vérité alors même que le *Lucifer* se présente pour que nous la lui remettions ! Pardieu, pas de mon vivant !

— Sire Alain, dit prudemment Thury, familier avec la furie que l'homme pouvait déployer, le moindre recoin de la forteresse a été fouillé deux fois plutôt qu'une et nous n'avons pas trouvé la plus petite trace d'une cache. Ni sous le donjon, ni sous la muraille, ni sous la résidence de sire Jehan. Les fondations de toutes les tours de garde ont été inspectées, elles aussi, sans plus de succès. Peut-être devons-nous nous rendre à l'évidence et accepter que la seconde part soit perdue.

— Alors, c'est que nous regardons au mauvais endroit ! tonna Pierrepont. Le message de Baroche dit bien qu'il a laissé les documents ici, à Gisors ! Et nous savons maintenant que lui-même n'a jamais quitté la forteresse ! Alors, par le foutre du diable, c'est qu'elle se trouve quelque part !

Guillot, qui semblait jusque-là perdu dans ses pensées, releva la tête.

— La cache ne peut être que sous terre, déclara-t-il. Je n'ai aucun doute à ce sujet. Les instructions transmises à sire Gondemar le prouvent. Il ne peut en être autrement.

Il se mit à récapituler ses arguments en les comptant sur ses petits doigts rondelets.

— *Primo* : la seconde part se trouve à Gisors. *Secundo* : une chapelle qui n'a jamais vu la Lumière. *Tertio* : les Ténèbres et la Lumière. *Quarto* : V.I.T.R.I.O.L., qui fait allusion à un séjour sous terre. *Quinto* : la note de Baroche affirme que la Vérité restera dans les Ténèbres. Tous les indices pointent dans cette direction. Il faut simplement continuer à chercher. Notre cause est juste et, avec l'aide de Dieu, nous trouverons.

— Et si nous négligions quelque chose d'évident ? suggéra Pernelle, qui semblait prendre un malin plaisir à irriter le gros moine qui lui était antipathique. L'allusion à la marque d'infamie de Jésus, par exemple ? Ton alchimie dit quelque chose là-dessus ?

En grande réflexion, Guillot se frotta longuement le gras du menton avant de répondre à mon amie.

— J'ai beaucoup songé à cela, dame Pernelle. Sur la croix de Jésus, Ponce Pilate avait fait inscrire I.N.R.I. Un acronyme, pour *Iesus Nazarenus, Rex Iudæorum.* Mais l'Art royal en propose plusieurs autres interprétations. *Igne Natura Renovatur Integra* : « par le feu, la nature est entièrement rénovée ». *Ineffabile Nomem Rerum Initium* : « le Nom ineffable est le commencement des choses». Et encore *Insignia Natures Ratio Illustrat*: «la raison dévoile les merveilles de la nature».

— Tu es un beau parleur, moine, mais toutes tes connaissances ne nous avancent à rien, ragea Ugolin, qui ne portait pas dans son cœur le prêtre chrétien, lui non plus.

Voyant que la tension montait de nouveau entre eux et que les choses risquaient de s'envenimer, je me levai.

— Nous sommes tous épuisés par les nuits de travail et le manque de sommeil, dis-je. Je propose que nous prenions quelques jours de pause. Peut-être y verrons-nous plus clair ensuite.

— Une pause? fit Pierrepont, l'air horrifié. Tu n'y penses pas? Nous ne devons en aucun cas cesser nos efforts, voyons! La Vérité doit être retrouvée sans tarder. Nous savons déjà que Montfort est sur sa piste et qu'il n'est pas homme à lambiner. Il faut coûte que coûte le prendre de vitesse.

— Sire Alain, personne ne souhaite retrouver la Vérité plus que moi, le rassurai-je, mais il vient un temps où seul le recul permet de réfléchir.

Tous avaient juré de protéger la Vérité et donneraient leur vie pour le faire, mais j'étais le seul à jouer le salut de son âme. Le temps ne pressait pour personne autant que pour moi. Pourtant, je ne voyais pas d'autre issue. Nous devions suspendre nos recherches quelque peu pour nous reprendre et j'avais besoin de calme pour penser.

— Qu'en pensent les autres? s'enquit Pierrepont, résigné, en parcourant l'assemblée du regard. Devons-nous faire une pause?

Un à un, mais sans enthousiasme, les sept membres de l'Ordre de Gisors et mes trois compagnons signifièrent leur accord en levant la main droite. Constatant l'unanimité, le *Magister* saisit l'abacus et prononça son décret.

— Fort bien. Puisque c'est la volonté de tous, nous interromprons nos recherches pour trois jours et trois nuits en espérant que le repos nous porte conseil. *Secretum Templi* la nuit suivante, mes frères et sœurs. Nous ferons alors le point sur la façon de poursuivre nos travaux. Que ce répit nous soit profitable.

Le conseil fut conclu et nous quittâmes le temple dans le silence, chacun étant perdu dans ses pensées. Lorsque nous émergeâmes de la Tour du Prisonnier, la nuit était fraîche, mais agréable. Il n'avait plus neigé depuis plusieurs jours et le printemps se faisait un peu sentir. Jehan, Guiburge, Thury, Guillot et les autres nous saluèrent et s'en furent, visiblement las. Pierrepont, lui, s'attarda auprès de moi.

— Tu as l'air inquiet, remarquai-je.

— On le serait à moins. Garder quelque chose toute sa vie pour s'apercevoir, le moment venu, que l'on n'est pas en mesure de le remettre… Voilà qui est fort embarrassant.

— Les choses ont été voulues ainsi, Alain, dis-je avec plus de conviction que je n'en éprouvais. J'ignore pourquoi, mais c'est un fait. Nous y arriverons.

— Que Dieu t'entende, mon frère. Que Dieu t'entende.

Il hocha sèchement la tête en guise de salut, fit demi-tour et disparut dans la nuit, me laissant avec mes compagnons.

— Je vais dormir, dit Jaume, les traits tirés. Tu as eu une fort bonne idée. Je ne tiens plus debout.

— Moi non plus, renchérit Ugolin. Lorsque je ferme les yeux, je rêve sans cesse que je creuse et je me réveille encore plus épuisé.

— Bien, dis-je. Reposez-vous. Je vais marcher un peu.

Je les regardai s'éloigner en constatant à quel point leur pas était traînant. Les pauvres n'avaient pas dormi dix heures en deux semaines et leur fatigue était criante. J'avais besoin d'eux et ils n'accompliraient rien de bon si je continuais à les pousser à bout.

— Tu as sommeil ? demandai-je à Pernelle, qui était encore à mes côtés.

— Oh oui ! Comme jamais dans ma vie. Mais je crois que j'ai oublié comment dormir, soupira-t-elle.

— Marche un peu avec moi, alors.

— Pourquoi pas ? Ça te permettra de résister à la tentation d'aller visiter Guiburge et de te faire griffer jusqu'au sang.

— À ce sujet…

— Laisse, Gondemar, je sais fort bien que les envies d'un homme ne se domptent pas aisément. Au moins, la bougresse est plus que consentante. Et ne crains rien, si je revois Cécile un jour, je garderai le secret. Il ne servirait à rien qu'elle l'apprenne. Mais pour l'amour d'elle, même si vous n'êtes pas unis devant Dieu et les hommes, essaie de modérer tes transports.

Profondément mal à l'aise, je ne dis rien. Pernelle passa son bras sous le mien et, ensemble, nous nous mîmes à déambuler dans la forteresse, qui était tranquille à cette heure tardive. Nous longeâmes la muraille puis le hasard de nos pas nous conduisit vers le donjon. Nous gravîmes la pente abrupte de la motte, mon amie s'agrippant à mon bras pour compenser la faiblesse de sa jambe trop courte, et pénétrâmes dans l'enceinte. Une fois là, j'admirai encore la magnifique tour octogonale qui se détachait, à la fois impressionnante et lugubre, sur un fond de lune froide.

— Tu as soif? dis-je en apercevant le puits.

— Oui, un peu.

— Viens.

Nous nous rendîmes au puits et, à l'aide de la chaudière qui était suspendue au treuil, je puisai un peu d'eau que je lui servis avec la louche de bois attachée à la margelle. Elle en but quelques gorgées et me tendit le reste pour que je me désaltère à mon tour. Puis nous nous adossâmes au puits et regardâmes les étoiles sans parler. Comme à chaque fois, je ne pouvais m'empêcher de songer que la Création aurait été parfaite si l'homme n'y avait pas été déposé. Sur ce point, les cathares semblaient avoir vu juste : l'incarnation dans la chair ne pouvait que procéder du Mal puisqu'elle n'apportait que souffrance et malfaisance.

— Tu crois que nous y arriverons? demanda soudain mon amie.

— Je ne sais plus, répondis-je avec franchise en passant ma main sur mon crâne, où les cheveux commençaient à repousser. Je l'espère.

— Au pire, si jamais nous ne retrouvons pas les documents, les chances sont faibles pour que les hommes du pape y parviennent. Perdus pour tous, ils resteront en sécurité. C'est toujours ça de pris, tu ne crois pas ?

— C'est une manière de voir les choses. Mais ils ne pourraient pas non plus être révélés. Et puis, on ne sait jamais, Montfort ou Arnaud Amaury seront peut-être plus fins que nous. Ils ont prouvé qu'ils sont tout sauf idiots.

— Merci…

— De quoi ?

— De m'avoir enlevé mon seul réconfort, gros bêta, ricana-t-elle tristement.

— Désolé…

Pernelle se blottit contre moi et j'enveloppai ses épaules de mon bras. Nous restâmes silencieux, chacun de nous perdu dans ses propres pensées, mais trouvant un peu de paix dans la présence de l'autre. Je chérissais ces instants d'intimité pure et simple avec Pernelle, qui représentaient une des rares choses vraies dans mon existence. En même temps, ils ravivaient en moi la culpabilité de ne jamais pouvoir lui dire ce que j'aurais tant eu besoin de crier pour délester ma conscience : que j'avais assassiné de mes mains toute la population de Rossal ; que j'étais damné ; qu'au fond la cause de la Vérité était pour moi l'instrument de mon salut personnel. Mais tout cela était un fardeau que je ne pouvais pas partager. J'étais seul parmi les vivants. Un mort en sursis. *Tu iras en enfer et Dieu te punira en t'en libérant ! Tu erreras parmi les hommes sans trouver le salut !* avait tonné Gerbaut de Gant devant l'enfant que j'avais été. Comme il avait eu raison.

Distraitement, je me mis à faire tourner l'anneau de cheveux de Cécile autour de mon annulaire.

— Tu penses souvent à elle ? s'enquit-elle en désignant mon geste de la tête.

— Chaque jour que Dieu me donne, répondis-je. Malgré les faiblesses de ma chair, il n'y a qu'elle pour moi.

— Je sais bien, mon ami. Elle te manque à ce point ?

— Plus que je ne saurai jamais l'exprimer. Avec elle, je me sentais… vivant.

— Elle n'en mène sans doute pas plus large que toi, dit Pernelle. Elle t'aime, tu sais. Elle me l'a dit.

Je me contentai de hocher la tête.

— Quand nous aurons récupéré les documents, tu la retrouveras, dit-elle en posant sa main sur mon bras pour le serrer affectueusement. Ne désespère pas.

Elle se détacha de moi, frissonna et s'enveloppa dans sa capeline. Je compris alors qu'elle m'avait accompagné par amitié et qu'elle était, elle aussi, au bord de l'épuisement.

— Viens, dis-je en l'entraînant vers la porte de l'enceinte. Il fait froid et tu dois dormir. J'ai déjà trop abusé de toi.

— Ta présence n'est jamais un abus, Gondemar.

Bras dessus, bras dessous, nous redescendîmes jusqu'à la résidence de sire Jehan, où je la laissai avant d'aller rejoindre Jaume et Ugolin pour m'écrouler sur ma paillasse, tout habillé.

Je venais de pénétrer dans l'enceinte du donjon. Même de dos, je la reconnus sans peine et mon cœur tressaillit d'allégresse. Cécile. Elle était loin de Gisors, mais dans mon rêve il était tout à fait normal qu'elle s'y trouve et je ne m'en étonnai point. Elle se tenait devant le puits et faisait tourner la manivelle du treuil pour remonter la chaudière. Je m'arrêtai pour admirer ses fesses, que sa posture faisait agréablement bomber.

J'allais me décider à la rejoindre pour la prendre dans mes bras et lui embrasser la nuque, comme j'aimais tant le faire, lorsqu'elle finit de remonter la chaudière et la prit dans ses mains. Elle regarda à l'intérieur et se mit à taper rageusement du pied en maugréant. Je m'approchai.

— Cécile, que se passe-t-il ? lui demandai-je.

Elle se retourna vers moi, mais ne me sourit pas.

— Le puits est tari, me répondit-elle avec la tristesse d'une fillette ayant perdu sa poupée.

— C'est impossible, fis-je.

Je me penchai sur la margelle pour regarder au fond.

— Il était plein voilà une heure. Je le sais, j'y ai bu avec Pernelle.

— Il l'était aussi quand je suis arrivée. Mais maintenant, il est vide.

— Allons, ce n'est pas si grave. Nous sommes ensemble.

— Seulement parce que ta vieille garce n'est pas disponible !

— C'est toi que j'aime, Cécile. Tu le sais, non ?

— Oui, répondit-elle en baissant les yeux.

Je la pris dans mes bras et, après avoir un peu résisté, elle finit par s'abandonner. Je l'embrassai enfin. La sensation de ses lèvres était toujours aussi douce et je me sentais merveilleusement bien. À ma place. Le simple contact de son corps félin contre le mien me faisait oublier Guiburge et toutes mes difficultés.

— Viens, murmurai-je lorsque nos bouches se séparèrent, j'ai du vin chez moi.

Elle gloussa et me prit la main. Ensemble, nous quittâmes l'enceinte du donjon et nous rendîmes jusqu'au corps de logis où j'habitais. En chemin, nous croisâmes un homme vêtu d'une capeline au capuchon remonté. Je n'avais pas besoin de voir son visage pour savoir qu'il s'agissait de Simon de Montfort, mais il ne parut pas me reconnaître. Je me retournai pour le voir se diriger vers le donjon. Intérieurement, je ricanai. S'il avait soif, il serait bien déçu et j'en étais fort aise.

Contrairement à mon habitude, je m'éveillai bien après que le soleil se soit levé. De toute évidence, j'étais aussi fatigué que mes compagnons. Dans la pièce que nous partagions, Jaume et Ugolin dormaient encore profondément. Je me levai et m'habillai, puis cherchai en vain quelque chose à manger. Je n'arrivais même pas à me rappeler la dernière fois que j'avais avalé quelque chose. J'allai m'asseoir sur le rebord de la fenêtre, d'où j'avais une belle vue sur la cour intérieure. Déjà, les soldats vaquaient à leurs occupations. Certains s'exerçaient sans trop d'enthousiasme. Le mois de mars débutait et, dans quelques semaines, plusieurs d'entre eux partiraient pour le Sud, où ils feraient leur quarantaine. D'autres s'affairaient à combler les tranchées que sire Jehan avait fait creuser le long de la muraille sous prétexte de vérifier l'état de leurs fondations. Un peu plus loin, d'autres encore inspectaient des charrettes remplies de provisions et de victuailles que les marchands de Gisors apportaient plusieurs fois par semaine.

J'observais distraitement la scène. Depuis que j'avais ouvert l'œil, j'avais la sensation persistante et frustrante que quelque chose m'échappait, mais je n'arrivais pas à mettre le doigt dessus. Sachant que les idées que l'on cherche à extirper de force de notre cervelle s'entêtent à rester juste sous la surface du crâne, je décidai d'aller m'entraîner moi aussi. Depuis mon arrivée à Gisors, j'avais été forcé de négliger Memento et, si Bertrand de Montbard avait encore été de ce monde, il me l'aurait vertement reproché, lui qui m'avait mille fois répété que le talent, sans le travail, ne menait à rien.

Je me levai et me dirigeai vers la table, où se trouvait une cruche d'eau. Je la saisis et la trouvai vide.

— Foutre de Dieu, marmonnai-je, la journée commence bien.

— Qu'est-ce qui se passe ? demanda Ugolin d'une voix ensommeillée.

— Nous n'avons plus d'eau.

Il s'assit sur sa paillasse, s'étira en bâillant puis se leva.

— Donne, dit-il en tendant la main, je vais aller en puiser.

À ces paroles, un déclic se fit dans mon esprit. L'image de Cécile penchée sur la margelle du puits me revint en tête.

— Qu'as-tu dit ? demandai-je.

— Que j'allais en puiser. Pourquoi fais-tu cette tête ?

Je saisis le Minervois ahuri par la chemise et me mis à le secouer.

— Le puits, Ugolin ! Le puits !

Au son de mes cris, Jaume s'éveilla en sursaut et saisit son épée, qu'il laissait toujours sur le sol, près de lui.

— Quoi ? Quoi ? fit-il en bondissant sur ses pieds, encore à demi endormi. Qu'est-ce qui se passe ?

— Le puits sur la motte, près du donjon ! répétai-je en lâchant Ugolin. Il s'enfonce dans la terre, non ?

— Euh, oui, comme tous les puits. Et alors ?

— Dans toute la forteresse, c'est la seule structure visible qui mène sous terre et nous ne nous y sommes jamais attardés ! Si c'était l'entrée de la chapelle qui n'a jamais vu la Lumière ? Personne n'y a pensé !

— C'est sans doute parce que, au cas où tu l'aurais oublié, il est rempli d'eau, ton puits, râla Jaume. Tu n'as pas assez dormi, Gondemar. Ta cervelle te joue des tours.

— Et si j'avais raison ? Qu'avons-nous à perdre ? Attendez-moi. Je reviens !

Je ramassai la cruche vide et les laissai là, pantois, à s'échanger des regards inquiets. Une fois à l'extérieur du corps de logis, je traversai la cour jusqu'à l'enceinte du donjon en essayant de maîtriser mon énervement pour ne pas attirer l'attention. Je trouvai une vingtaine de soldats en train de puiser de l'eau dont ils remplissaient des seaux qu'ils ramèneraient ensuite dans leurs baraques. Trépignant d'impatience, j'essayai de ne rien laisser paraître pendant qu'ils vaquaient à leur occupation.

— Tu n'as que ça ? demanda l'un d'eux en apercevant ma cruche. Viens, je vais te la remplir.

Il tendit la chaudière qu'il venait de remonter avec le treuil.

— Non, ça va, dis-je. J'attendrai mon tour.

— Comme tu veux, fit-il en haussant les épaules avec indifférence avant de recommencer à remplir les seaux.

Leur manège me parut durer une éternité, mais enfin ils finirent par s'en aller en portant chacun deux seaux accrochés à chaque bout d'un joug placé sur leurs épaules. Je m'assurai que personne, parmi les quelques gardes qui allaient et venaient, ne s'intéressait à moi. Je posai ma cruche sur le sol et, l'air de rien, je me mis à inspecter le puits en en faisant lentement le tour, laissant ma main glisser sur la pierre de la margelle. Le corps du puits lui-même était construit de roches solidement maçonnées.

En désespoir de cause, je frappai discrètement ma cruche sur la pierre et la brisai en plusieurs morceaux qui se répandirent sur le sol. Utilisant ce prétexte, je m'agenouillai pour les ramasser et en profitai pour jeter un coup d'œil sous la margelle. J'avais contourné la moitié du puits lorsque mon regard s'arrêta sur quelque chose. Le cœur battant, je balayai la pierre de la paume et me tordis le cou pour mieux voir. Je dus réprimer le rire de soulagement qui me monta dans la gorge. Là, distinctement gravé dans la face intérieure de la margelle, pas plus gros qu'un denier, se trouvait le sceau du *Cancellarius Maximus*.

— Tu y tenais vraiment beaucoup à cette cruche, on dirait, fit une voix derrière moi.

Je sursautai et me frappai violemment l'arrière de la tête contre la pierre.

— Aïe! m'écriai-je.

Grimaçant, je me retournai en frottant la bosse qui se formait déjà. Je découvris Lambert de Thury qui, les bras croisés, semblait avoir admiré la vue que je lui avais offert sur mon postérieur.

— Je ne t'ai pas entendu venir, dis-je. Au lieu de me reluquer le cul, aide-moi à ramasser les morceaux.

— Tu sembles très bien t'en tirer tout seul.

— Aide-moi, te dis-je, m'impatientai-je, les dents serrées.

Interdit, Thury s'accroupit près de moi et, du doigt, je lui indiquai la marque que je venais de découvrir.

— Bougre de Dieu, fit-il, les yeux écarquillés, en la reconnaissant. Tu crois que?...

— On ne l'a certainement pas gravée là par hasard. *Secretum Templi* ce soir, à minuit. Avertis Pierrepont.

— Tout de suite !

Il s'en fut sans attendre. Je ramassai les derniers morceaux de ma cruche et me relevai pour aller annoncer la nouvelle à mes compagnons, conscient que je n'avais toujours pas d'eau pour me raser.

Dans le temple, tout le monde était fébrile. J'avais relaté ma découverte et senti l'espoir renaître parmi les Neuf.

— Nous devons voir ce qu'il en est avant le jour, dit Pierrepont, visiblement impatient.

— Un attroupement attirera l'attention, dis-je.

— Tu as raison. Toi et moi, alors.

Pierrepont se tourna vers Lambert de Thury, qui siégeait à sa gauche et qui se leva aussitôt, la main sur le cœur.

— Frère Thury, quelle est l'heure ? demanda-t-il.

— L'heure de suspendre nos travaux, *Magister*, répondit l'autre.

— Puisqu'il en est ainsi, avertis nos frères et sœurs que nos travaux sont suspendus, mais qu'ils doivent demeurer dans le temple jusqu'à notre retour.

Thury dévisagea l'assemblée.

— Mes frères et sœurs, nos travaux sons suspendus ! Demeurez cependant sur place jusqu'au retour de notre *Magister* et de sire Gondemar de Rossal.

Pierrepont frappa un coup sec de son maillet sur le plateau posé à sa droite et se leva d'un trait, visiblement pressé d'en avoir le cœur net.

— Allons-y.

Nous laissâmes les autres et quittâmes le temple ensemble, Pierrepont tenant une torche. Nous franchîmes la distance entre la Tour du Prisonnier et l'enceinte du donjon aussi vite que nous le pouvions sans courir. Une fois près du puits je m'accroupis à l'endroit où j'avais découvert le sceau du *Cancellarius Maximus* et le lui montrai.

— Par la barbe de Joseph, c'est incroyable, fit-il, médusé. Depuis tout ce temps, la réponse était là.

J'ouvris ma capeline et tirai de ma chemise le sceau que la mendiante m'avait remis.

— Le sceau et la marque sont de la même dimension. L'un est convexe, l'autre, concave. Peut-être qu'ils s'emboîtent.

— Pour arriver à quoi ?

— Nous verrons bien. Éclaire-moi.

Dans la lumière de la torche, j'approchai le sceau de la marque et tentai de l'y insérer.

— Il ne se passe rien, nota Pierrepont, déçu.

— Je le vois bien, maugréai-je, en le retirant.

— Alors quoi ?

— Je ne sais pas, dis-je en me relevant. La marque n'est certainement pas là pour rien. Elle doit indiquer quelque chose.

— Une direction ? Un emplacement ?

J'observai la pierre sous laquelle la marque était gravée. Comme toutes les autres, elle avait été taillée courbe, de façon à s'abouter aux autres pour former une margelle circulaire. Toutes étaient liées par un mortier soigneusement entretenu. Soudain, une idée me vint. Je tirai ma dague et me mis à effriter celui qui scellait la pierre marquée.

— Que fais-tu ? demanda Pierrepont, agité. Si tu casses le puits, on s'en apercevra.

— Tu veux en avoir le cœur net, oui ou non ?

Je frappai jusqu'à ce que tout le mortier soit réduit en miettes.

— Aide-moi.

Pierrepont appuya la torche contre le puits et, ensemble, nous nous attaquâmes à la pierre de la margelle. Descellée, elle bougea aisément et, à deux, nous parvînmes à la soulever pour la poser à terre. Puis nous examinâmes l'espace qu'elle laissait libre. La torche d'Alain éclairait un anneau de fer qui avait été encastré dans la structure du puits.

— Tu vois ce que je vois ? demanda-t-il.

Sans répondre, je saisis l'anneau de ma main saine et tirai vers moi, mais rien ne se produisit. Je le serrai fermement et tentai de le faire pivoter. Après plusieurs efforts, je sentis l'anneau bouger dans son socle. Je forçai somme un bœuf, mais n'arrivai à rien de mieux. Intérieurement, je maudis ma main infirme qui me privait d'une partie de la force qui avait toujours été la mienne.

— Aide-moi, ordonnai-je.

Le *Magister* de Gisors posa sa torche et mit les deux mains sur l'anneau. À nous deux, nous arrivâmes à faire pivoter l'anneau d'un quart de tour sur la gauche. Un claquement sec retentit dans la nuit et nous fit sursauter. Puis un grondement gagna le sol sous nos pieds. Un grand bruit de succion monta.

— Par les couilles du pape, dit Pierrepont d'une voix tremblante.

Secouant notre ahurissement, nous nous penchâmes sur la margelle en éclairant l'intérieur du puits. Il était vide. Le long de la paroi trempée, à environ deux coudées du niveau où s'était trouvée l'eau, était fixée une échelle de fer qui s'enfonçait dans les profondeurs de la terre. Là où la Lumière n'était jamais allée.

— « Visite l'intérieur de la terre et, en rectifiant, tu trouveras la pierre cachée », citai-je, médusé. La mendiante m'intimait donc de comprendre le sens du vitriol, et non pas de m'en méfier.

Pierrepont m'empoigna par les épaules et me secoua comme un sac de pois.

— Tu l'as trouvé, bougre de cathare de carnaval ! dit-il en riant aux éclats. Tu l'as vraiment trouvé !

— Reste maintenant à descendre, dis-je.

— Avant cela, nous devons avertir les autres.

Nous fîmes tourner l'anneau dans l'autre sens et, aussitôt, l'eau remonta dans le puits. Admiratifs, nous replaçâmes la pierre sur la margelle. Sans mortier, elle attirerait l'attention dès le lever du jour, mais, si tout allait bien, je serais descendu et remonté avant que le soleil se lève.

Cette fois, nous ne pûmes nous empêcher de courir pour retourner au temple.

Nous étions à peine entrés que Jaume se leva d'un trait. Au centre de la pièce, l'autel était déplacé, révélant la fosse, et le sol était humide. Indifférent à l'état des lieux, Pierrepont se dirigea vers son siège et s'y assit. J'admirais le calme dont cet homme savait faire preuve, respectant les usages même dans l'urgence.

— Frère Thury, quelle est l'heure ? demanda-t-il.

— L'heure de reprendre nos travaux, *Magister*.

— Alors, qu'il en soit fait ainsi.

— Ma sœur, mes frères, par ordre du *Magister* des Neuf, les travaux de ce conseil sont repris ! proclama Thury.

Pierrepont abattit son maillet sur son plateau.

— Que s'est-il passé ici ? demanda-t-il en désignant l'autel déplacé.

— Nous attendions tranquillement et, soudain, de l'eau a jailli de sous l'autel, expliqua Jaume. Nous l'avons déplacé pour voir et le puits était plein à ras bord. Et voilà quelques minutes, elle s'est retirée d'elle-même.

Je regardai Pierrepont.

— Maintenant, nous savons où l'eau est allée.

— Le principe des vases communicants, compléta-t-il. Ces constructeurs étaient vraiment étonnants.

Nous racontâmes aux autres ce que nous avions découvert. Une discussion animée s'ensuivit, la plupart des Neuf de Gisors étant d'avis que nous devions descendre sans autre délai dans le puits du donjon, mes compagnons se montrant un peu circonspects. Les premiers l'emportèrent et il fut décidé d'agir sans tarder.

Les travaux furent de nouveau suspendus et ceux qui descendraient dans les profondeurs de la terre quittèrent le conseil, laissant les autres dans le temple.

CHAPITRE 19

Lux[1]

Quinze minutes plus tard, nous nous trouvions près du puits. Nous faisions de notre mieux pour être discrets dans la nuit et finalisions nos préparatifs tout en essayant d'avoir l'air d'examiner le puits.

J'avais décidé que je descendrais avec Ugolin, dont la force m'était indispensable, et Pernelle, qui pourrait nous soulager en cas de blessures et dont l'intelligence s'était si souvent révélée indispensable. J'avais aussi désigné Guillot, dont l'érudition risquait d'être requise. Cette décision avait été plus délicate, l'animosité entre le gros moine pédant et mes deux compagnons ne s'étant jamais dédite depuis leur première rencontre. Comme je m'y étais attendu, j'avais essuyé quelques protestations de la part de Thury, de Jaume et de Guiburge, mais ils avaient fini par s'incliner avec une mauvaise foi évidente.

Ugolin et moi portions nos épées et nos dagues. Non pas que nous craignions de rencontrer sous terre des adversaires bien vivants, mais je ne pouvais m'imaginer affronter l'inconnu sans Memento. Pierrepont et Jaume complétaient le groupe réuni autour du puits. Le premier barreau de l'échelle était trop bas pour que nous puissions y poser le pied en nous tenant au rebord du puits. Ils tiendraient donc le câble auquel nous nous accrocherions pour l'atteindre. Ensuite, ils nous attendraient en

1. Lumière.

essayant de ne pas se faire remarquer. Tous les autres étaient restés dans le temple.

Ugolin souleva à lui seul la pierre que j'avais déchaussée et la déposa par terre. Suivant mes instructions, il saisit ensuite l'anneau de fer et, sans effort apparent, le fit pivoter vers la gauche. Le même claquement retentit, suivi du bruit de siphon. En quelques instants, le puits fut de nouveau vide. Malgré eux, Pernelle, Ugolin, Guillot et Jaume écarquillèrent les yeux.

— L'eau se transvase directement dans la fosse du temple, en conclut le templier, penché sur la margelle comme un petit garçon émerveillé. Par ma foi, les fondateurs ont ramené d'impressionnantes connaissances de Terre sainte. Ils ont aménagé un canal sous terre juste pour cela. Un travail de titans. Et en secret, de surcroît.

Pernelle examina à son tour le puits vide, mais le mécanisme, pour ingénieux qu'il fût, ne l'intéressait nullement.

— Et le vitriol ? rappela-t-elle. Tu y as songé ? *Gare au vitriol.*

— Oui, mais de toute évidence, Guillot avait raison, répondis-je.

Du coin de l'œil, je vis le gros moine se gonfler d'orgueil alors que mon amie se renfrognait distinctement.

— La mendiante me prévenait que je devais en tenir compte, repris-je. C'est fait. V.I.T.R.I.O.L. et la piste de l'Ordre des Neuf nous ont menés jusqu'ici. Le reste de ses paroles prendra sans doute son sens une fois que nous serons sous terre. Je ne crois pas que nous ayons à craindre autre chose.

— Nous verrons bien, dit Pernelle avec une moue sceptique. Mais restons vigilants. Je ne suis pas tranquille.

— Tant mieux, car il ne faut jamais l'être.

Je me tournai vers Pierrepont et Jaume.

— Je descendrai le premier, suivi d'Ugolin. Lorsque nous aurons établi que tout est sûr au fond, envoyez-nous le moine. Pernelle sera la dernière.

— Tu as trois heures tout au plus avant que le soleil se lève.

— Je sais. Nous essaierons de faire vite, mais personne ne peut dire ce qui nous attend. Entendons-nous ainsi : si jamais nous ne sommes pas revenus avant l'aube, nous attendrons le retour de la nuit prochaine pour remonter. Tu laisseras quelqu'un près du puits pour qu'il éloigne ceux qui veulent s'approcher en prétextant que l'eau est corrompue.

— Bien.

J'enjambai la margelle et, de ma bonne main, saisis la corde dont Jaume et Pierrepont avaient empoigné l'autre extrémité. Dans l'autre, je tenais une torche.

— Ramène-nous la seconde part, Gondemar, dit anxieusement le *Magister*.

— Sur mon âme, je ferai de mon mieux, répondis-je sombrement.

En me laissant aller vers l'arrière jusqu'à ce que mon corps soit presque perpendiculaire à la surface intérieure du puits, je me mis à descendre, marchant littéralement à reculons sur la paroi du puits. Arrivé à la hauteur de l'échelle, je posai un pied sur le premier barreau, puis sur un second et un troisième. Dès que je le pus, j'agrippai fermement un barreau de la main et laissai aller la corde.

— J'y suis, dis-je lorsque je me sentis en sécurité. Laissez-moi une minute pour prendre les devants, puis envoyez Ugolin.

Je réalisai vite que descendre une échelle avec une seule main n'était pas une mince affaire, et mes progrès furent plus ardus que je ne l'avais anticipé. J'étais enfin près du but et il eût été trop bête de chuter et de me rompre les os. Tous les deux ou trois barreaux, je m'arrêtais pour tendre la torche vers le bas, espérant apercevoir le fond, mais sans succès. Le puits semblait vraiment s'enfoncer jusqu'au centre de la terre et mon bras droit commençait à fatiguer. J'aurais voulu changer de main, mais mon infirmité rendait la chose impossible. Jamais ma senestre n'aurait pu retenir mon poids.

Au-dessus de ma tête, je vis bientôt Ugolin, qui descendait à son tour, sa torche m'indiquant sa position dans le noir. Ce ne fut qu'après plus de cinquante barreaux que mes pieds touchèrent enfin un sol ferme.

— Je suis au fond, dis-je au Minervois, qui se trouvait quelques toises plus haut. Attends un peu.

Il s'immobilisa sur un barreau et j'observai l'endroit où je me retrouvais. J'avais de l'eau jusqu'aux chevilles. Le puits donnait sur une pièce rectangulaire qui avait été immergée depuis 1187 et dont l'existence était demeurée ignorée de tous. Il ne s'agissait pas d'un lieu taillé à même le roc, mais bien d'une structure construite de main d'homme. Ses murs luisants d'eau étaient faits de pierres si méticuleusement ajustées qu'elles n'avaient nécessité aucun mortier et que je n'aurais pas pu glisser la lame de ma dague entre deux d'entre elles. Au bas de celui de gauche, je pus apercevoir une trappe carrée d'environ une coudée de côté. Elle était ouverte. En m'approchant, je constatai qu'elle était munie d'une dalle de pierre rabattue sur le sol et reliée à l'intérieur du mur par une barre de fer. Je compris qu'il s'agissait du mécanisme actionné par l'anneau de la margelle et que c'était par là que l'eau s'était échappée. Il en découlait qu'un mécanisme similaire était installé dans la fosse du temple. La seule explication était que la dalle de pierre qui formait le fond était mobile et s'abaissait simultanément pour laisser pénétrer l'eau évacuée du puits. Lorsque l'anneau était remis à sa place, le mouvement était inversé. L'eau jaillissait par la trappe et le puits se remplissait de nouveau. En ce moment même, le cadavre de Baroche devait flotter quelque part entre les deux.

Tout cela ne retint pas mon attention très longtemps. Car, dans une arche massive du mur opposé se trouvait une autre dalle aux dimensions d'une porte. Sur la clé de voûte qui soutenait la structure était gravée une inscription : *Lux e Tenebris*[1]. La présence du sceau du *Cancellarius Maximus*, sculpté en ronde-bosse à la hauteur des yeux, coupa court à mes interrogations. C'était

1. Des Ténèbres vient la Lumière.

là que nous devions aller et l'anneau de fer placé en son centre m'indiquait la façon de le faire.

— Tu peux venir ! criai-je à Ugolin. Et qu'on fasse suivre les autres !

Ugolin descendit les derniers barreaux de l'échelle et, une fois arrivé en bas, examina à son tour les lieux. Peu après, Guillot apparut, posant maladroitement les pieds sur un barreau, puis sur un autre. D'en bas, j'avais une vue imprenable sur les grelots qui pendaient sous sa bure et, l'espace d'un instant, j'éprouvai l'envie d'y fourrer ma torche, histoire de lui faire partager les sensations des gens qu'il brûlait impunément sur le bûcher. Je jetai un coup d'œil vers Ugolin et compris, à son air amusé, qu'il avait envisagé la même chose. Je soupirai, résigné à me priver de ce petit plaisir. Lorsqu'il atteignit le fond, le moine fit une moue dégoûtée en posant ses pieds chaussés de simples sandales dans l'eau froide et boueuse.

Nous attendîmes que Pernelle nous ait rejoints et, lorsque ce fut fait, nous restâmes tous là, immobiles et sans voix, nos quatre torches brandies, à regarder la porte. Derrière elle se trouvait ce que nous cherchions, et pourtant personne ne semblait vouloir se décider à la franchir.

— Je me demande bien ce qui nous attend de l'autre côté, maugréa Ugolin. Quelque chose me dit qu'il n'y aura rien de simple.

— L'inscription est claire, dit Guillot. Si nous voulons la Lumière, nous devons la trouver dans les Ténèbres.

— Nous savons tous lire, moine, rétorqua sèchement Pernelle.

Le moine se renfrogna et adressa un regard noir à mon amie, qui lui retourna son plus beau sourire moqueur.

— Bon, allons-y, décidai-je. Guillot, Pernelle, vous restez derrière. Ugolin ?

Devinant ce que j'attendais de lui, le Minervois me tendit sa torche et saisit l'anneau à deux mains. Il était plus massif que celui de la margelle et des décennies dans l'eau l'avaient fortement rouillé. Je vis les muscles de mon ami se gonfler sous sa chemise et trembler sous l'effort. Il lui fallut exercer toute sa considérable force pour venir à bout du mécanisme récalcitrant et faire pivoter l'objet, qui émit un grincement de protestation avant de finalement s'animer. Un doigt à la fois, péniblement, l'anneau tourna. Lorsqu'il eut fait un demi-tour complet vers la gauche, un déclic retentit.

— Voilà, fit Ugolin, essoufflé.

— Bien, dis-je en lui rendant sa torche.

J'appuyai mon épaule contre la dalle et poussai. Elle était lourde et résistait. Le Minervois vint s'y arc-bouter à son tour et, à nous deux, nous parvînmes à la pousser. Dès qu'elle fut ouverte, une forte odeur de poussière et de renfermé jaillit de l'intérieur. Je restai un moment à observer la noirceur épaisse de l'autre côté, la bouche sèche.

— Bon, dis-je, puisque la Lumière doit entrer dans les Ténèbres…

Je me décidai à franchir le seuil, ma torche tendue devant moi. Ce que je vis me fit sursauter, mais je n'eus pas le temps d'en avertir les autres. Derrière moi, Pernelle hurla d'effroi.

Dans la lumière vacillante de nos torches, douze hommes à l'air féroce nous observaient, immobiles. Ils étaient disposés sur deux rangées de chaque côté de la porte et semblaient attendre quiconque se présenterait en ces lieux pour l'occire. Parmi eux, je reconnus le premier, à droite. La barbe abondante, les cheveux bouclés, l'œil sombre et la moue agressive, il s'agissait de Pierre, celui qui, dans mes rêves, s'était méfié de moi.

— Du calme, Pernelle, dis-je sans quitter les hommes des yeux. Ce ne sont que des statues.

Je m'approchai de la statue de Pierre et la tapotai avec la pointe de Memento. Un tintement cristallin en monta.

— Tu vois ? Ils sont en pierre.

— Ils sont surprenants, les diables.

Ils l'étaient, en effet. La pierre sculptée avait été peinte et l'artiste avait donné à chaque personnage un réalisme qui frisait la perfection. Les paroles prononcées par Tyceline lors de sa visite nocturne me revinrent en tête. *Douze hommes armés. Ils ne veulent pas te laisser passer. Ils protègent leur seigneur et son trésor. C'est cela que tu désires.* Par je ne sais quelle sorcellerie, de sa masure, la pauvre d'esprit avait vu cet endroit. Je me creusai la tête pour me rappeler ce qu'elle avait dit ensuite. *Mais tu ne l'obtiendras que si tu prouves ta valeur. Ils guettent. Ils attendent. Depuis longtemps. Ils sont patients.* Ils avaient attendu, en effet. L'endroit avait certainement été aménagé par Thibaud Payen et achevé par les Templiers, bien avant que Baroche, sans doute instruit par Robert de Sablé, n'y dépose la seconde part. Ils veillaient depuis plus d'un siècle, immobiles, guettant le moment de rappeler à ceux qui oseraient pénétrer dans ce sanctuaire qu'ils devaient en avoir le mérite. Un frisson me monta le long de l'échine lorsque je me souvins de la terreur de Tyceline, avant qu'elle ne s'enfuie en se signant frénétiquement. *Un crucifix! Il est à l'envers! Le signe du diable!*

Ugolin, Guillot et Pernelle vinrent me rejoindre dans l'embrasure de la porte, chacun tendant sa torche vers les gardiens.

— Ce sont les disciples de Jésus, déclara le moine, qui semblait fasciné.

Il m'écarta pour entrer. Dès qu'il posa le pied sur la première dalle de pierre, un déclic résonna. Alors même que le bras de Pierre s'abaissait, son épée sifflant dans l'air, j'empoignai le capuchon du moine et le tirai vers moi. L'arme lui effleura la panse et ouvrit le tissu de sa bure.

Tremblant, le visage ruisselant de sueur, Guillot s'adossa au mur et se signa fiévreusement.

— Sainte Marie, mère de Dieu, haleta-t-il. Un peu plus et j'étais tranché en deux.

— N'aie crainte. Il faudrait au moins une hache d'armes pour traverser tout ce suif, ironisa Pernelle.

Évitant de poser les pieds plus loin, j'observai les statues. Les onze autres avaient encore le bras tendu vers le haut et je ne doutais pas un instant qu'il s'abattrait dès que nous passerions à leur portée. Comme l'avait prophétisé Tyceline, elles défendaient l'endroit.

— Tu penses la même chose que moi ? m'interrogea Ugolin.

— Je ne vois pas comment faire autrement.

Je me retournai vers Pernelle et Guillot.

— Restez ici jusqu'à ce que nous vous appelions, ordonnai-je.

En même temps, Ugolin et moi avançâmes, notre arme brandie au-dessus de notre tête. À chaque pas, nous repoussâmes les coups des guerriers de pierre jusqu'à ce que nous ayons franchi les deux rangs.

— Au bout du compte, une fois prévenu, ce n'était pas très difficile, fit le Minervois, essoufflé.

— Pour qui avait une épée, précisai-je.

Guillot et Pernelle attendaient encore dans l'embrasure de la porte. Après m'être assuré que les douze bras étaient bien abaissés et que la pointe de chaque épée reposait sur le sol, je leur criai de venir.

— Voyez, dame Pernelle, pontifiait le moine, visiblement remis de son émoi. Celui-ci est Pierre. Il porte l'épée et, dans l'autre main, des clés. Et voici Jean, le seul imberbe du groupe. Et Thomas, l'architecte qui tient l'équerre. Ici, Matthieu, qui était percepteur d'impôts, avec une bourse.

En nous rejoignant, il compléta sa nomenclature des douze apôtres, qui n'intéressait que lui. Notre temps était compté et je n'avais aucune intention de le gaspiller à écouter un moine pérorer. Nous avançâmes entre les deux rangs de disciples.

— Regarde, dit Ugolin en me posant la main sur l'épaule. Il y a des torches aux murs. Allumons-les. Nous y verrons plus clair.

Il avait raison. Les constructeurs avaient tout prévu. Entre chaque statue, puis à toutes les toises par la suite, une torche au bout enrobé de résine était fichée dans un socle de fer rivé au mur. Le Minervois et moi nous répartîmes et allumâmes toutes celles que nous trouvâmes. Ce que nous vîmes alors nous émerveilla au-delà des mots.

La chapelle qui n'avait jamais vu la Lumière n'était pas une simple allégorie, comme je l'avais cru. Elle était réelle. Les fondateurs avaient construit, sous terre, une cathédrale digne de toutes celles dont Bertrand de Montbard avait pu me parler. La majestueuse voûte à arceaux était plus haute que tout ce que j'avais jamais vu. Elle était supportée par des colonnes rondes et gracieuses, magnifiquement ouvragées. Leurs chapiteaux étaient ornés de feuilles d'acanthe, de fruits et d'autres motifs que je ne connaissais pas. Le sol était couvert de dalles de marbre carrées parfaitement ajustées. Les murs étaient de pierre de taille gris pâle et les constructeurs avaient poussé l'imitation jusqu'à y aménager de fausses fenêtres en ogive dans lesquelles des scènes sculptées dans la pierre tenaient lieu de vitraux.

— Par les petites couilles délicates d'Innocent, fit Ugolin, la tête renversée vers l'arrière pour admirer le chef-d'œuvre des constructeurs. Ces gens ne faisaient pas les choses à moitié. Dire qu'à Montségur, nous n'avons qu'un simple temple.

— Pourquoi un tel travail seulement pour cacher des documents ? demanda Pernelle. Et comment ont-ils réussi à construire ceci sans attirer l'attention ? Imaginez seulement tous ces blocs de pierre qu'il a fallu descendre jusqu'ici.

— Sire Thibaud Payen était seigneur de Gisors, expliqua Guillot. Il faisait comme il l'entendait. C'est lui qui a dessiné les plans de la forteresse. Il a eu tout loisir de la construire selon les volontés des fondateurs. Et n'oubliez pas que, pendant trois ans, les Templiers furent les seuls responsables de la forteresse. Il ont sans doute eu le temps de compléter le travail. Et quelque chose me dit que tout s'est fait ici même : la taille des pierres, la sculpture des statues et le reste. Ils ont sans doute aménagé une caverne naturelle au lieu de creuser.

— Tout de même, fit Ugolin en sifflant. Quel boulot !

Je ne les écoutais que distraitement. Depuis que nous étions entrés dans cet endroit, tout avait été trop facile. Dans ma tête, d'autres paroles de Tyceline, qui avait clairement vu cet endroit dans son esprit tourmenté, résonnaient. *Une chapelle.*

Très noire. La Lumière se trouve dans les Ténèbres, prête à jaillir si tu sais la trouver. Un endroit empoisonné ; craint et détesté des prêtres. Un mort t'attend dans son linceul. Un homme humilié et marqué d'infamie. Elles me rappelèrent que je n'étais pas ici pour admirer l'architecture. Comme la pauvresse semblait avoir eu plus que de simples hallucinations, je décidai d'en informer mes compagnons.

— Tu as attendu longtemps, me reprocha Pernelle.

— Jusqu'à maintenant, je ne m'en préoccupais guère. Avançons, ordonnai-je. Reste loin en retrait. Au pire, cache-toi derrière le moine.

À cette remarque, elle sourit. Nous nous mîmes en marche, laissant les statues derrière nous, avançant prudemment dans la chapelle souterraine. Nous n'avions fait que quelques pas lorsque j'entendis Pernelle réfléchir à voix haute.

— 3, 5 et 7… 3, 5 et 7… Le vitriol… Gondemar ! Plus un pas !

Je m'immobilisai net et la regardai.

— Qu'est-ce qui te prend ?

— Chut ! m'intima-t-elle. Ugolin, tu veux bien aller casser un bras au bon apôtre Philippe ?

Perplexe, le Minervois s'en retourna sur nos pas et se rendit à la statue la plus proche. Il lui empoigna la main et tira de toutes ses forces. La pierre résista un peu avant qu'un craquement sec retentisse. Le Minervois se retrouva sur le dos, l'avant-bras de pierre à ses pieds.

— Vous m'expliquez, dame Pernelle ? demanda mon compagnon en se relevant.

— Tu vas voir, répondit celle-ci. Attends.

Elle empoigna le membre de pierre, prit son élan et le lança devant nous. Il atterrit lourdement en faisant lever un nuage de poussière, puis roula sur les dalles. Aussitôt, plusieurs d'entre elles s'enfoncèrent dans le sol, laissant à leur place des trous béants assez grands pour qu'un homme y disparaisse.

— Bougre de Dieu, murmurai-je.

Pernelle avança, s'accroupit près de la première ouverture et huma profondément l'odeur qui en montait. Elle grimaça avant de se tourner vers Guillot.

— Donne-moi une de tes sandales.

— Quoi ? Mais…

— Allez, gros bouffi. Les moines font vœu de pauvreté, non ? Marcher pieds nus sera bon pour ton humilité !

Outré, Guillot retira sa sandale en ronchonnant et la lui lança avec force. N'eût été de son réflexe de l'attraper au vol, Pernelle l'eût reçue en plein visage. Elle fronça les sourcils et lui adressa un vilain regard. Reportant son attention sur l'ouverture, elle y laissa prudemment tomber la chaussure. Aussitôt, un grésillement sinistre en monta, suivi d'une fumée. Mon amie se releva immédiatement et revint vers nous.

— Reculez ! Reculez ! s'écria-t-elle en se couvrant la bouche et le nez. Et ne respirez surtout pas les miasmes !

Nous obéîmes et, le visage dans le creux de notre coude, nous attendîmes que les volutes âcres montent vers la voûte et se dissipent.

— Qu'est-ce que c'était ? m'enquis-je.

— *Gare au vitriol*, cita-t-elle d'un air entendu. Je te l'avais bien dit. Ces fosses en sont remplies. Quiconque y tombe sera réduit à rien en quelques instants. Mais Baroche le savait, lui. Il a pu les franchir sans les déclencher.

— Et toi ? Comment l'as-tu deviné ?

Pernelle désigna du menton les dalles et les trous.

— Regarde. Que vois-tu ?

— Certaines dalles enfoncées et d'autres pas ? répondis-je un peu bêtement.

— Mais encore ?

— Où veux-tu en venir ?

— Trois, cinq et sept. C'est bien ce que t'a dit la mendiante ?

— Oui.

— Fais-en le décompte. Tu verras.

Je jetai un regard neuf vers le piège. À partir des deux dernières statues, les première, deuxième, quatrième et sixième dalles s'étaient rétractées, révélant des bains de vitriol. Les troisième, cinquième et septième, elles, étaient toujours en place. Avant de mourir, la mendiante m'avait tout bonnement indiqué sur lesquelles poser les pieds.

— Pernelle, parfois, tu es un génie, dis-je, épaté.

— Je le crois aussi, rétorqua-t-elle avec un sourire taquin. Point n'est besoin de tout ramener à des discours prétentieux sur le symbolisme des nombres. Parfois, il suffit d'observer le plancher des vaches.

Elle décocha un autre sourire à Guillot, qui devint écarlate de colère.

— Bon ! On continue ? fit-elle.

Nous nous remîmes en marche, sautant d'une dalle à l'autre par-dessus les trous remplis d'acide. L'infirmité de Pernelle rendant la chose périlleuse, Ugolin la prit dans ses bras malgré ses vives protestations. Il bondit avec la même facilité malgré le poids supplémentaire. Quant à Guillot, il refusait obstinément de se défaire de sa sandale restante. Relevant sa bure jusqu'aux cuisses, ce qui révélait ses jambes dodues à souhait et lui donnait un air ridicule, il sauta maladroitement d'une dalle à l'autre, sa masse ne facilitant pas la chose. Lorsqu'il atterrit sur la cinquième, il faillit perdre l'équilibre, décrivant de grands moulinets avec ses bras. Ugolin le saisit par le devant de sa bure et le tira vers lui, l'empêchant de tomber dans le bassin mortel qu'il venait d'enjamber.

— Je ne suis pas certaine qu'il y aurait assez de vitriol là-dedans pour te dissoudre en entier, marmonna Pernelle.

Lorsque tous eurent franchi l'obstacle, nous allumâmes les torches qui se trouvaient à proximité sur les murs et je pris un instant pour considérer la suite du parcours. La cathédrale était longue et, dans ce que la lumière me permettait de voir, je n'aperçus que des parois de pierre et des colonnes.

— Il y a d'autres pièges, tu crois ? demandai-je à Pernelle.

— Je serais étonnée s'il ne s'en trouvait aucun.

Notre prudence décuplée, nous reprîmes notre chemin, regardant à chaque pas où nous posions les pieds, allumant les torches à mesure que nous avancions. Soudain, Ugolin me saisit par le bras.

— Là, sur la dalle, dit-il en désignant de la tête quelque chose devant.

Tous s'immobilisèrent sur-le-champ. Je suivis la direction de son regard et tendis ma torche. Sur une rangée entière de dalles, d'un mur à l'autre, était gravée l'inscription I.N.R.I.

— *Comprends la marque d'infamie de Jésus*, récitai-je. Nous y sommes, on dirait.

— Plus que tu ne le crois, ajouta Pernelle. Regarde, là.

Je relevai la tête et compris ce qu'elle voulait dire. Nous avions atteint l'extrémité de la cathédrale. Au fond, dans la pénombre, à deux ou trois toises de nous, se détachait une forme massive et rectangulaire dont nous ne pouvions encore entrevoir que le contour.

Je m'accroupis et examinai méticuleusement les dalles. Je n'osais pas appuyer, ni sauter par-dessus. Mais si je ne faisais rien, nous ne pourrions plus avancer alors que nous avions presque atteint notre but. Je songeais à courir le risque d'appuyer sur l'inscription avec la pointe de Memento lorsqu'il me sembla entrevoir quelque chose juste au-delà de la dalle. Intrigué, j'abaissai ma torche et, en la promenant de gauche à droite, j'aperçus des reflets métalliques.

— Pardieu… Regardez ça, dis-je, médusé.

Une coudée derrière la rangée de dalles portant la marque d'infamie, on avait tendu un fil métallique si mince qu'il n'était visible que grâce au reflet des flammes. Celui qui marcherait droit devant le briserait à la première pression. Je me relevai et poursuivis mon examen.

— Il y en a un autre, là, dit Ugolin, qui m'avait imité.

Le Minervois avait raison. À la hauteur de notre torse, un second filin traversait la cathédrale de bord en bord.

— Guillot, ton autre sandale.

— C'est ça, dépouillez le pauvre moine du peu qu'il lui reste, protesta-t-il en retirant sa chaussure.

Sans doute conscient que me la lancer au visage équivalait à signer son arrêt de mort, il me la tendit doucement.

— Reculez, ordonnai-je.

Lorsque tous furent assez loin, je reculai de quelques pas, moi aussi, puis visai soigneusement et lançai la sandale. Elle atteignit de plein fouet le fil le plus bas et le rompit. Aussitôt, un flot d'huile jaillit du plafond et s'enflamma au contact des flammes des torches que nous venions à peine d'allumer.

— Par le petit cul étroit du pape, fit Ugolin. Ces bougres voulaient nous faire griller vivants.

— Pas si l'on comprenait la marque d'infamie, intervint Guillot, redevenu pompeux, l'index brandi. Souvenez-vous de l'acronyme. *Igne Natura Renovatur Integra* : par le feu, la nature est entièrement rénovée. En alchimie, le feu purifie la matière. Les intrus, c'est-à-dire nous, sont des impuretés de cet endroit. Ceux qui l'ont bâti étaient familiers avec l'Art royal. Pour qui savait la comprendre, l'inscription était un avertissement. Il lui suffisait d'enjamber le filin tout en se baissant pour ne pas toucher l'autre.

— Alors pourquoi n'as-tu rien dit avant, gros prétentieux ? éclata Pernelle. Tu sais toujours tout, mais jamais quand il le faut ! *A posteriori*, n'importe qui paraît bien !

Sur le sol de pierre, les flammes étaient hautes et la chaleur intense. Une fumée épaisse en montait et s'accumulait sous la haute voûte de la cathédrale. Heureusement, comme le feu n'avait rien à consumer, il s'éteignit de lui-même. Au sommet des deux colonnes, j'aperçus deux vasques de métal reliées à un pivot. Le filin était tout ce qui les retenait en place. Dès qu'il avait été brisé, elles s'étaient renversées. Je notai que les deux autres étaient encore intactes.

— Pressons-nous, nom de Dieu, grondai-je. Nous devons être remontés avant le jour. Assurez-vous de ne pas toucher le fil.

Le premier, je posai les pieds sur les pierres dont la chaleur traversa les semelles de mes bottes. Mes compagnons m'emboîtèrent le pas. Un à un, avec une précaution infinie, nous nous penchâmes pour ne pas effleurer le filin dont l'intégrité représentait la différence entre la vie et une mort atroce.

— Ouille ! Ouille ! fit Guillot, en dansant d'un pied sur l'autre, sans sandales, sur les pierres brûlantes. Un moine qui se brûle cruellement la plante des pieds, qui s'en soucie ?

— Qui, en effet ? railla Ugolin. Ton église te fera peut-être saint. Offre tes souffrances pour le pardon de tes péchés, gros paillard.

Lorsque le danger fut derrière nous, nous allumâmes les dernières torches, illuminant la cathédrale dans sa totalité, nous étions à l'extrémité. L'autel que nous avions aperçu de loin était en tous points semblable à ceux des temples des Neuf à Montségur et à Gisors, sinon qu'il était deux fois plus gros. Mais autre chose retint davantage notre attention.

Devant nous se déployait ce qui, dans une véritable cathédrale, aurait été le chœur. L'endroit était une véritable vision d'apocalypse. Jusqu'au faîte de la voûte, le mur tout entier était recouvert de scènes sculptées, toutes plus horribles les unes que les autres. Ici, une femme pendue, le cou brisé, la langue entre les dents, la tête penchée à un angle qui n'avait rien de naturel. Là, un groupe d'hommes, de femmes et d'enfants enveloppés par les flammes d'un bûcher, leurs visages contorsionnés en un rictus de souffrance, mais les yeux levés avec espoir vers les cieux. Ailleurs, des innocents livrés au bourreau qui leur rompait les os, leur brûlait les chairs et leur sectionnait des doigts. Autre part, des femmes éplorées tenaient dans leurs bras les corps sans vie de leur époux ou de leur enfant. Dans chaque scène, en arrière-plan, le même personnage : un pape coiffé de la tiare de son office, un sourire d'extase sur les lèvres, les mains jointes en une obscène prière. Tout n'était que persécution et haine. Je compris qu'il s'agissait d'une chronique des malheurs subis par ceux qui avaient connu la Vérité et qui l'avaient protégée. Un ultime reproche fixé pour toujours dans la pierre par ceux qui avaient construit ce refuge.

Derrière l'autel, au cœur des révoltantes fresques, une statue grandeur nature, peinte elle aussi, était disposée dans une alcôve en ogive. Elle représentait un homme trapu, aux épaules larges. Il tenait un glaive dans une de ses mains massives d'ouvrier. Il était vêtu d'un simple pagne et ses pieds étaient chaussés de sandales. Sa chevelure frisée lui tombait sur les épaules et sa barbe drue et abondante lui couvrait les joues jusque sous les yeux. Sur son côté gauche, je pouvais apercevoir la plaie qu'avait laissée la lance du soldat romain. Mais ce qui me frappa fut son visage. Il n'était ni serein ni résigné. L'artiste y avait sculpté une expression de défiance, et un sourire arrogant lui retroussait la lèvre supérieure. Il semblait dire « je vous ai tous bien eus ». Cet homme, je l'avais souvent vu en songe. Bien que je sache qu'il n'avait jamais été le fils de Dieu mort sur la croix et ressuscité d'entre les morts, je ne pouvais m'empêcher d'éprouver une crainte respectueuse à la vue de ce simple mortel dont je croisais enfin le chemin.

— Ieschoua, dis-je d'une voix étranglée.

Près de moi, je constatai que Pernelle et Ugolin partageaient mon sentiment.

— Il a vraiment existé, fit Pernelle. C'est lui, l'objet de la Vérité.

Quant à Guillot, en moine chrétien qu'il était malgré tout, il se signa respectueusement, le visage transfiguré.

Au-dessus de Ieschoua, sur le mur, un grand crucifix avait été sculpté dans la pierre, la tête en bas. *Un crucifix ! Il est à l'envers ! Le signe du diable !* Malgré moi, la terreur ressentie par Tyceline m'envahit. J'avais moi-même profané la croix lors de mon initiation. Je secouai ce qui menaçait de devenir une peur superstitieuse et paralysante pour contourner l'autel, toujours aux aguets cependant, dans l'éventualité d'un autre piège, et m'approcher de la statue. Je levai les yeux pour mieux voir le crucifix inversé. À sa tête se trouvait le *titulum* qui, lui, avait été placé à l'endroit. Il portait l'inscription infâme. I.N.R.I.

Je me pris littéralement les pieds dans ce que j'avais tant cherché. La cassette. Le couvercle bombé orné d'une croix cathare. Elle était identique à celles confiées jadis par Robert de Sablé à Bertrand de Montbard et au frère Baroche. On l'avait simplement déposée aux pieds de Ieschoua, sans la moindre forme de révérence. *C'est cela que tu désires*, avait dit Tyceline, *mais tu ne l'obtiendras que si tu prouves ta valeur*. Voilà. Depuis ma résurrection, la Vérité m'avait défini tout entier. Je n'avais existé que par et pour elle. Elle m'avait façonné, sculpté, créé, comme les artistes l'avaient fait pour ces fresques qui n'attendaient que moi.

Avec un soulagement mêlé d'amertume, je sus que ma quête tirait à sa fin et, avec elle, ma vie. J'avais survécu à toutes les embûches et retrouvé la première part, puis la seconde. Tout était accompli. Mon âme était en passe d'être sauvée ou jetée en enfer pour l'éternité. Bientôt, je saurais. Mais dans un cas comme dans l'autre, je ne serais plus. La mort était la première condition du salut.

Les mains tremblantes d'émotion, je ramassai la cassette qui contenait ni plus ni moins que le sort de mon âme et la déposai doucement sur l'autel. Au passage, je notai que cinq trous disposés en cercle avaient été aménagés dans la pierre pour accueillir des torches.

— Ouvre-la, vite, insista Guillot, qui trépignait sur ses courtes pattes en se frottant les mains.

— Je voudrais bien, répondis-je sombrement, mais ce ne sera pas aussi simple que tu le crois.

Tous regardèrent la cassette de plus près et comprirent. Contrairement à celles de Montségur et de Gisors, elle n'était pas munie de trois serrures, mais d'un mécanisme comme je n'en avais jamais vu. Il s'agissait de trois cadrans de métal dont le contour était parsemé, à intervalles réguliers, des chiffres I à X, et au centre desquels se trouvait une aiguille.

— Qu'est-ce que c'est encore ? demanda Ugolin, exaspéré.

— Le moyen d'ouvrir la cassette, on dirait, fit Pernelle en plissant le front.

Du bout du doigt, elle fit pivoter une des aiguilles sur elle-même.

— Tu vois ? Ça tourne. M'est avis que celui qui veut avoir accès à l'intérieur doit connaître les bons chiffres.

Elle se retourna vers moi et nous comprîmes en même temps.

— 3, 5 et 7 ? suggérai-je.

— Pourquoi pas ? La mendiante ne te les a certainement pas donnés pour rien. Essaie toujours.

Elle me céda la place et, de gauche à droite, je fis tourner chacune des aiguilles jusqu'au chiffre voulu : la première sur le III, la seconde sur le V, et la dernière sur le VII. Craignant un autre piège, j'hésitai. Finalement, je décidai d'ouvrir le couvercle avec ma main gauche. Si jamais quelque chose se produisait, au moins je ne perdrais que celle qui ne m'était déjà plus d'un grand usage.

— Écartez-vous, ordonnai-je. On ne sait jamais.

Mes deux compagnons firent quelques pas vers l'arrière. Le moine, lui, ne se fit pas prier et recula beaucoup plus loin. Je pris une grande inspiration, ravalai bruyamment et, avec une infinie délicatesse, je commençai à soulever le couvercle, un doigt à la fois. Il était à mi-chemin lorsqu'un petit déclic retentit. Je m'arrêtai net, pétrifié, n'osant ni poursuivre, ni la refermer. Je regardai vers Pernelle. Son visage était déformé par un rictus nerveux qui lui pinçait les lèvres.

— Qu'est-ce que je fais ? murmurai-je, de peur que le seul son de ma voix ne provoque quelque catastrophe.

— L'homme qui va vers Dieu. Je l'ai déjà dit, mais personne n'écoute le moine, intervint Guillot. 3, 5 et 7. Tu avais les bons chiffres. Ne crains rien et ouvre.

— Facile à dire quand on n'est pas celui qui tient le couvercle, maudit bouffi, grommelai-je.

— Tu es le *Lucifer*, pas moi.

Je soupirai, loin d'avoir la même assurance que lui, fermai les yeux comme un enfant effrayé par le noir et, avec une lenteur infinie, je fis pivoter le couvercle sur ses gonds jusqu'à ce qu'il repose sur l'autel. Lorsque je rouvris les yeux, j'étais encore entier, et les autres aussi.

— Voilà ! s'exclama le moine, réjoui. Je te l'avais bien dit !

— Tu veux une prière d'action de grâces, peut-être ? lui lança Pernelle en s'approchant de moi. Tu peux avancer, maintenant. Ta précieuse vie est sauve.

Dès qu'elle fut à mes côtés, elle pâlit.

— Oh... fit-elle.

— Quoi ? demandai-je.

— Tu as frôlé le désagrément, répondit-elle en désignant l'intérieur du couvercle de la cassette.

Suivant son regard, je repérai, dans le couvercle de la cassette, une ampoule de verre retenue par deux anneaux de fer. Pernelle se pencha sur le coffret pour mieux examiner le tout.

— Tu vois ? dit-elle. La fiole était reliée au corps du coffre par ce troisième anneau, qui s'est détaché. La cassette ne pouvait être ouverte qu'avec les bons chiffres. Si tu l'avais forcée, le verre se serait brisé et le vitriol t'aurait jailli en plein visage.

Inconsciemment, je portai la main à mes joues.

— Tu es déjà fort laid, dit Ugolin, dans une piètre tentative d'alléger l'atmosphère. M'est avis que ça n'aurait pas changé grand-chose.

— La prochaine fois que nous tombons sur un coffre, rappelle-moi de te le faire ouvrir, ajoutai-je.

La tension me quittant petit à petit, je reportai mon attention sur le contenu de la cassette, qui représentait l'aboutissement de presque trois années de souffrance et de damnation. Au fond se trouvaient un épais paquet en cuir et un tube semblable à celui d'où j'avais tiré les instructions au *Magister*, dans le temple de

Montségur. Posée dessus, une note attendait celui qui ouvrirait le coffre fermé un quart de siècle plus tôt. Je la pris, la dépliai et la lus. Elle avait été écrite à la hâte.

Si tu lis cette note, c'est que tu es le *Lucifer* désigné par le *Cancellarius Maximus*. Que la révélation de la Vérité apporte enfin la Lumière au monde. Sinon, que le temple et les mots sacrés lui servent de refuge dans l'ombre du roi.
Et souviens-toi : *Post Tenebras Lux*[1].

Baroche

— C'est de Baroche, dis-je en tendant le papier à Pernelle, qui en prit connaissance à ton tour.

— Et le reste ? s'enquit-elle en passant le papier à Ugolin.

— Oui, renchérit Guillot avec impatience. Assurons-nous qu'elle contient bien le parchemin de Joseph d'Arimathie et remontons avant que le jour ne se lève.

Le moine avait raison. La note de Baroche était sans conséquence. Ce qui comptait était contenu dans le tube et l'enveloppe. Je saisis le premier et défis le cordon qui retenait le capuchon. Puis je le retournai et en fis sortir deux parchemins que je déroulai avidement. L'un était écrit dans une langue que je ne comprenais pas. Me rappelant ces propos de Pierrepont, qui avait parlé d'araméen et d'une traduction, je saisis l'autre. Je le lus à voix haute afin que tous en prennent connaissance en même temps que moi.

À toi, Thaddée, mon frère, salut.

Voilà plus de trente ans, notre maître, Ieschoua, est mort sur la croix. Comme plusieurs de ses fidèles, tu as sans doute été atterré par la nouvelle. Pour ma part, j'ai porté, en compagnie de quelques autres, le fardeau d'une vérité que je devais garder secrète, de peur

1. La Lumière après les Ténèbres.

qu'il ne soit pourchassé par ses ennemis. Maintenant que ma vie tire à sa fin, je te la transmets en sachant que tu la conserveras fidèlement.

Il est vrai que, sur l'ordre de Pilatius Pontius, procurateur de Judée, Ieschoua a été cloué à la croix pour les fautes qu'on lui attribuait. Peu après, une faction des rebelles qu'il dirigeait a commencé à faire courir la rumeur qu'il était mort, qu'il avait été mis au tombeau et que, le troisième jour, il était ressuscité. Évidemment, avec un dieu à leur tête, ils se croyaient plus forts et espéraient que la cause de la rébellion contre Rome en profite. Leur mensonge est déjà en passe de devenir une religion dont le nombre de fidèles augmente sans cesse.

Tout cela est faux. Aussitôt sa capture annoncée, quelques-uns des disciples de Ieschoua, parmi lesquels j'étais, ont fait en sorte de lui sauver la vie. Certains d'entre nous appartenaient à la secte des Esséniens, connus pour leur talent de guérisseurs. Ils avaient préparé une potion à base d'opium qui, une fois ingérée, le plongerait dans une torpeur pareille à la mort. Longinius, un centurion romain présent sur les lieux du supplice, était secrètement des nôtres. Au moment opportun, il a placé sur la pointe de sa lance une éponge imbibée de ce mélange et la lui a fait boire. Ieschoua s'est endormi et donnait l'apparence d'avoir trépassé. Trois heures plus tard, un soldat lui a percé le côté gauche avec sa lance pour en faire la preuve. Notre maître n'a rien senti. Aux yeux de tous, il avait cessé de vivre. En conséquence, ses jambes ne furent pas brisées, contrairement à l'usage qui voulait que l'on hâte la mort des suppliciés en les privant de la possibilité de se redresser pour respirer.

La promptitude de son trépas a étonné les Romains, alors que les deux larrons qui l'entouraient hurlaient encore de douleur, mais après quelques négociations Pontius a accepté de nous livrer ce qu'il croyait être une dépouille. Nicodème et moi l'avons descendu de la croix. Il était dans un piètre état. Il avait des blessures aux poignets, aux pieds et au côté, ainsi que des lacérations laissées par le fouet et la couronne d'épines dont on l'avait coiffé pour le ridiculiser. Avec l'aide de quelques autres, nous l'avons transporté dans un tombeau que je venais de faire construire, non loin du mont Golgotha. Là nous attendaient ceux qui pouvaient soigner ses blessures. Ils l'ont enduit d'un onguent d'aloès et de myrrhe acquis auprès de marchands syriens. Puis il a été enveloppé dans un suaire où il a été laissé pendant trois jours et trois nuits, alors que nous veillions sur lui. Plusieurs fois, nous avons cru le perdre. Mais il y a sué l'opium accumulé dans son corps et ses plaies se sont refermées sans s'infecter.

Ieschoua n'est pas ressuscité ; il a simplement été relevé de son grabat, comme il l'avait lui-même fait pour d'autres malades. Dès qu'il a repris conscience, nous l'avons sorti du tombeau à la faveur de la nuit. Avant de partir, afin de détruire toute trace de son passage, j'ai emporté ce qui s'y trouvait. Le lendemain, on a trouvé l'endroit vide, et de là est né le mythe de sa résurrection. En passant par les rues les plus sombres de Jérusalem, nous avons conduit notre maître à d'autres disciples qui, malgré sa faiblesse, l'ont immédiatement emmené en Syrie. Là, il est resté quelques semaines pour se remettre de ses blessures, puis est passé à Alexandrie, en Égypte où, dans sa jeunesse, il avait été initié aux Mystères par les prêtres de l'endroit. Le chef de guerre qu'il était est devenu simple menuisier. Plus jamais il ne s'est mêlé des affaires de l'État. Je l'y ai visité moi-même voilà quelques années et tu peux imaginer mon bonheur de l'avoir trouvé heureux, entouré de ses enfants et petits-enfants.

Ieschoua est mort l'an dernier. Son seul regret, qu'il a emporté dans la tombe, a été d'être devenu, pour plusieurs, un dieu, lui qui n'aspirait qu'à libérer la Judée de l'oppression romaine.

Plusieurs années après les événements, j'ai découvert par hasard que le suaire que j'avais emporté du tombeau portait l'image de notre maître. Je ne suis pas guérisseur, mais je suppose que le mélange d'herbes dont il avait été enduit a imprégné le tissu. Cette étoffe du Juste, sur laquelle j'ai veillé aussi longtemps que j'en ai eu la force, je te la remets maintenant. Elle constitue la preuve indéniable de ce qui ne doit jamais être oublié. Tout médecin te le confirmera. À Édesse, elle sera en sécurité. Conserve-la précieusement et transmets-la à ton tour à ceux qui en seront dignes.

Adieu, mon frère. Que Dieu soit avec toi et que la Lumière soit révélée à celui qui a des yeux pour voir.
Joseph d'Arimathie

Je posai la lettre sur l'autel. Elle confirmait la Vérité apprise à Montségur et lui apportait plusieurs précisions. Mais elle ne m'apprenait rien de vraiment nouveau.

— Il y a donc autre chose ? fit Guillot.

Je sortis le paquet en cuir de la cassette et l'ouvris. À l'intérieur se trouvait un morceau de tissu. Intrigué, je commençai à le déplier. Il était long et, pour m'aider, Pernelle en prit un bout. Ensemble, nous déployâmes ce qui se révéla être un linceul jauni de plus de deux toises par une demie. *Un mort t'attend dans son linceul. Un homme humilié et marqué d'infamie*, avait prédit Tyceline. Tenais-je dans mes mains le drap dans lequel on avait enveloppé Ieschoua pendant qu'on le soignait ? Joseph d'Arimathie avait bien dit qu'il constituait la preuve irréfutable de la Vérité. Jusqu'à maintenant, les documents conservés à Montségur et à Gisors l'avaient affirmée. Mais tout cela n'était que des mots. Le linceul en était forcément la confirmation. Il était la Vérité que je devais protéger.

Je l'arrachai des mains de Pernelle et me mis à l'examiner frénétiquement. Je le retournai dans tous les sens, en inspectai chaque recoin, le secouai. Rien. Pas la moindre image de Ieschoua. Soit elle s'était effacée, soit toute cette histoire n'était que fariboles. Furieux et déçu, je le jetai sur l'autel.

— Que dois-je faire de ce chiffon ? rageai-je, dépité. Est-ce pour ça que j'ai traversé la France dans tous les sens ?

Autour de moi, Pernelle et Ugolin, aussi désenchantés que moi, n'osaient rien dire. Guillot, lui, se frottait pensivement le gras du menton du bout des doigts.

— Au moins, nous détenons les parchemins. Ils sont aussi précieux que ceux de Montségur, suggéra mon amie après un long moment.

— Tu as sans doute raison, mais Joseph d'Arimathie promettait mieux.

Je ramassai le suaire et allais le fourrer dans son enveloppe lorsque la voix du moine m'arrêta.

— Il disait vrai, Gondemar, dit-il d'un ton songeur.

— Que veux-tu dire ?

Il s'approcha et se mit à fouiller dans les documents éparpillés sur l'autel. Il les relut tous d'un bout à l'autre.

— Voilà, ici. Joseph dit *Que la Lumière soit révélée à celui qui a des yeux pour voir.* Et Baroche, lui, a pris la peine de conclure sa note par *Post Tenebras Lux*. Ce n'était certainement pas pour rien. La Lumière après les Ténèbres.

Il fixa longuement les parchemins, perdu dans ses pensées.

— Que t'a dit la *Cancellarius Maximus* à ce sujet, encore ? s'enquit-il soudain.

— *Les Ténèbres et la Lumière. Gare au vitriol et comprends la marque d'infamie de Jésus*, récitai-je.

— I.N.R.I., murmura Guillot. *Igne Natura Renovatur Integra.* Par le feu, la nature est entièrement rénovée.

Il se redressa brusquement, l'émotion faisant frémir ses bajoues.

— Mais bien sûr ! s'écria-t-il. Le feu ! La Lumière qui sort des Ténèbres !

Soudain animé d'une énergie que je ne lui avais encore jamais vue, il grimpa sur l'autel et s'y mit debout. Puis il m'arracha le suaire des mains et en tendit une extrémité à Pernelle.

— Tenez-le bien, ordonna-t-il.

Le moine tendit les bras aussi haut qu'il le put.

— Gondemar, Ugolin, ces trous sont des socles. Mettez-y des torches.

Interdits, le Minervois et moi fichâmes nos deux torches, celle de Pernelle et celle du moine dans les trous. Puis Ugolin se rendit au mur le plus proche et rapporta une cinquième torche qu'il planta avec les autres sur l'autel. La lumière beaucoup plus vive traversait le tissu.

— *Deo gratias*… murmura le moine, ému, du haut de l'autel, en écarquillant les yeux. Joseph disait vrai.

Je suivis la direction de son regard et restai bouche bée. Sur le suaire se dessinait l'image d'un homme.

CHAPITRE 20

Ecce homo[1]

Sidéré, je contournai l'autel pour me planter devant le linceul que Pernelle et Guillot tenaient toujours tendu devant les flammes. La lumière révélait une image irrégulière, mais bien visible et vieille de plus de mille ans, qui se détachait en tons sépia sur le tissu jauni. Sans l'avoir jamais rencontré autrement qu'en songe, cet homme, je le connaissais depuis quelques années déjà. Je l'avais d'abord vu en compagnie de dame Esclarmonde, lorsqu'elle avait ouvert la cassette d'où avait jailli la terrible lumière qui avait ébranlé le monde. Je l'avais revu, entouré de ses disciples, fêtant une victoire qu'il croyait prochaine. Puis j'avais assisté à sa mise au tombeau avant que ses fidèles ne l'emportent nuitamment. Je l'avais aussi retrouvé dans cette chapelle, sculpté dans la pierre.

Ieschoua.

Au début, j'eus du mal à interpréter ce qui se déployait devant mes yeux. Car, en réalité, j'avais devant moi non pas une, mais deux images : la première de face, qui occupait la partie inférieure du linceul, et l'autre de dos, la tête en bas, sur la moitié supérieure. Cela ne pouvait s'expliquer que par le fait que, lorsqu'on l'avait mis au tombeau, Ieschoua avait été allongé sur le dos sur la bande de tissu qu'on avait ensuite repliée au milieu pour la

1. Voici l'homme.

passer par-dessus sa tête et la ramener jusqu'aux pieds. L'étoffe l'avait ainsi enveloppé tout entier.

— Baroche a peut-être fait lire le texte de Joseph d'Arimathie aux Neuf, mais de toute évidence, il ne leur a pas montré ceci, dis-je, abasourdi.

Même délavé par le temps, l'effet était étonnant. On aurait dit un tableau peint en subtiles nuances de brun et de beige par un artiste de grand talent. La représentation était merveilleusement réaliste. Elle semblait avoir une profondeur et ses proportions parfaites donnaient l'impression qu'à tout moment Ieschoua ouvrirait les yeux et se lèverait, bien en vie.

Comme je le savais déjà, Ieschoua était plus petit que moi, mais de bonne carrure. Il semblait dormir, le visage parfaitement serein. De chaque côté de sa tête, ses cheveux bouclés étaient drapés jusqu'aux épaules et quelqu'un semblait les avoir peignés. Sa barbe avait été soigneusement taillée et lui conférait un air digne. Je remarquai que son nez, qui tirait nettement vers la droite, avait été cassé. Un nez de guerrier, qui avait reçu sa part de coups. Les marques laissées sur le front par la couronne d'épines étaient là. La pommette droite était très enflée, la lèvre supérieure aussi. Plusieurs endroits du visage portaient les marques des coups reçus avant la crucifixion. Ses mains, larges et puissantes, couvraient ses parties intimes, la droite par-dessus la gauche. Je pouvais voir, à ses poignets, les blessures laissées par les clous qui les avaient transpercés pour leur faire supporter le poids de tout son corps sur la croix. Ses jambes étaient allongées, les genoux l'un contre l'autre, le pied gauche posé sur le droit. Là encore, les marques de la crucifixion étaient nettes. Son côté gauche avait bien été percé par une lance. La plaie était nette et le sang qui s'en était écoulé abondamment, bien visible. J'avais reçu ma part de blessures semblables et je savais que Ieschoua avait dû se vider comme une outre trouée. Je n'avais pas l'expertise de Pernelle, mais j'avais vu assez de membres fracturés pour savoir que, comme l'affirmaient la Bible et Joseph d'Arimathie, ses jambes n'avaient pas été brisées.

L'image de dos correspondait parfaitement à celle du devant. Il s'agissait du même homme aux épaules larges et aux muscles saillants. Sur les épaules, il était facile de voir les cruelles déchirures laissées par le *patibulum*[1] qu'il avait été forcé de porter jusqu'au lieu de son supplice. Quant à son dos, il n'était qu'un tissu de lacérations entrecroisées, laissées par des coups de fouet si nombreux qu'il avait dû souffrir mille morts avant même d'être mené vers la croix.

J'ignore combien de temps je restai là à fixer l'image. Même si je savais qu'il n'était qu'un homme, j'éprouvais une profonde révérence pour celui dont on avait fait un dieu. À la vue de son visage, je n'avais aucun mal à imaginer le chef convaincant qu'il avait été. Le genre d'homme courageux et prêchant par l'exemple, que les autres auraient sans doute suivi jusqu'au bout du monde avec une totale confiance. Il n'était guère étonnant que Pilatius Pontius ait fini par se résoudre à le faire crucifier. En le dévisageant, je comprenais la grave menace qu'il avait pu représenter pour Rome en Judée. Cet homme aurait pu finir par soulever toute la province, j'en avais la conviction. Douze siècles nous séparaient, et pourtant j'aurais voulu pouvoir compter sur un soldat de cette trempe à mes côtés face aux croisés. Mieux : je lui aurais cédé ma place pour le suivre sans rechigner, certain de la victoire.

Je contemplai le suaire. L'étoffe du Juste. L'expression était revenue souvent dans mes songes. Orgueilleux, j'avais cru qu'elle s'appliquait à moi. Que je devais démontrer que j'avais assez d'étoffe pour être considéré comme juste. Et voilà qu'elle se révélait littérale. Pernelle et Guillot la déployaient devant moi. Le Juste était Ieschoua. Moi, je n'étais que le damné.

Je n'arrivais pas à détacher mon regard de Ieschoua. Il me fascinait. J'observais chaque menu détail de sa personne. Les blessures, surtout, si nombreuses et si graves. J'avais vu plusieurs soldats aguerris trépasser pour beaucoup moins. Personne

1. La partie horizontale de la croix.

ne pouvait survivre à un pareil traitement. À mesure que je réfléchissais, mon exaltation se mua en découragement, puis en amertume.

L'image que j'avais devant moi ne pouvait être que celle d'un homme mort. Toute cette quête avait été menée en vain. Toutes les souffrances que j'avais imposées aux autres. Tous ces morts. Toutes ces horreurs. Rien de cela n'avait eu le moindre sens. J'avais été manipulé, utilisé par Dieu lui-même. Ou par Satan, par pure cruauté.

— Maudit sois-tu, Métatron, fis-je pour moi-même. Tu m'as trompé. Ta Vérité n'existe pas.

Ébranlé, je reculai de quelques pas chancelants et me heurtai à Pernelle, qui tenait toujours l'extrémité du suaire. Elle me dévisagea, perplexe.

— Je te dirais bien que tu as l'air d'avoir vu un revenant, mais dans les circonstances…

— Les documents ne sont que mensonges, murmurai-je d'une voix éteinte.

— Pourquoi dis-tu cela ?

J'éclatai comme un volcan.

— Putain de Dieu, regarde-le ! Il est bien mort sur la croix ! Ça crève les yeux !

— En es-tu si sûr ?

Elle me tendit le bout du suaire qu'elle tenait et je le pris tel un automate. Je dus me faire violence pour me retenir de déchirer le maudit chiffon. Puis elle s'accroupit devant l'image et, les sourcils froncés, se mit à l'examiner.

— Dame Pernelle, s'impatienta Guillot, toujours debout sur l'autel, le suaire au bout des bras. Pour l'amour de Dieu, nous devons partir.

— Conserve ta salive pour tes oraisons, moine ! rétorqua-t-elle sans daigner le regarder. Les fondateurs ont caché ce suaire ici et je m'assurerai qu'il signifie bien ce qu'on nous en dit, que cela te plaise ou non !

Guillot se renfrogna, mais tint sa langue. Pendant de longues minutes, Pernelle s'activa, s'approchant de l'image jusqu'à presque y coller le bout du nez, suivant du doigt les membres de Ieschoua, s'attardant sur ses blessures et les taches sombres qui les environnaient, grattant le tissu avec son ongle, se reculant pour observer l'image de dos ou pour avoir une vue d'ensemble avant de s'approcher et de reprendre son manège, ponctué de « Hmmmm » et de « Oui, bien sûr ».

Je n'avais pas besoin de lui demander ce qu'elle faisait. Joseph d'Arimathie avait affirmé que ce linge était la preuve irréfutable de la survie de Ieschoua et je savais fort bien qu'elle tentait de le confirmer. Je restai coi.

Lorsqu'elle fut satisfaite, elle se retourna vers moi. Son visage était transfiguré et elle souriait.

— Homme de peu de foi, dit-elle enfin.

Elle avait ce sourire coquin que je connaissais bien. Celui qui laissait entendre qu'elle savait quelque chose que les autres ignoraient.

— Aucun doute, Gondemar. Cet homme était bien vivant.

— Comment peux-tu faire la différence entre un homme endormi et un macchabée ? demanda Ugolin.

— Ugolin a raison, renchéris-je.

— Par une foule d'indices, pour qui sait les lire.

Pernelle s'approcha du linceul et désigna les poignets.

— D'abord le sang, dit-elle. Voyez ses poignets, par exemple. Ainsi que ses pieds, son côté, son front et son dos. Autour de chaque blessure se trouve une tache foncée qui indique qu'elles ont saigné pendant que Ieschoua reposait dans le linceul, qui en a été imbibé. Vous les voyez, ici, ici, là et là ?

Ugolin, Guillot et moi hochâmes simultanément la tête sans qu'aucun de nous ne sache où elle voulait en venir.

— Les blessures aux poignets et aux pieds ont saigné après qu'on en eut retiré les clous, précisa-t-elle.

— Et alors ? demandai-je.

— Alors, Gondemar, fit patiemment mon amie, le sang est pompé par le cœur. Ne me demande pas comment. Personne ne le sait. Sans doute est-il animé par la Lumière divine. Mais ce qui est certain, c'est que le cœur d'un homme mort ne bat plus. Partant, un homme mort *ne saigne pas*. Si Ieschoua a saigné dans son linceul, c'est qu'il était en vie, tout simplement.

Sonné, l'espoir revenant en moi, je reportai mon regard vers l'image. J'avais fait couler beaucoup de sang durant ma courte vie et j'avais eu amplement l'occasion d'observer le phénomène que décrivait mon amie. Chaque fois que j'avais percé un adversaire de mon épée, il avait saigné. Mais jamais encore je n'avais vu un mort se vider de son sang.

— Continue, dis-je d'une voix étranglée.

— Dans sa lettre, Joseph d'Arimathie dit que Ieschoua a été laissé trois heures sur la croix après qu'on l'a cru mort, non ? demanda-t-elle.

— Oui, répondis-je.

— Et la Bible le confirme, ajouta pompeusement Guillot. *Et erat iam fere hora sexta, et tenebræ factæ sunt in universa terra usque in horam nonam*[1].

Pernelle jeta au moine un regard impatient et il se tut.

— Dans certaines conditions, particulièrement lorsqu'il y a eu beaucoup de souffrance avant la mort, trois heures suffisent amplement pour qu'un cadavre commence à se raidir, reprit-elle, d'un ton professoral qui me rappelait celui du père Prelou lorsqu'il m'enseignait l'écriture, le calcul et la Bible. Ne me demande pas comment, cela non plus, je ne saurais le dire. Mais c'est un fait bien connu. Il se fige alors dans la position où il se trouve et on n'arrive pas à le déplier sans lui casser les os ou lui démettre les articulations.

Elle posa la main sur l'image de Ieschoua et la laissa lentement glisser le long de ses bras, puis de ses jambes.

1. Il était déjà environ la sixième heure, et il y eut des ténèbres sur toute la terre, jusqu'à la neuvième heure. Luc 23,44.

— Or, regarde-le. Il a l'air paisible et ne donne aucun signe de cette *rigor mortis*[1]. Ses mains sont simplement déposées l'une sur l'autre. Ses bras ne semblent pas vouloir reprendre la posture qu'ils avaient sur la croix. Ses jambes sont droites, alors qu'elles seraient pliées aux genoux s'il était mort crucifié. On n'y sent pas de résistance et, de toute évidence, aucun membre n'a été rompu ou disloqué pour être mis dans cette position.

Elle revint vers moi et vrilla ses yeux dans les miens.

— Gondemar, dit-elle, la voix tremblante d'émotion et les yeux mouillés, cette image est celle d'un homme dont le cœur battait et dont le sang circulait dans les veines. Il avait été malementé, certes. Il était gravement blessé et inconscient, mais *bien vivant*.

Saisie d'une passion que je ne lui avais jamais connue, elle prit mon visage entre ses mains.

— Joseph d'Arimathie disait vrai ! Tout ce que je viens de te décrire, il le savait. Jamais il n'y aura preuve plus parfaite de la Vérité que ce linceul ! Il démontre hors de tout doute que le mythe de la Résurrection est une fausseté.

Aux prises avec une excitation débordante, elle se mit à marcher frénétiquement de long en large, oubliant l'austérité exigée par son statut pour gesticuler comme une démente.

— L'Église chrétienne se plaît à accuser les Juifs d'avoir tué le Fils de Dieu. Elle utilise ce prétexte pour les persécuter à la première occasion, les chasser et leur prendre tout ce qu'ils possèdent. Mais puisque personne n'est mort, ils sont innocents ! déclara-t-elle à Guillot, toujours juché sur l'autel, l'extrémité du suaire entre ses mains tendues.

Le moine la regarda se démener et sembla se demander si un exorcisme ne serait pas de mise.

— Par la simple image sur ce linceul, tout ce qui justifie le pouvoir du pape sur autrui tombe en poussière !

1. Rigidité de la mort.

Elle s'immobilisa devant Ugolin, lui empoigna le visage et planta un gros baiser bruyant sur chacune de ses joues. Médusé, le géant rougit.

— Les cathares sont sauvés, lui dit-elle avec ferveur en secouant énergiquement ses immenses épaules. Tu te rends compte, Ugolin ? Avec ce suaire et tous les documents que nous possédons désormais, la supercherie tire à sa fin. Dès qu'ils seront connus, le pape sera démasqué. La croisade s'essoufflera d'elle-même. Bientôt, une seule foi unira tous les hommes. La Lumière divine brillera enfin sur la Création.

Petit à petit, à mesure que le Minervois réalisait la portée de notre découverte, un sourire béat se formait sur ses lèvres et éclairait son visage. Guillot, lui, se signa de nouveau.

En voyant Pernelle prise d'une si grande agitation, je compris que, pour elle, et sans doute pour tous les autres membres des Neuf de Montségur, la raison d'être de la Vérité était le triomphe de la foi cathare. À leurs yeux, sa révélation allait de soi et devait se produire le plus rapidement possible. Après la persécution devait forcément venir la légitimation. La victoire ultime.

Je fus soudain assailli par des sentiments contradictoires. Je ressentais bien une profonde et sincère allégresse. Car j'en étais venu à m'identifier tout entier à cette cause. *Tu devras protéger la Vérité et l'empêcher d'être détruite par ses ennemis jusqu'au moment où l'humanité sera prête à la recevoir*, m'avait affirmé Métatron lors de mon passage en enfer. J'avais souhaité réussir pour moi-même, pour le salut de mon âme, mais aussi pour les Neuf et les cathares, qui méritaient ma loyauté. Et malgré les obstacles, les risques et les souffrances, contre toute attente, j'y étais parvenu. J'avais maintenant retrouvé les deux parts. Il ne me restait qu'à emporter la seconde à Montségur pour la réunir à la première. Tout serait-il terminé ensuite ? Sans doute pas. Je devrais certainement trouver une façon d'assurer l'entière sécurité des documents et du suaire. Peut-être faudrait-il les déplacer ailleurs. Peut-être pas. J'en discuterais avec Esclarmonde, Eudes et Véran. Leur opinion m'importait. Au bout du compte, toutefois, la décision serait la mienne.

Et ensuite? Une fois la Vérité complète et bien protégée, qu'adviendrait-il du damné que j'étais? Je comparaîtrais devant Dieu pour subir son jugement. Mais jamais il ne m'avait donné la moindre assurance de salut. L'archange avait été très clair à ce sujet: *Dieu ne t'offre qu'une chance de rédemption. Il ne te donne aucune garantie, sinon celle de reconsidérer ton sort si telle est sa volonté. Mais tu aurais au moins une chance alors que, présentement, tu n'en as aucune*. Une chance… C'était peu, mais tout de même mieux qu'aucune. Je ne voyais pas comment je pouvais faire plus. J'avais bravé tant de dangers pour parvenir à ce simple instant. En avais-je assez fait pour sauver mon âme?

Je souhaitais par-dessus tout que Dieu m'accorde la grâce de vivre, ne fût-ce que quelques années, auprès de ma douce Cécile. Un peu de bonheur, loin de la violence et des armes. Peut-être un ou deux enfants. Quelques terres. Je ne voulais rien de plus. J'étais prêt à tout pour mériter sa clémence. S'il le fallait, je reprendrais cette quête à zéro. Je ne demandais qu'une chose: qu'au bout de mon *via crucis*[1] m'attendent les bras accueillants de la demoiselle de Foix. Jamais, depuis ma résurrection, je n'éprouvai davantage le besoin de prier, de supplier, d'implorer. Mais je ne le fis pas. Je n'en avais toujours pas le droit. Il ne me restait qu'à retourner à Montségur, à attendre et à espérer.

Guillot mit brusquement un terme à mes introspections.

— Le suaire ne servira à rien si nous ne le sortons pas d'ici, déclara-t-il en descendant avec moult efforts de l'autel où il l'avait déposé.

Il fit mine de saisir l'étoffe pour la plier et la remettre dans son enveloppe. Sans trop savoir pourquoi, je franchis les trois pas qui nous séparaient, empoignai son bras, mes doigts s'enfonçant dans la chair molle, et le repoussai brusquement.

1. Chemin de croix.

— Je suis le *Lucifer*, crachai-je, les dents serrées. Il me revient de prendre charge de la Vérité.

— Fort bien, fort bien, répliqua-t-il en massant son bras douloureux. Ne prends pas la mouche, mon ami.

Le regard que je lui adressai suffit à le faire reculer de quelques pas. Avec révérence, je ramassai le linceul et le tendis une dernière fois devant les torches pour admirer le visage qui s'y trouvait. Ieschoua avait l'air si tranquille. Je l'enviais. Lorsqu'il y avait reposé, il n'avait pas soupçonné qu'on érigerait une monumentale supercherie sur sa vie. Il avait seulement fait ce qu'il croyait devoir faire et seule la loyauté de ses disciples l'avait sauvé. J'avais la conviction qu'il ne leur avait pas demandé de courir ce risque pour lui. Cet homme avait su vivre et je ne doutais pas qu'il avait affronté la mort avec courage, les yeux bien ouverts. Je me demandais ce qu'il pouvait bien penser de toute cette histoire, là où il se trouvait. Une pensée me vint soudain.

— Pernelle ? fis-je.

— Quoi ? demanda-t-elle en s'approchant sur ma droite.

Je désignai le visage endormi.

— Les cathares ont la certitude que nous vivons tous des incarnations multiples. Tu crois qu'il s'est réincarné, lui aussi ?

— Je ne sais pas, répondit-elle après avoir réfléchi. Il était un mage, certes, mais aussi un guerrier. Il a relevé des défunts d'entre les morts et guéri des malades, mais il avait sans doute beaucoup de sang sur les mains. Dieu aura jugé ses contradictions en conséquence, je suppose.

Avec le plus grand respect, je repliai le suaire, soucieux de ne pas endommager un objet si ancien et si important, pour lequel tant de sang avait été versé et qui constituait la preuve tangible et précieuse d'un mensonge millénaire. Puis je le remis dans le sac de cuir. Je roulai ensuite les deux parchemins avec le même soin et ramassai la note du frère Baroche. Je replaçai le tout dans le tube, que je rebouchai.

Partons, dis-je. Et soyez prudents.

Nous nous mîmes en route dans la cathédrale, l'un derrière l'autre. Nous laissâmes la chapelle pleinement éclairée. Il était probable que plus personne n'y viendrait jamais et il était futile de ménager les torches. Elles se consumeraient. La Lumière quittait cet endroit et il était juste que les Ténèbres s'y installent pour l'éternité.

Comme nous connaissions tous les pièges qui ponctuaient le parcours, notre retour jusqu'au fond du puits fut prudent, mais dénué d'événements. Pendant les quelques minutes de trajet, personne ne dit mot. Nous étions tous rentrés en nous-mêmes, chacun contemplant sans doute la suite des choses comme il l'entrevoyait.

Lorsque nous arrivâmes dans la pièce rectangulaire qui formait le fond du puits, tout en haut, le jour commençait à poindre. Le ciel, que je pouvais apercevoir dans l'ouverture circulaire, n'était déjà plus tout à fait noir et les étoiles y pâlissaient.

— Si nous ne voulons pas passer la journée ici, nous ferions mieux de nous hâter, remarqua Ugolin.

— Tu as raison. Monte en dernier et assure-toi que Pernelle ne perde pas pied.

— Entendu.

Le géant saisit l'anneau et, bandant ses muscles, tira dessus pour refermer la lourde porte de pierre. Puis il le fit pivoter vers la droite. Jusqu'à nouvel ordre, peut-être pour toujours, la cathédrale souterraine, taillée à même le roc par des hommes de grande conviction, resterait scellée.

Je glissai dans mon ceinturon l'enveloppe de cuir contenant le suaire et le tube renfermant les parchemins. Puis je saisis le premier barreau de l'échelle dans ma main saine. Même si j'avais peur de ce qui suivrait, ma tâche devait être menée à terme. En temps et lieu, je ferais face aux conséquences. J'hésitai encore un instant puis me décidai à monter.

L'enthousiasme étant plus fort que la fatigue, le voyage de retour fut beaucoup plus rapide et, en quelques minutes, j'émergeai sur la margelle. En me voyant surgir, Pierrepont et Jaume sursautèrent comme des enfants auxquels un mauvais plaisant aurait fait peur.

— Tu aurais pu avertir, me reprocha le templier. Un peu plus et je me retrouvais pâmé comme une jouvencelle effrayée.

— Désolé, dis-je avec mon plus beau sourire. La prochaine fois que je remonterai des entrailles de la terre, je prendrai soin d'envoyer un messager.

J'enjambai le rebord du puits et vis le regard de sire Alain se poser sur ce que je transportais. Son visage devint grave.

— Alors? demanda-t-il en ravalant sa salive avec anxiété.

— Nous avons trouvé la seconde part, l'informai-je triomphalement en retirant l'enveloppe et le tube de mon ceinturon.

— Dieu soit loué, chuchota-t-il en fermant les yeux.

Dès que je fus dehors, Guillot apparut, soufflant comme un bœuf et le visage luisant de sueur. Pierrepont lui tendit la main et l'aida à s'extraire du puits. Maladroit, le moine perdit l'équilibre en franchissant la margelle et s'affala de tout son long par terre, sa bure remontée dévoilant un postérieur aussi rebondi que le reste de sa personne. En des circonstances moins solennelles, la chose m'aurait fait rire. J'aurais peut-être même passé un commentaire sur le fait que cette posture était, disait-on, familière aux moines dont le vœu de chasteté ne semblait pas s'étendre aux attouchements contre nature. Je me contentai de sourire.

Puis vint Pernelle, qui refusa dignement l'aide de Jaume et s'extirpa par ses propres moyens pour venir me retrouver. Lorsque Ugolin fut sorti, le ciel prenait une teinte de plus en plus bleutée. Déjà, la muraille et le donjon de la cour intérieure commençaient à être visibles et, sous peu, Gisors reprendrait vie. La première chose que feraient plusieurs soldats serait de venir puiser de l'eau.

— Dépêchons-nous, dis-je en scrutant nerveusement les environs. Ugolin, fais revenir l'eau.

Le Minervois empoigna l'anneau de fer et le fit pivoter un quart de tour sur la droite. La terre vibra sous nos pieds. Un bruit de cataracte retentit et l'eau se mit à monter dans le puits.

En moins d'une minute, elle atteignit son niveau habituel, comme si rien ne s'était jamais produit. Avec l'aide de Jaume, il replaça ensuite la pierre sur la margelle.

— Dès ce matin, j'enverrai un maçon remettre du mortier, déclara Pierrepont.

— Il va se demander ce qui a bien pu arriver, remarquai-je.

— Je lui dirai que j'ai noté qu'elle était descellée.

— Et s'il pose trop des questions ? s'enquit Jaume.

— Maintenant que nous connaissons l'existence de la fosse du temple, cela ne devrait pas poser trop de problèmes.

Le *Magister* de Gisors tendit la main vers l'enveloppe de cuir et le tube.

— Montre, dit-il anxieusement.

— Pas ici, rétorquai-je en les serrant contre ma poitrine. Retournons dans le temple. Nous pourrons informer tous les frères d'un seul coup.

Pierrepont parut contrarié, mais il se maîtrisa.

— Bon, ronchonna-t-il, si tu préfères. Allons-y au plus vite, alors. J'ai attendu quinze ans pour prendre connaissance de ces documents. Je suppose que je peux bien attendre quelques minutes de plus.

Nous nous mîmes en marche et quittâmes en silence la cour intérieure, laissant derrière nous ce qui, pour les générations qui suivraient, ne serait jamais qu'un puits rempli d'eau fraîche.

Dans le temple, sous la Tour du Prisonnier, l'atmosphère était épaisse et tendue. Lorsque nous y pénétrâmes, nous trouvâmes Lambert de Thury, Jehan de Gisors, Guiburge et les autres soldats assis en silence. En nous voyant, ils s'avancèrent dans leur siège et consultèrent Pierrepont du regard. L'attitude de leur *Magister* dut les rassurer car je les vis se détendre imperceptiblement. Certains sourirent et je perçus quelques soupirs de soulagement mal contenus.

Pierrepont traversa la pièce à grands pas et prit place dans son fauteuil. Ugolin, Guillot, Pernelle, Jaume et moi en fîmes autant.

— Frère Thury, quelle est l'heure ? demanda Pierrepont.

Thury bondit aussitôt sur ses pieds et posa la main sur son cœur.

— L'heure pour ce conseil de reprendre ses travaux, *Magister*, répondit-il.

— Puisqu'il en est ainsi, avise l'assemblée.

— Mes frères et sœurs, s'écria Lambert, notre *Magister* est de retour et, par son ordre, ce conseil reprend maintenant ses travaux !

Une fois encore, Pierrepont marqua l'ordre donné d'un coup de maillet. Cette formalité expédiée, il entra dans le vif du sujet.

— Mes frères et sœurs, déclara-t-il, un large sourire traversant son visage, la seconde part est retrouvée !

Compréhensif, il accorda un moment aux autres pour exprimer leur joie. Le brouhaha cessa de lui-même.

— Sire Gondemar, poursuivit-il d'un ton à la fois amusé et impatient, *Lucifer* ou pas, je crois qu'il est plus que temps que tu rapportes les événements au reste de l'Ordre des Neuf de Gisors. Après tout, il attend depuis 1187.

— Avec plaisir, *Magister*, dis-je.

Pour ce que j'en savais, le *Lucifer* était souverain en matière de Vérité, mais il était hors de question que je prive les Neuf de ce qu'ils souhaitaient tout naturellement apprendre. Ils avaient fait preuve d'une fidélité et d'une patience remarquables. En outre, je l'avoue, j'avais hâte de relater ce que nous avions découvert sous terre. Sans plus attendre, je me levai donc et fis signe à Pernelle de m'accompagner. Ensemble, nous nous rendîmes près de l'autel, au centre du temple. Guillot, sans doute convaincu qu'il méritait de partager notre gloire, fit mine de se mettre debout, mais un regard sombre de mon amie lui fit comprendre que sa contribution n'était pas requise. Il s'immobilisa à mi-chemin et, l'air renfrogné, reposa son considérable séant sur son fauteuil.

— Mes frères, dis-je sans préambule, la seconde part de la Vérité est de retour dans le temple.

Je relatai notre descente dans le puits, la façon dont nous étions entrés dans la cathédrale. Puis je décrivis de mon mieux les colonnes, les arcs, les voûtes, les bas-reliefs, les fausses fenêtres, essayant de donner une idée juste de ce lieu magnifique, même si mes mots n'y suffisaient pas. J'expliquai les pièges qu'il recelait, et que nous n'avions évité que grâce à la science et à l'intelligence de Pernelle. J'insistai avec force détails sur les statues des saints et les fosses remplies de vitriol.

— N'oublie pas l'abnégation de Guillot, m'interrompit mon amie avec un sourire entendu. S'il n'avait pas si généreusement sacrifié ses sandales pour se chauffer la plante des pieds, nous ne serions pas là pour raconter nos aventures ! Et puis, il faut bien l'admettre, il n'est pas tout à fait bête non plus.

Le visage du moine devint cramoisi lorsque les autres, avisant ses pieds nus, s'esclaffèrent de bon cœur. Il jeta un regard noir à mon amie, qui gloussa de plaisir.

Mon récit aboutit à l'autel sis dans le chœur, et à la statue de Ieschoua, surmontée d'un crucifix inversé. Lorsque vint le temps de raconter la découverte de la cassette, j'expliquai comment Pernelle avait réussi à comprendre le mécanisme qui l'avait fermée et à déjouer le piège qu'elle contenait. Puis je brandis l'enveloppe en cuir et le tube.

— Elle renfermait ceci, dis-je.

Je sortis les documents et fis d'abord lecture de la note laissée dans la cassette par Baroche.

— Nos soupçons se confirment, alors, dit le vieux Gisors, abasourdi. Il a bel et bien déposé les documents dans la cathédrale dont tu parles avant de revenir dans le temple pour se jeter dans la fosse et y mourir. Cet homme avait plus de courage que moi !

Guillot se racla la gorge pour attirer notre attention.

— *Sinon, que le temple et les mots sacrés lui servent de refuge dans l'ombre du roi*, récita-t-il, perplexe. Que voulait-il dire par là ?

En relisant la note, la même question m'avait traversé la cervelle, moi aussi, mais je n'avais aucune réponse à offrir. Et puis, nous détenions la Vérité. Le reste était sans importance.

— Par le cul du diable, moine ! s'exclama Thury, en colère. Faut-il vraiment que tu tombes dans tes ennuyeuses arguties alors que nous avons enfin la Vérité en mains ? Tais-toi ou je te fais manger page par page chacun de tes précieux livres !

— Tais-toi... Tais-toi... Personne ne respecte le pauvre moine. Pourtant, sans ma science, nous serions encore ici à nous arracher les cheveux, maugréa Guillot avant de s'enfermer une fois de plus dans un silence boudeur.

Je déposai la lettre de Baroche sur l'autel et déroulai celle que Joseph d'Arimathie avait adressée à son compagnon Thaddée, plus de mille ans auparavant. Je mis la version originale en araméen sur l'autel et entamai la lecture de la traduction qu'un copiste inconnu avait réalisée voilà longtemps. Je n'avais franchi que les premières lignes lorsque le vieux Jehan se leva péniblement, traversa le temple d'un pas hésitant pour venir me rejoindre et tendit deux mains à la peau translucide et couverte de taches de vieillesse vers le parchemin. Je m'interrompis et le fixai.

— J'aimerais les toucher, implora-t-il.

Je lui remis les papiers, qu'il accueillit avec un respect infini pour les scruter. Puis, avec la même prudence, il inspecta les originaux en araméen.

— Par Dieu, murmura-t-il, profondément ému. Ce sont bien eux. Je les ai lus, jadis, lorsque je n'étais encore qu'un jeune membre des Neuf. Baroche se tenait là où tu es à présent. J'avais perdu espoir de les revoir de mon vivant. Grâce à toi et aux tiens, Gondemar, c'est fait. Je mourrai l'esprit tranquille.

Il leva vers moi des yeux mouillés de larmes et me rendit le document.

— Sire Jehan, intervint Pierrepont en masquant de son mieux son impatience, chacun de nous aimerait prendre connaissance de ces documents. Si tu veux bien regagner ta place...

— Tu as rendu un vieil homme heureux, me dit-il, les yeux humides, avant de retourner à son fauteuil.

Je repris ma lecture, contrôlant mon empressement pour que chacun puisse bien mesurer la portée des mots. À plusieurs reprises, je fis une pause pour leur permettre de digérer les propos. Sur leurs visages, je pus lire un grand soulagement, mais aussi de la satisfaction. Quand j'eus terminé, je replaçai le document avec les autres. Autour de moi régnait un silence de tombe. Tous les regards étaient posés sur l'enveloppe de cuir.

— Et ceci ? finit par demander Pierrepont. Ne nous fais pas languir, Gondemar.

Je pris le paquet et le leur montrai.

— Mes frères, les documents que l'Ordre conserve depuis 1187 à Gisors et depuis peu à Montségur ne sont qu'un hors-d'œuvre, déclarai-je. La Vérité, la seule qui importe vraiment, est contenue dans ce paquet.

— Tu veux dire qu'il y a… autre chose que des documents ? s'exclama Gisors.

— Il y a mille fois mieux, mon ami ! m'exclamai-je. Il est impossible d'avoir l'assurance qu'une simple lettre est authentique. N'importe qui peut l'avoir écrite et prétendre y dire le vrai. Sans preuve matérielle, les mots ne seront toujours que des mots. Et c'est précisément cela qu'ont retrouvé les fondateurs du temple : une démonstration irréfutable. C'est pour cette raison qu'ils se sont assurés que la seconde part serait cachée dans un endroit que personne ne connaîtrait. Désormais, le doute n'est plus permis.

Je fis un signe de la tête à Pernelle, et ensemble nous sortîmes le linceul de son enveloppe.

— Ugolin, peux-tu nous faire de la lumière ? demandai-je.

Le Minervois se leva et fit le tour du temple pour y ramasser quelques torches, qu'il revint brandir devant l'autel. Satisfait, je dépliai l'étoffe avec mon amie et, ensemble, nous la tendîmes devant les flammes pour l'exhiber sur toute sa longueur. Un murmure de stupéfaction traversa de nouveau le temple.

— Est-ce… Jésus ? balbutia Gisors, les lèvres tremblantes.

— C'est Ieschoua, le chef de guerre sur lequel l'Église a érigé son mensonge, le corrigea gravement Pernelle.

— L'image est fort belle, dit Pierrepont après un moment, et émouvante aussi, j'en conviens. Mais à quoi peut-elle nous servir ? Expliquez-vous, que diable !

— Je laisse ce soin à dame Pernelle, dis-je.

Je vis un éclair de fierté traverser les yeux de mon amie, avant qu'elle ne reprenne la contenance austère et modeste d'une Parfaite. Sans attendre, elle se lança dans la relation de ce qu'elle nous avait déjà dit dans les profondeurs de la terre. À mesure qu'elle progressait, détaillant les blessures de Ieschoua et le sens qu'elle leur attribuait, interprétant sa posture et son absence de raideur, je vis les visages autour du temple devenir de plus en plus graves.

Un à un, les Neuf se levèrent et s'approchèrent pour palper craintivement et respectueusement le linge millénaire.

— Jésus… murmura sire Jehan, un sanglot dans la voix.

— N'oublie pas qu'il n'était qu'un homme, lui rappela Pernelle. Point de Fils de Dieu sur ce linge.

— Peut-être, mais c'est lui. Mille ans nous séparent, et pourtant je le vois de mes yeux. Cela tient du miracle.

Lorsque Pernelle eut achevé son explication, Pierrepont considéra longuement le suaire, traçant le contour du visage de Ieschoua avec son index.

— C'est… presque inconcevable, finit-il par déclarer d'une voix étranglée. Une image du Christ bien vivant après son supplice. Si je ne le voyais pas, jamais je n'accepterais de le croire.

Il fit un effort perceptible pour arracher son regard du suaire et se retourna vers Pernelle.

— Tu es absolument certaine de tout ce que tu viens de dire, bonne dame ?

— Autant que de la couleur du ciel, répliqua-t-elle. Ce que je viens de dire, Joseph d'Arimathie le savait déjà et il s'est assuré que la Vérité ne soit pas oubliée.

— Il n'y a aucune erreur possible ? insista Pierrepont.

— *Errare humanum est*[1], évidemment, mais si je n'étais point cathare, j'en ferais le serment.

Songeur, Pierrepont hocha la tête, une moue sur les lèvres.

— Bien, alors tout est accompli. Finissons-en.

Il fit un petit signe de la tête à Thury. Les membres des Neuf de Gisors semblaient n'attendre que son signal. À l'unisson, ils tirèrent leur épée et nous encerclèrent. Avant de pouvoir réagir, Pernelle, Ugolin, Jaume et moi-même nous retrouvâmes avec une lame sur la gorge, stupéfaits. Guiburge, qui retenait fermement Pernelle, en parut particulièrement heureuse.

— Désarmez-les, ordonna calmement le *Magister*.

Déconcerté, je ne songeai même pas à réagir. On me prit Memento et ma dague. Ugolin et Jaume furent pareillement dépouillés.

— Que signifie ? m'écriai-je enfin, outré.

Pierrepont m'adressa le regard le plus froid que j'avais jamais vu. Un regard sans âme.

— Que toute cette comédie est enfin terminée, répondit-il.

---

1. L'erreur est humaine.

CHAPITRE 21

Ultimatum

J'avais été abusé et je n'avais rien vu venir. Sans comprendre les tenants et aboutissants de la situation, j'eus la seule réaction qui m'était naturelle : tuer. On venait de me dépouiller de Memento et de ma dague, mais ironiquement il me restait encore ma senestre infirme. Avant qu'on me les enlève, je fis émerger les lames sur mes jointures d'un geste sec, saisis le bras du soldat qui me retenait pour éloigner son arme de ma gorge, fit pivoter mon torse de côté et les lui enfonçai dans le ventre. Il grogna de surprise et s'écroula, son sang inondant le carrelage.

La colère me faisant perdre toute raison, j'allais me lancer à corps perdu dans une bataille sans le moindre espoir de survie, lorsque je remarquai qu'Ugolin et Jaume ne bougeaient pas. Ils regardaient fixement vers le côté sud de la pièce. La voix de Guiburge, froide et tranchante comme du métal, me fournit l'explication de leur attitude.

— Un pas de plus et je lui taille un deuxième sourire.

Je la vis qui pressait la pointe acérée de son stylet sur la gorge de Pernelle, assez fort pour qu'une goutte de sang perle sur la peau blanche de mon amie. L'expression déterminée des deux femmes me confirma que la situation était sérieuse : Guiburge n'hésiterait pas à concrétiser sa menace et Pernelle ne craignait pas la mort. Il n'en tenait qu'à moi de poursuivre. J'en fus incapable. À cause de moi, on avait brutalisé et violé ma tendre amie plus d'une fois. Malgré mes promesses solennelles, j'avais été impuissant à le prévenir. Cette fois, j'en avais le pouvoir, au moins provisoirement. On devrait d'abord enjamber mon cadavre avant de la violenter à nouveau. Bertrand m'avait répété mille fois que, pour espérer vaincre, je devais connaître mon adversaire mieux que moi-même et savoir choisir mes combats. Il me fallait tempérer ma nature, garder la tête froide et comprendre ce qui se passait. Peut-être découvrirais-je une porte de sortie.

Résigné, je baissai les bras sans jamais quitter Pierrepont des yeux.

— Lambert, retire-lui ce petit jouet, fit-il, sans le moindre égard pour l'homme que je venais d'occire.

Thury s'approcha de moi et m'empoigna la senestre. J'aurais pu l'embrocher sur-le-champ et il en était conscient, mais Guiburge tenait toujours Pernelle au bout de son arme. Rigide de colère, je le laissai donc faire. Ne parvenant pas à me retirer le gant étroit que la sueur collait à ma peau meurtrie, il finit par perdre patience et le découper avec sa dague. Puis il l'arracha sèchement. Après avoir tâtonné quelques instants, il réussit à détacher le mécanisme de mon poignet. Lorsque ce fut fait, il le considéra en le retournant dans ses mains.

— Ingénieux, fit-il.

Il le passa à Pierrepont, qui l'admira à son tour avant de le poser sur l'autel.

— Attache-les, ordonna-t-il.

Lambert se rendit derrière son fauteuil et en rapporta des câbles. Méthodiquement, il replia cruellement les bras de Jaume derrière son dos et lui lia les poignets. Il fit ensuite de même pour moi. Pernelle ne fut pas exemptée et j'eus la distincte impression que Thury prenait plaisir à serrer ses liens assez fort pour lui tirer un rictus de douleur. Lorsque vint le tour d'Ugolin, il fut interrompu par Pierrepont.

— À double tour pour celui-là.

Réduit à l'impuissance, je me maudissais intérieurement de ne pas avoir suivi ma première idée. J'avais eu le sentiment que les Neuf de Gisors avaient pu trahir la cause de la Vérité, mais les événements s'étaient enchaînés et avaient émoussé ma méfiance. Je m'étais retrouvé dans le temple au milieu d'eux et ils avaient fini par me convaincre de leur sincérité. Avec leur aide, j'avais cherché la seconde part. L'un d'eux nous avait même accompagnés dans la cathédrale secrète et sa contribution à notre succès avait été importante. Ils avaient tous joué la comédie. Leur unique but avait été de retrouver la Vérité pour s'en emparer. Simon de Montfort et Arnaud Amaury étaient sans doute derrière tout cela. Et j'étais tombé dans le panneau comme le dernier des imbéciles. La situation semblait sans issue.

Lorsque nous fûmes tous attachés, on nous força à nous agenouiller sur le dallage en damier, en ligne à côté de l'autel.

— Comment as-tu pu trahir ainsi, toi, un *Magister*? proférai-je, la furie tendant les nerfs de mon cou comme des câbles de navire. N'as-tu donc aucun honneur? Tu as juré sur ta vie de protéger la Vérité!

— Moi? ricana Pierrepont. Mais je n'ai rien juré du tout, mon ami. Dieu m'en préserve! Pour cela, il aurait d'abord fallu que j'appartienne à votre petit Ordre.

Je restai là, médusé. Comment pouvait-il prétendre ne pas être des Neuf alors qu'il en connaissait parfaitement l'histoire, les rituels et les usages? Pire encore, il avait su, avant même de les lire, ce que contenaient les documents retrouvés dans la chapelle. Il n'avait ignoré que l'existence du suaire, comme chacun de nous.

Il s'approcha de moi, le sourire aux lèvres.

— Jouons aux devinettes, Gondemar, ricana-t-il. Tu veux bien?

D'un grand geste, il désigna les autres traîtres.

— Hormis toi-même, dame Pernelle, Ugolin et Jaume, une seule personne dans ce temple fait réellement partie des

Neuf. Peux-tu trouver laquelle ? Thury, Guiburge, Jehan ou Guillot ?

Malgré l'humiliation que cela me causait, je ne pus résister à l'envie de les dévisager à tour de rôle en repassant ce que je savais d'eux. Guiburge ne tenait la taverne que depuis peu. Un des soldats s'en était plaint lorsqu'elle avait mis ses clients dehors avant de me fondre dessus. Sa présence récente l'éliminait d'emblée. Dans la cathédrale souterraine, Guillot s'était souvent signé. Ce que j'avais cru attribuable à un reliquat d'une chrétienté encore mal oubliée n'avait été que le réflexe d'un prêtre qui professait toujours la foi des croisés. Et puis, ne faisait-il pas brûler ceux qui ne partageaient pas ses vues religieuses ? Seuls les vrais chrétiens faisaient une telle chose.

Restaient Thury et Jehan. Je savais que, jusqu'à tout récemment, Lambert avait été aux côtés de Montfort dans le Sud, alors que l'autre était seigneur de Gisors depuis trente ans. Jehan avait été témoin de la visite du frère Baroche. Et lui seul avait été ému au point de vouloir tenir dans ses mains la lettre de Joseph d'Arimathie. Mon regard accusateur se fixa sur le vieil homme et, s'il avait été d'acier, il l'aurait transpercé mille fois.

— Sale traître ! m'écriai-je. À combien as-tu établi le prix de ton âme ?

Mal à l'aise, il fit une grimace qui lui chiffonna le visage puis se mordilla les lèvres. Dans son attitude, je crus lire du regret. Mais ses yeux, eux, ne trahissaient que le froid calcul d'un seigneur aguerri aux choses politiques.

— J'ai vécu longtemps, Gondemar, finit-il par dire d'une voix éteinte. Trop longtemps. Les années émoussent les beaux principes comme elles le font du tranchant d'une lame que l'on n'entretient pas. Un vieil homme en arrive toujours à comprendre que le nerf de la guerre se trouve dans le compromis, pas dans le combat. La survie exige des choix difficiles.

Il laissa errer dans le temple un regard chargé de nostalgie.

— J'ai été reçu dans l'Ordre des Neuf alors que j'étais encore un jeune homme, comme d'autres Gisors avant moi. De toute mon âme, j'ai cru à sa cause, dit-il. Longtemps, j'ai été fidèle, même si je ne comprenais pas pourquoi on nous imposait cette posture un peu ridicule. Avec mes frères et mes sœurs, j'ai veillé sur ce temple sans savoir où se trouvait la seconde part, comme on nous l'avait ordonné. J'ai attendu que quelqu'un vienne un jour prendre charge des documents que Baroche avait cachés. Et attendu, et attendu encore.

— Jusqu'au jour où on t'a offert mieux, crachai-je.

— Disons que, petit à petit, j'ai perdu la foi. Ne me demande pas comment, mais Arnaud Amaury a appris que la seconde part se trouvait à Gisors. Voilà environ deux ans, un de ses messagers m'a remis une proposition de sa part. Non seulement étais-je mûr pour la prendre en considération, mais je n'étais pas en position de la refuser. Il exigeait que je lui remette les documents, faute de quoi le roi Philippe me déposséderait de mes terres. Au début, j'ai cru qu'il s'agissait d'une simple bravade. Puis j'ai fait quelques vérifications discrètes et, effectivement, tout était arrangé. Le décret n'attendait plus que la signature de Sa Majesté.

Il haussa ses maigres épaules dans un geste d'impuissance.

— Que pouvais-je faire? Gisors appartient à ma famille depuis des générations. Je n'allais pas être celui qui perdrait notre fief. Je n'en avais pas le droit!

Il ponctua cette affirmation d'un coup de paume coléreux sur le bras de son fauteuil avant de poursuivre.

— Au bout du compte, reprit-il, dans le monde qui est le nôtre, un tien vaut toujours mieux que deux tu l'auras. Alors j'ai accepté. Pour l'honneur de mon nom, mais aussi par cupidité. À mon âge, je ne pouvais pas m'imaginer passer du jour au lendemain de seigneur à manant. Toutefois, comme tu le sais, même en trahissant l'Ordre, il m'était impossible de donner ce que je n'avais pas. Cette seconde part, il fallait d'abord la trouver. Les pourparlers avec Amaury et Montfort ont été longs. J'ai cherché comme un fou. J'ai retourné toute la forteresse. Je n'ai rien trouvé. Amaury a même envoyé ses propres hommes, sans plus de succès. Parmi eux se trouvait l'abbé Guillot.

— Si j'avais su ce qu'avait dit le *Cancellarius Maximus*, j'aurais trouvé! intervint pompeusement le gros moine, le doigt en l'air. Il ne me manquait que cela!

— Monseigneur le légat s'est donc rendu à l'évidence et un nouveau plan a été élaboré: prendre possession de l'Ordre, en espérant qu'un jour quelqu'un nous révélerait l'emplacement de la Vérité.

Le vieil homme se tut et son regard se perdit quelque part, très loin, probablement dans un passé où il était encore un homme honorable. J'aurais voulu lui tenir rigueur de ses actes, mais l'ancien seigneur en moi comprenait qu'il ait agi tant par calcul politique que pour préserver son nom et ses terres.

Ce que je venais d'entendre me confirmait par contre ma pire crainte: je ne pouvais pas suffire à la tâche et combattre sur deux fronts en même temps. Depuis le début de ma quête, Amaury et Montfort avaient été actifs dans le Nord comme dans le Sud. Alors même qu'ils tentaient de s'emparer de la première part entre Quéribus et Montségur, et que Raynal contribuait à leurs basses œuvres au cœur même de l'Ordre, ils avaient mis au point un plan parallèle concernant l'autre part. Ils n'étaient pas que des brutes sanguinaires. Ils savaient aussi planifier et être patients. Ils avaient été plus fins que moi.

Visiblement content de lui-même, Pierrepont reprit le récit là où Jehan l'avait laissé.

— Le plus difficile a été d'éliminer discrètement les membres de l'Ordre, dit-il. Ceux qui ne faisaient que passer par Gisors de temps à autre ont simplement « cessé de s'y rendre ». Ceux qui y vivaient en permanence ont « disparu » ou sont morts de leur belle mort, un peu aidés par le poison. Comme l'existence des Neuf était secrète, il a suffi, par la suite, de prendre leur place. Sire Jehan nous a enseigné les us et coutumes de l'Ordre pour que nous puissions jouer notre petite comédie. Puis nous avons attendu que tu découvres le chemin vers Gisors. La suite des choses, tu la connais. Tu as retrouvé pour nous ce qui était perdu.

Pierrepont prit le suaire et l'examina encore.

— Nous attendions des documents et nous voilà plutôt avec une étoffe. Qui l'eût cru ? ricana-t-il en secouant lentement la tête, l'air émerveillé. La preuve que Jésus n'est pas mort sur la croix. Je peux comprendre que Sa Sainteté Innocent ne désire pas que son existence devienne publique. Cette histoire n'a de cesse de m'étonner. Heureusement, tout sera bientôt fini. Sous peu, le torchon et les papiers ne seront plus que cendres. La foi sera préservée, comme il se doit.

Les paroles de Raynal, alors qu'il m'avouait sa trahison dans la tente de Montfort, me revinrent en mémoire. *La Vérité n'est rien d'autre que ce que la majorité considère comme vrai.* Il avait eu raison. Celle qui prévaudrait pour le prochain millénaire au moins était en train d'être confirmée sous mes yeux. Une fois les preuves détruites, il ne resterait qu'elle et les fidèles chrétiens ne s'en porteraient pas plus mal. Ils continueraient à placer tout leur espoir dans la résurrection. Ils mèneraient leur vie en conséquence et la plupart seraient des gens bien. Moi seul en subirais les conséquences. Pour l'éternité.

Pierrepont replia le suaire et le remit dans son enveloppe. Il roula ensuite les documents et les introduisit dans le tube. Lorsqu'il eut terminé, il emporta le tout et retourna s'asseoir à sa place. Presque au même instant, des coups retentirent à la porte.

— Fais-le entrer, ordonna-t-il à Thury.

Ce dernier traversa le temple et ouvrit. Une silhouette franchit le seuil et fit quelques pas avant d'être éclairée par les torches. Je ne fus pas surpris outre mesure d'apercevoir Guy de Montfort. Lui aussi, évidemment, était autre que ce qu'il avait prétendu. Cela coulait de source. Il m'avait mené en bateau en me faisant croire qu'il remplissait pour son père une mission à laquelle il ne comprenait rien. Il n'avait été rien de plus qu'un appât lancé par son père et j'y avais mordu à pleines dents.

Le visage de la femmelette portait les marques des coups que je lui avais administrés. Il vint se planter devant moi en roulant des hanches et m'adressa un sourire pernicieux. Pour la première fois depuis que j'avais fait sa connaissance, il me rappela son père. Son regard était aussi froid et cruel. Sa lèvre supérieure se retroussait dans la même moue méprisante.

— Merci, dit-il. Grâce à toi, mon père aura enfin ce qu'il désire depuis si longtemps.

Sans prévenir, il m'administra un solide coup de pied au visage qui m'envoya choir sur le dos, la lèvre bien fendue.

— Te voilà enfin à la place qui te sied, Gondemar de Rossal, dit-il. Sur le sol, comme un rat, aux pieds de tes supérieurs.

— Et toi, tu resteras toujours un petit enculé qui fait honte à son père, rétorquai-je, sachant que je l'atteignais en plein cœur même s'il jouait au dur devant les autres.

Affectant un dédain forcé, Guy alla s'affaler dans un fauteuil, passant négligemment la jambe par-dessus le bras du meuble, et laissa son menton reposer dans le creux de sa main en battant lascivement des cils. Jamais son sourire ne le quitta.

— Je constate que tu n'es pas vraiment surpris de voir le sire de Montfort parmi nous, dit Pierrepont. Tu le seras peut-être davantage en apprenant qu'il vient y rejoindre sa tante Guiburge de Montfort.

Je ne pus accuser le coup sans trahir ma surprise. Certes, je n'avais éprouvé aucune affection pour cette femme, mais sa nature passionnée et son attitude frondeuse avaient su me mettre en rut comme aucune femme ne l'avait fait, à part Cécile. Nos copulations brutales avaient éveillé en moi une bête dénuée de sentiments qui s'était profondément endormie depuis l'époque de Rossal. Je l'avais empalée comme un étalon prend une jument, sans autre but que de m'enfoncer en elle et de la contraindre à y trouver son plaisir tout en prenant le mien. Je m'étais laissé emporter dans un jeu qui, je le réalisais à présent, ne tenait pour elle que de la vengeance. Elle s'était servi de son entrecuisse comme son frère utilisait son pouvoir : pour dominer, posséder et avilir. Et elle avait réussi. Par haine, elle avait usé des gestes de la séduction pour m'abaisser au rang de la bête. Elle m'avait ramené à l'homme que j'avais été. Elle seule, dans le temple, savait à quel point je me trouvais maintenant humilié. Le sourire cruel qu'elle m'adressa me le confirma. Un sourire de Montfort, que j'avais refusé de reconnaître jusque-là. Comme si cela ne suffisait pas, elle se pourlécha lascivement les lèvres, écarta subtilement les cuisses et y passa la main.

J'aurais voulu pouvoir me lever, l'empoigner et lui enfoncer Memento là où elle avait accueilli mon membre, puis lui demander si elle y prenait toujours plaisir. Je me contentai de lui adresser un signe de tête pour lui promettre que, si je le pouvais, je le lui ferais payer chèrement. Pour toute réponse, son sourire s'accentua.

— Avant la bataille de Castelnaudary, Montfort avait promis une rondelette somme à quiconque te ramènerait à lui, mort ou vif, expliqua Pierrepont. Nul besoin de te dire que ses hommes en ont été fort motivés. J'étais là quand quelques-uns de ses soldats sont revenus avec le cadavre d'un énorme rouquin défiguré. Simon était fou de joie, mais il est vite passé de l'extase à la déception quand il s'est rendu compte qu'il ne s'agissait pas de toi. L'idée de mettre ta mort en scène était excellente. Si l'astuce avait réussi, plus personne ne t'aurait cherché et tu aurais été libre d'agir. Malheureusement, celui qui y avait songé avait omis un détail important.

Il s'approcha de moi et écarta le col de ma chemise pour exposer mon épaule gauche. D'un index court et solide, il traça le contour de la croix que Métatron avait brûlée dans ma chair.

— Ceci. Le cadavre n'en portait pas.

Malgré moi, mon visage dut se défaire. Effectivement, ni Roger Bernard ni moi n'avions songé à ce détail. Le fait qu'Enric était de ma taille et de mon gabarit, qu'il avait la même couleur de cheveux et qu'il était défiguré avait paru suffisant. Pourtant, pendant qu'il me battait dans sa tente, Montfort avait eu amplement le temps de voir la marque de Métatron. Intérieurement, je maudis ma bêtise.

— Foutre-Dieu ! pouffa Pierrepont, l'écho de son rire se répercutant sur les murs de pierre nue. Tu aurais dû voir l'état dans lequel Simon s'est mis quand il a compris la supercherie. On aurait dit le diable en personne ! Deux des soldats qui avaient ramené le corps ont payé de leur vie et les autres n'ont dû la leur qu'à une prompte fuite. Mais tout bon stratège doit d'abord savoir calculer et Montfort est un des meilleurs que je connaisse. Dès qu'il a retrouvé son calme, il a commencé à calculer comment il pourrait retourner ton piège contre toi.

— En faisant croire qu'il y était tombé… dis-je.

— Exactement. *Dolus an virtus quis in hoste requirat*[1] ? Il a transporté ton soi-disant cadavre jusqu'à Carcassonne et a fait grand cas de célébrer publiquement ta mort, allant jusqu'à malmener vertement ta dépouille et à la brûler sous les yeux de la populace entière pour que la rumeur se répande. Et tu peux m'en croire quand je te dis qu'il a donné un magnifique spectacle, le scélérat.

Pierrepont retourna s'asseoir et, de la tête, offrit à Guy de poursuivre mon humiliation publique. Le maudit inverti ne se fit pas prier.

— Le reste a été facile, minauda-t-il. Mon père savait déjà que tu avais trouvé quelque chose. Un des hommes du comte de Toulouse a survécu à votre bataille et a entendu ce que t'a dit la mendiante. Il l'a rapporté à son maître. Pour le remercier, le vieux traître l'a achevé, puis s'est fait un devoir de transmettre l'information à mon père en échange de la protection de ses terres.

---

1. Ruse ou courage, qu'importe contre l'ennemi ?

Je secouai lentement la tête, déçu. Comment aurais-je pu savoir que les paroles du *Cancellarius Maximus* avaient été entendues par quelqu'un d'autre ?

— J'étais présent lorsqu'il discutait de la façon de te piéger avec ses aides. Il désirait confier la mission à mon frère, Amaury. Il ne m'aime guère, tu le sais. Mais j'y ai vu l'occasion de me racheter à ses yeux. Je l'ai supplié pour qu'il me la cède. Et ma foi, à part quelques coups, j'estime m'en être fort bien tiré. Père m'a dit ce que je devais te raconter pour t'appâter si jamais tu m'abordais. Tu m'as surpris en apparaissant dans le convoi, et non pas à Gisors, mais je me suis adapté. Tu m'as accompagné comme un petit chien jusqu'ici. Puis, entre deux séances de débauche, tante Guiburge s'est arrangée pour te glisser à l'oreille le nom de mon cher Lambert. Il ne restait qu'à attendre que tu suives la piste, en espérant que tu parviennes à retrouver la seconde part pour mon père. Et te voilà parmi nous, à genoux, les mains liées. J'ai bien peur que, grâce à toi, l'Ordre des Neuf ne soit désormais obsolète, *Magister*.

À ces mots, tous s'esclaffèrent. Le fait d'apprendre que j'avais été manœuvré par Guy, alors que je croyais moi-même le manipuler, était pire que tout le reste. Je vis rouge et essayai de bondir sur mes pieds pour écharper le petit fot-en-cul, avec mes dents s'il le fallait, mais un coup de pied dans les reins m'en dissuada. Je posai les yeux sur Pierrepont. Si du feu avait pu en sortir, il aurait été consumé à l'instant même.

— Tu es satisfait ? m'écriai-je de toutes mes forces pour couvrir les rires. Tu m'as expliqué comment on m'a roulé dans la farine ! Tu t'es bien moqué de moi ! Tu possèdes les documents et le suaire ! Tu as vaincu ! Tue-moi maintenant ! Tu en meurs d'envie !

— Te tuer ? Mais pas du tout. Le sire de Montfort désire ardemment les documents, c'est vrai, mais il tient presque autant à te revoir vivant et exige que tu lui sois livré. Il a une mission à te confier.

Interloqué, je le toisai sans rien dire. Peu importait l'enjeu, jamais je ne passerais au service de Simon de Montfort. Je préférais mourir dans mille tourments et il ne l'ignorait certainement pas.

— Il exige que tu te rendes à Montségur pour récupérer la première part et que tu la lui ramènes.

Ce fut à mon tour de rigoler.

— Et pourquoi ferais-je cela ?

— Oh, je ne sais pas, moi. Peut-être pour sauver la vie de tes compagnons ? Dame Pernelle, Ugolin et Jaume seront ramenés avec toi à Carcassonne, où je remettrai la seconde part à sire Simon, et ils y resteront, alors que toi, tu te dirigeras vers Montségur. Pendant ton absence, ils serviront de monnaie d'échange au cas où tu déciderais de jouer double jeu. Tu as la parole de Simon de Montfort que leur vie sera épargnée et qu'ils seront libérés dès que tu auras ramené la première part à Carcassonne et que tous les documents seront entre les mains de Monseigneur le légat.

— La parole de Montfort sort tout droit du trou de son cul, l'injuriai-je.

— Cela reste à voir. Tu as compris, par contre, que, pour ta part, il n'est question ni de liberté ni même de survie. En plus des documents, ta vie sera le prix à payer pour la leur.

Je ne daignai même pas réagir à ses paroles. J'avais déjà compris que je n'en sortirais pas vivant. Mais au moins, si je ne livrais pas la première part à Montfort, je pourrais trouver quelque consolation dans le fait que je n'avais pas entièrement failli à ma mission. Si l'éternité en enfer en était le résultat, elle serait plus tolérable. En outre, je connaissais l'Ordre des Neuf et la loyauté qu'il exigeait de ses membres. Certes, Raynal avait été une pomme pourrie dans le panier, mais les autres étaient sans faille. Esclarmonde, Eudes, Jaume, Peirina, Véran, Pernelle et Ugolin étaient droits comme des chênes. Ravier, Montbard, la pauvre Daufina, que j'avais si mal jugée, l'avaient été, eux aussi. Aucun ne renierait sa parole, ni pour épargner la vie d'un autre, ni pour sauver la sienne. Ils étaient engagés jusqu'à la mort. Ils accepteraient sans broncher d'être sacrifiés pour me permettre de protéger ce qu'il restait de la Vérité en sachant que je ne reviendrais jamais de Montségur.

En croyant que je sauverais la vie de Pernelle, d'Ugolin et de Jaume, Pierrepont commettait une erreur de calcul. J'y laisserais la vie, certes, mais le plan de Montfort venait de tomber à l'eau. Par acquit de conscience, je consultai mes compagnons du regard. Les trois me répondirent en hochant solennellement la tête, l'air déterminé, confirmant ce que je pensais. Je me retournai vers le traître et ne pus m'empêcher de lui sourire.

— Leur vie n'a aucune importance, pauvre sot. Le jour de leur initiation, ils ont juré de la vouer à la protection de la Vérité. M'est avis que le levier que tu croyais tenir bien en main vient de t'échapper. Tu peux ramener la seconde part à Montfort si le cœur t'en dit, mais il n'aura jamais la première. Il restera toujours un fragment de preuve.

Pierrepont me toisa avec mépris et releva un sourcil.

— Voyons cela, répondit-il, nullement désarçonné.

Il se leva et se rendit auprès de Jaume, qui le regarda venir avec des yeux remplis de défi. Le templier était monté dans le Nord pour y mourir en assassinant Guy de Montfort et il n'éprouvait aucune crainte. Pierrepont passa derrière lui, tira sa dague de sa ceinture et la lui appuya sur la gorge. Il enfouit son autre main dans ses cheveux pour bien le tenir.

— Sire Jaume, s'enquit-il d'un ton mielleux, donneras-tu vraiment ta vie pour protéger quelques bouts de papier et un chiffon ?

— Sans la moindre hésitation, fils de putain. Je regretterai seulement de ne pas avoir emporté avec moi les chiures que vous êtes.

— C'est bien ce que je pensais. *Que notre gorge soit tranchée si nous disons mot,* récita-t-il d'un ton narquois. C'est bien ce que vous déclarez à la fin de chaque conseil, non ?

— Et nous y croyons.

Sachant que son sort était scellé, Jaume adressa du regard une supplique à Pernelle, qui comprit ce qu'il lui demandait.

— Que le Seigneur Dieu te pardonne et te conduise à bonne fin, Jaume, murmura-t-elle.

— *Amen,* répondit sereinement le templier.

D'un geste vif, Pierrepont lui trancha la gorge d'une oreille à l'autre. Jaume posa ses yeux dans les miens et je vis la vie s'y éteindre peu à peu. Le sang jaillit de la blessure béante. Ses lèvres bougèrent et je crus y lire *Secretum Templi.* Puis il s'effondra sur le côté, le regard fixe. Le valeureux templier venait de rendre les armes pour retourner à la Lumière divine qu'il espérait. Je l'enviai. Son chemin avait toujours été clair et il était arrivé à son terme.

— Bougre de Dieu, je dois reconnaître que vous êtes des gens de parole, dit Pierrepont, admiratif.

Puis il passa derrière Pernelle et lui appuya la lame ensanglantée sur la gorge avec la même désinvolture.

— Je ne doute pas un instant que tu sois aussi déterminée que feu sire Jaume, bonne dame, dit-il en lui caressant la joue de l'autre main. Après tout, on t'a fait bien pire sans jamais te briser. Sire Simon m'a raconté comment Raynal s'est amusé avec toi. Mal lui en prit, d'ailleurs. Mourir avec sa queue enfoncée dans la bouche… Quelle indignité. Mais peut-être que ce bon Ugolin, lui, tient plus à ta vie que toi-même ? Il t'aime et t'admire, c'est évident.

La haine et le dégoût que je ressentais pour ce dépravé étaient sans fin. Il avait égorgé Jaume de sang-froid, uniquement pour voir s'il affronterait la mort comme son serment l'exigeait. Et voilà maintenant qu'il poussait son obscène petit jeu jusqu'à placer Ugolin dans une position impossible, sans autre raison qu'un cruel amusement. Il se tourna vers le Minervois, dont le visage était déchiré par la souffrance.

— Alors, mon gros ? Qu'en dis-tu ? La vie des Neuf n'a-t-elle vraiment aucune valeur ? Devrais-je la tuer ou non ? Il te suffit de me demander de l'épargner et je le ferai. Je te le jure sur mon honneur.

— Tu n'en as aucun, rétorqua le Minervois.

— Tout dépend du point de vue, dit Pierrepont en appuyant un peu plus fort sur la gorge de Pernelle.

Le souffle me manquait. J'étais là, impuissant, pendant qu'on jouait impunément avec la vie de mon amie la plus chère. Je savais qu'elle n'y tenait pas, qu'elle était prête depuis longtemps à quitter la chair. Je devais l'accepter. Le regard serein qu'elle m'adressa me le confirma.

Ugolin posa des yeux pleins de larmes dans ceux de mon amie.

— Dame Pernelle, sanglota-t-il. Je… je ne peux pas… J'ai fait serment… La Vérité passe avant tout…

— Et c'est très bien ainsi, mon bon ami, répondit sereinement Pernelle en lui souriant. Nous avons juré. Et la chair n'est rien. La Lumière nous attend tous.

Elle tourna la tête vers Pierrepont et le toisa avec tout le dédain dont elle était capable.

— Qu'attends-tu, chien ? Libère-moi.

À mon immense soulagement, Pierrepont retira la lame et remit la dague à son ceinturon.

— Ce serait bien trop facile. Vous accepterez tous de vous sacrifier et Gondemar se contentera de vous regarder mourir. Je me retrouverai devant rien.

J'avais gagné mon pari. Il venait de perdre l'avantage qu'il croyait détenir.

— De plus, Montfort a demandé à ce que je vous livre à lui, vous aussi, ajouta Pierrepont. Je dois donc me priver du plaisir de vous occire maintenant. Heureusement, il est quelqu'un dont la vie a un plus grand prix aux yeux du preux *Magister* des Neuf de Montségur. Une personne pour laquelle il bravera tous les dangers et trahira ce qu'il y a de plus sacré.

Pendant que l'angoisse recommençait à me triturer les entrailles, il fouilla dans une petite pochette à sa ceinture et en sortit un parchemin qu'il déplia avec pompe. Puis il vint se planter devant moi et le brandit à quelques doigts de mon visage. Je le lus et une lourde chape froide m'enveloppa.

Gondemar,

Si tu lis ceci, c'est que mon fils, Guy, et sire Alain se sont emparés de ta personne et qu'ils détiennent la seconde part de ce que vous autres, hérétiques, appelez si pompeusement la Vérité. Te connaissant, j'imagine qu'on t'a transmis mes ordres et que tu les as rejetés du revers de la main, même au prix de la vie d'autrui. Je n'en attendais pas moins de toi. Nous sommes pareils : notre mission a préséance sur tout le reste.

Tu comprendras cependant que Sa Sainteté Innocent III souhaite ardemment qu'on lui remette dans les plus brefs délais l'ensemble des documents qui lui causent tant de soucis. J'entends le satisfaire. Aussi, dès que les troupes seront prêtes à entreprendre leur quarantaine, tu accompagneras de ton propre accord sire Alain de Pierrepont jusqu'à Carcassonne. Là, tu me jureras fidélité. Tu te rendras à Montségur pour y récupérer les documents qui sont conservés dans le temple des Neuf et tu me les rapporteras.

Pour m'assurer ta collaboration, j'ai cru bon de m'emparer de la très noble personne de demoiselle Cécile de Foix, à laquelle, dit-on, tu voues une affection toute particulière. Tu seras sans doute heureux d'apprendre qu'elle porte le fruit de votre fornication. À la moindre incartade de ta part, je les tuerai tous les deux.

Simon, seigneur de Montfort-l'Amaury, comte de Leicester, vicomte d'Albi, de Béziers et de Carcassonne

Le 11 février 1212 A.D.

Incapable d'assimiler ce que je venais d'apprendre, je relus la lettre encore et encore. Montfort frappait la seule faiblesse de ma cuirasse. Pernelle et Ugolin m'étaient chers, certes, mais je pouvais accepter de les perdre en sachant que, par fidélité, ils avaient volontairement choisi la mort. Mais pas Cécile. Elle n'était pas des Neuf. Son rôle dans toute cette histoire avait été secondaire. Une simple messagère, désignée dès son enfance par sa tante Esclarmonde. Elle ne devait pas le payer de sa vie. Pire encore, à moins que Montfort ne mente, elle portait notre enfant. Lorsque j'avais quitté Toulouse, Roger Bernard m'avait promis de veiller sur sa sœur. Il avait échoué. Elle était entre les mains de l'ennemi et je savais les bassesses auxquelles cet animal était capable de se livrer pour atteindre ses buts. Il me tenait fermement par les génitoires. Pour Cécile, je sacrifierais tout, même mon salut. Le comte de Toulouse avait dû le lui apprendre, et maintenant il l'utilisait contre moi.

Pierrepont reprit le parchemin et le remit dans sa ceinture. Puis il sortit autre chose de sa pochette.

— Sire Simon m'a conseillé de te montrer ces objets pour appuyer ses dires, au cas où tu douterais de sa parole. Tu les reconnais ?

— Oui, dis-je d'une voix étranglée.

Dans le creux de la grosse main calleuse gisait une mèche de cheveux blonds identiques à ceux dont était confectionné l'anneau que je portais à l'annulaire droit, et une bague en argent portant la croix cathare, la croix templière et les lettres C et M.

Je baissai la tête.

— Je ferai ce que tu demandes, laquais, dis-je d'une voix à peine audible.

— Gondemar ! Non ! cria Pernelle, horrifiée.

— Ah ! Je savais que tu pouvais être raisonnable ! s'écria Pierrepont avant de remettre la mèche et la bague dans sa pochette.

Il se retourna vers Thury.

— Qu'on les mette dans des cachots séparés jusqu'à ce que nos préparatifs soient terminés, ordonna-t-il.

On nous empoigna fermement pour nous relever et on nous poussa vers la sortie. Avant de franchir le seuil, je me retournai pour jeter un ultime regard sur ce temple où la trahison avait régné en maître – celle de Jehan de Gisors puis la mienne. Car pour sauver Cécile, je devrais renier mon serment et trahir les Neuf. Je venais de me condamner moi-même à la damnation éternelle, mais le sacrifice en valait la peine.

Lorsque j'arrivai dans la salle des gardes, encadré par Thury et un de ses hommes, Pernelle et Ugolin gisaient, inconscients, sur le sol. J'allais protester lorsqu'un coup s'abattit sur ma nuque et me fit sombrer dans la nuit.

J'étais au cachot, allongé sur une paillasse. La pièce était dépourvue de fenêtres et il y faisait si noir que je ne pouvais même pas voir le bout de mon nez. On ne m'avait ni nourri ni désaltéré, mais je n'en avais cure. Une partie de moi espérait qu'on me laisserait croupir dans cet endroit jusqu'à y pourrir. Ainsi, je n'aurais pas à trahir. Mais je savais bien que cela était impossible. Montfort m'attendait. Je frissonnais d'horreur en imaginant ce qu'il pouvait faire subir à ma tendre Cécile et à l'enfant à naître.

Une clé grinça dans la serrure et la porte s'ouvrit. Une silhouette entra, un bougeoir dans une main et une bible dans l'autre. La porte était basse et l'homme dut se pencher. Il portait une bure dont le capuchon lui cachait le visage. Il s'approcha de moi, s'agenouilla près de la paillasse sur laquelle j'étais allongé et posa le bougeoir sur le sol. Il mit la bible sur ses cuisses et la feuilleta.

Réalisant qu'il s'agissait d'un confesseur qui allait me lire la Bible avant de m'admonester pour mes nombreux péchés, je m'assis brusquement sur ma paillasse, terrifié à l'idée que ma gorge allait se serrer jusqu'à m'en faire perdre le souffle.

— Tais-toi ! lui ordonnai-je.

— Ne crains rien, mon fils. Dieu souhaite que Sa parole vienne jusqu'à toi.

Un peu rassuré, je me détendis. L'Église chrétienne était peut-être une immonde fausseté, mais les mots du Créateur demeuraient purs et j'étais heureux de les entendre. Peut-être y trouverais-je un peu de réconfort. Le confesseur se pencha sur ses pages.

—Livre du prophète Isaïe, chapitre quarante-deux, versets un à quatre, annonça-t-il : « Voici mon serviteur que je soutiens, mon élu en qui mon âme se complaît. J'ai mis sur lui mon esprit, il présentera aux nations le droit. Il ne crie pas, il n'élève pas le ton, il ne fait pas entendre sa voix dans la rue ; il ne brise pas le roseau froissé, il n'éteint pas la mèche qui faiblit, fidèlement, il présente le droit ; il ne faiblira ni ne cédera jusqu'à ce qu'il établisse le droit sur la terre, et les îles attendent son enseignement. »

Ma gorge n'eut aucune réaction. Je me raidis en entendant le reproche qui m'était explicitement adressé, moi qui avais sciemment renoncé à obéir à l'ordre reçu de Dieu lui-même.

— Livre du prophète Isaïe, chapitre cinquante-neuf, verset quatorze, continua le confesseur : « On repousse le jugement, on tient

éloignée la justice, car la vérité a trébuché sur la place publique, et la droiture ne trouve point d'accès. »

Il me laissa quelques instants pour absorber cette nouvelle gifle et tourna quelques pages avant de reprendre.

— Livre du prophète Isaïe, chapitre soixante-cinq, verset quinze : « La vérité a disparu ; ceux qui s'abstiennent du mal sont dépouillés. Yahvé l'a vu, il a jugé mauvais qu'il n'y ait plus de jugement. »

Toujours penché sur le livre saint, l'homme se mit à ricaner doucement. Peu à peu, son rire enfla jusqu'à remplir toute la pièce. Il renversa la tête vers l'arrière et en échappa sa bible. Je restai là, interdit, essayant de comprendre ce qui se passait. Il lui fallut plusieurs minutes pour se calmer. Lorsqu'il y fut parvenu, il ramassa le livre et le bougeoir, se remit debout, tourna la tête vers moi et rabattit son capuchon.

Dans la lumière de la bougie, les cheveux blancs de Métatron semblaient être de feu. Ses yeux brillaient d'une lumière malfaisante. Son visage asexué se durcit et il pointa l'index vers moi.

— Réfléchis bien à ce que tu entends faire, damné, tonna-t-il de cette voix qui me figeait toujours de terreur. Dieu t'a offert une chance de salut, mais Sa patience atteint ses limites.

Je me levai d'un trait et lui fis face.

— Le choix entre le salut et la damnation reste le mien, rétorquai-je. Libre à moi de l'exercer et d'en assumer les conséquences, même si je dois passer l'éternité en enfer.

Pour la première fois depuis mon passage en enfer, je vis l'archange esquisser un sourire.

— Te voilà maintenant philosophe, minauda-t-il. Tu es libre, en effet, comme l'a voulu le Créateur pour toutes ses créatures. Libre de choisir le Bien ou le Mal ; de changer ou de rester le même. À l'intérieur d'une année, tu auras décidé entre le paradis et l'enfer.

Il remonta son capuchon, fit demi-tour et frappa trois coups secs à la porte de ma cellule. On lui ouvrit. Avant de franchir le seuil, il se retourna.

— Une année, Gondemar, dit-il d'un ton qui me fit frémir.

Il sortit et la porte fut refermée. Une clé tourna dans la serrure et je fus de nouveau seul dans le noir. Je retournai à ma paillasse et m'y recroquevillai, tremblant comme une feuille au vent. Une année…

On me laissa croupir pendant quatre jours dans ma cellule – celle-là même que Guy de Montfort avait prétendu occuper et où je l'avais battu, alors que je croyais naïvement dominer la situation. Je devais admettre que le petit efféminé avait fait preuve de courage. Il avait joué son rôle jusqu'au bout. Mignon ou pas, il était bien un Montfort.

Ma cellule était froide et humide, et je passai le plus clair de mon temps à grelotter. Il fallut une seule nuit pour qu'une toux sèche et douloureuse ne menace de me faire cracher mes poumons. Malgré cela, je savais bien que je ne serais pas autorisé à mourir avant d'avoir définitivement conclu ma quête, dans un sens ou dans l'autre.

J'eus amplement le temps de considérer la position désespérée dans laquelle je me trouvais. La seconde part de la Vérité était entre les mains de ses ennemis et j'avais consenti à leur ramener la première. Évidemment, j'espérais toujours trouver un moyen de me tirer de ce mauvais parti. Une fois à Carcassonne, je pouvais tenter de libérer Cécile, mais Montfort n'était pas homme à se laisser déjouer et avait sans doute tout prévu. Une fois à Montségur, je pourrais aussi expliquer la situation à Esclarmonde, Eudes et Véran, et voir avec eux comment nous en sortir. Je savais qu'ils m'écouteraient et qu'ils comprendraient ma position. Ils me diraient que la parole de Montfort ne valait rien et qu'il tuerait quand même Cécile. Je leur opposerais que c'était un risque à prendre, que je n'avais aucune autre option. Jamais ils ne me remettraient les parchemins en sachant que je voulais les livrer à l'ennemi. Pour sauver Cécile, je n'aurais d'autre choix que la trahison. Je serais réduit à voler et à m'enfuir comme le plus méprisable des détrousseurs. J'avais échoué sur toute la ligne. Bientôt, je ne vaudrais guère mieux qu'un Onfroi et ses vils brigands.

Le quatrième jour, dès l'aube, une clé tourna dans la serrure de mon cachot et la porte fut ouverte. Pierrepont, Thury et deux soldats entrèrent.

— Il est temps de se mettre en route, déclara Pierrepont. Tu as rendez-vous avec Simon de Montfort.

Il fit un signe à ses hommes, qui s'avancèrent vers moi. Voyant que l'un d'eux tenait des fers dans ses mains, je tendis docilement les poignets et il me les passa. Ainsi enchaîné, je fus emmené dans la cour, où les troupes étaient prêtes à prendre le départ. Un peu moins d'une centaine d'hommes, dont le nombre augmenterait au fil du trajet, à mesure que d'autres seigneurs se joindraient à Pierrepont.

Thury prit mes chaînes et me tira vers eux. Les soldats s'écartèrent à mon arrivée pour nous céder le passage. Lorsque nous fûmes au milieu d'eux, je trouvai Sauvage qui m'attendait. Je me mis en selle et cherchai aussitôt Pernelle et Ugolin des yeux. Je n'eus pas de mal à repérer le géant de Minerve, à une dizaine de toises sur ma gauche. Mon amie était à ses côtés, toute petite sur sa monture. Tous les deux m'adressèrent un regard noir de reproches.

Thury se posta à ma droite et je fus entouré de soldats qui me bloquèrent la vue de mes compagnons. À l'avant, j'aperçus Pierrepont qui levait le bras.

— En avant ! cria-t-il.

Le convoi se mit en marche et traversa la cour de la forteresse. Nous franchîmes la porte deux par deux. Quand vint mon tour, j'aperçus, appuyée contre la muraille, une mince et haute silhouette qui semblait m'observer. Malgré le capuchon de sa capeline, je vis des cheveux blancs comme la neige qui en débordaient. J'aurais juré qu'il s'agissait de Métatron. Je le regardai un moment puis me détournai. Je savais qu'il me guetterait, quoi que je fasse.

Je partais, sous bonne garde et vaincu, vers l'antre de mon ennemi, qui m'attendait et retenait ce que j'avais de plus précieux sur cette terre.

Nous étions le huitième jour de mars de l'An du martyre de Jésus 1212.

À suivre

TABLE DES MATIÈRES

TROISIÈME PARTIE

Mundus subterraneus

HERVÉ GAGNON
DAMNÉ
LA GRANDE SAGA HISTORIQUE DES CATHARES...
ET DES TEMPLIERS.
Hugo Roman

Tome 2 :
Le fardeau de lucifer

Tome 3 :
L'ÉTOFFE DU JUSTE